헐리우드 **키드**의 20세기 영화 그리고 문학과 역사

지성과 야만

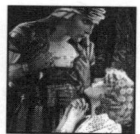

헐리우드 키드의 20세기 영화 그리고 문학과 역사

지성과 야만 ⓒ 안정효 2003

초판 1쇄 발행일 | 2003년 1월 5일

지 은 이 | 안정효
펴 낸 이 | 이정원

펴 낸 곳 | 도서출판 들녘
등록일자 | 1987년 12월 12일 | 등록번호 10-156
주   소 | 서울시 마포구 합정동 366-2 삼주빌딩 3층
전   화 | 편집 (02) 323-7366 / 마케팅 (02) 323-7849 / 팩스 (02) 338-9640
홈페이지 | www.ddd21.co.kr

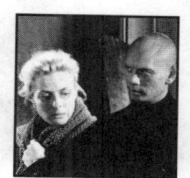

헐리우드 키드의 20세기 영화
그리고 문학과 역사

지성과 야만

안정효 지음

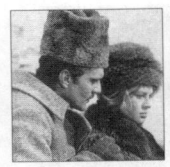
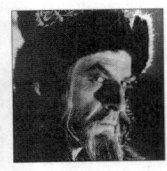
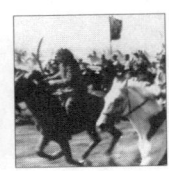
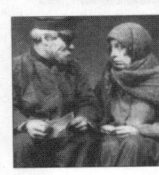

지성과 야만

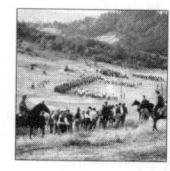
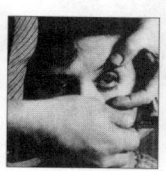
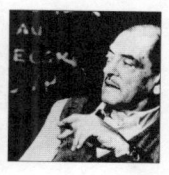

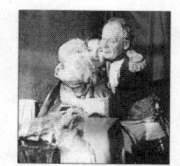
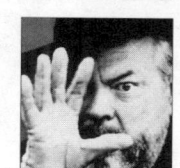
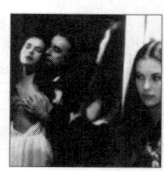
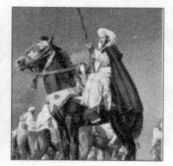

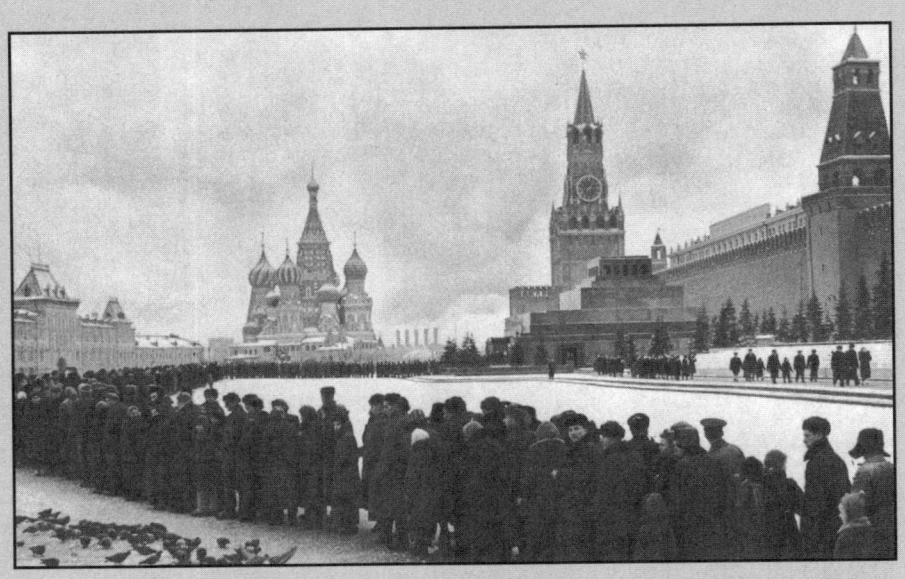

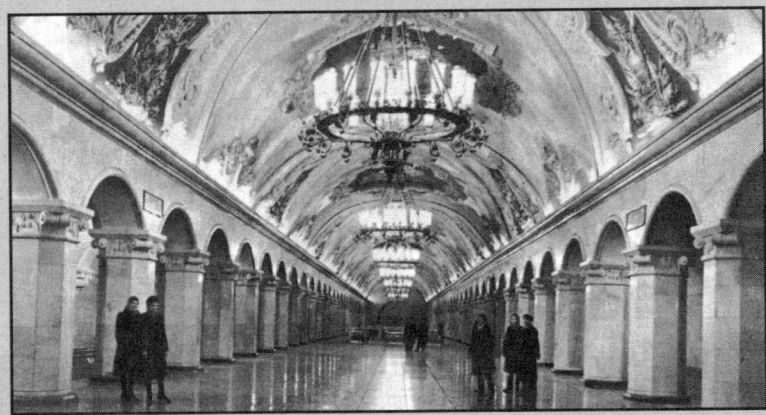

러시아는 행정부가 유럽에 위치했고, 문화적으로도 분명히 서양에 가깝지만, 서양 사람들은 '동양' 국가라고 생각한다. 우리들이 생각하는 동양과 서양의 개념이 혼란을 일으키는 지역은 러시아뿐이 아니다.
위 사진은 '소련' 시절 관광객들이 레닌의 영묘(오른쪽 크레믈린 궁의 담 앞쪽 네모난 건물)를 참배하려고 붉은 광장에 줄지어 늘어선 모습이다. 왼쪽 끝의 건물은 현재 대형 백화점으로서 역시 관광객의 발길이 끊이지 않는다.
아래 사진은 모스크바 지하철 역의 모습인데, 천장을 장식한 그림을 보면 러시아가 얼마나 예술적인 나라인지를 실감하게 된다.

지성과 야만

    지금까지 우리는 "전설의 시대"에서 동서양의 갖가지 전설과 설화를 바탕으로 해서 20세기에 선보인 여러 영화를 살펴보았다. "신화와 역사의 건널목"에서는 전설시대 이후, 역사로 정착된 여러 소재와 주제로부터 태어난 수많은 시대극을 만났다. 이어서 "정복의 길"을 따라 보다 현대로 내려오면서, 유럽의 여러 강대국이 각축을 벌이던 식민지 쟁탈전을 세계 여러 나라의 사극과 현대극에서 추적했고, 특히 서양 영화의 저변에 짙게 깔린 제국주의적 시각의 당위성을 따져 가며, 정복자들에게 짓밟혀 무너진 비서양(非西洋) 여러 문명의 영욕을 다룬 영화를 소개했다.

    이제 우리는, "지성과 야만"에서, 북쪽의 추운 나라 러시아와 주변 공산권에서 진행되었던 지적 및 이념적 혁명과 사상 실험을 살펴보고, 나머지 유럽 지역의 역사와 문학 세계를 거치게 된다. 여기에서는, 적어도 혁명 이후 스탈린시대에 이르기까지, 지성과 야만성이 공존했던 기간에 잠시 머물러, 이념적 폭력의 모습도 확인하고 싶다.

그리고는 남쪽 야만의 대륙 아프리카로 내려가서는, 식민-점령지 문화를 좀 더 돌아보기로 하고, 다음 권에서 보다 본격적으로 다루게 될 모험을 찾아서, 밀림까지 들어간다.

"지성과 야만"에서 가장 먼저 찾아갈 곳은 문학적 배경이 세계 어느 나라에도 뒤지지 않을 만큼 화려하고, 지성적 문화의 터전이 비옥한 러시아이다.

러시아는 문명권으로 분류할 때, 과연 동양인가 아니면 서양인가 의문을 가져 본 사람이 많으리라 생각한다. 한국인 같은 동양인의 시각에서 볼 때는, 러시아의 수도가 유럽 쪽으로 위치했고, 문학과 문화 또한 유럽 성향이 강하기 때문에, 러시아라면 서양이라고 보기가 쉽다. 하지만 그렇게 빛나는 대륙성 문화적 자산에도 불구하고, 서양에서는 러시아를 "보다 열등한" 동양으로 분류하려는 성향이 훨씬 두드러진다.

지리적인 위치로서의 동양(East)과 서양(West)을 따질 때는, 아메리카 대륙을 제외하고 나서 본다면, 러시아는 동양(시베리아)과 서양(유럽)에 절반씩 걸친 나라라고 해야 옳겠다. 그렇다면, 행정의 중심지가 서쪽에 위치했음에도 불구하고, 굳이 러시아를 "보다 열등한" 동양으로 분류하려는 까닭은 과연 무엇일까?

그것은 아마도 이른바 '서부 유럽(Western Europe, 西歐)'이 중심을 이루는 '대륙(Continental) 문화'가 서양 문명을 대변한다는 배타적인 시각 때문이리라고 믿어진다. 우리나라 사람들을 보더라도, 아메리카를 포함하는 '서양(the West)'의 개념과 동구권을 배제한 '서구(西歐羅巴, Western Europe)'를 동의어로 착각하는 사람이 많은 까닭 또한 그런 때문이 아닌가 싶다.

방위(方位)를 나타내는 영어 표현 'West'와 'East'에서 그렇다면 중심은 어디인가? 우리는 흔히 '중동(Middle East, 中東)'이라는 표현을 쓰는데, 그렇다면 '중서(Middle West, 中西)'는 어디일까?

그리고 중동에 위치한 터키나 이란을 가리킬 때, 영어로는 'East'라는 표현을 쓰는 일이 별로 없고, '해가 뜨는 쪽'을 뜻하는 'Orient'라는 단어를 사용하기가 보통이다. 그런가 하면 '해가 지는 쪽(Occident, 서양)'에는 아메리카를 포함시키지 않을 때가 많다.

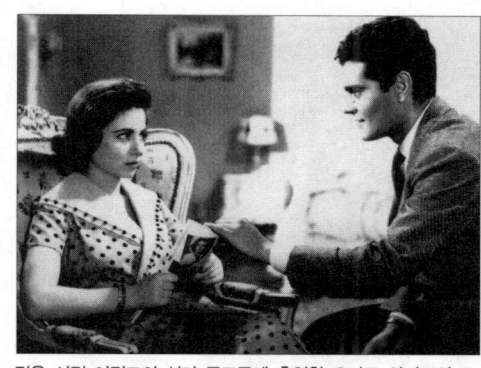

젊은 시절 이집트의 심리 공포극에 출연한 오마르 샤리프의 모습이다. 그가 서양 영화에서 '동양인' 역을 자주 맡는 까닭은 아프리카의 이집트 역시 '동양'으로 분류되기 때문이다.

'해가 지는 쪽'인 서양(Occident)은, 가만히 분석해 보면, 유럽의 기독교 문화권을 지칭하는 듯싶다. 그러한 '서양'의 변방은 상대적으로 모두가 '동양(Orient)'이 된다. 따라서 러시아도 '동양'이고, 북서 아프리카의 이집트 또한 '동양'으로 분류된다. 그래서 언젠가 독일 텔레비전에서 「동양의 향수(Perfume of the Orient)」라는 제목으로 제작한 프로그램 내용을 보니 온통 이집트에서 재배하는 꽃으로 만든 향수 얘기뿐이었다.

오마르 샤리프는, 목재업에 종사하다가 영화사를 차린 다음 10 년 동안 이집트에서 인기 배우로 활약하고는, 「아라비아(동양)의 로렌스」를 통해 헐리우드에 입성했으며, 러시아(동양)의 의사 지바고를 포함하여, 아르메니아(동양)의 왕(「로마 제국의 멸망」)과 칭기스칸에 이르기까지, 온갖 '동양인'의 역을 두루 맡아왔다. 이집트인은 동양인임을 증명하는 사실이다.

따라서 이 책에서는 러시아를 한국에서 보편적으로 통하는 '서양'의 각도에서 살펴보기는 하겠으나, '동양'이라는 개념상의 공통점을 고려하여 아프리카와 함께 엮어 두겠다.

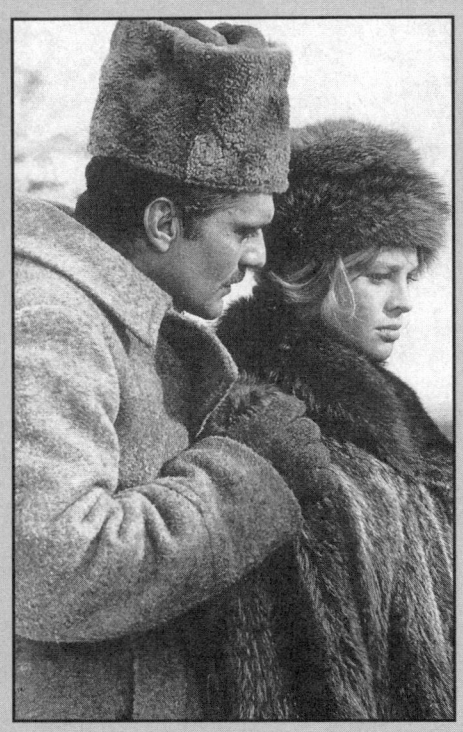

동양처럼 여겨지지 않는 '동양' 나라 러시
아를 그림처럼 표구해 놓은 듯한 미국 영
화 「닥터 지바고」에서는 동양인 같지 않은
'동양'(이집트) 사람 오마르 샤리프가 주연
을 맡았다. 라라 역을 맡았던 줄리 크리스
티는 인도(동양)에서 태어난 영국인이다.

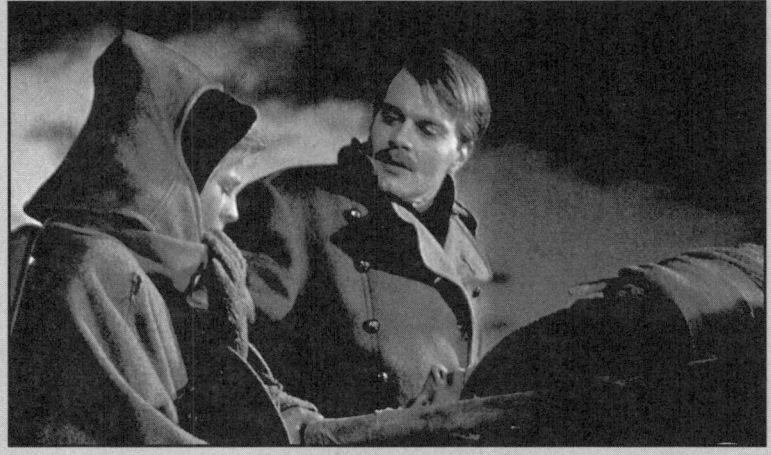

지바고의 삶, 러시아의 삶

　유라시아 대륙에서 가장 북쪽에 위치한 러시아의 집들은 밖에서 보면 대부분 우중충하다. 동쪽 끝 울라디보스토크에서부터 서쪽의 모스크바에 이르기까지, 대도시에서도 어디를 가나 다 그렇다. 러시아 사람들에게 왜 그런지 물어 보니, 추운 나라이기 때문에 바깥 생활을 많이 하지 않으니까, 구태여 돈을 들여가며 외부를 화려하게 치장하지 않기 때문이라고 한다.

　하지만 집안으로 들어가면 사정이 달라서, 피폐한 경제로 부족한 생활을 하면서도, 없는 돈으로나마 내부를 정성껏 꾸며놓고 산다.

　러시아의 문학이 그토록 발달한 까닭은, 추운 날씨 때문에 아마도 바깥에서보다 실내 생활을 많이 하는 까닭에서인지도 모르겠다는 생각도 든다. 그리고 따뜻한 집안에서 그들은 가난하더라도 품위를 지키며 인간답게 살기 위해 고민하는 민족이 되었다.

　러시아의 문학이 발달했던 또 하나의 이유는 20세기 최대의 혁명을 그들이 겪었으며, 20세기 최대의 전쟁이었던 제2차 세계대전에서 가장 큰 희생을 치른 나라가 바로 러시아였다는 사실을 비롯하여, 역사의 소용돌이를 겪은 체험이 그곳 추운 나라 사람들에게는 풍부하기 때문이었을 듯싶다. 소련시대의 러시아에서는 세계대전 당시 우리나라 남북 총인구의 3분의 1이나 되는 1천만 명이 목숨을 잃었다.

이러한 역사 속에서 살아가는 인간의 모습을 그린 대표적인 현대 러시아 소설을 한 권 골라 본다면, 보리스 빠스떼르나크(Boris Leonidovich Pasternak, 1890~1960)의 『의사 지바고』를 꼽고 싶다. 주인공의 이름으로 내세운 "지바고(Zhivago)"라는 말이 러시아어로는 '생(生)'을 뜻한다고 하니까 말이다.

조금 과장해서 표현하자면, 러시아의 삶을 한 폭의 그림으로 표구해 놓은 작품이 바로 『의사 지바고』이다.

이름난 초상화가였던 아버지와 음악가인 어머니 사이에서 태어난 보리스는 소년기에 스크리아빈(Aleksandr Nikolaevich Scryabin)에게서 음악을 공부했지만, 대학에서는 엉뚱하게도 법률을 전공한 다음 1914년에 첫 시집을 발표하고, 마야꼬프스키(Vladimir Mayakovsky)가 이끌던 미래파 시인들과 교류하게 된다. 이렇듯 다양한 예술적 배경을 갖춘 서정시인 빠스떼르나크가 마르부르크(Marburg) 시대를 회상하는 자서전 『통행증(Okhrannaya gramota, 우리말 제목 "어느 시인의 죽음", 영어 제목 Safe Conduct, 1931)』은 지적인 예술가의 참된 삶이 무엇인지를 대단히 간결하게 정리해서 보여 준다. 특히 철학을 얘기하며 기찻길 옆에서 밤을 지새는 장면은 정말로 눈물겨울 만큼 아름답다.

1920년대에 왕성한 창작 활동을 계속했던 그는 스탈린의 사회주의적 사실주의에 적극적으로 동조하지 않았기 때문에 소련 작가동맹에서 축출까지 당할 뻔했으며, 이때부터 거의 10 년 동안 셰익스피어, 괴테 등의 작품을 번역하며 한 권의 장편소설을 준비하게 된다. 그러나 『의사 지바고』는 소련에서 출판되지 못하고 1956년 이탈리아에서 처음 발

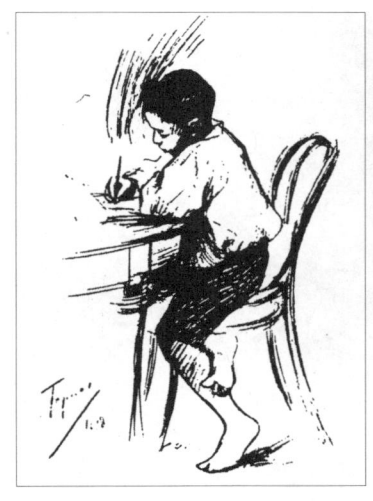

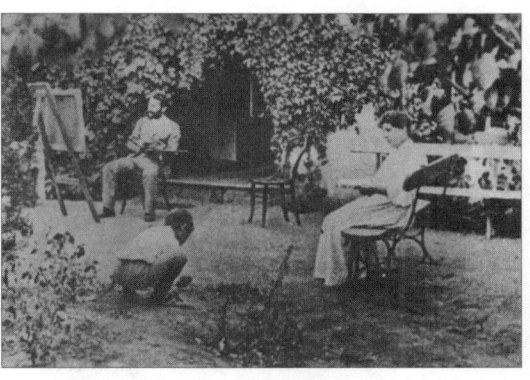

아버지 레오니드가 그린 여덟 살 때의 빠스떼르나크(왼쪽). 어린 시절 (1896년) 마당에서 찍은 가족 사진에는 그림을 그리는 화가 아버지의 모습이 보이고, 피아니스트였던 어머니가 한가하게 따로 앉아 아들을 지켜본다(위). 보리스는 이렇게 예술적인 집안에서 성장했다.

표되었으며, 1958년 시인 빠스떼르나크는 노벨 문학상 수상자가 되었다. 빠스떼르나크는 감사의 뜻을 표하기 위해 기자회견도 가졌지만, 얼마 후 수상을 거부한다는 발표를 해서 세상을 떠들썩하게 했다.

동서양 대부분의 지식인과 민족주의자들이 그랬듯이, 시인 빠스떼르나크도 초기에 이념 논쟁에서는 조국을 전혀 나쁜 나라라고 생각하지를 않았고, 혁명을 완전한 자유의 표현이라고 지지했지만, 혁명에 수반되는 폭력을 겪어 나가면서 그는 차츰 뒷걸음질을 치다가 시대의 격랑을 피해 은둔하고 칩거했다. 특히 스탈린 치하의 1930년대를 그는 "야만적인 시기"로 보았고, 시를 통해서는 "지루한 겨울"이라고 표현했다. 불면증에 시달릴 정도로 러시아의 현실에 대해서 환멸과 실망을 느꼈던 그는 노벨상을 받게 되었다는 발표를 접하고 축하 모임을 가진 자리에서, 그 상을 받아서는 안 된다는 충고의 말을 듣고 친구로부터 충격을 받아 잔을 떨어뜨렸다고 한다.

그리고 소련은 그를 맹렬히 비판하기 시작하여, 소련공산청년동맹은 "수정주의적 작품을 발표하여 사회주의를 흐려놓는 미꾸라지"가 『의사 지바고』라는 작품으로 "우리 민족의 얼굴에 침을 뱉었다"고 했

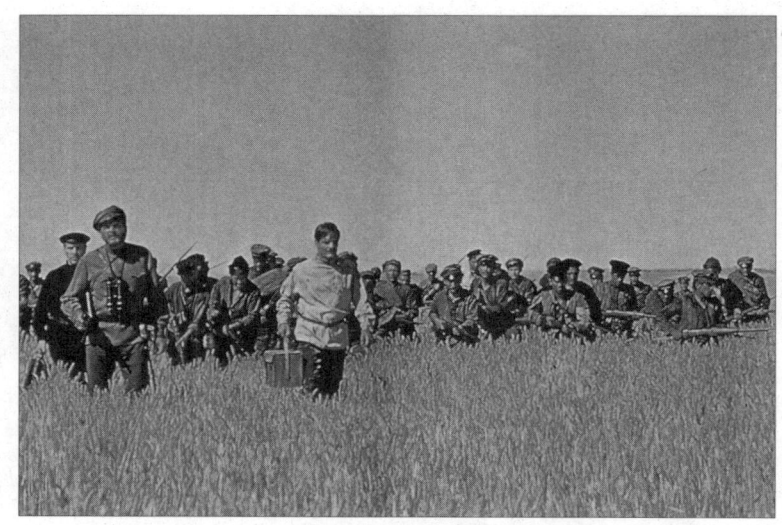

혁명과 내전의 들판을 가는 주인공의 모습이 담긴 이 장면처럼, 「닥터 지바고」는 회화적인 장면이 대단히 많다.

으며, 소련작가동맹은 빠스떼르나크를 제명하기에 이르렀다. 국외 추방을 당하지 않기 위해서 굴욕적인 사과를 되풀이해야 했던 시인 빠스떼르나크는 실의에 빠져 지내다가 2년 만에 세상을 떠났고, 이러한 문화계의 암흑기는 모두가 정치적 권력 투쟁이 낳은 산물이었다.

정부의 압력으로 노벨상을 포기하고 반국가적인 성향과 활동을 이유로 해서 작가동맹으로부터 축출을 당한 지 2년 후에 빠스떼르나크는 병으로 갑작스럽게 세상을 떠났다. 이 유명한 사건은 냉전시대의 골이 깊어지던 당시, 사상과 지성의 자유를 인정하지 않기 때문에 "공산주의는 나쁘다"라는 증거로, 우리나라에서 정치적으로 널리 활용되기도 했었다.

이렇게 세계적인 화제의 대상이었던 소설을 영화로 만든 「닥터 지바고」는, 어쩌다 로얄 발레의 공연을 볼 때도 가끔 그렇게 느끼고는 하지만, 영화가 아니라 무슨 사진첩을 감상하는 듯한 착각을 불러일으킨다. 장면 하나하나를 그냥 잘라 틀에 끼우기만 하면 거의 완벽에 가까운 예술 작품이 될 것만 같다는 생각이 들기 때문이다.

 어머니의 장례식 날 자작나무 가지들이 흔들리며 참새떼처럼 낙엽이 쏟아지고, 밤에는 눈꽃 핀 나뭇가지들이 손바닥만한 창문을 두드리고, 얼어붙은 전차가 지나가는 모스크바 거리에서 검은 옷을 걸치고 돌아다니는 사람들의 음울한 표정, 창녀처럼 꽃무늬 베일을 쓴 줄리 크리스티의 눈부신 금발, 어둠 속에서 드러나는 라라의 손, 시커멓게 번질 정도로 커다랗고 충혈된 오마르 샤리프의 이집트인 눈망울, 대사는 들리지 않지만 창문 저쪽에서 촛불을 켜놓고 고민하는 라라와 빠샤의 모습, 하얀 눈벌판을 달리던 기차, 그리고 겨울의 강가를 따라 쌓인 눈을 쇄빙선처럼 파 던지며 달려나오는 기차, 들판에서 얼어죽어 눈에 반쯤 파묻힌 시체들, 빠샤가 총에 맞는 순간 눈덮인 땅바닥으로 떨어지는 구식 안경, 전장의 하늘을 가득 채운 황혼, 병원 탁자에 탐스럽게 꽂힌 따뜻한 해바라기, 우랄 열차의 문을 덮어씌운 얼음, 검고 칙칙한 폐허의 풍경, 바리끼노의 책상에 손가락 자국을 남기는 먼지의 켜, 그리고 서랍 속에 가지런히 담긴 원고지와 잉크 병, 모두가 저마다 한 편의 시(詩)이다.

 로버트 볼트(Robert Bolt) 각본의 대사를 하나도 알아듣지 못하고, 전쟁과 혁명과 내전의 역사를 전혀 알지 못하더라도, 이 영화는 화면에 펼쳐지는 그림만으로도 전혀 지루하지를 않다.

 폭력의 소용돌이를 피해 바리끼노에 숨어서 시를 쓰는 지바고 주변의 풍경도 슬플 만큼 아름답다. 얼음궁전 같은 집에서 입김을 불어 유리창의 성에를 녹인 다음에 내다보는 겨울 벌판의 풍경이 어느 틈엔가 노란 수선화 밭으로 바뀌며, 모리스 자르(Maurice Jarre)의 음악을 타고 라라가 돌아오기도 한다. 지바고의 삶과 러시아의 삶은 그렇게, 함께 흐른다.

 서양에서 의사 지바고 영화가 등장한 1965년 같은 해에 동양에서는,

나중에 일본 영화를 다루면서 제대로 소개하겠지만, 자선병원과 검객 그리고 교미를 끝낸 다음 수컷을 잡아먹는 사마귀 같은 여자가 흑백 시네마스코프 화면에 장엄하게 넘쳐나며, 규모와 분위기가 다분히 지바고의 생애와 비슷한 「붉은 수염」이 등장했다.

찾아보기 ●--

▌「닥터 지바고(Doctor Zhivago, 1965, 미국, 180분 또는 197분)」, 감/David Lean, 출/Omar Sharif, Julie Christie, Geraldine Chaplin, Tom Courtnay, Alec Guinness, Siobhan McKenna, Ralph Richardson, Rod Steiger, Klaus Kinski

▌「붉은 수염(赤ひげ, 영어 제목 Red Beard, 1965, 일본, 185분)」, 감/구로사와 아끼라, 출/미푸네 도시로, 가야마 유조, 쯔지야 요시오, 단 레이꼬, 가가와 교꼬, 니끼 데루미

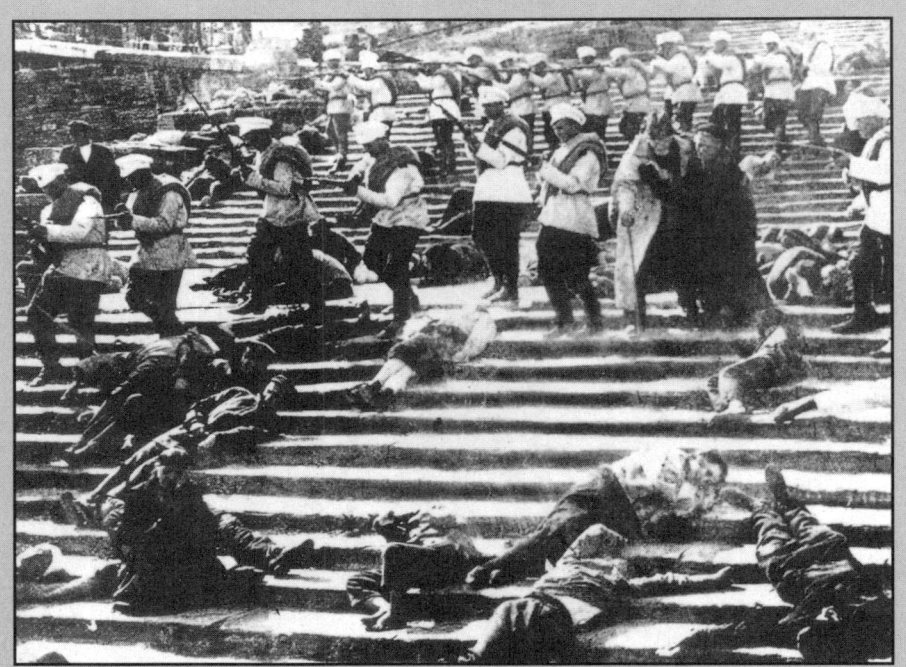

세계 영화 역사에서 가장 유명한 장면 가운데 하나로 알려진 「전함 뽀쫌킨」의 오뎃사 계단 연결장면은 이어붙이기 접속 편집 기법의 효시였다.

에이젠쉬쩨인의 혁명

　소비에트 사회주의 연방 공화국(蘇聯)의 정치 노선에 적극적으로 동참하지 않고 인도주의로 치우친 작품을 외국에서 발표했던 보리스 빠스떼르나크로 하여금 노벨 문학상을 거부하도록 강요했던 소련 당국은, 적극적으로 국가 정책과 사회주의 혁명을 홍보했던 세르게이 에이젠쉬쩨인(Sergei Mikhailovich Eisenstein, 1898~1964)의 예술활동에 대해서도, 처음에는 지원을 아끼지 않았지만, 결국 지나치게 탐미주의적이라는 이유로 배척하기에 이른다.

　에이젠쉬쩨인은 영화 예술의 본보기로 알려진「전함 뽀쫌킨」같은 무성영화시대의 명작을 만든 감독이었을 뿐 아니라, 접속 기법(montage)을 발전시킨 이론가로서도 거의 모든 영화학 교과서 제1과에 등장할 만큼 세계영화사에서 가장 뛰어난 영화인 가운데 한 사람으로 손꼽히는 인물이다. 접속(이어붙이기) 기법이란,「전함 뽀쫌킨」의 유명한 오뎃사 계단 학살 장면에서처럼, 심리적으로 연결이 가능한 몇 가지 화면을 급속히 연결하여 통일된 새로운 충격을 자극하는 방식으로서, 역사상 가

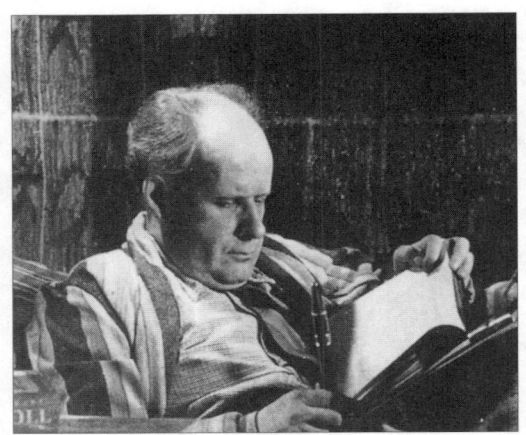
영화예술의 선구자인 세르게이 에이젠쉬쩨인의 말년 모습

장 획기적인 편집방식의 혁명이라고 일컬어지기도 한다.

여러 관념을 융합하는 화면상의 변증법이라고 할 만한 이런 기법을 에이젠쉬쩨인은 일본의 언어와 가부끼 문화, 프로이트의 심리학, 우세볼로드 메이에르홀드(Vsevolod Meyerhold)의 연극 연출 이론, 빠블로프의 실험과 마르크스의 사상을 기초로 삼아서 완성했다. 에이젠쉬쩨인의 다섯 가지 접속 기법(metric, rhythmic, tonal, overtonal, intellectual montage) 실험에서 누구 못지않게 큰 공헌을 했던 사람은 촬영감독 에두아르드 띠쎄(Eduard Tisse)로서, 그들 두 사람의 관계는 잉마르 베리만과 그의 촬영감독 스벤 닉비스트(Sven Nykvist)만큼이나 유명하다.

1920년대 소비에트 연방 공화국의 혁명 분위기 속에서 에이젠쉬쩨인은 주인공을 앞세운 전통적인 연극이 아니라 민중이 집단적인 주인공으로서 사회 문제를 파헤치는 프롤레타리아 연극(Proletkult Theater)에 앞장섰으며, 대화가 지배하는 대신 '시선을 끄는 모든 요소(attractions)'가 동등한 기능을 발휘하여 의미를 생성해야 한다고 주장했다.

이러한 이론을 철저히 동원해서 에이젠쉬쩨인이 만든 첫 극영화 「파업」은 제정 러시아 시대인 1912년 제철공장 노동자의 파업과 폭력 진압을 다루는데, "조직은 노동 계급의 힘"이라는 1907년 레닌의 가르침으로 시작하여, 노골적으로 집단의 힘을 선동하는 정치적 홍보영화이다. 그러나 서술과 전개 기법은 지금까지도 생동감이 넘치고, 첩자들의 실루에트 장면이나 제3부 "파업 첫날"의 오리와 돼지와 고양이 새끼가 만들어내는 평화로운 분위기, 멈춰선 공장 기계에 날아와서 앉는 비둘기 따위의 세부적인 삽화도 돋보인다. 특히 4층 아파트먼트에서 벌어지는 집단 폭력의 군무(群舞)를 분할해서 연출한 기법은 발레의 안무를 연상시킨다.

그런가 하면 뚱뚱보 자본가들이 대책회의를 끝낸 탁자에다 술판을 벌이거나, 노동자들의 요구가 적힌 서류로 신발을 닦고, 노동자를 착취하듯 레몬을 짜는 장면, 그리고 목을 벤 소가 피를 콸콸 흘리는 끔찍한 비유를 거쳐, "영원히 기억하라, 프롤레타리아여!"라는 마지막 자막에 이르기까지, 정치 도구화한 예술의 모습은 끝내 아쉬움을 남긴다.

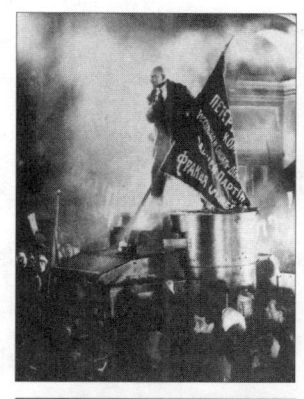

"혁명은 전쟁이다"라는 레닌의 가르침으로 시작되는 「전함 뽀쫌킨」은 구더기가 끓는 고기로 수프를 만들어 먹으며 장교들에게 시달리던 흑해 함대 전함에서 선상 반란을 일으킨 수병들이 오뎃사로 입항하여, 실패로 끝날 운명인 1905년의 혁명 대열로 나선다는 내용으로서, 역시 관객에게 편들기를 집단적으로 강요하는 영화이다.

이어서 에이젠쉬쩨인은 성공으로 끝난 혁명의 10주년을 기념하는 영화 「10월」도 만들었는데, 이 작품은 미국의 언론인이며 시인으로서 하버드 대학 재학시절부터 사회주의에 탐닉했던 존 리드(John Reed, 1887~1920)의 저서 『세계를 뒤흔든 열흘(Ten Days That Shook the World, 1919)』이 원작이다. 리드는 1913년 좌익 문예지 〈민중(The Masses)〉의 편집에 참가했고, 멕시코로 판초 비야(Pancho Villa)를 취재하러 가서는 『반란의 멕시코(Insurgent Mexico,

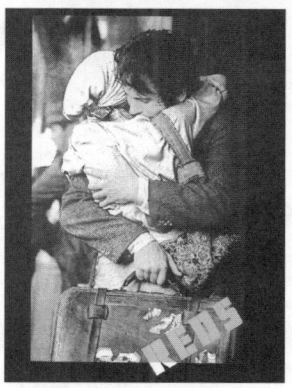

에이젠쉬쩨인의 「10월」(위)은 러시아 혁명에 바친 영화이며, 레닌을 서사극의 영웅처럼 화면에 담았다. 「레즈(빨갱이들)」(아래)는 영화 「10월」의 원작자인 존 리드를 주인공으로 삼아 미국에서 만든 영화이다.

1914)』를 집필하여 명성을 얻었다. 1917년 러시아에서 10월 혁명을 지켜본 그는 미국으로 돌아가 공산노동당(Communist Labor Party)을 조직했다가 반란죄로 기소되자 소련으로 도피했으며, 장질부사로 사망한 다음 크레믈린에 묻혔다.

존 리드는 워렌 베이티가 만든 영화「레즈」의 주인공이기도 하다.

1930년 에이젠쉬쩨인은 유럽을 거쳐 헐리우드로 가서 파라마운트 영화사와 세 편의 연출 계약을 맺지만, 국무성에서 취업 허가를 내주지 않는 바람에 계약이 취소되어 그의 헐리우드 진출은 무산된다. 에이젠쉬쩨인이 헐리우드에서 연출할 뻔했던 세 편의 영화는「유리의 집(The Glass House)」, 캘리포니아로 황금을 찾으러 몰려가던 "황금광 시대(The Gold Rush)"를 촉발시킨 존 서터(John Sutter)의 전기영화「서터의 황금(Sutter's Gold)」, 그리고 나중에「젊은이의 양지(A Place in the Sun)」라는 제목으로 다시 영화화된「아메리카의 비극(An American Tragedy)」이었다. 실제로 작업이 진행되던 중에도 단순히 사랑의 삼각 관계로「아메리카의 비극」을 재현하려던 영화사와, 사회 비평으로 이해하고 풀어나가려던 에이젠쉬쩨인의 견해 차이 때문에 영화는 끝내 완성되지 못했다.

미국 진출에 실패한 그는 멕시코로 가서, 미국의 첫 노벨 문학상 수상자인 싱클레어 루이스(Sinclair Lewis)가 제작한「멕시코 만세(Que Viva Mexico, 1932)」의 연출을 맡았지만, 루이스와의 견해 차이로 끝내 완성하지 못하고 1933년 소련으로 돌아갔다.

에이젠쉬쩨인은 가난한 소련의 마을이 집단 농장으로 발전하는 과정을 그린 마지막 무성영화「낡은 마을 새 마을(Staroie I novoie, 영어 제목 Old and New, 1929)」을 만들면서 "영화의 제 4 차원"을 발견한 다음, 1930년대로 넘어가면서 공산당 내의 적들로부터 차츰 이데올로기보다는 지나치게 탐미적인 형식에 치우쳤다는 비판을 받기도 하고, 정부로부터 제약도 당하게 되지만, 당대 영국의 사회주의 경향을 띤 기록영화 작가들에게 많은 영향을 끼쳤다.

「낡은 마을 새 마을」은 스탈린의 요구에 따라 재편집이 되었다고 한다. '어용 예술인'으로서 어쩔 도리가 없이 치러야 했던 대가가 아닌가 싶다.

유럽과 미국을 다녀와서 세계적인 인정을 받게 된 에이젠쉬쩨인에 대한 스탈린 정부의 언론 공격으로 인해 그는 6년 동안 아무런 활동도 못하다가, 30년대가 끝나갈 무렵에야 13세기 게르만족의 침략을 물리친 러시아의 영웅 알렉산드르 네프스키의 전기영화를 만든다. '민중'이 아닌 전업 배우를 처음으로 동원하고 세르게이 프로꼬피에프(Sergei Prokofiev)의 음악을 배경에 깔았던 대작 「알렉산드르 네프스키」는 세계적인 성공을 거두었으며, 이어서 그는 16세기 모스크바 공국을 중심으로 러시아를 통일한 이반 4세를 주인공으로 삼은 3부작 「이반 대제」에 착수한다.

이반 4세(Ivan IV Vasilievich, 영어 명칭 Ivan the Terrible, 1530~84)는 16세에 즉위하여 러시아를 통일한 최초의 황제(tzar)로서, 귀족계급(boyars)을 장악하고는 교회까지도 개편하는 등 혁명적인 과업을 계속했지만, 부인 아나스따시아(Anastasia)와 아들 드미뜨리(Dmitri)의 죽음을 겪으면서 정신이상 증세를 보이다가, 귀족계급의 저항이 심해지면서 그가 신임하던 안드레이 쿠르프스키 대공까지 적국으로 넘어가자 공포정치를 펴고 박해를 시작하여, "천둥처럼 무서운 이교도 왕"이라는 뜻인 '그로즈누이(雷帝)'라는 별명을 얻게

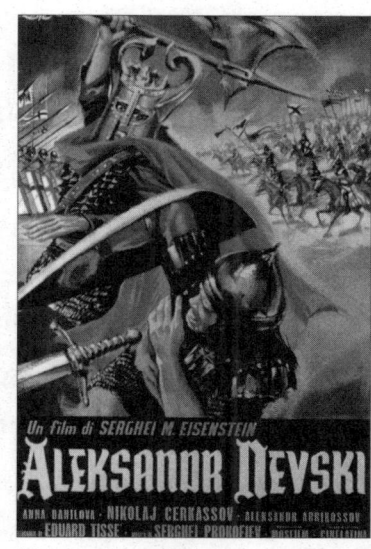

「알렉산드르 네프스키」는 게르만족의 침략을 물리친 러시아의 영웅을 주인공으로 내세운 서사극이다. 쌍크트 뻬쩨스부르크에는 네프스키의 이름을 붙인 거리도 있다.

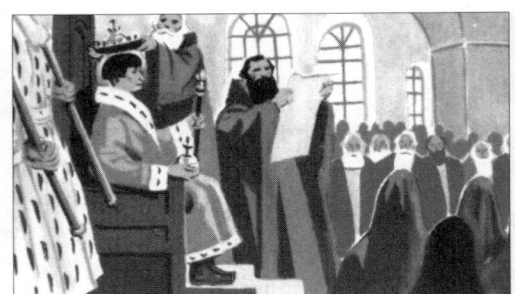
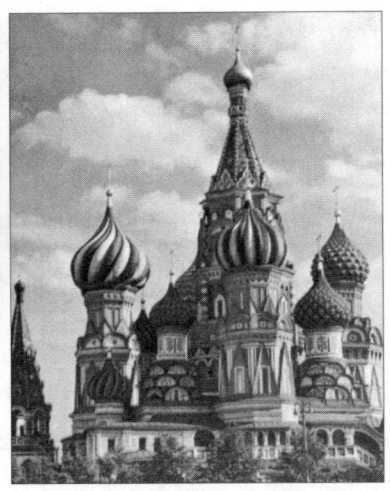

1547년 이반 대제의 대관식 장면(위). 모스크바의 유명한 바실리 성당(오른쪽)도 절대 군주 이반 대제 시대에 건축되었다.

된다. 1580년에는 분노를 참지 못해 아들 이반을 살해하는 광기까지 부리기도 했다.

까잔 전투의 웅대함과 더불어, 화려함의 극치를 보이는 의상 등 대형 사극의 면모를 두루 갖춘 1부 "뇌제 이반"은 "강력한 지도자 밑에서 하나로 단결해야 외세의 공격을 막아낼 힘이 생긴다"는 논리를 앞세우는 통치자와 황제의 신격화를 막으려는 보야르 토호 세력의 갈등이 궁중 음모의 형태로 나타나고, 까잔에서 병들어 돌아온 황제는 너무나 커서 통치하기가 어려운 나라에 대한 부담감 그리고 반대 세력과의 '혹독한 투쟁'에 대한 공포에 조금씩 말려들어 가기 시작한다.

"두 번의 로마는 멸망했고 세 번째 로마 모스크바는 굳건하며 네 번째 로마는 나타나지 않으리라"던 뇌제 이반은 "마음놓고 얘기를 나눌 사람이 아무도 없다"면서 "사방을 둘러봐도 나를 도울 자가 없다"는 현실에 좌절한다. 결국 그는 "민중이 날 부르면 막강한 권력을 얻는다"면서 보야르 특권층과 교회의 저항이 심한 모스크바를 떠나 알렉산드로프로 피신해서, 특권층과의 투쟁에 동참해 달라고 없는 자들에게 호소하여 평민으로 구성된 세력을 다시 구축하는 데 성공한다. 우리나라(남한)에서도 '국민투표'라는 수법으로 군사 정권이 애용하던 편법이겠는데, "외세의 침입을 막기 위해서는 세습 체제가 필요하다"는 논리를 재활용한 북한과 더불어, 우리 정치 현실에 맞춰 뇌제 이반 역사를 해석해 봐도 될 듯싶다.

통일 러시아에 대한 낙관적인 전망을 밑에 깔았던 영웅서사극(1부)은 당으로부터 크게 환영을 받았지만, 공포극에 가까운 분위기로 일관한 2부 "보야르의 음모"는 사정이 달랐다. 모스크바로 돌아온 뇌제 이반은 권력의 재분배를 원하는 분리주의자들로 이루어진 반란 세력과 정면 승부를 벌이기 위해 친위대 오프리찌니나를 조직하고, 보야르와 교회에 대한 탄압을 개시한다. "필요하다면 사악한 길도 가야 하는 군주의 운명"에 따라 숙청과 보복을 계속하며, 그는 아나스따시아를 독살한 숙모 예프로시니아의 아들 울라지미르까지도 함정에 빠뜨려 죽게 만든다. 피를 두려워하기 때문에 황제가 되기를 무서워하는 울라지미르가 살해되는 장면의 그림자 연출은 압도적이다.

어머니 엘레나 글린스까야가 독살을 당하면서 남긴 "항상 보야르와 독약을 조심하라"던 유언, 권력자의 피해망상증과 음모의 공포는 2부에서 이반을 교활한 마법사처럼 묘사하는데, 그리스도의 분위기까지 풍기던 1부에서의 모습과는 너무나도 상반적인 이런 화면 서술은 당 중앙위원회의 비위를 거슬렀고, 겁에 질리고 우유부단한 통치자로 부각된 이반의 성격묘사를 트집잡아 1958년까지 2부의 상영이 금지되었으며, 3부는 필름을 소각당하는 참혹한 운명을 맞는다. 개인 숭배의 절정기에 감히 스탈린을 못된 통치자로 비유하여 부각시킨 에이젠쉬쩨인의 의도가 마침내 화를 불러온 셈이었다.

에이젠쉬쩨인은 뇌제 이반 영화 2부가 상영 금지된 1946년에 심장마비를 일으켜 오랫동안 앓다가 1948년에 세상을 떠났다.

빠스떼르나크의 「닥터 지바고」와 에이젠쉬쩨인의 작품 이외에도 러

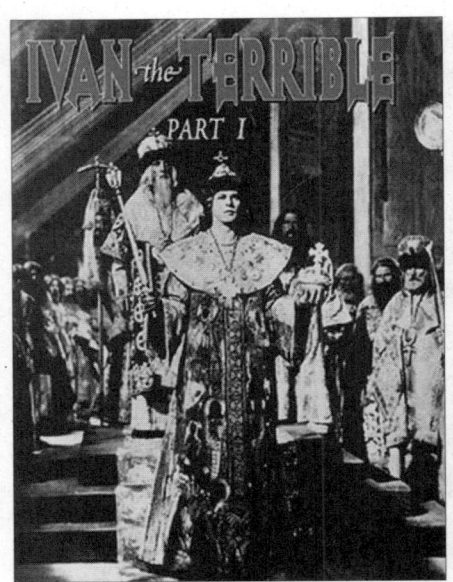
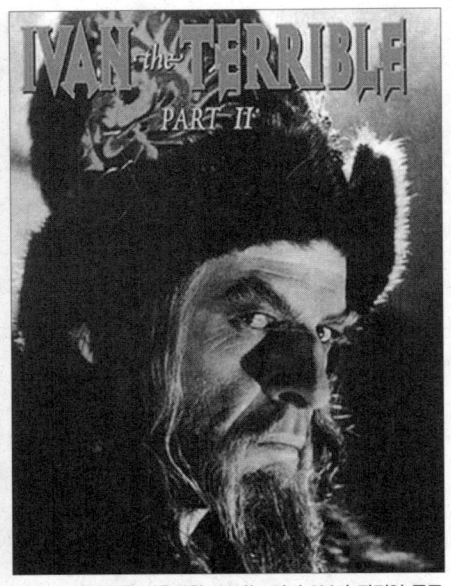

「이반 대제」는 본디 3부작으로 제작될 예정이었으니, 주인공을 영웅화한 1부와는 달리 2부가 광적인 폭군으로 그려냈기 때문에 당의 반발을 사서 상영 금지 처분을 받았고, 3부는 '화형'을 당하는 운명을 맞았다.

시아의 혁명을 배경으로 한 영화로는 우선 무성영화 「어머니(Mat, 1926)」를 꼽을 만하다. 막심 고리끼의 소설(1907)이 원작인 이 영화는 가난하고 무식한 노동자의 아내이며 겁이 많은 어머니 뻴라게야 닐로브나(Pelageya Nilovna)가 남편의 죽음과 아들 빠벨 울라소바(Pavel Vlasova)의 도피생활에 얽힌 체포와 투옥 과정에서, 서서히 사회 의식을 깨우치고는 두려움을 극복한 다음 용감한 투사로서 혁명의 전선으로 나선다는 내용이다. 아들이 탈옥을 시도하다가 사살되자 어머니는 급기야 노동자들의 항의 시위에 대신 나가서 기마병들의 말굽에 짓밟혀 죽음을 당한다.

예술작품이라기보다는 마르크스주의를 선전하기 위한 논문에 가까운 이 소설은 소비에트 비평가들이 사회주의적 사실주의 문학의 귀감으로 꼽기도 했는데, 1932년 독일의 베르톨트 브레히트가 희곡('Die

Mutter")으로 개작하여 우리나라에서도 1993년 배우협회에 의해서 공연되었다. 본디 사회주의 혁명을 찬양하는 주제였지만, 군사독재 하에서 한국의 어머니들이 시위에 참가하는 아들을 말리다가, 나중에는 죽거나 행방불명이 된 자식 대신 길거리로 나서면서 겪었던 과정과 대단히 흡사하여 참으로 오묘한 감동을 주기도 했다.

무성영화 「어머니」를 연출한 우세볼로드 뿌도프킨(Vsevolod I. Pudovkin, 1893~1953)은 모스크바 대학교에서 화학과 물리학을 전공

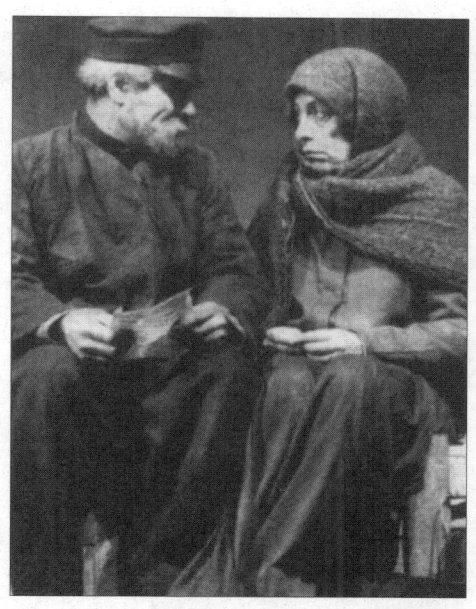

1932년 1월 독일 베를린에서 첫 공연을 한 브레히트의 연극 「어머니(Die Mutter)」에서 어머니 울라소바와 노동자 스밀긴이 투쟁을 위한 대화를 나눈다.

한 다음 제1차 세계대전에서 3년 동안 독일 포로수용소 생활을 겪었으며, 전후 영화에 입문하여 배우가 되려고 「이반 대제」 등에 출연했지만, 나중에는 선동영화를 만들기 시작했고, 「어머니」로 시작하여 러시아 혁명 3부작을 완성한다.

그 두 번째 작품으로 무식하고 젊은 농부가 정치 의식을 깨우쳐 혁명에 동참한다는 내용을 담은 「쌍크트 뻬쩨스부르크의 최후(Konyets Sankt-Peterburga, 영어 제목 The End of St. Petersburg, 1928)」는 접속편집 기법을 최초로 서술체 영화에 적용한 작품으로 유명하고, 세 번째 혁명영화 「칭기스칸의 후예(Potomok Chingis-khan, 영어 제목 The Heir to Genghis-Khan 또는 Storm over Asia 1928)」는 몽골리아를 점령한 영국군과 싸우는 유격대원들의 투쟁을 그렸다. 당의 노선에 충실했으며, 혁명에 참가한 인민을 감성으로 그렸다는 공훈을 인정받아 그에게는

1935년 레닌 훈장이 수여되었다.

언젠가 신상옥 감독은 북한에서 영화 제작에 대한 무제한적인 지원을 김정일 위원장으로부터 받았다고 회고한 적이 있는데, 히틀러의 독일이나 마찬가지로 소련의 공산당에서도 영화 매체가 정치 선전 도구로서의 이용 가치가 대단히 크다는 사실을 깨닫고 소수의 젊은 연출가들을 적극적으로 지원했다. 이런 정책 속에서 두각을 나타낸 3대 명감독이 에이젠쉬쩨인과 뿌도프킨과 알렉산드르 도브첸코(Aleksandr Dovzhenko, 1894~1956)였다.

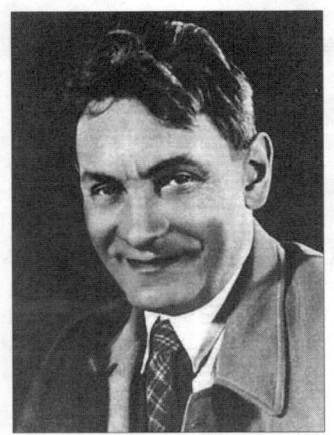

우크라이나 태생으로 고등학교 교사로 일하다가 영화를 만들게 된 도브첸코는 공격적인 영화 만들기를 했던 다른 두 사람과 달리 개인적이고 감성적이며 서정적인 예술영화를 만들어서 많은 상을 타면서도 '부르주아 민족주의자'라는 비난을 받아야 했다.

마을 사람들과 지주의 대립을 주제로 삼은 대표작 「대지(Zemlya, 영어 제목 Earth, 1930)」와 제1차 세계대전 말 키에프의 노동자 반란과 진압을 다룬 1929년 작 「무기고(Arsenal, 영어 제목 Arsenal : The January Uprising in Kiev in 1918)」, 그리고 무식한 시골 청년이 정치 의식을 깨우치는 과정과 더불어 인간과 자연의 관계를 조명한 「이반(Ivan, 1932)」은 "도브첸코의 3부작"으로 꼽힌다.

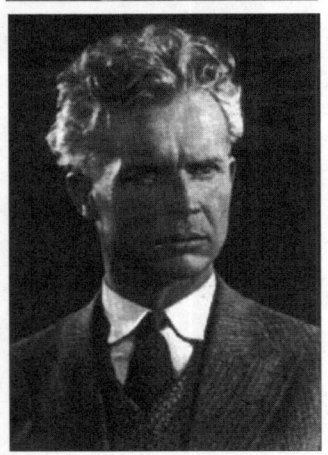

레닌 훈장을 받은 뿌도프킨(위)과는 달리 서정적인 예술영화를 만든 도브첸코(아래)는 '부르주아 민족주의자'로 낙인이 찍혔다.

냉전시대를 거치는 동안 우리들로서는 접근이 불가능했지만, 그 이외에도 서방 세계에 잘 알려진 혁명기 러시아 영화작가로는 에이젠쉬쩨인 밑에서 영화 수업을 하고 혁명극 「어머니」의 원작자

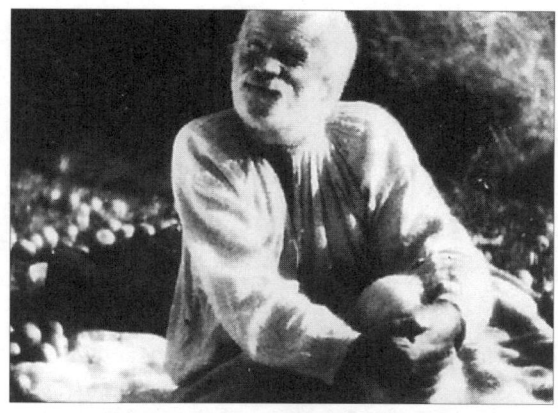

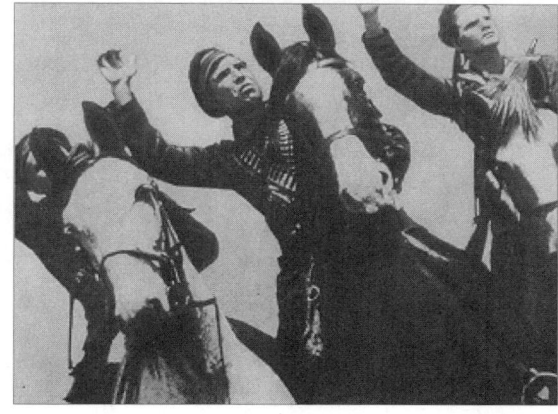

감상적이고 서정적인 영화를 만들어서 "부르주아 민족주의자"라는 소리를 들었던 도브첸코의 대표적인 3부작에서 1편 「대지」(위)는 마을 사람들과 지주의 대결을 그리고, 「무기고」(아래)는 노동자 반란과 진압을 다룬다.

막심 고리끼를 만나 그의 자서전적인 소설로 「고리끼의 어린시절 (Detstvo Gorkovo, 영어 제목 The Childhood of Maxim Gorki, 1938)」을 위시하여 「세상 밖으로(Vlyudyakh, 영어 제목 Among People, My Apprenticeship 또는 Out in the World, 1939)」를 거쳐 「나의 대학시절 (Moi universiteti, 영어 제목 My Universities, 1940)」에 이르기까지 고리끼 3부작을 만든 마르끄 돈스꼬이(Mark Semyonovich Donskoy, 1901~81) 가 있다.

외국에서 만든 러시아 혁명 영화로는 제정 러시아군의 멋쟁이 장교가 하녀였던 처녀와 함께 탈출을 하는 사이에 사랑에 빠져 결혼하게 되는 「붉은 새벽」, 혁명의 소용돌이 속에서 음모와 사랑이 싹트는 「붉은 춤」, 그리고 용병의 구출작전을 다룬 「세계와 육체」가 나왔지만, 하나 같이 너무 오래된 영화여서 접하기는 쉽지 않겠다.

Farrell, Dolores Del Rio, Ivan Linow, Boris Charsky, Dorothy Revier

▌「세계와 육체(World and the Flesh, 1932, 미국, 75분)」, 감/John Cromwell, 출
/George Bancroft, Miriam Hopkins, Alan Mowbray, George E. Stone

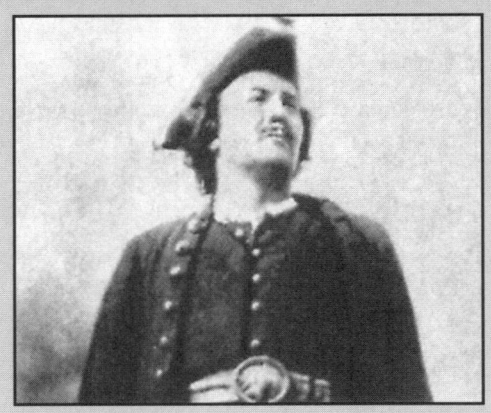

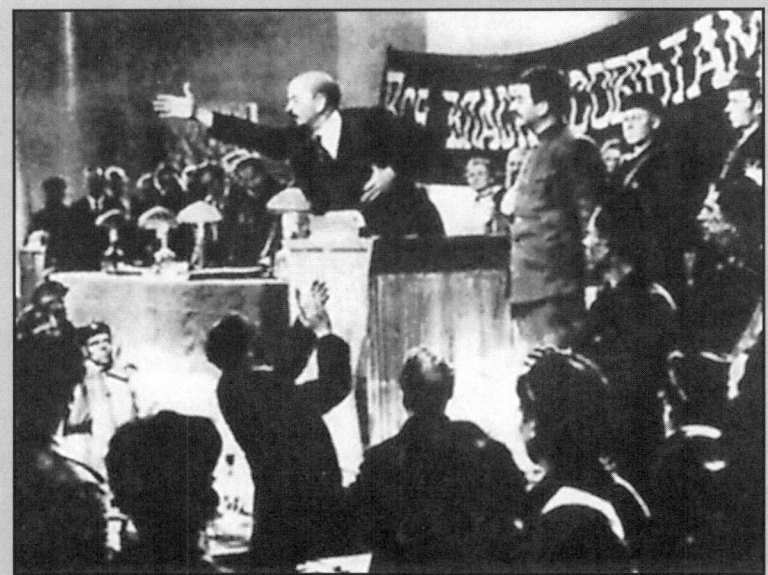

뽀트르 대제를 기리기 위해서 만든 인공 도시 쌍크트 뻬쩨스부르크에 가면 왜 마르크스-레닌 혁명이 일어났는지 쉽게 이해가 간다. 위 사진은 뽀트르 대제의 생애를 그린 러시아 영화 「뽀트르 1세(Pyotr I, 울라디미르 뻬트로브 감독)」이고, 아래 사진은 「10월의 레닌」에서 레닌이 열변을 토하는 장면이다.

제멋대로 사는 사람들

뾰뜨르 대제를 기리기 위해서 '쌍크트 뻬쩨스부르크'라는 이름을 붙이고 철저히 계획해서 건축한 인공 도시에는 스핑크스도 포함하여 전 세계의 모든 아름다운 건축물을 복제해 놓았고 운하도 만들었으며, 네프스키 강변의 에르미따지 박물관과 겨울궁전 같은 구경거리가 즐비하다. 그리고 안내인으로부터 "저 궁전은 어느어느 귀족이 질녀에게 선물하려고 지었다"는 설명을 듣는 순간, 왜 제정 러시아에서 혁명이 나지 않으면 안 되었는지를 이해하게 된다.

귀족들이 선물로 주고받는 궁전을 짓기 위해 혹사를 당했던 백성은 세금으로 생활이 도탄에 빠졌고, 뇌제 이반 4세의 개혁 정책에 따라 노동력 확보를 위해 필요해진 농노들은 주거 이전(住居移轉)의 자유까지도 제한을 받았다. 국가에서 생활을 보장해 주는 제도인 사회주의가, 사유 재산에 대한 욕심을 억제하여 생산성이 떨어져 자본주의와의 효율성 경쟁에서 패배하는 바람에 나중에는 "소련에서 공산주의는 거지와 창녀만 대량 생산했다"는 소리를 들었지만, 적어도 오로라 함에서 첫 포성이 울려야 했던 제정 러시아 시절에는 무산자들의 혁명 전쟁이 하나의 필연이었다.

그러나 새로움은 세월이 지나면 상대적으로 낡게 마련이고, 변증법적 유물사관은 사회주의 혁명 또한 결국 하나의 정(正, thesis)이어서, 반(反)을 만나 또다시 새로운 합(合)에 이를 운명임을 정의한 셈이었고, 격동의 사회주의 혁명과 더불어 스탈린의 전체주의 예술이 퇴락하는 가운데 에이젠쉬쩨인의 시대는 마감했다. 그리고는 혁명기를 과거의 역사로 정의(定義)해서 되새김질하며 평가하는 시대가 왔다.

「위선의 태양」에서는 주인공 세르게이 꼬토프(Sergei Kotov)가 스탈린 시대를 되새김질한다. 볼셰비키(Bolsheviki) 혁명의 영웅은 과거의 영광에 눈이 어두워져 올바른 판단력을 잃고, 요시프 스탈린(Iosif Vissarionovich Stalin, 1879~1953)의 폭압정치라는 진실을 외면한 채로 살아간다. 그러다가 노년기에 들어선 꼬토프는 1936년, 아내와 사랑하는 사이였던 남자가 비밀 경찰의 신분으로 그의 주위에서 출몰하기 시작하자, 소련의 현실을 새로운 눈으로 직시하게 된다.

아카데미 외국어 영화상과 깐느 영화제 비평가상을 받은 「위선의 태양」에서 연출과 주연을 맡은 니키타 미할코프는 안드레이 따르꼬프스키와 작업을 같이 했던 안드레이 미할코프(Andrei Mikhalkov-Konchalovski) 감독의 동생으로서, 「미드나이트 카우보이(Midnight Cowboy, 1969)」로 널

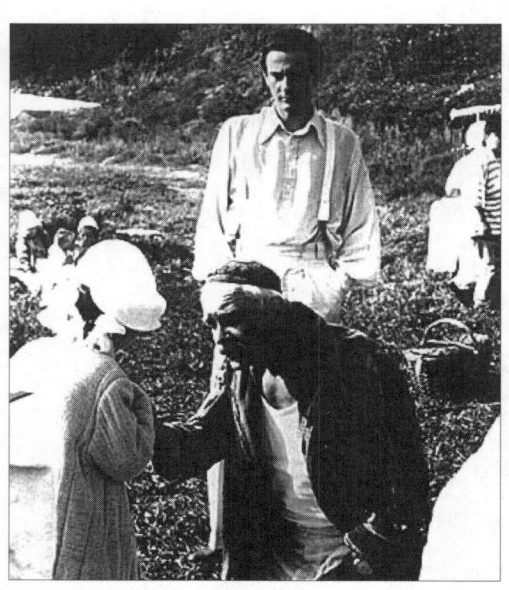

「위선의 태양」은 혁명을 영웅화하지 않고 새로운 눈으로 되새김질을 시작한 영화이다.

리 알려진 존 보이트(Jon Voight)의 초청을 받아 미국으로 이주했다. 안드레이와 니키타 미할코프-콘짤로프스끼는 모스크바 명문 출신으로, 할아버지는 유명한 피아노 연주자였고, 아버지는 작가 동맹의 회장이었다.

우리나라에는 비디오로 출시되어 인지도가 높아진 니키타 미할코프의 다른 작품 「오블로모프의 생애」는, 부유한 시골 집안에서 성장기를 보내고 30 년 간 재무부에서 관리로 일했으며, 농노제도를 폐지하자는 필요성을 자신도 모르는 사이에 제기했던 이반 곤짜로프(Ivan Aleksandrovich Goncharov, 1812~91)의 소설이 원작이다.

19세기 러시아 사실주의 소설 문학에서도 걸작으로 꼽히는 『오블로모프 생애의 며칠(1859년 작)』에 등장하는 주인공 일랴(Ilya Ilyich Oblomov)는 쌍크트 뻬쩨스부르크에 사는 지주로서, 정신적인 나태함과 육체적인 게으름의 화신(化身)이다. 당시 러시아 사회의 맹점인 무기력, 나태함, 우유부단함을 의인화(擬人化, personification)한 인물이라고 하겠다. 그가 주로 하는 일이란 푹신하고 편안한 긴 의자에 누워 공상을 즐기거나, 지저분하고 음침한 하인 자하르(Zakhar)와 가끔 말다툼을 주고받기가 고작이다.

실내복과 실내화는 소설에서 아예 그의 전형적인 의상으로 굳어지며, 오블로모프의 성격에서 한 부분을 이룬다. 그는 가진 재산을 모두 낭비하고, 편안한 삶이 위협을 받는데도 사업이나 토지 관리 따위는

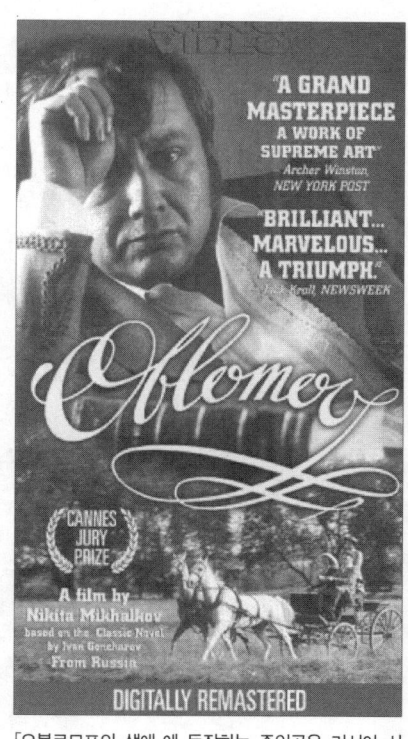

「오블로모프의 생애」에 등장하는 주인공은 러시아 사회의 맹점을 의인화한다.

거들떠보지도 않는다. 이 소설이 등장하자마자 당대의 유명한 비평가 니꼴라이 도브롤류보프(Nikolai Dobrolyubov)는 "오블로모프슈찌나는 무엇인가(Chto takoye oblomovshchina?)"라는 글을 발표하여 '오블로모프 현상'이라는 단어를 정착시켰고, 지금까지도 이 표현은 서양에서 자주 쓰인다.

'오블로모프주의' 또는 '오블로모프 기질'을 뜻하는 표현인 'oblomovshchina'라는 말을 처음 사용한 인물은 원작 소설에서 오블로모프와 대조적인 인물로 병치된, 그의 친구이며 모범적인 사업가 안드레이 시똘츠(Andrei Shtolts)였다. 그는 오블로모프가 정상인으로서 활동하도록 온갖 노력을 기울이지만, 모두 실패한다. 젊고 아름다운 올가 일린스까야(Olga Ilinskaya)를 동원해도 소용이 없다. 올가를 사랑하여 결혼 직전에까지 이른 오블로모프는 자신을 개혁하려는 이 아름다운 여인을 마다하고, 아이까지 달린 과부이기는 하지만 나태한 그대로의 그를 받아주겠다는 아가피야(Agafya Pshenitsyna)를 선택한다.

상심한 올가는 빠리로 가서 시똘츠를 만나 결혼하고, 오블로모프는 아가피야와 죽이 맞아 가산을 모두 없앤 다음 죽는다. 후세 사람들은 오블로모프를 쓸모없는 인간의 상징으로 보기도 하지만, 최후까지 자유주의를 고수한 젊은이의 정치적 견해를 상징한다는 해석도 만만치 않게 강하다. 따라서 농노제를 작가가 주장했다는 설은 신빙성이 없기는 하지만, 어쨌든 혁명 러시아의 옛 풍토를 잘 보여 주는 특이한 작중 인물임에는 틀림이 없다.

프랑스에서 오블로모프와 비슷한 인물을 찾아보면, 이브 로베르 영화의 주인공 「아주 행복한 알렉상드르」가 아닐까 싶다. 건강하고 착하기 짝이 없는 알렉상드르, 영화가 시작되면 그는 불행하기 짝이 없는 남자로 그려진다. 수선화 들판과 물안개가 피어오르는 개울로 교회의 종소리가 울려퍼지는 평화롭기 짝이 없는 시골 마을의 농부 알렉상드르가 늦잠을 자려고 하면, 아내가 달달 볶아대기 시작한다.

"오늘 아침에 당신이 할 일은 물통을 닦고, 무 뽑고, 우유 짜고, 트랙터 내놓고, 낫 집어넣고, 장작 쌓고, 당근밭 매고, 딸기밭 갈고, 옥수수 모종하고, 그리고 나서는," 아직 벌건 대낮인데도, 몸으로 아내를 즐겁게 해줘야 한다. 사다리를 오르다가도 졸고, 말뚝을 박다가도 꾸벅꾸벅 졸다가는, 아내가 손가락으로 "딱" 소리를 내면 빠블로프의 개처럼 알렉상드르는 얼른 눈을 뜨고는 죽어라고 일만 한다. 동네 아이들과 새들과 자연 속

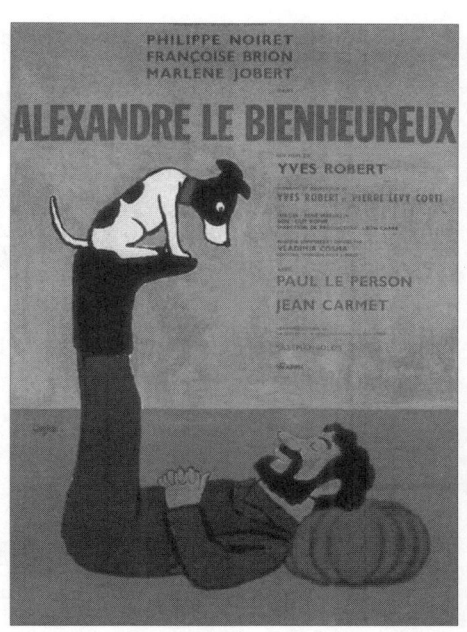

러시아의 오블로모프나 마찬가지로 프랑스의 "아주 행복한 알렉상드르"는 인생을 마음대로 살아가는 자유인이다.

에서 놀고 싶어하는 알렉상드르를 아내는, 집안에 작업 상황판까지 걸어놓고, 경적을 울리며 차로 쫓아다니고 무전기로 추적하며, 악착같이 노예처럼 부려먹는다. 그리고 좋아하는 개 한 마리도 기르지 못하게 잔소리가 끊임이 없다.

"일만 하면서 뭣 하러 사나? 시간을 한없이 누리고 싶다"던 알렉상드르는 아내가 부모를 모시고 놀러 가는 자동차의 뒤꽁지에 대고, 지나가는 말로, "이런 소릴 하면 내가 벌 받겠지만, 가다가 바퀴나 뻥 터져 버려라"고 한 마디 하고, 뜻밖에도 이 소원이 현실로 이루어진다.

아내의 장례식을 치르면서 알렉상드르는 자신이 자유와 해방을 되찾았다는 사실을 깨닫고 행복해지기 시작한다. 그는 집에서 기르는 거위와 토끼와 소를 모두 풀어 주고, 아내의 일과표 칠판에다 "오늘은 자고, 내일도 자고, 자고 자고 또 잔다"고 써놓고는, 다짜고짜 두 달 동안

자고 놀기만 계속한다. 가정부 노릇을 하는 개가 식료품점에 가서 사온 소시지와 포도주를 침대 곁에 주렁주렁 매달아 놓고, 나팔이나 불면서, 정말로 정말로 알렉상드르는 행복하다.

친구들이 걱정스러워 찾아가서 "일은 안 해?"라고 물으면, "미쳤다구?"라고 말한다. "밭은 어쩌구?"라면 "밭도 쉬어야 해"가 선문답의 해답이다. 다시 침대에서 나와 '정상적인' 생활을 하게 만들려던 친구들과 동네 아이들도 하나씩 둘씩 게으름 전염병이 옮고, 농부들은 20년 동안 하루에 다섯 시간밖에 자지 못하던 삶을 청산하고는, 당구와 낚시와 헤엄치기의 즐거움을 '발견'한다. 이런 소식을 들은 게으른 아가씨 아가타는 알렉상드르에게 접근하여 게으르기 짝이 없는 사랑을 하다가, 400 에이커가 넘는 그의 재산에 갑자기 눈독을 들이고는 결혼의 올가미로 그를 포획한다.

운명의 순간을 맞아 결혼식장에서 아가타가 "개와 나 가운데 양자택일을 하라"는 선언을 하자, 알렉상드르는 결혼의 속박을 포기하고 대신 개를 찾으려고 결혼식장에서 도망친다.

게으름의 미덕과 자유에 대한 갈망은 분명히 오블로모프와 알렉상드르의 공통분모이다. 그리고 그들 못지않게 제멋대로 인생을 살아가는 주인공은 미국에서도 눈에 띈다.

희곡 작품으로서 퓰리처 상을 탔을 뿐 아니라, 프랭크 캐프라가 만든 영화로도 유명하고, 나중에 텔레비전 연속물의 '원작'이 된 희곡 『죽을 때 가지고 갈 것도 아닌데(You Can't Take It with You)』는 「우리집 식구는 아무도 못말려」라는 제목으로 우리나라에서도 자주 공연되었고, 얼마 전에는 다시 뮤지컬로도 제작되어 널리 알려진 작품이다. 처음 이 희곡을 한국에 소개한 민중극단에서는 "돈이 떨어질 만한 때가 되면 「아무도 못말려」를 무대에 올린다"는 소리를 들을 정도로 이 작품을 자주 공연했으며, 재공연 때마다 흥행에 성공했다.

「우리집 식구는 아무도 못말려」가 성공한 까닭은 무엇보다도 조지 S. 카프먼(George S. Kaufman, 1889~1961)과 모스 하트(Moss Hart, 1904~61)의 원작이 지닌 작품성이 뛰어났기 때문이다. 그들 두 사람은 여러 희곡을 같이 썼는데, 참으로 희한한 우연의 일치이지만, 같은 해에 사망했다.

극작가 하트는 「신사협정(Gentleman's Agreement, 1947, 감/Elia Kazan)」과 「스타 탄생(A Star Is Born, 1954, 감/George Cukor)」의 영화 극본도 썼으며, 카프먼은 아돌프 주커(Adolph Zukor) 회장이 그의 작품을 3만 달러에 사겠다는 제안을 보내자 주커의 파라마운트 영화사를 4만 달러에 사겠다는 답장 편지를 보냈고, 어빙 톨버그(Irving Thalberg)로부터 원고를 빨리 써달라는 연락을 받고는 "수요일까지 원고를 원하시나요, 아니면 좋은 원고를 원하시나요?"라

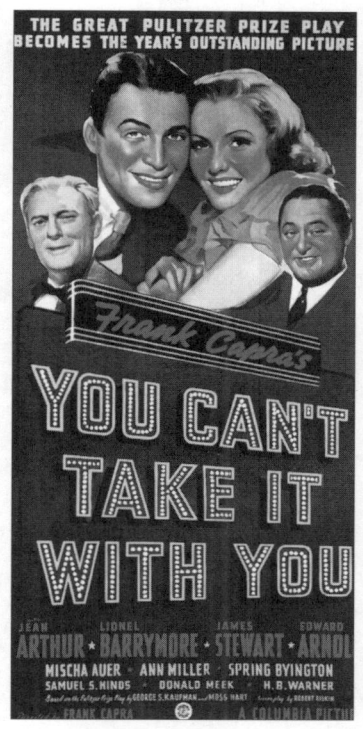

「우리집 식구는 아무도 못말려」는 러시아의 오블로모프, 프랑스의 알렉상드르와 더불어, 제멋대로 인생을 살아가는 미국 가족의 얘기이다.

는 반박 편지를 보낼 정도로 자존심이 강한 사람이었다.

카프먼이 연출을 맡았던 유일한 영화 「무분별한 상원의원(The Senator Was Indiscreet, 1947)」은 조세프 매카티 상원의원으로부터 '비미국적인(unAmerican)' 작품으로 낙인이 찍히기도 했는데, 매카티에게 왜 그의 작품이 미움을 받았는지는 「아무도 못말려」에서 주인공 밴더 호프가 국가와 세금과 정치인에 대해서 어떤 시각을 가졌는지를 살펴보면 쉽게 이해가 간다.

뭐니뭐니 해도 「아무도 못말려」의 가장 큰 매력은 등장인물들의 사고방식(인생관)이다. 미국의 젊은이들에게 왜 히틀러와 전쟁을 해야 하

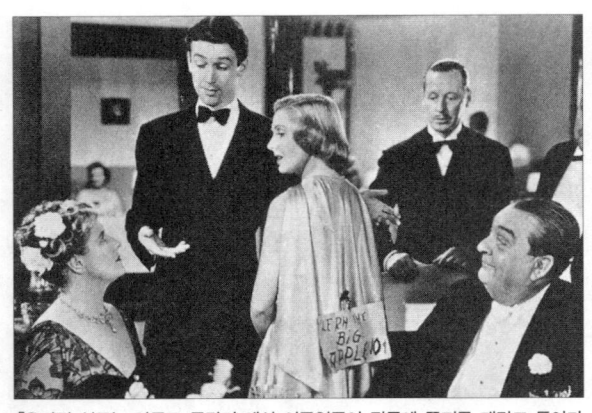

「우리집 식구는 아무도 못말려」에서 여주인공이 잔등에 쪽지를 매달고 돌아다니며 식당 안을 난장판으로 만든다. 이 영화는 50년 후에 텔레비전 연속물로 재활용되었지만, 캐프라 영화만큼 성공을 거두지는 못했다.

는지를 노골적으로 독전(督戰)하는 선전영화 「우리가 싸우는 이유(Why We Fight)」를 만들어 1942년 아카데미 상 기록영화 부문의 수상자가 되었음에도 불구하고 훗날 매카티에게 공산주의자로 몰렸던 프랭크 캐프라가 「스미드 씨 워싱턴에 가다(Mr. Smith Goes to Washington, 1939)」와 「인생의 낙원(It's a Wonderful Life, 1946)」에서 일관되게 보여 준 대단히 미국적인 정신으로 만든 영화 「아무도 못말려」에서, 라이오넬 배리모어(한국 연극에서는 추송웅)가 연기한 주인공 마틴 밴더호프(Martin Vanderhof)는, 자세히 따지고 보면 아닌게아니라, 대단히 '비미국적'이고 '비자본주의적'이며 '비논리적'인 인물이다.

"돈벌기가 너무 재미없다는 생각이 들어" 일을 하다 말고 "봄이 오는 소리를 듣기 위해" 집으로 간 다음, 30여 년 동안 (우표 수집 등) 하고 싶은 일만 하면서 살아온 밴더호프는, "필요 이상의 돈을 왜 벌어요? 하모니카나 불라구요"라는 생활방식을 온집안 식구들에게 전염시켜서, 딸은 8년 전에 잘못 배달된 타자기를 활용하기 위해 별로 소질도 없는 희곡을 쓰고, 발레를 배우는 손녀딸과 밥을 얻어 먹으러 저녁마다 나타나는 러시아인 발레 선생, 그리고 지하실에서 폭죽을 만드는 사위의 심부름을 하는 까마귀에 이르기까지, 모두들 취미를 생활로 삼아서 살아간다.

정말로 정신이 없기는 하지만, 그들은 행복해질 용기를 가지고 마음대로 살아가는 참된 자유인들이다. "지금 몇 시예요?"라고 물으면, "두 시간쯤 전에 아마 다섯시였지"라는 식으로 말이다.

그리고 밴더호프는 정부에서 그에게 해 준 일이 없고, "국회의원들의 봉급을 왜 내 돈으로 줘야 하는지"를 이해하지 못하기 때문에 22 년 동안 소득세를 한푼도 내지 않았으며, '가문'을 따지는 경제 귀족의 졸부 의식을 "미래가 불투명하다고 느끼면 아예 모험을 못 하는 사람들"이라고 불쌍해한다.

논리적으로 따지면 밴더호프 일가는 실로폰을 치고 춤을 추고 레슬링 시합을 벌이고 놀기만 좋아하지, 제대로 밥벌이도 못하는 한심한 사람들이다. 그들 스스로 상식과 논리를 파괴하기 때문이다. 그러나 논리의 파괴는 해방으로 가는 지름길이다.

찾아보기

▌「위선의 태양(Soleil Tompeur, 영어 제목 Burnt by the Sun, 1994, 러시아–프랑스, 135분), 감/Nikita Mikhalkov, 출/Nikita Mikhalkov, Ingeborga Dapkounaite, Oleg Menchikov, Nadia Mikhalkov, Andre Oumansky

▌「오블로모프의 생애(Neskolko dnej iz Zhizni I. I. Oblamov, 영어 제목 Oblomov 또는 A Few Days in the Life of I. I. Oblomov, 1980, 러시아, 146분)」, 감/Nikita Mikhalkov, 출/Oleg Tabakov, Yuri Bogatryev, Elena Soloyei, Andrei Popov

▌「아주 행복한 알렉상드르(Alexandre le bienheureux, 영어 제목 Very Happy Alexander, 1968, 프랑스, 95분)」, 감/Yves Robert, 출/Philippe Noiret, Françoise Brion, Marlène Jobert

▌「우리집 식구는 아무도 못말려(You Can't Take It With You, 1938, 미국, 127분)」, 감/Frank Capra, 출/Jean Arthur, Lionel Barrymore, James Stuart, Ann Miller, Mischa Auer, Donald Meek, (Ward Bond)

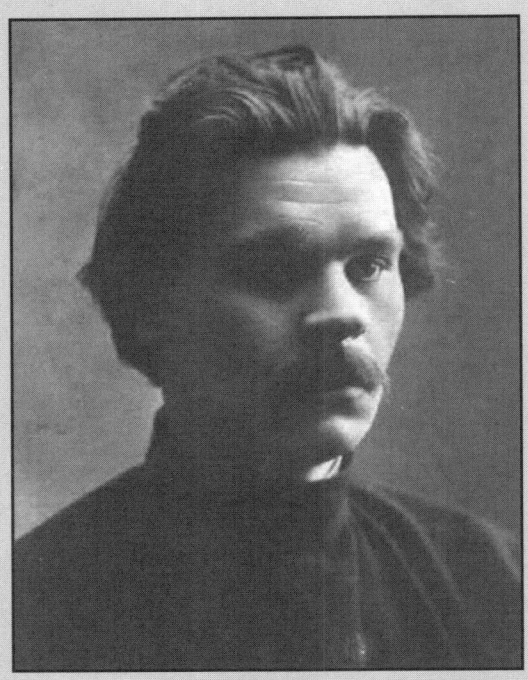

막심 고리끼(왼쪽)와 표도르 도스또예프스끼(아래)는 러시아의 밑바닥 인생을 그려낸 대표적인 두 작가이다.

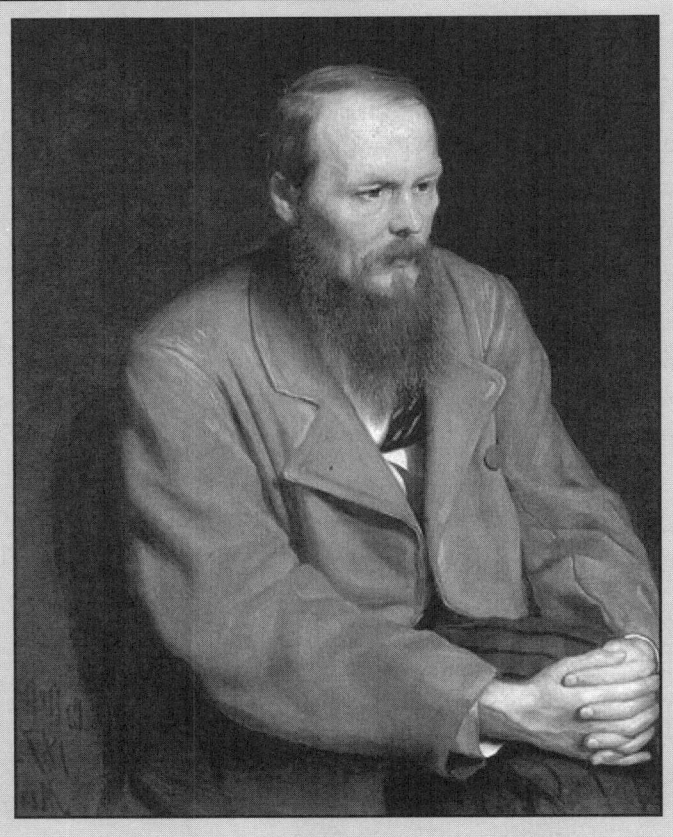

밑바닥 세상의 사람들

    러시아의 게으른 자유인 오블로모프, 여자와의 결혼생활보다는 개와 함께 하는 즐거운 낚시를 선택한 프랑스인 알렉상드르, 그리고 아무도 못 말리는 미국인 밴더호프의 이야기는 참으로 특이하고 재미있는 인생관을 보여 주기는 하지만, 그러나 러시아의 삶이 그렇게 게으름을 피우며 행복해할 정도로 풍족하지만은 않았다.

    최초의 위대한 러시아 작가로 꼽히며, 사회주의적 사실주의 최초의 전형으로 알려진 혁명극 「어머니」의 원작자 막심 고리끼(Maksim Gorykii, 본명 Aleksei Maksimovich Peshkov, 1868~1936)는 프롤레타리아 출신으로서, 그의 삶은 돈스꼬이가 3부작으로 그려냈듯이 그야말로 러시아의 밑바닥 인생이었다. 어려서 고아가 된 그는 아홉 살 때부터 스스로 벌어서 먹고 살기 위해 볼가 강 기선의 부엌에서 일했고, 빵집과 제화점의 점원, 어부, 철도원 생활 그리고 1887년의 자살 미수를 거쳐 1895년 단편소설 「첼카시(Chelkash)」로 필명을 얻는다.

    헐리우드 키드의 고등학시절에만 해도 국어 선생님은 프롤레타리아 문학의 고전으로 알려졌던 「첼카시」를, 부두의 부랑자가 주인공으로서, 부르주아 도덕관에 구속을 받지 않는 늠름한 자연아(自然兒)이며, 누더기와 무지와 범죄에 물든 환경 속에서도 권력과 돈에 굴하지 않고 소시민적인 범속함, 사회악, 불륜과 맞서는 강인한 긍지를 갖춘 낭만적 자유인이라고 부각하여 가르쳤었다. 이것은 물론 작가 고리끼 자신의 밑바닥 인생에서 우러난 작품이었다.

가난한 사람들의 얘기를 써서 성공한 그는 '부자'가 되어 쌍크트 뻬쩨스부르크에 정착해서는 출판사를 차리고 마르크스주의 혁명 운동을 지원하면서 제정 러시아 당국의 미움을 받아 체포되었고, 1902년에는 학술원 명예회원으로 추대되었으나 정부에서 거부권을 행사했다. 이에 반발해서 안톤 체호프와 울라디미르 꼬롤렌꼬(Vladimir Korolenko)가 사임하는 사태가 벌어지기도 했다. 그리고 같은 해 고리끼는 희곡『밤 주막(Na dne)』을 발표한다.

토굴 같은 싸구려 하숙 주막을 무대로, 나스따샤를 학대하는 주막집 주인을 보고 분개한 끝에 뻬뻴(Pepel)이 그를 살해하는 과정에서 다양한 등장인물이 보이는 반응을 통해, 욕심이 많은 남편, 바람둥이 아내, 매춘부, 알코올 중독자 같은 갖가지 추악한 쓰레기 인간상의 행태를 추적하여 하층 사회를 분석하는 『밤 주막』에서는, 순수하고 소박한 인간이 진실을 위해 아무리 싸우려고 해도 패배밖에 거두지 못한다.

환상이나 착각에 의존하지 않고 자신의 힘만으로 생존해야 하느냐 아니면 낭만적인 꿈으로 장식한 세계관을 방패삼아 삶의 고통을 잊으며 살아야 하느냐는 주제가 담긴 『밤 주막』은 유진 오닐의 희곡("The Iceman Cometh")에서 훗날(1939년) 고스란히 재현되기도 하며, 영화로도 여러 번 만들어졌지만, 우리에게 가장 낯익은 작품은 장 르누아르의 「밤 주막」이다.

영화 「밤 주막」에서는 도둑 뻬뻴이 애인(情婦)의 여동생을 사랑하게

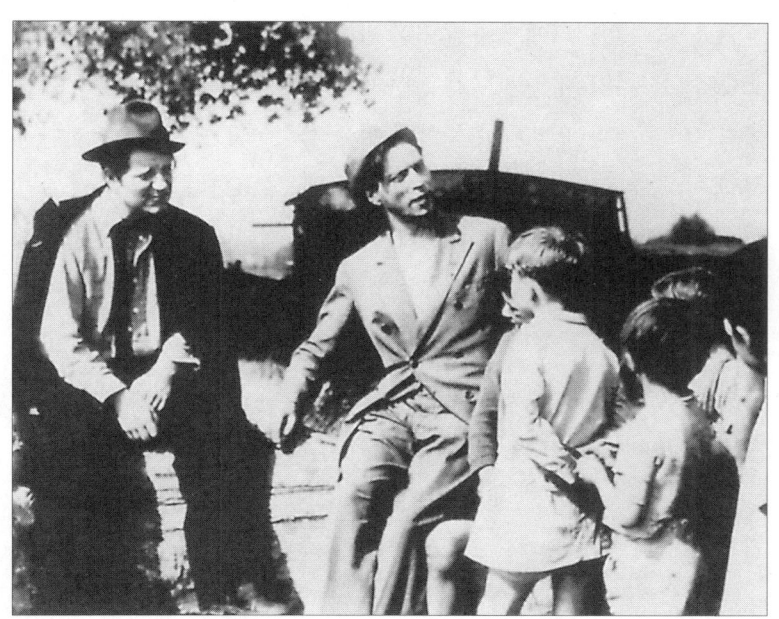

우리나라에 가장 잘 알려진 「밤 주막」은 장 르누아르가 만든 프랑스 영화로서, 장 가뱅과 루이 주베가 주연을 맡았다.

되는데, 경찰관에게 뇌물로 제공된 이 아가씨를 구하기 위해 살인을 저지른다는 내용으로 바뀌었으며, 구로사와 아끼라의 일본판 「밤 주막」이 훨씬 원작에 충실하다.

역시 러시아의 밑바닥 인생을 사실적으로 그려낸 표도르 도스또예프스끼(Fyodor Mikhailovich Dostoevskii, 1821~81)는 출신이 고리끼와는 정반대여서, 모스크바의 가난한 귀족 출신의 빈민병원 의사에게서 여덟 아이 가운데 둘째로 태어났다. 언어의 절제를 강조하던 어니스트 헤밍웨이는 그의 작품에 대해서, 창작의 원칙을 전혀 지키지 않으면서도 어쩌면 그토록 감동적인 소설을 써내는지 모르겠다고 감탄했었는데, 도스또예프스끼의 무절제는 그의 문체에서만 지적을 받았던 특징이 아니라, 그의 인생 전체를 관통한 질병과 마찬가지였다.

그는 공병학교를 졸업한 다음 군대생활을 했지만 전혀 적성에 맞지 않았고, 이때 아버지에게 보낸 여러 편지에서 이미 돈에 쪼달려 애쓰는 모습이 나타나기 시작한다. 겨우 1년 만에 군대를 그만둔 그는 1844년 발자크의 소설을 번역하며 문학에 발을 들여놓고는, 이듬해 「가난한 사람들(Bednye lyudi, 영어 제목 Poor Folk)」을 발표한다. 소심하고 가난한 남자(Makar Alekseyevich Devushkin)와 길 건너에 사는 가난한 처녀 (Varvara Alekseyevna Dobroselova)가 서로 사랑하면서도 결국 여자가 돈많은 남자와 결혼한다는 내용을 담은 중편소설인데, 두 주인공이 주고받는 편지의 내용을 통해 보여 준 인물묘사가 뛰어나서 평론가 벨린스끼(Vissarion Grigorievich Belinskii)로부터 호평을 받는다.

그러나 몇 주일 후에 발표한 두 번째 중편소설로서 고골리의 『광인일기』를 연상시키는 도펠갱어(Doppelgänger)적 환상 계열의 얘기 「제2의 골야드킨(Dvoinik, 영어 제목 The Double)」이 벨린스끼와 이반 뚜르게네프로부터 혹평을 당하자, 이때부터 도스또예프스끼는 뚜르게네프에 대한 평생에 걸친 경쟁심에 시달리게 된다. 이러한 정신적인 불안감은 1839년 아버지가 농노들에게 살해당한 이후 시작된 간질병 증세와 더불어 죽을 때까지 도스또예프스끼를 괴롭힌다.

비스꼰띠 감독이 신사실주의(neorealism)로부터 벗어나는 전환기에 만든 영화 「백야(白夜)」는 서구 사상으로 기울던 도스또예프스끼가 1948년에 발표한 세 편의 단편 가운데 하나("Belye nochi")가 원작이며, 바다 사나이 애인으로부터 버림을 받은 신비한 여인과 우연히 만나 사랑을 나누는 남자의 이야기이다. 우리나라에는 펠리니가 감독한 「까비리아의 밤(Le notti di Cabiria, 1956)」과 비슷한 시기에 수입되어, 제목까지도 비슷한 이탈리아 예술영화 두 편이 함께 돋보이기도 했었다.

「백야」를 발표하던 해에 도스또예프스끼는 사회주의에 탐닉하던 미하일 뻬뜨라셰프스키(Mikhail Vasilyevich Petrashevsky)가 이끄는 젊은 지성인 집단에 들어가고, 1849년 벨린스끼가 고골리에게 보낸 금

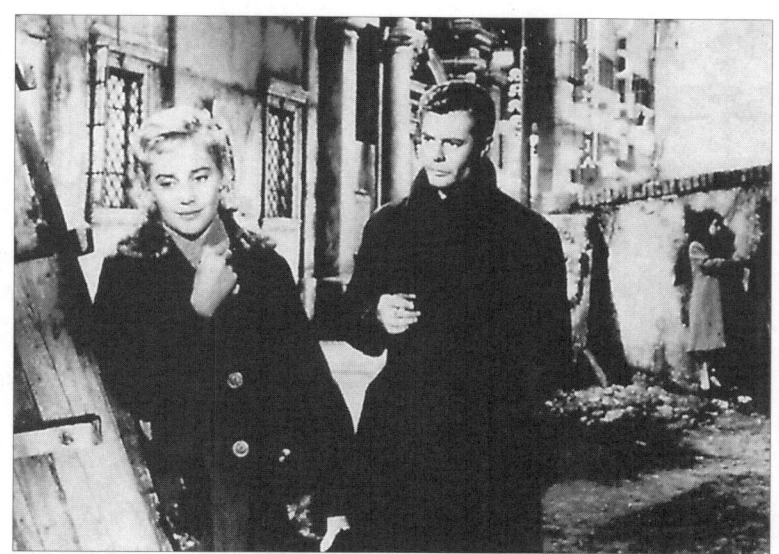

도스또예프스끼의 「백야」를 이탈리아에서 영화로 만들 때도 문예물 단골의 독일 여배우 마리아 셸이 주연을 맡았다.

지된 편지를 읽고 지하 출판을 계획했다는 죄로 체포되어 8개월 동안 감옥 생활을 한 다음, 다른 세 명과 함께 처형장으로 끌려가지만 마지막 순간에 사면을 받아 목숨을 건진다. 그리고는 시베리아로 유배를 가서 4년 동안 옴스크의 수용소에서 강제 노동을 하는데, 이때 죽음을 눈앞에 두고 받았던 충격을 그는 『백치(1868)』에 담았다.

러시아에서 만든 대표적인 영화보다 10년 전에 구로사와 아끼라가 시대적인 배경을 현대화하여 일본에서 선을 보였던 「백치」는 본디 쌍크트 뻬쩨스부르크의 세속적인 사회에서 혼자만 순진하고 착한 천사처럼 살기 때문에 '백치'라는 별명을 얻게 된 귀족 미시낀(Myshkin) 공작이 주인공이다. 막대한 유산을 물려받은 그는 부패한 세상에 휘말리고, 어린 나이에 나이 많은 남자의 정부 노릇을 한 어두운 과거를 지닌 나따샤 필리뽀브나(Natasha Filippovna)를 가운데 두고, 부유하면서도 흉악하며 욕정적인 로고진(Rogozhin)과 삼각관계에 빠진다.

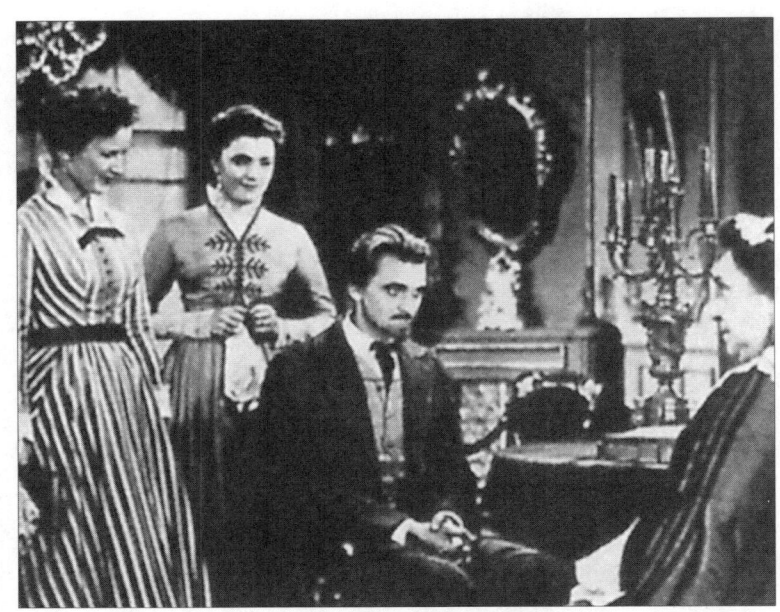

도스또예프스끼가 죽음을 눈앞에 두었던 충격을 소설로 엮은 「백치」의 주인공은 훗날 「까라마조프의 형제들」에서 알렉세이로 발전한다. 사진은 1959년 소련 영화 「백치」의 한 장면

　수치심에 시달리다가 더욱 타락하는 악순환 속에서 나따샤는 그녀에 대한 미시낀의 사랑이 사실은 애정이 아니라 연민이라는 사실을 깨닫고 더욱 심한 고통을 받게 된다. 나따샤와 헤어진 미시낀은 아글라야(Aglaya Epanchin)와 결혼하려고 하지만, 이 여자에게도 그녀가 원하는 정상적이고 정열적인 사랑을 베풀지 못하며, 숭고하고 헌신적인 사랑이 현실에서는 육체적인 사랑을 수반하지 못하는 경우 비웃음의 대상에 지나지 않는다는 진실을 깨닫는다.

　결과적으로 두 여자에게 사랑의 포만감이 아니라 상처만 주는 그를 죽이려던 로고진은 대신 나따샤를 살해하고, 미시낀은 다시 무기력한 백치 상태로 돌아간다. 도스또예프스끼가 참된 선인(善人)의 상징으로 그리려다 실패한 미시낀은 훗날 알렉세이 까라마조프라는 인물로 다시 태어난다.

수용소 생활을 끝낸 후에 4년 동안 군대에서 강제 복무를 하면서 도스또예프스끼는 러시아 천민 계층의 삶을 어느 작가보다도 훨씬 더 깊고 넓게 직접 체험했고, 그는 이 시기를 작가로서 성장하는 과정 가운데 가장 중요한 부분이라고 꼽았다. 또한 수용소에서는 신약성서 이외에는 독서가 허락되지 않았고, 이후 그가 발표한 여러 작품에서 종교는 두드러진 주제로 나타난다.

　시베리아에서도 글쓰기를 멈추지 않았던 그는 1859년 쌍크트 뻬쩨스부르크로 돌아와 두 권의 소설을 발표했고, 1862년에는 첫 유럽 여행에 나서 빠리, 런던, 제네바를 둘러본다. 그리고 이듬해 두 번째 유럽 여행에서 독일 비스바덴(Wiesbaden)의 도박장을 찾아갔다가, 도박 중독증에 걸려 오랫동안 헤어나지 못하고 고생한다. 그의 도박 '경험'은 1866년 『도박사(Igrok, 영어 제목 The Gambler)』라는 소설을 탄생시켰으며, 영화 「대죄인」에서는 도박 중독에 걸린 여주인공(Pauline Ostrovski, Ava Gardner)을 도와주려다가 남주인공 도스또예프스끼(Fedja)가 덩달아 도박에 빠져 버린다.

　1864년 그는 평생 크게 의지하며 살았던 형 미하일(Mikhail)이 출판하는 잡지 〈시대(Epokha, 영어 Epoch)〉에 「지하에서 쓴 수기(Zapiski iz podpolya)」를 발표한다. 영화에서는 비참하면서도 자존심이 강하고, 잔인하면서도 무척 인간적이며, 냉소적이고 외로운 패배자로 재현된 '지하인(地下人, Underground Man)'이 불행했던 학창시절 그리고 창녀와의 관계를 회상하는 형식을 취한 「수기」의 원작은 2부로 구성되어서, 1부는 철학적 토론으로 이어지는 독백이고, 2부는 삶을 심리적인 측면에서 관찰하고 분석한다. 물질적인 발전으로 사회를 개혁하는 가능성과 인간의 합리성을 믿었던 러시아 급진적 사상가들이 주창하던 실증주의적 사상을 반박한 이 작품에서 도스또예프스끼는 주인공을 통해 자신이 비합리성의 화신임을 세상에 알린다.

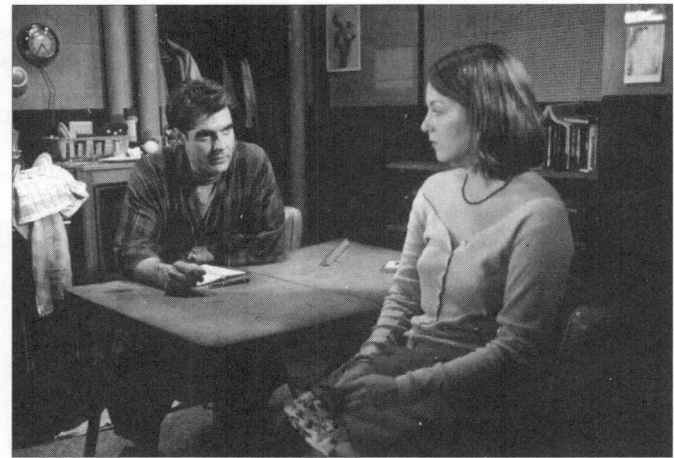

「지하에서 쓴 수기」의 한 장면. 주인공을 통해 도스또예프스끼가 자신의 비합리성을 보여 주었던 「지하에서 쓴 수기」는 미국에서도 영화로 제작되었다.

　　「지하에서 쓴 수기」는 도스또예프스끼가 문학적인 성숙기로 들어서는 이정표 노릇을 했다.

찾아보기 ●--

Peck, Ava Gardner, Melvyn Douglas, Walter Huston, Ethel Barrymore

▌「지하에서 쓴 수기(Notes From Underground, 1995, 미국, 88분)」, 감/Gay
Walkow, 출/Henry Czerny, Sheryl Lee

도스또예프스끼는 도박에 빠져 삶의 많은 부분을 낭비했지만, 노름빚을 갚기 위해 『죄와 벌』이라는 명작을 남겼고, 같은 해(1866년)에 『도박사』(아래)도 발표했다.

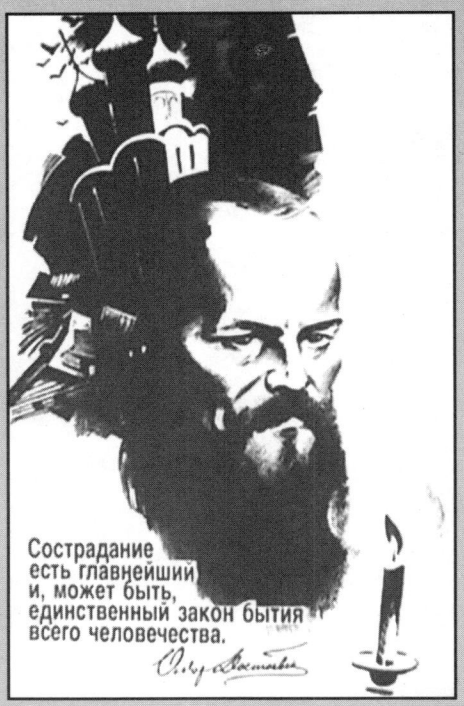

Сострадание
есть главнейший
и, может быть,
единственный закон бытия
всего человечества.

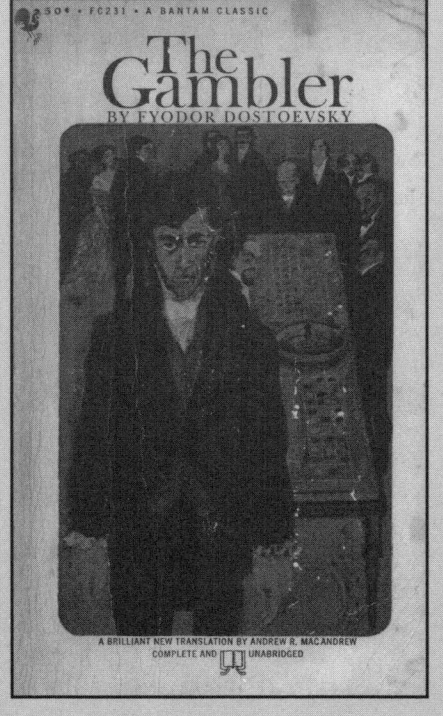

라스꼴리니코프와 로아크의 신념

도스또예프스끼가 처음 도박에 맛을 들였던 1863년 두 번째 유럽 여행에는 뽈리나(Polina, Apolinariya Suslova)라는 젊은 여자와 동행이었다. 형 미하일이 1861년부터 발행하던 잡지 〈시대〉에 짧은 글을 기고했던 이 여자 때문이었는지 아니었는지는 확실치 않지만, 도스또예프스끼는 이 무렵 폐병을 앓던 아내와 사이가 좋지 않았고, 뽈리나는 오랫동안 그에게 고통을 주었으며, 훗날 여러 소설에서 "악마 같은 여자(infernal woman)"로 등장하게 된다.

아내에 이어, 그가 늘 의지해 왔던 형이 죽은 다음, 그는 두 가족의 살림을 책임져야 했지만, 1865년 유럽 여행에서 다시 도박에 빠졌고, 그래서 경제적인 어려움을 타개하기 위해 『죄와 벌(Prestupleniye i nakazaniye, 1866)』을 집필하기에 이른다.

도스또예프스끼가 성숙기에 발표한 도시소설 『죄와 벌』은 1970년 소련의 막심 고리끼 촬영소에서 영화로 제작했고, 위대한 영상 마술사이며 마를레네 디트리히의 상(像)을 미국화한 감독으로 유명한 오스트리아 태생의 폰 슈테른베르크(미국명 본 스턴버그, 1894~1969)의 기발한 기법으로 유명해진 작품이 선을 보이기도 했다. 조지 해밀튼의 데뷔작인 「미국의 죄와 벌」, 그리고 「죄와 공포」 또한 같은 작품을 미국화한 영화이며, 최근에는 핀란드의 아키 카우리스마키 감독이 20세기 말 헬싱키로 무대를 옮겨서 만든 「죄와 벌(Rikos ja rangaistus, 1983, 93분)」도 수입되었지만, 가장 많은 한국 관객이 극장에서 접한 「죄와 벌」은 로베르 오쎙과 마리나 블라디 부부가 주연을 맡았던 프랑스 작품뿐이었다.

주인공의 이름을 르네와 릴리로 바꾸었고, 세느 강가의 빠리 풍경이 어쩌면 네프스키 강가의 쌍크트 뻬쩨스부르크와 저토록 비슷할까 하는 생각이 들게 하는 프랑스 판 「죄와 벌」에서는 리노 방뛰라의 술집에서 르네(라스꼴리니코프)가 릴리(쏘냐)의 아버지를 처음 만나는 장면이 퍽 인상적이다. 지병인 폐결핵에 시달리는 아내와 자식이 딸린 후처, 거기에다 경제적인 어려움에 이르기까지, 쏘냐(Sonya Marmeladovna)의 주정뱅이 아버지는 작품을 집필할 당시 작가 도스또예프스끼 자신의 모습을 생생하게 연상시킨다. 자식들을 부양할 능력이 없어서 딸을 창녀로 내

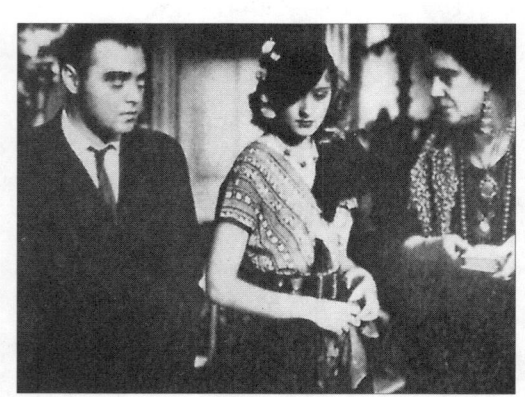

미국에서 1935년에 만든 「죄와 벌」은 "빛과 그림자"를 절묘하게 구사한 영화였다. 본 스턴버그 감독은 본디 빛과 그림자의 연출이 뛰어난 사람이었다.

보내고, "나에게 동정을 베풀어 줘서 고맙네"라며 술을 구걸하는 무능력한 남자 마르멜라도프(Marmeladov), 가난과 불행을 자랑이나 덕목으로 미화하던 시대에 자신의 인생을 책임지지 못해서 「제2의 골랴드킨(Dvoinik, The Double)」처럼 술의 망각에 의존하는 쏘냐의 아버지는 절망적 패배자이다.

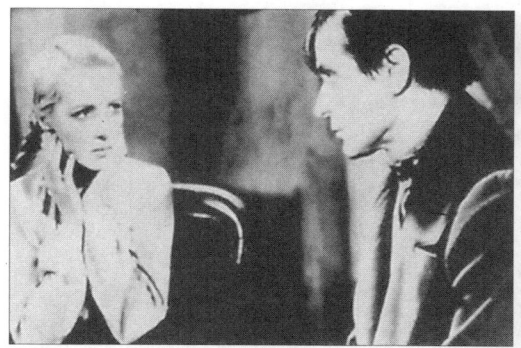
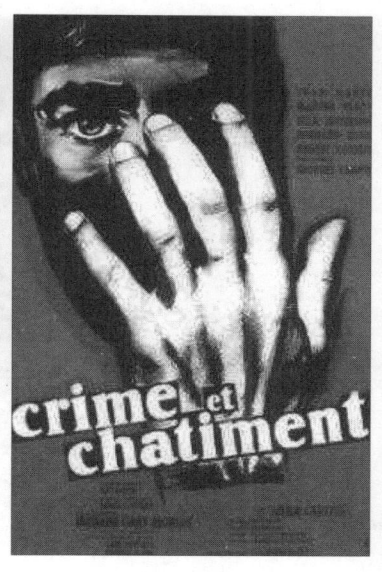

「죄와 벌」은 프랑스에서도 이미 1935년에 영화(위)가 나왔고, 우리나라에서는 1956년 로베르 오쌩과 마리나 블라디 부부의 영화(오른쪽)가 널리 알려졌다.

그렇다면 "경찰은 부자들의 돈으로 가난한 자들을 억압한다"며 무능한 가난의 편을 드는 주인공 라스꼴리니코프(Raskolinikov)는 어떤 인물인가? 그는 "구두와 옷과 초콜릿으로 젊은 여자들을 유혹하는" 중년 남자에게 어린 여동생이 돈 때문에 팔려 가듯 시집을 가는데도 막을 길이 없다. 그리고 러시아어로 '분리론적(schismatic)'이라는 뜻인 '라스꼴리니코프'는 "살인이 진짜 용기"임을 증명하려고, 돈놀이말고는 생존 능력도 없고 저항할 힘조차 없는 전당포 할머니를 살해하기 위해서, "한 마리의 이를 잡기" 위해 두 달 동안이나 준비를 하면서, 설명하기 어려운 자신의 동기와 목적을 정당화하기 위해 양분(兩分)법적인 논리를 전개한다.

라스꼴리니코프는 세상이란 모든 것을 허용받는 강자와 그들 강한 자에게 복종하는 약자로 나뉘고, 비범한 사람들은 평범한 자들이 지켜야 하는 모든 법과 도덕을 초월한다고 믿었으며, 아무 쓸모도 없는 할머니를 죽이고 거기에서 얻은 돈의 힘으로 자신이 성공하여 인류를 돕

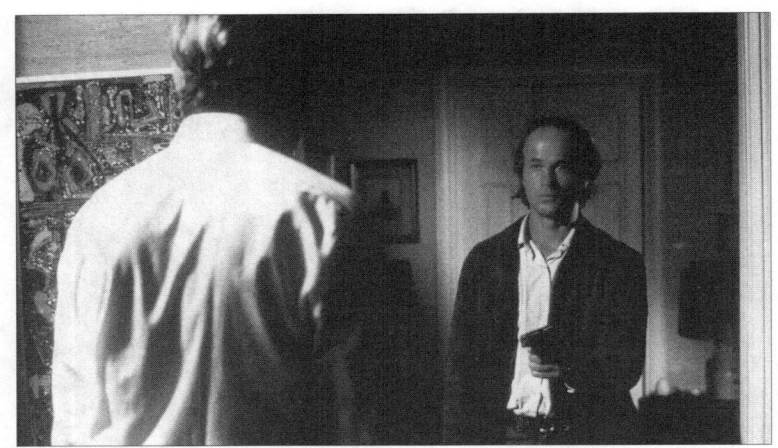

핀란드에서 만든 「죄와 벌」에서는 도축장에서 일하는 주인공이 증거를 조작하고, 죄없는 사람을 희생자로 만들어 가면서 경찰을 골탕먹이고, 해외 탈출을 위해 여권을 위조하는 공격적인 성격의 인물로 변질된다.

는 일을 하게 된다면, 그에게는 나뽈레옹이나 마찬가지로 살인할 권리가 생겨난다고 주장한다.

하지만 막상 살인과 더불어 "오만함의 죄"를 저지른 다음 그는 양심의 가책을 받아 훔친 돈을 쓰지도 못하고, "가족을 위해 자신을 희생하는 거룩한 창녀" 쏘냐 앞에서 무릎을 꿇고 참회하고는 구원을 받기 위해 시베리아 유형의 길을 떠난다. 시베리아로 따라가는 쏘냐의 사랑은 물론 러시아 정교의 인본주의를 상징하기도 한다.

이렇듯 미수(未遂)로 끝나는 라스꼴리니코프의 나뽈레옹 초인사상을 실천하는 영화의 주인공은 「마천루」의 하워드 로아크(Howard Roark)이다.

「마천루」의 원작자 아인 랜드(Ayn Rand, 본명 Alisa Rosenbaum, 1905~82)는 도스또예프스끼의 도시 쌍크트 뻬쩨스부르크 태생으로, 러시아 혁명 이후 고국을 탈출하여 1920년대에 미국으로 건너갔으며, 헐리우드에서 엑스트라로 활동하다가 파라마운트 영화사에서 대본을 읽고 검토하는 일을 시작했다. 그녀는 1932년 「붉은 졸개(Red Pawn)」의 각본을 유니버설에 처음 팔았고, 조세프 폰 슈테른베르크 감독과 마를레네 디트리히를 동원한 영화를 만들기 위해 파라마운트가 다시 그 각본을 사들였지만, 끝내 제작에는 착수하지 못했다.

이런 활동 경력을 보면 아인 랜드를 싸구려 영화소설을 쓰는 작가쯤으로 추측하기가 쉽지만, 사실은 전혀 그렇지가 않다. 그녀는 하나같이 7백 쪽이 넘는 무거운 대작 소설만 썼으며, 이기주의 사상 (philosophy of selfishness)을 표방

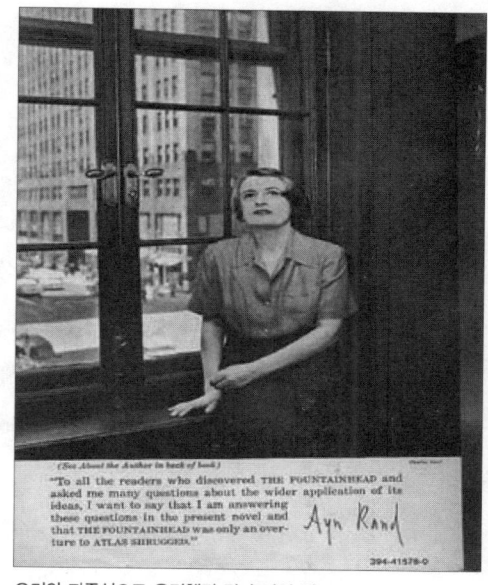

오기와 자존심으로 유명했던 작가 아인 랜드

하는 철학 운동을 이끌기도 했다. 그녀의 장례식에 거대한 '돈($)' 상징물을 만들어 세우게 했을 만큼 개성이 강했던 랜드의 이기주의 사상은 라스꼴리니코프의 나뽈레옹 초인사상을 그대로 물려받았지만, 강한 자와 약한 자의 대립 구조가 지적인 천재와 쓸모없는 군중의 구도로 바뀐다. 자칫 잘못 소화하면 아리안족에 대한 히틀러의 사상처럼 해석될 위험성도 잠재하는 개념이다.

랜드의 소설에서는 대부분의 남성 주인공이 지적인 영웅으로 나타나는데, 그들 중에서도 대표적인 인물이 1943년에 출판된 『마천루』의 하워드 로아크이다. 그는 대학에 다닐 때도 이미 천재성으로 두각을 나타내서, 뉴요크 같은 대도시의 고층 건물은 르네상스식 장식적인 아름다움을 추구하는 대신, 직선적이고 기능적이어야 한다고 믿고는 군중이 섬기는 기존 건축 양식과의 타협을 거부한다. 물론 그는 르네상스 양식이 지배하는 건축계의 보수 세력에게서 따돌림을 당하고 오랫동안

고생하지만, 결국 현대적인 마천루를 짓기 시작하면서 건축계의 정복자가 된다.

로아크의 모델이 되었다고 하는 미국 건축가 프랭크 로이드 라이트(Frank Lloyd Wright, 1869~1959)는 철근 콘크리트를 이용해서 대형 건물을 짓기 시작한 선구자적 인물로서, 일본 건축의 기하학적 단순성을 추구했고, 그의 스승인 루이스 설리반(Louis Sullivan, 1856~1924)에 관한 전기『천재와 우민정치(Genius and the Mobocracy, 1949)』를 남겼다. 설리반은 고층 건물에 철근을 사용한 개척자였을 뿐 아니라, "양식은 기능을 따른다(Form Follows Function)"라는 유명한 FFF 공식을 만든 장본인이기도 하다.

영화에서는 잘 나타나지 않지만 소설에서 묘사한 성장기, 그리고 언론인으로 성공하는 과정이 여러모로 우리나라의 정치가이며 언론인이었던 장기영(張基榮, 1916~77)을 연상시키는 신문사 사주 게일 위너드(Gail Wynard)는 주인공 로아크의 천재성을 인정하고 적극적으로 지원한다. 그리고 로아크가 성공하게 되자 대학시절부터 군중의 기호를 잘 맞춰 학점도 잘 받고 쉽게 성공했던 동창생 엘스워트 투히(Ellesworth Toohey)는 반대로 몰락기를 맞는다.

새로운 형태의 기능적 건축 풍조에 밀려나 절망에 빠졌던 투히는 친구 로아크에게 찾아가 건물 설계도를 하나 그려 달라고 부탁하는데, 로아크는 청을 들어 주면서, 만일 건물을 짓게 되면 설계를 절대로 바꾸지 말라는 단서를 붙인다. 그러나 고루한 사고방식에 물든 건물주는 창문을 르네상스 풍으로 장식하기를 원하고, 그렇게 강요에 따라 설계를 변경해서 지어 놓은 건물을 보고 분노한 로아크는 밤중에 그 건물을 다이나마이트로 폭파해 버린다.

영화도 물론이지만 소설에서는 하워드 로아크의 재판 장면이 압도적인데, 물론 건물 폭파의 범죄성보다는 속된 군중으로부터 천재성이 보호를 받아야 한다는 식의 변론이 주인공 자신의 입으로 웅변처럼 전해진다. 헐리우드 키드는 중학생이던 시절, 우리말 자막을 이어폰으로 들려 주는 특이한 장치를 구비했던 우미관에서 이 영화를 보고 어찌나 감동했었는지, 대학에 들어가 '원서'를 읽기 시작한 다음에는 『마천루』 뿐 아니라 아인 랜드가 쓴 책이라면 모조리 사다가 탐독했다. 번역 활동을 하던 시절에도 『마천루』를 우리말로 옮겨 보려고 했지만, 부피가 만만치 않아서 자꾸 미루다가 결국 뜻을 이루지 못했는데, 정식 출판사가 아닌 어느 건축 계열의 회사에서 십여 년 전에 번역판을 냈다는 광고를 신문에서 접했었다.

영화에서는 뉴요크 사교계의 여왕으로서 누구 못지않게 자존심이 강한 폭풍 같은 여인 도미니크(Dominique)가 아직 건축가로 성공하지 못해서 채석장 인부로 일하는 로아크를 만나러 말을 타고 달려가서 찾

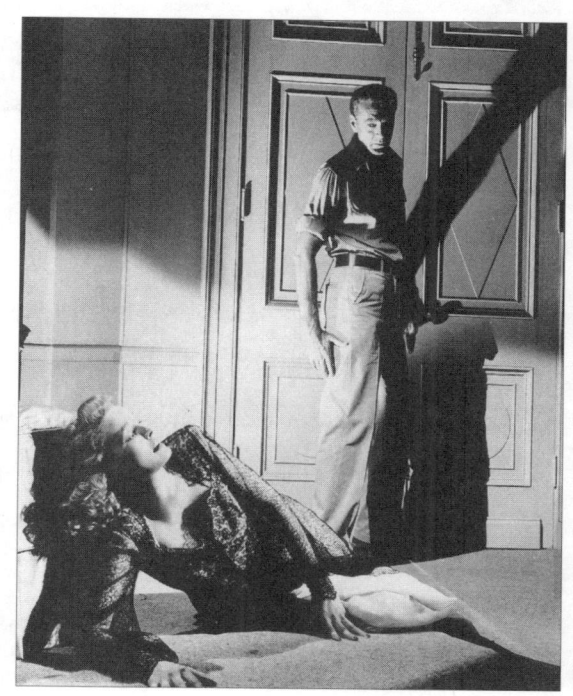

「마천루」의 이 장면을 보면, 하워드 로아크 역을 맡은 게리 쿠퍼의 모습을 영웅적인 거인으로 키우기 위해 그림자를 교묘하게 구사한다. 바닥에 넘어진 도미니크(파트리샤 닐)의 도전적인 표정 또한 만만치가 않다.

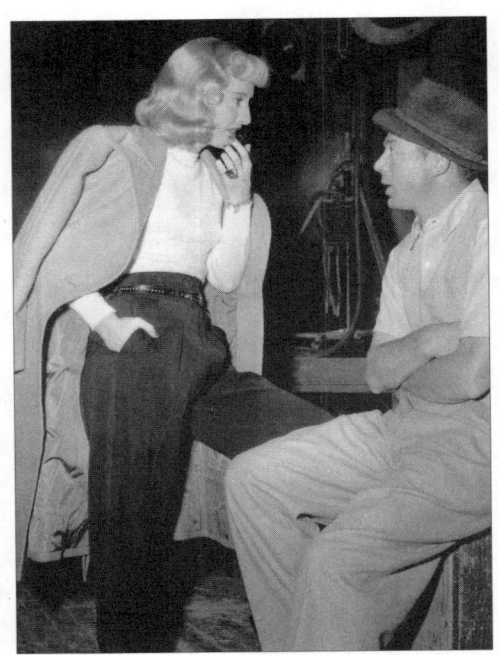

도도하고도 날카로운 미모로 당대를 풍미했던 여배우 바바라 스탠위크는 「마천루」의 도미니크 역을 맡기 위해 무척 애를 썼지만, 신인 파트리샤 닐에게 밀려나자 화가 나서 워너 브라더스와의 인연을 끊어 버렸다. 앞에 앉은 남자는 젊은 시절의 빌리 와일더 감독

아내는 장면이 대단히 인상적이었다. 로아크의 비범함을 가장 먼저 인식한 그녀는 천재를 이해하지 못하는 군중으로부터 수모를 당해야 할 그의 운명을 걱정하면서, 평범한 인간으로 눈에 띄지 않게 살아가라고 충고한다.

두 사람은 사랑이 얽힌 자존심 싸움을 벌써부터 벌여 오던 터였는데, 도미니크는 채석장에서 그에게 "아마도 당신은 이 장면을 정말로 보고 싶어했으리라"면서 흙바닥에 무릎을 꿇고 앉아 "나하고 결혼해서 남들처럼 평범하게 살아가자"고 청한다. 로아크가 "아직 할 일이 많아서 결혼을 못하겠다"고 거절하자 그녀는 벌떡 일어나 채찍으로 그의 뺨을 후려갈기고는, 홧김에 당장 달려가서 언론 부호 게일 위너드와 결혼해 버린다.

이토록 개성이 강한 역이었기에, 베티 데이비스나 조운 크로포드(Joan Crawford) 등과 더불어 당대를 풍미했던 개성파 여배우 바바라 스탠위크(Barbara Stanwyck)는 그녀가 전속한 워너 브라더스로 하여금 「마천루」 원작을 사들이라고 설득하기까지 했는데, 막상 도미니크 역이 패트리샤 닐에게로 돌아가자 화가 나서 워너사와 결별하는 사건까지 벌어졌었다.

쉽게 짐작이 가겠지만 도미니크는 아인 랜드 자신의 모습 그대로였으며, 「마천루」의 제작자 헨리 블랭크(Henry Blanke)는 이런 일화를 전한다. "각본에서 대사를 한 줄이라도 바꾸면 워너 브라더스 사를 폭파해 버리겠다고 하는 그녀의 말을 우린 정말이라고 믿었습니다. 잭 워너 사장도 그대로 믿었으니까요."

이런 뒷얘기가 증명하듯이, 「마천루」는 전체 제작 과정을 거치며 대본에서는 한 줄밖에 삭제하지 않았다고 한다. 삭제된 내용은 재판 장면에서 "나는 타인들을 위해서 존재하는 인간이 아니라는 말을 여기 와서 하고 싶었습니다(I wished to come here and say that I am a man who does not exist for others)"라고 로아크가 한 말이었다. 1940년대 중반에 제작자 할 월리스(Hall Wallis) 밑에서 작가로 활동했던 랜드는, 그런데도 일차 편집을 끝낸 「마천루」를 보고는 "일을 제대로 할 줄 모르는 사람들"에 분개하여 헐리우드와의 인연을 끊기에 이른다.

혁명 이후 공산치하 소련에서의 삶에 대한 기억이 아직 생생하던 1936년에 발표한 아인 랜드의 소설 『우리들의 생명』은 반공주의자인 여주인공이 도피생활을 하는 애인의 치료를 위해 당 간부에게 접근한다는 내용인데, 이탈리아에서 「우리들의 생명(Noi vivi)」과 「끼라여 안녕(Addio Kira)」 두 편의 영화로 제작되었지만, 공산주의뿐 아니라 전체주의에 대한 비판도 담겼다는 이유로 무쏠리니 치하에서 상영이 금지되었다. 나중에 이 영화는 한 편으로 엮어진 다음 재발견의 과정을 거쳤다.

아인 랜드는 사랑의 힘으로 기억상실증을 이겨내는 여인에 관한 크리스 매씨(Chris Massie)의 『연민과 순수(Pity My Simplicity)』를 영화로 만든 「사랑의 편지」, 그리고 바람둥이 비행사들에 관한 별로 신통치 않은 「그대와 함께」에서 각색을

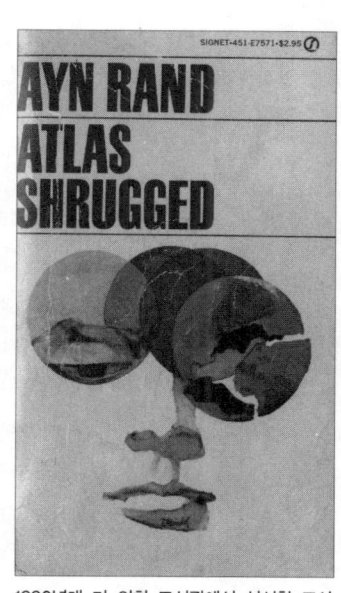

1990년대 미 의회 도서관에서 실시한 조사에 의하면 성경 다음으로 미국인들에게 큰 영향을 끼친 책이 아인 랜드의 소설 「아틀라스의 냉소(冷笑)」였다고 한다.

맡기도 했다.

좀 과장된 느낌이 들기는 하지만, 1990년대 미 의회 도서관에서 실시한 어느 조사에 의하면, 성경 다음으로 미국인들에게 중요한 영향을 끼친 책으로 아인 랜드가 1957년에 발표한 『아틀라스의 냉소(Atlas Shrugged)』를 꼽았다고 한다. 1천 쪽이 넘는 이 방대한 소설은 지구가 무대요, 인간의 지성이 주인공이라고 해야 할 만큼 압도하는 대작으로서, 『마천루』는 이 소설에 대한 '서곡'에 지나지 않는다고 아인 랜드는 말했다. 이 작품은 1972년 영화로 제작될 예정이었지만, 각본이 작가의 승인을 받아야 한다는 랜드의 까다로운 요구 때문에 계획이 중단되었다. 스털링 실리펀트(Sterling Silliphant)도 NBC-TV에 방영할 미니시리즈로 각색했었지만 역시 무산되었고, 1999년 텔레비전을 위해서 만든 그녀의 전기영화에서는 무대 출신 영국 여배우 헬렌 미렌(Helen Mirren)이 랜드의 역을 맡았다.

찾아보기 ●--

▌「죄와 벌(Crime and Punishment, 1935, 미국, 88분)」, 감/Josef von Sternberg, 출/Edward Arnold, Peter Lorre, Marian Marsh, Tala Birell, Elisabeth Risdon

▌「미국의 죄와 벌(Crime and Punishment, USA, 1959, 미국, 78분)」, 감/Denis Sanders, 출/George Hamilton, Mary Murphy, Frank Silvera, Marian Seldes, John Harding, Wayne Heffley

▌「죄와 공포(Fear, 1946, 미국, 68분)」, 감/Alfred Zeisler, 출/Peter Cookson, Warren Williams, Anne Gwynne, James Cardwell, Nestor Paiva

▌「죄와 벌(Crime et Châtiment, 영어 제목 Crime and Punishment 또는 The Most Dangerous Sin, 1956, 프랑스, 108분)」, 감/Georges Lampin, 출/Robert Hossein, Marina Vlady, Jean Gabin, Ulla Jacobsson, Bernard Blier, René Havard, Lino Ventura, Gérard Blain, Julien Garette

▌「마천루(The Fountainhead, 1949, 미국, 114분)」, 감/King Vidor, 출/Gary Cooper,

Patricia Neal, Raymond Massey, Kent Smith, Robert Douglas, Henry Hull, Ray Collins, Jerome Cowan

▌「우리들의 생명(We the Living, 1942, 이탈리아, 174분)」, 감/Goffredo Alessandrini, 출/Alida Vali, Rossano Brazzi, Fosco Giachetti, Giovanni Grasso, Emilio Cigoli, Mario Pisu

▌「사랑의 편지(Love Letters, 1945, 미국, 101분)」, 감/William Dieterle, 출/Jennifer Jones, Joseph Cotton, Ann Richards, Anita Louise, Cecil Kellaway, Gladys Cooper, Reginald Denny

▌「그대와 함께(You Came Along, 1945, 미국, 103분)」, 감/John Farrow, 출/Robert Cummings, Lizabeth Scott, Don DeFore, Charles Drake, Kim Hunter, Julie Bishop, Helen Forrest, Franklin Pangborn, Ruth Roman, Hugh Baumont

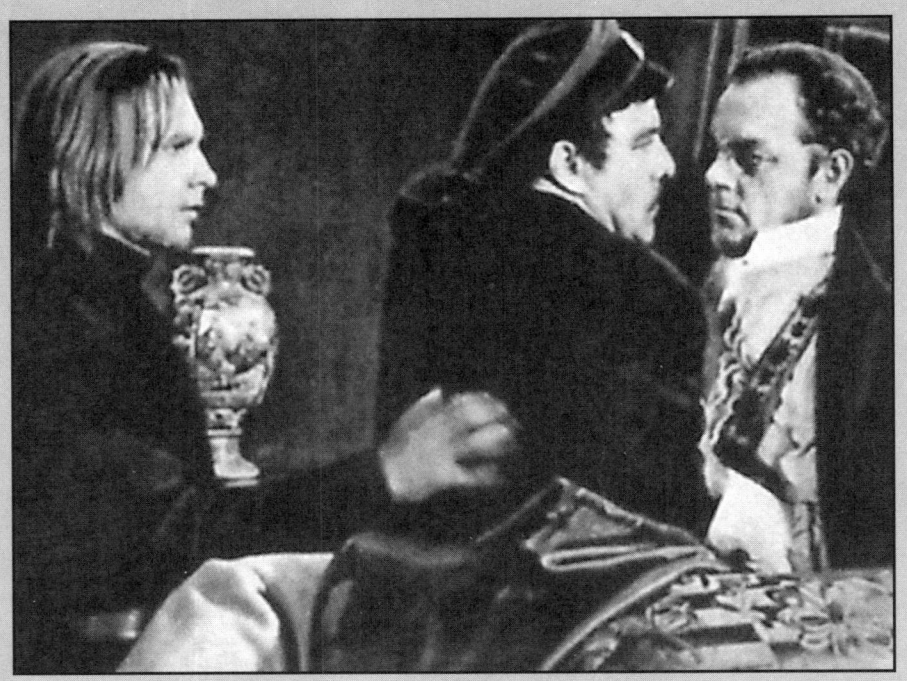

도스또예프스끼의 가장 위대한 걸작이지만 미완성 작품으로 남은 「까
라마조프의 형제들」은 다양하고도 생동감 넘치는 등장인물로 가득하
다. 사진은 1969년 소련에서 제작한 영화 「까라마조프의 형제들
(Bratya Karamazovy)」의 한 장면

도스또예프스끼와 똘스또이의 러시아

　도스또예프스끼 최후의 작품이며, 규모도 가장 크고, 대표작으로 꼽히면서도 미완성으로 남은 소설 『까라마조프의 형제들(Bratya Karamazovy, 1879~80)』에 등장하는 다양한 인물은 작가의 여러 분신이나 마찬가지이다.

　1870년 제정 러시아의 작은 마을 례프스크(Ryevsk)를 무대로 한 이 소설에는 탐욕스럽고 음탕하며, "모든 여자를 차지하고 싶다"는 부유한 바람둥이 아버지 표도르(Fyodor Pavlovich)로부터, 저마다 짙은 죄악의 피가 흐르면서도 선과 악이 공존하는 집안의 네 아들이 등장한다. 야성적인 정열과 순수한 러시아인의 기질을 지닌 맏아들 드미뜨리(Dmitri)는 군인으로서, 늘 도박빚에 시달리며 어머니의 유산을 놓고 "아버지답지 못한 아버지"를 증오하며 다투고, 나중에는 여자 문제로도 부자간에 적이 된다.

　『죄와 벌』에 이어서 같은 해 『도박사(Igrok, 1866)』를 출판하고도 도스또예프스끼는 도박빚을 청산하지 못했다는데, 『도박사』의 주인공 알렉세이(Alexei Ivanovich)는 작가 자신이나 마찬가지로 도박에 빠져 헤어나지 못하는 인물이고, 여주인공 뽈리나는 물론 도스또예프스끼의 연인이었던 '악마와 같은 여자' 뽈리나(Polina Suslova)였다.

시간에 쫓겨 마감을 맞추기 위해 속기사로 고용했던 안나(Anna Grigoryevna Snitkina)와 1867년에 재혼한 도스또예프스끼는 빚쟁이들을 피해 드레스덴, 바덴-바덴, 제네바를 떠돌며 살았고, 도박으로 생활은 점점 더 어려워졌다. 이렇게 도피생활을 계속하면서 그는, "벌을 받지 않고는 구원을 받지 못한다"는 드미뜨리의 말로 집약되는, "위대한 죄인의 삶"을 주제로 한 여러 작품에 착수하고, 그 마지막 작품이 『까라마조프의 형제들』이었다. 그러니 드미뜨리가 작가의 가장 큰 죄악이었던 도박벽을 물려받은 것은 지극히 당연한 일이었다.

작가의 지적인 측면에서 태어난 둘째아들 이반(Ivan)은 고뇌하는 지식인으로서, 헐리우드 영화(Richard Brooks 감독)에서는 잘 나타나지 않지만, 자기도 모르는 사이에 아버지를 죽이려는 욕구를 느끼고, 이런 마음이 이심전심 배다른 동생 스메르쟈꼬프에게 옮겨 가서 살인의 정신적인 공범, 또는 실질적인 주범 노릇을 한다. 그가 영화에서 자신이 살인범이라고 그토록 열심히 주장하는 까닭이 거기에 있다.

무신론자이며 언론인인 이반은 영화의 재판 과정에서 신념의 붕괴를 겪으면서 "우리 모두의 마음속에는 악마가 존재한다. 따라서, 악마가 존재하기 때문에 신도 존재하는지 모르겠다"는 결론에 이르는데, 아들이 아버지를 살해한 범죄 사건이 기둥줄거리를 이루기는 하지만 『까라마조프의 형제들』은 이렇듯 종교와 윤리 사상, 그리고 사회주의적인 이상(utopia)에 관한 토론장이기도 하다.

『죄와 벌』에서도 이미 밝힌 바와 같이 인간의 궁극적인 구원은 종교에서 온다는 작가의 사상을 대변하는 인물은 사랑과 인고를 가르치는 조시마(Zosima) 장로이고, 신의 존재를 놓고 이반과 충돌하는 셋째아들 알료샤(Alyosha, Alexei Fyodorovich) 수도사가 그의 사상에 심취한다. 그러나 영화에서는 가족의 화해를 시도하는 장면말고는 조시마가 화면에 거의 보이지도 않는다.

이반은 도스또예프스끼가 종교에 대해서 느꼈던 회의를 대변하는 인물이기도 해서, "신이 창조한 세계가 지닌 모순"을 강렬하게 지적하고, 특히 재림한 그리스도가 중세적인 교권에 의해서 투옥된다는 내용을 담은 이반의 극시 「대심문관(大審問官, Legend of the Grand Inquisitor)」은 인간에 대한 종교의 잠재적 영향력을 비관적으로 예언한다.

네 형제 가운데 가장 극적인 인물로 간주되는 스메르쟈꼬프(Smerdyakov)는 아버지의 몸종 노릇을 하는 서자(庶子)로서, 간질병을 앓는다. 아버지가 살해당한 이후 시작된 도스또예프스끼의 간질병 증세와 연결되는 내용인데, 작가의 간질 증세는 프로이트의 연구 대상이 되기도 했으며, 작품에서 이반은 "간질이 정신적인 현상"이라고 주장한다. 어쨌든 이런 '정신적인 병자' 스메르쟈꼬프는 행동을 못하는 지식인(이반) 대신 완전 범죄를 설계하고, 이반이 뒤늦게 양심의 가책을 느끼자 "당신은 살인할 능력이 있어? 그렇다면 나를 죽여봐"라고 항변하고는 목을 매 자살한다.

속된 낭만의 광대 노릇을 하는 아버지와, 저마다 개성이 강렬하고 인간 영혼의 여러 측면을 상징하는 네 아들말고도, 『까라마조프』에는 "전설의 시대"에 마릴린 몬로가 그토록 탐냈던 그루셴카(Grushenka)라는 등

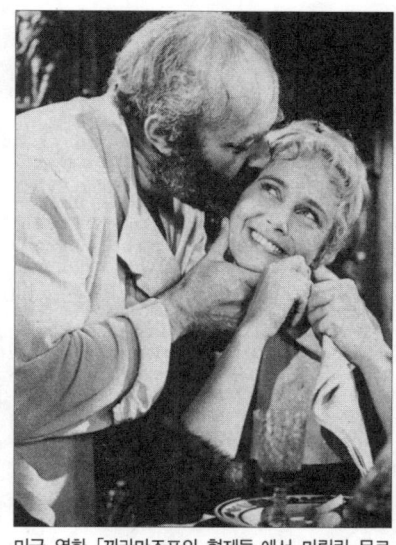

미국 영화 「까라마조프의 형제들」에서 마릴린 몬로가 그토록 원했던 그루셴카의 역을 맡은 배우도 역시 문예물 전문이었던 독일 여배우 마리아 셸이었다. 이 장면에서 그루셴카는 까라마조프 형제들의 아버지 표도르(Lee J. Cobb)와 희롱한다.

장인물이 나온다. 아버지 표도르와 아들 드미뜨리가 서로 차지하려고 경쟁을 벌이는 상대 그루셴카를, 작가는 귀엽기도 하지만 사악하기도 한 '고양이'로 묘사한다.

순수한 사랑과 단순한 욕정을 분간하지 못하고, 윤리관과 판단력조차도 분명치 않은 여인의 백치미가 어쩌면 그루셴카와 몬로의 공통분모였는지도 모른다는 사실을 파악한 사람이 몬로 자신이었는지, 아니면 그녀에게 영화 제작을 부추겼던 아더 밀러였는지는 아직도 수수께끼이다. 하지만 아더 밀러가 매카티의 표적이 되었을 때, 어쩌면 자신의 행동이 무엇을 의미하는지조차 모르면서 마릴린 몬로가 남편을 위해 지지 선언을 했던 상황("전설의 시대" 312쪽 참조)이 수수께끼를 푸는 열쇠 노릇을 할지도 모르겠다.

영화의 종결 부분에서는 그에게서 버림을 받은 약혼녀 까치아(Katya, Katerina Ivanovna)의 증오와 질투로 촉발된 최후 진술로 인해서 드미뜨리가 유죄 판결을 받지만, 이반이 국외로 탈출하도록 도와준다. 이때 국경을 넘기에 앞서서 드미뜨리가 잠깐 찾아가는 스네기료프(Snegiryov)는 표도르가 욕정의 경쟁자인 아들을 감옥으로 보내기 위해 그루셴카와 짜고 노름빚 차용증을 사들이는 과정에서 심부름을 했던 퇴역 장교이다. 격분한 드미뜨리가 그를 찾아가 뺨을 때리고 어린 아들 일루샤(Illusha)가 지켜보는 가운데 결투를 청하지만, 비겁하고 무능한 스네기료프 대위는 모욕을 당하고도 차마 맞서지를 못한다. 나중에 드미뜨리가 사과하는 뜻으로 2백 루불의 돈을 보냈을 때도 대위는 단호하게 거절하기를 힘들어 하는데, 드미뜨리는 결국 직접 찾아가 아들을 위해서 그의 명예를 회복해 준다. 아무리 힘겹고 가난한 환경 속에서도 품위를 지키는 러시아 문화를 잘 보여 주는 일화이다.

이렇듯 러시아의 역사와 문화를 통째로 담으려 했던 『까라마조프의 형제들』을 완성하지 못한 채로 도스또예프스끼는 1881년 1월 28일 8시 36분에 세상을 떠났다. 그리고 쌍크트 뻬쩨스부르크의 도스또예프스끼 집에 가서 보면, 바로 그 시간에 시계가 멈춘 채로 서 있다. 한 작가의 죽음과 더불어 하나의 시대, 그리고 하나의 세계가 끝났음을 선언하는 증거물처럼.

소설『까라마조프의 형제들』종결 부분에서 술집 여자 그루셴카는 시베리아로 유형을 떠나는 드미뜨리를 따라 길을 떠날 준비를 한다. 『죄와 벌』에서는 쏘냐가 유형의 길에 오른 라스꼴리니코프를 따라 시베리아로 동행한다. 그리고 똘스또이의『부활(Voskreseniye, 1899)』에서는, 젊은 시절 부활절 밤에 무책임하게 농락한 하녀 카튜샤(Katyusha Maslova)가 창녀로 전락하여 독살 혐의로 법정에 서게 되었을 때 배심원으로서 우연히 다시 만난 귀족 네흘류도프(Nekhlyudov)는, 자신의 불장난이 한 여인의 삶을 얼마나 비참하게 만들어 놓았는지를 깨닫고는 유형지 시베리아까지 따라나선다.

『부활』은 미국에서도 몇 차례 영화로 만들어졌지만, 감독으로 훨씬 더 유명한 프레스톤 스터지스(Preston Sturges)와 영국을 무대로 한 사극을 많이 쓴 미국의 극작가 맥스웰 앤더슨(Maxwell Anderson)이 함께

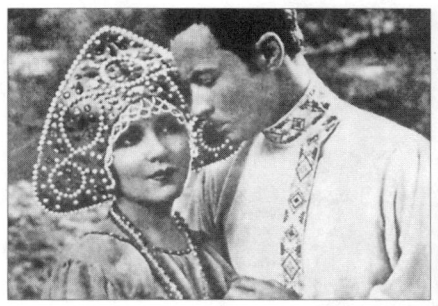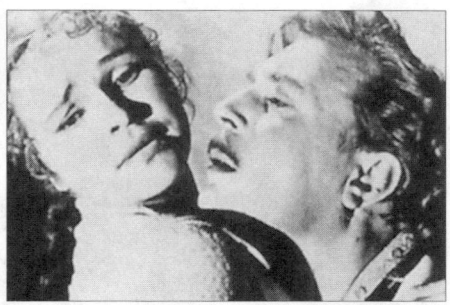

똘스또이 원작의 영화「부활」에서는 카튜샤를 따라 네흘류도프가 시베리아 유형의 길을 동행하겠다고 나선다.("정복의 길" 42쪽 참조)「까라마조프의 형제들」에서는 그루셴카가 시베리아로 유형을 떠나는 드미뜨리를 따라 나설 채비를 한다. 그리고 소설『죄와 벌』에서는 쏘냐가 시베리아 유형의 길에 오른 라스꼴리니코프와 동행한다. 왼쪽은 1927년 미국에서 만든「부활」의 한 장면이고, 오른쪽은 1965년에 러시아에서 만든「부활(Voskresenie)」의 한 장면이다.

각본을 맡았던 「새로운 삶」이 가장 널리 알려진 헐리우드 판인데, 그렇다면 그루셴카와 쏘냐와 네흘류도프는 왜 드미뜨리와 라스꼴리니꼬프와 카튜샤를 따라 시베리아로 가려고 했을까? 그것은 아마도 두 작가 모두 종교적 사상이 깊었기 때문이었으리라고 여겨진다.

레프 똘스또이(Lev Nikolaevich Tolstoi, 1828~1910)는 도스또예프스끼와 더불어 사실주의 소설을 그리스 비극이나 엘리자베드 왕조의 희곡과 마찬가지로 중요한 고유분야로 키워놓은 작가일 뿐 아니라, 윤리철학자요 종교개혁가이기도 했다. 나뽈레옹과의 전쟁에서 싸웠던 니꼴라이 똘스또이(Nikolai Ilyich Tolstoi) 백작의 아들로 태어난 그는 1851년 카프카즈로 가서 군에 들어가 산족의 반란을 진압하기도 했지만, 귀족이라는 신분과 젊은 혈기 때문에 도스또예프스끼처럼 이반 뚜르게네프를 위시한 지식층으로부터 소외를 당했는가 하면, 기독교 사상의 윤리적인 면을 강조하고 '내면의 빛'에 관한 신비주의적 믿음은 받아들이는 한편, 예수를 신으로 받아들이지 않음으로써 러시아 정교로부터 파문을 당하기도 했다.

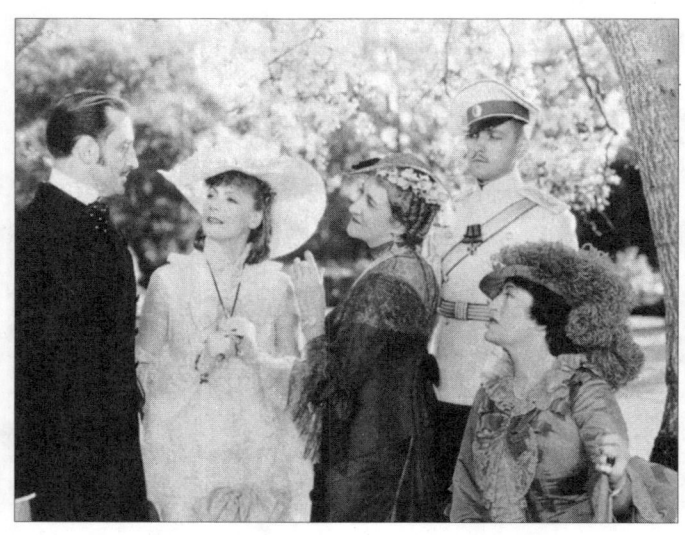

그레타 가르보의 「안나 까레니나」에서는 간통의 상황이 그리 깊고 절실하게 느껴지지를 않는다.

그러나 윤리적인 종교관은 그의 소설 『부활』뿐 아니라 『안나 까레니나(1973~6)』에서도 뚜렷한 해석틀로서 자리를 잡는다. 『안나』는 요즈음의 지극히 통속적인 윤리관으로도 쉽게 풀이가 된다. 별로 부족할바가 없는 귀족 집안의 유부녀 안나는 아무리 생각해도 그리 애절하거나 절망적이지도 않은 막연한 동기에 따라 젊은 멋쟁이 총각 장교 알렉세이 브론스끼(Alexei Vronski) 백작과 불륜의 사랑에 빠진다. 그레타 가르보가 주연한 영화에서 확인해 보면, 절실하거나 슬픈 사랑도아니요, 까레니나는 그냥 바람을 피울 따름이다. 더구나 알렉세이 역을 맡은 프레드릭 마치는 젊어 보이지도 않고, 안나는 사랑의 열병조차 앓지 않는다. 그래서 두 사람의 사랑은 박진(迫眞)하지를 않고, 그냥 연기만 하고 있다는 느낌까지 든다. 역시 가르보 주연에 「사랑」이라는 제목으로 시대적인 배경을 현대로 옮겨서 만든 무성영화도 마찬가지였다고 한다.

안나라는 여주인공이 영국으로 건너가 프랑스의 쥘리앙 뒤비비에 감독을 만난 다음에도 행동의 동기는 선명하게 드러나지를 않고, 그래서 안나에게 공감이 가기는커녕 그녀를 답답하게 만들었을 듯싶은 '냉혹한 남편의 기독교적인 윤리관'에 오히려 유대감이 느껴진다. 안나는 간통에 대해서 전혀 가책을 안 느끼고, 남편 몰래 그리운 아들을 만나러 갈 때도 진심으로 자식을 사랑하는 마음이 보이지를 않으며, "사람들이 어떻게 생각하든 신경쓰기 싫어요"라는 말도 도전적인 여운을 풍기지 못한다.

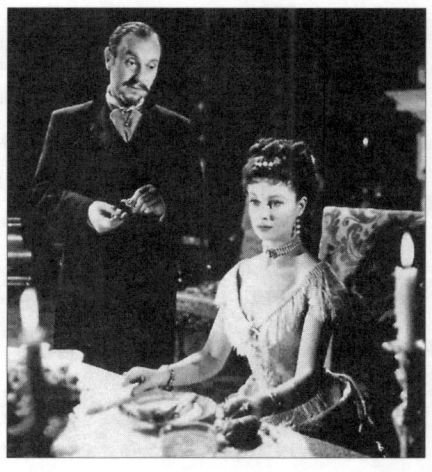

쥘리앙 뒤비비에의 「안나 까레니나」에서는 여주인공보다 오히려 남편의 입장에 훨씬 더 공감이 간다.

통속적인 상식에 입각해서 보면, 대

부분의 사람들은 남이 저지르는 경우 불륜과 간통인 행위도 내가 하면 기존의 윤리와 질서와 도덕관을 초월하는 숭고한 사랑이라고 믿는다. 그러나 이런 착각은 무너질 수밖에 없다. 처와 애인을 둘 다 소유하려고 욕심을 부리면 둘 다 잃는다는 세속적인 상식도 안나의 경우에는 역으로 정확히 적용된다. 손가락질을 당하면서 떳떳하지 못한 동거생활을 하다 보면, 정도(正道)에서 벗어난 만큼의 대가를 치러야 하고, 그래서 정열이 식고 사랑에 지친 남자는 혼몽한 열병에서 깨어나 현실을 직시하면, 그러니까 속된 표현으로 "정신을 차리고 나면", 죄의식으로부터의 탈출을 시도하고, 거의 모든 경우에 탈출하는 데 성공한다. 그래서 몰래 역으로 나간 안나는 행복한 모습으로 전쟁터를 찾아 떠나는 알렉세이의 모습을 보고 기차에 몸을 던진다.

똘스또이의 이런 윤리적 결론은 1985년 텔레비전 영화에서도 별로 달라지지를 않는다.

이들 외제(外製) 안나 까레니나와는 달리 러시아에서 만든 「똘스또이의 안나 까레니나(Leo Tolstoy's Anna Karenina, 감/Aleksandr Zarkhy, 출/Tatiana Samoilova, Nikolai Gritsenko, Vassili Lanovoy, 125분)」는 대조적으로, 두 주인공의 무분별한 사랑이 훨씬 사실적이다. 그뿐 아니라 주변 인물들의 반응을 통한 분위기 조성도 입체적이며, 간통을 저지르는 정신나간 아내에게 "품위를 지키라"고 요구할 만큼 대단히 격식을 차리는 남편 까레닌의 완전주의적인 성격과 존경받는 모범적인 인물로서의 갈등이 뚜렷하고 논리적이어서, 가식적인 헐리우드 어법보다 설득력이 강하다.

더구나 눈이 질펀한 공원의 길바닥, 무도회와 경마장과 오페라 극장의 현실감, 넓은 광야의 석양과 설경, 집단 낫질의 향토색, 상류사회 사교계의 생리를 재현시키는 짜임새가 매우 러시아답고, 정사 장면이나

의식의 흐름에서 색채와 화면 구성이 에이젠쉬쩨인의 「이반 대제」를 연상시키며 문화적인 고리를 이어나가서, 러시아 문학은 역시 러시아 사람들의 손으로 영상화해야 신토불이(身土不二)라는 생각이 들게 한다.

『부활』과 『안나 까레니나』의 원작자인 '문호(文豪)' 똘스또이가 남긴 대표작은 누가 뭐라고 해도 『전쟁과 평화(Voina i mir, 1864~9)』이겠는데, 한겨울이 다 가도록 따뜻한 러시아의 집안에 들어앉아 두고두고 읽을 만큼 방대한 작품이어서, 에드먼드 풀러(Edmund Fuller)의 영어 축소판조차도 5백 쪽이 넘는 이 소설을 영화로 만든다는 도전이 역시 만만치 않았다. 그래서 헐리우드 영화는 「마천루」를 만든 감독의 손을 거쳐 태어났음에도 불구하고 범작으로 끝났고, 「웨스턴(Once Upon a Time in the West)」의 악역까지도 그토록 잘 소화해 냈던 만능배우 헨리 폰다는 그가 쓴 안경조차도 비참할 정도로 어울리지 않는 삐에르 역을 참으로 어설프게 해내야 했다.

아카데미 외국어 영화상을 받은 러시아 판을 뒤늦게나마 우리나라에서도 접하게 된 까닭은 그나마 냉전시대의 종식과 소비에트 사회주의 연방 공화국의 와해 덕택이었다. 4권으로 이루어진 소설 『전

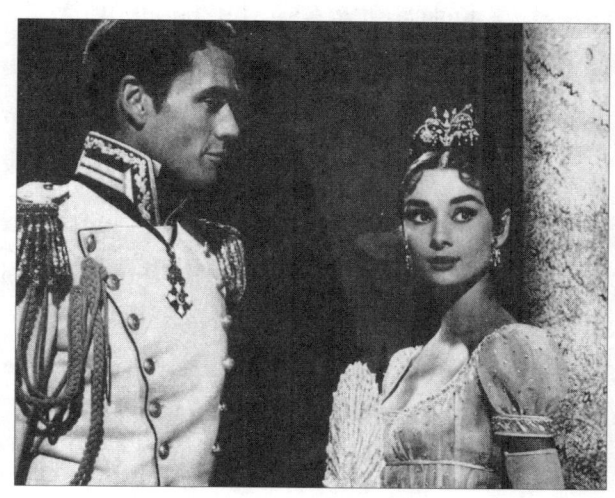

미국에서 만든 「전쟁과 평화」는 길고 화려하면서도 원작이 주는 깊이를 전하지 못한다.

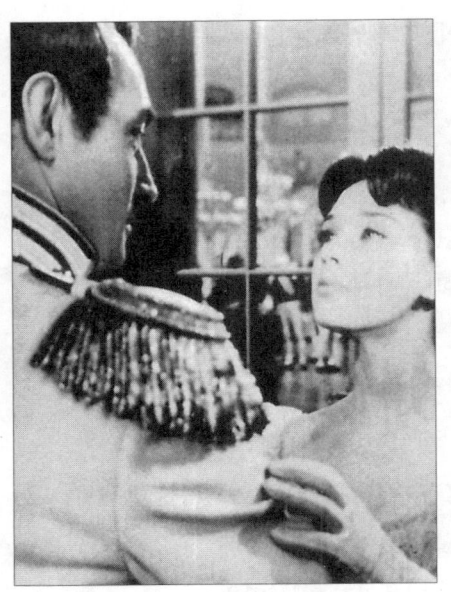

냉전이 끝나고 나서야 우리는 러시아에서 만든 '진짜' 영화 「전쟁과 평화」를 접할 기회를 얻었다.

쟁과 평화』는 1805~20년이 시대적인 배경으로서, 나뽈레옹의 침공과 이에 대한 러시아의 항전을 거치면서 사회 여러 계층의 등장인물들을 그려낸다. 여주인공 나따샤(Natasha Rostova)는, 『바람과 함께 사라지다』의 스칼레트 오하라처럼, 첫 무도회에서 마음이 들뜬 처녀로 모습을 보이고는 첫사랑을 거쳐 아내와 어머니로서의 생애를 살아 나간다.

그녀를 사랑하는 안드레이 볼꼰스끼(Andrei Bolkonski) 공은 인생의 의미를 지적인 추구에서 찾으려고 고뇌하며, 죽음이란 자연스럽고 필연적인 종말이라는 현실을 받아들임으로써 뒤늦게 삶의 승리를 쟁취한다. 그는 나따샤와 약혼하지만, 그녀가 난봉꾼 아나똘 꾸라긴(Anatol Kuragin)의 유혹에 넘어가는 바람에 파경을 맞으며, 죽기 전에 잠시 그녀와 재회한다.

나따샤가 결혼하는 삐에르 베주호프(Pierre Bezukhov)는 농부인 쁠라똔 까라따예프(Platon Karatayev)로부터 평범한 진리를 배워 가면서 평화로운 생활을 누리는 인물로서, 인간의 불완전한 이성을 통해 인위적으로 왜곡된 형태의 삶이 아니라 자연스러운 감정에 따라 살아야 한다는 똘스또이 인생 철학을 대변한다.

그들 주변의 등장인물 수백 명은 러시아를 주제로 한 서사시적인 역사를 격동적으로 엮어 나간다.

보리스 빠스떼르나크의 아버지와 친한 사이여서 집으로 자주 놀러

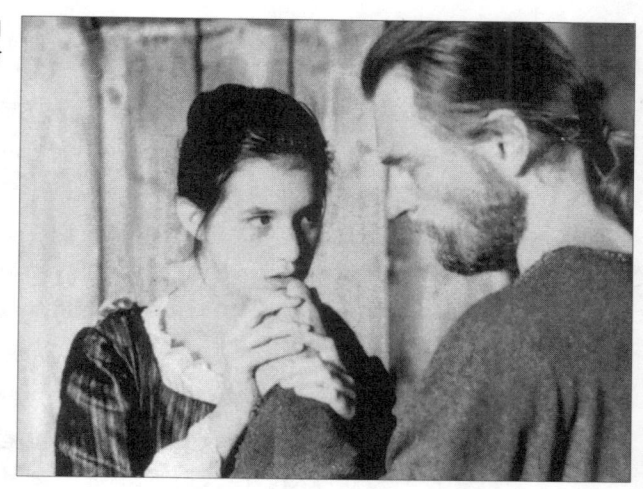

따비아니 형제가 만든 「밤의 태양」도 알고 보면 똘스또이가 원작이다.

가고는 했던 똘스또이 백작은 소품도 많이 남겼는데, 「돈」은 상류층 아이들의 사소한 잘못이 한 일꾼의 삶을 어떻게 파멸시키는지를 보여주는 단편소설이 원작이고, 「산 속의 포로」는 체첸 반군에게 포로로 잡힌 두 명의 러시아 병사가 초라한 산 속 마을에서 겪는 끔찍한 경험을 다루며, 역시 똘스또이의 소품이 원작이다.

똘스또이의 『세르기우스』를 원작으로 삼아, 항상 작업을 같이 하는 따비아니 형제(「빠드레 빠드로네」)의 손을 거쳐 영화로 만들어진 「밤의 태양」은 유혹으로 가득한 세상에서 정신적인 평화를 찾으려고 애쓰는 이상주의적이고 민감한 젊은이를 주인공으로 삼았다.

■「산 속의 포로(Prisoners of the Mountains, 1996, 러시아, 98분)」, 감/Sergei Bodrov, 출/Oleg Menshikov, Sergei Bodrov, Jr., Jemal Sikharulidze, Alexei Jharkov

■「밤의 태양(Il Sole Anche di Notte, 영어 제목 Night Sun, 1990, 이탈리아-프랑스-독일, 112분)」, 감/Paolo and Vittorio Taviani, 출/Julian Sands, Charlotte Gainsbourg, Nastassja Kinski, Massimo Bonetti, Margarita Lozano, Rudiger Volger

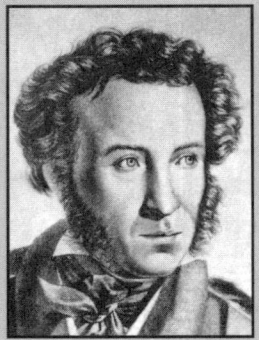
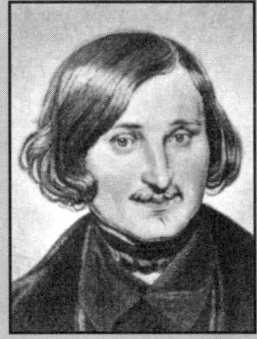
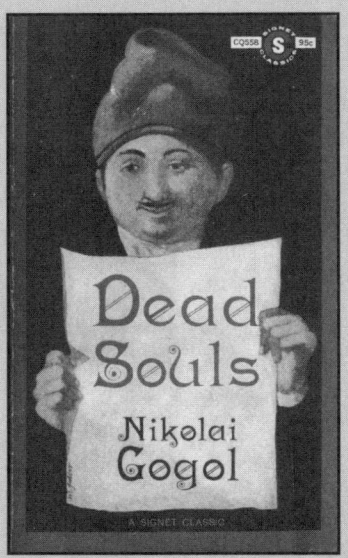

시인 뿌시낀(위 왼쪽)과 소설가 고골리(위 오른쪽)는 그들이 살았던 시대
의 러시아를 작품에 담아서 후대에 전했다.

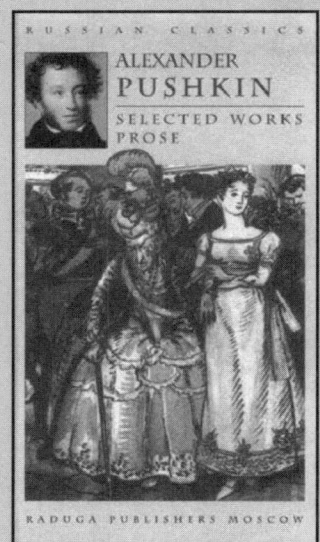
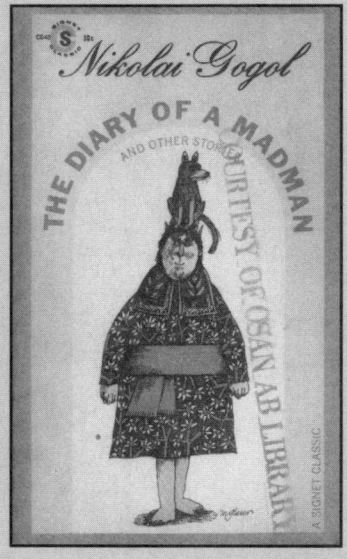

고골리와 뿌시낀의 러시아

그가 출연했던 작품들을 통해서 한국의 국민배우 김승호가 자신이 살았던 시대의 역사를 영상으로 남겼듯이, 그리고 똘스또이 백작이 귀족의 눈으로 보았던 전쟁과 평화의 역사를 집대성했듯이, 1831년 첫 만남 이후 평생 동안 가깝게 지냈던 고골리와 뿌시낀 또한 그들이 살았던 시대와 역사를 작품에다 충실하게 담았다.

소설가요 극작가였던 니꼴라이 고골리(Nikolai Vasilievich Gogoli, 1809~52)는 우크라이나 태생으로, 신분이 낮은 귀족이었던 아버지 역시 희곡을 즐겨 썼지만 필명을 얻지는 못했다. 쌍크트 뻬쩨스부르크로 진출한 고골리는 하급 관리로 일하면서 배우가 되려는 꿈을 키웠고 미술 공부도 했으며, 뻬쩨스부르크 대학교에서 세계사 담당 조교수가 되었으나, 1829년 시인으로서 문학의 길로 들어선다. 2년 후에 만나게 된 위대한 시인 뿌시낀은 우크라이나의 민담에다 작가의 환상이 가미된 『디까니까(Dikanka) 야화(夜話)』를 읽고 고골리에게서 깊은 인상을 받았다는데, 평생 독자들의 반응에 극도로 민감했던 고골리에게는 참으로 고무적인 힘이 되었을 듯싶다.

　세 편의 "쌍크트 뻬쩨스부르크 소설"과 수필을 엮은 고골리의 두 번째 작품집 『아라베스크(Arabeski, 1835)』에 실린 「광인일기(Zapiski smashedskogo)」는 자신이 에스파냐의 왕이라고 믿는 정신이상에 걸린 관리 뽀쁘리시쩬(Poprishchin)의 정신상태를 묘사한 솜씨가 뛰어나기로 유명하며, 이듬해 첫 공연을 한 그의 풍자 희극 『검찰관(Revisor)』으로 인해서 그는 처음 러시아를 떠나게 된다.

　「검찰관」이 아니라 「암행어사」라고 했어야 훨씬 제목이 어울릴 듯싶은 이 5막짜리 희곡에서는 쌍크트 뻬쩨스부르크의 하급 관리 흘레쉬따꼬프(Khlestakov)가 어느 시골 소도시에서 도박을 하다가 여비를 몽땅 잃고는 오도가도 못할 신세가 된다. 그러나 부패한 마을 관리들은 그가 머지않아 비밀리에 방문하리라고 소문이 돌던 암행 검찰관이라 잘못 판단하고 긴장해서 경계하기에 이르는데, 주인공은 재빨리 그런 눈치를 채고는 모스크바의 높은 사람들과의 관계를 들먹이며 여기저기서 뇌물을 받아 챙기고, 그곳 지방 행정관의 아내와 딸까지 농락한다. 그는 쌍크트 뻬쩨스부르크의 친구에게 이런 모험담을 알리는 편지를 자랑삼아 썼다가 우편 당국의 검열에서 신분이 탄로나지만, 때맞춰 위기를 모면하고 마을을 떠난다.

　대니 케이의 전형적인 희극 뮤지컬로 만들어진 「검찰관」을 보면, 이승만 대통령의 양자 이강석이라고 거짓말을 하면서 지방 관리들로부터 "귀하신 몸" 대접을 받았던 사기꾼에 관한 실화가 러시아에서 그대로 재현되는 듯한 착각을 일으키기도 하는데, 마치 안데르센의 동화 같은 분위기가 풍기는 영화는 물론이요 소설도 여기저기 고골리적 환상이 엿보인다.

　그러나 관료주의의 부패를 너무나 통렬하게 비판한 이 작품은 기득권층의 심한 반발을 샀고, 그로부터 12년 동안 고골리는 유럽 여기저기 떠도는 유랑생활을 해야 했다. 그는 러시아에서 집필하던 「죽은 넋(Myortvye dushi, 영어 제목 Dead Souls)」의 원고를 가지고 다니며, 로마에서 제1부를 1842년에 완성하여 다른 작품들과 함께 네 권의 책으로 출판한다. 이 작품집에는 그의 유명한 단편소설 「외투 (Shinel)」도 실렸다.

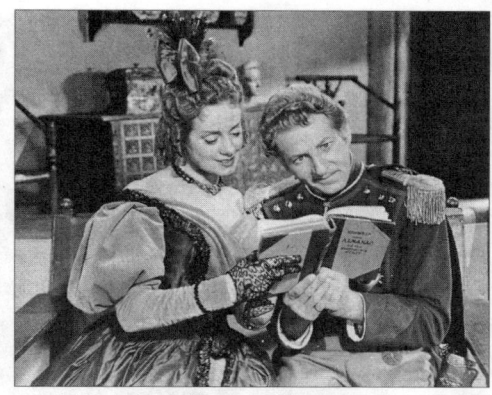
고골리의 풍자 희극 「검찰관」을 음악극으로 만든 대니 케이 영화를 보면, 이승만 대통령 시절의 "귀하신 몸" 사건이 연상된다.

러시아를 비롯하여 여러 나라에서 영화로 만들어진 「외투」의 주인공 또한 쌍크트 뻬쩨스부르크의 말단 관리이다. 아까끼 바시마찌낀(Akaki Akakievich Bashmachkin)은 동료들로부터 멸시와 학대를 받는 비참한 노인으로서, 밤마다 그의 토막집에서 서류를 복사하는 일에서 유일한 즐거움을 얻는다. 그대로 베껴쓰는 행위말고는 어떤 일에도 자신이 없던 그는 다른 힘든 업무를 주면 거절하는데, 어느 날 다가오는 겨울에 대비하여 외투를 수선하러 가면서부터 그의 인생이 바뀌기 시작한다.

너무 낡아 더 이상 꿰맬 수도 없는 외투를 보고 양복장이는 새것으로 하나 장만하라고 설득하기에 이르고, 돈을 저축하여 옷감을 산 그는 마침내 새 외투를 장만한다. 이렇듯 겨우 마련한 새 외투로 사무실 사람들의 관심을 끌게 된 그는 사교적인 모임에도 초청을 받는다. 그러나 술에 취해 집으로 돌아가던 길에 그는 강도를 만나 외투를 빼앗긴다.

백방으로 외투를 찾으려던 노력이 실패하자 상심한 주인공은 죽고 만다. 이때부터 쌍크트 뻬쩨스부르크에서는 괴한이 나타나 길 가는 사람들로부터 외투를 강탈하기 시작하고, 잃어버린 외투를 찾아달라는 주인공의 부탁을 들어주지 않은 경찰관 역시 외투를 빼앗긴다.

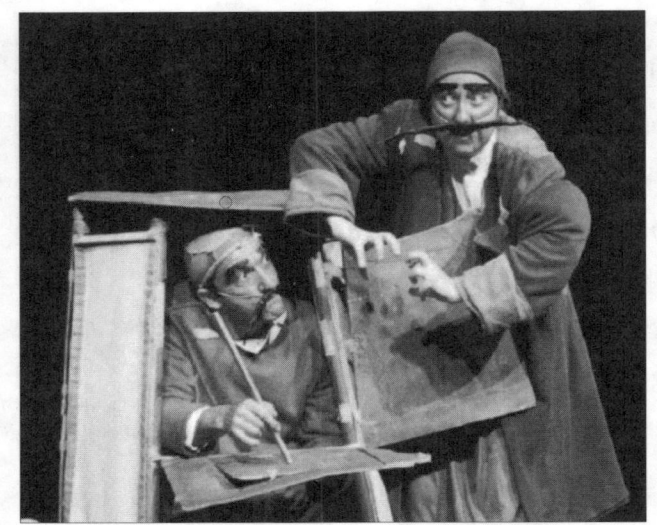

불가리아의 크레도(Credo) 극단은 경쾌하면서도 빠른 흐름의 광대놀이와 즉흥극 형식으로 「외투」를 만들어 지난 1997년 에딘버러 페스티벌 프린지(Edinburgh Festival Fringe)에서 최고작품상을 수상했다.

이 단편소설은 러시아 문학에서 도스또예프스끼, 뚜르게네프, 체호프, 고리끼 같은 작가들에게, 그리고 사실주의 발전 과정에 엄청난 영향을 끼쳤고, 도스또예프스끼는 "우리 모두가 고골리의 '외투'를 걸치고 태어났다"는 유명한 말을 남기기도 했다.

그러나 1846년 서간문집에서, 제정 러시아의 귀족 체제를 옹호하고 지주들에게 나쁜 사상에 물들지 않도록 농민에게는 성경 이외에 어떤 다른 책도 읽지 못하게 하라는 내용을 실었다가 평론가 벨린스끼와 여러 급진적인 작가들로부터 다시 맹렬한 비난을 받고, 고골리는 점점 더 심한 우울증에 빠진다. 정신착란을 일으킨 그는 결국 몇 년에 걸쳐서도 완성하지 못한 「죽은 넋」 제2부와 다른 원고들을 불살라 버리고는 세상을 떠났다.

영화를 통해서 가장 잘 알려진 고골리 작품은, 활극적인 요소 때문이겠지만, 17세기 우크라이나에서 폴란드와 코사크인들이 전쟁을 벌이는 얘기 『대장 블리바』이다. 늙은 코사크 따라스 블리바와 그의 두 아들 안드리(Andri)와 오스따쁘(Ostap)가 전쟁에 나가지만, 안드리가 폴란드 여인과 사랑에 빠져 동지들을 버린다.
폴란드의 요새 밖에서 전투중에 안드리를 만
난 따라스는 아들을 죽이고, 오스따쁘는 폴란
드군에 잡혀 고문을 당하고 죽는다. 따라스도
나중에 오스따쁘와 같은 운명을 맞는다.

고골리가 원작은 아니지만, 역시 코사크인
아버지와 아들이 1850년대 알렉산드르 2세의
러시아에서 대결하는 이탈리아 사극 「코사크」
도 우리나라에 수입되었고, 「대장 블리바」의
율 브리너는 1904년 폴란드가 배경인 「말도둑
의 사랑」에서도 약삭빠른 유대인 말장수들과
머리싸움을 벌이는 코사크인 장교로 나온다.

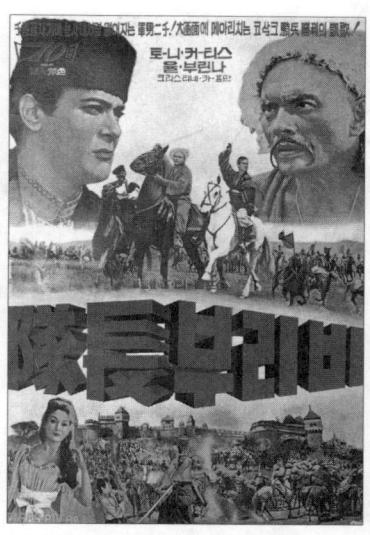

「대장 블리바」는 폴란드와 코사크인들의 전쟁을
배경으로 삼아 부자간의 갈등을 그린다.

고골리와 더불어 러시아 문학의 비판적 사
실주의를 확립했으며, 우리나라에서는 뿌가초프의 반란을 배경으로 결
투 사건을 다룬『대위의 딸(Kapitanskaya dochka, 1836)』과 부박한 바이
런적인 주인공이 등장하는『예프게니 오네긴(Yevgeny Onegin, 1831)』
으로 널리 알려진 알렉산드르 뿌시낀(Aleksandr Sergeyevich Pushkin,
1799~1837)은 영국에서 셰익스피어, 그리고 독일에서 괴테가 차지하
는 위치를 러시아에서 확립한 시인이요 극작가이며 소설가이다. 뿌시
낀은 유서깊은 귀족 집안 출신으로서 쌍크트 뻬쩨스부르크에서 외무성
에 근무했지만, 정치적인 자유를 구가하는 시를 썼다가 남부 러시아로
쫓겨가고, 1824년에는 무신론에 관한 글을 발표했다가 공직에서 파면
되어 어머니의 영지인 북방 뿌스꼬프로 유형을 가는 등 수난을 당했다.

그의 단편소설을 원작으로 삼아 영화로 만든 「스페이드의 퀸」은 러
시아 장교 게르만(Germann)이 도박에서 이기는 비결을 알아내려는 집
념에 사로잡혀 서서히 파멸하는 과정을 그린 괴이한 공포물이며, 러시

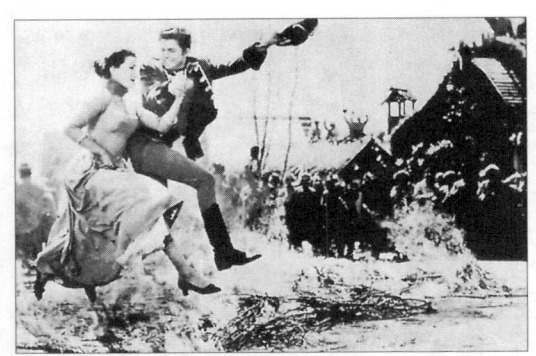

뿌시낀 원작의 영화 「템페스트」는 미천한 병사와 귀족 여인이 농민 반란을 거치면서 '자리바꾸기'를 한다는 내용이다.

아에서는 차이코프스키가 오페라로 개작한 작품을 볼쇼이 극장에서 공연한 내용을 그대로 담은 영화도 나왔다.

뿌시낀의 소설을 미국에서 무성영화로 그리고 이탈리아에서 다시 사극으로 만든 「템페스트」는 에까떼리나 여제(女帝)를 몰아내려는 농민 반란을 배경으로 삼아서, 미천한 병사 이반 마르꼬프(Ivan Markov)를 깔보던 귀족 여인 나샤 따마라(Nasha Tamara)가 혁명이 터지고 적군(赤軍)의 장교가 된 주인공이 구출해 준 다음, 결국은 새로운 의식으로 새로운 출발을 맞는다는 내용이다.

「템페스트」말고도 여러 영화에 등장하는 에까떼리나 여제(Ekaterina Alekseyevna, 영어 이름 Catherine the Great, 1729~96)는 프랑스가 이끌어가던 유럽 문화를 적극적으로 받아들여 볼테르와 몽떼스큐의 사상을 통치에 반영했으며, 자유화도 추진했는데, 이는 모두가 예멜리안 뿌가초프(Yemelyan Pugachev)의 농민 반란과 프랑스 혁명에서 받은 심리적인 충격 때문이었다고 한다.

사극 「에까떼리나 여제」는 오랫동안 폴란드에게 빼앗겼던 우크라이나의 땅을 되찾고 흑해 연안까지 국경선을 넓힌 여제의 인생이 억지 결혼으로 망가졌다는 내용이고, 「젊은 날의 에까떼리나」는 10대의 독일 처녀가 결혼을 통해 러시아의 왕족으로 출세하여 여제의 자리에까지 오른다는 내용이며, 본 스턴버그 감독의 유명한 촬영 기법에 강렬한 러시아 음악이 가미된 「주홍의 여제」는 에까떼리나의 성공적인 삶이 주제이고, 「위대한 에까떼리나」는 조지 버나드 쇼의 희곡을 영화로 옮긴 작품이며, 에른스트 루비치가 시작하여 오토 프레밍거 감독이 완성한 「왕실의 염문」은 에까떼리나 여제가 각별히 좋아하던 군인을 고위급으로 승진시키면서 벌어지는 희극영화이다.

역시 에른스트 루비치가 연출했으며 「왕실의 염문」의 원작격인 「금단의 낙원(Forbidden Paradise, 1924)」에서는 폴라 네그리(Pola Negri)가 에까떼리나 역을 맡았고, 「존 폴 존스(John Paul Jones, 1959)」에서는 베티 데이비스, 이탈리아의 움베르또 렌찌(Umberto Lenzi)가 감독한 「러시아의 에까떼리나(Caterina de Russia, 1962)」에서는 독일 여배우 힐데가르드 네프(Hildegard Knef, 영어 이름 Hildegarde Neff), 텔레비전 영화 「에까떼리나 여제(Catherine the Great, 1995)」에서는 캐더린 지타 존스 (Catherine Zeta Jones)가 같은 역을 했다. 성적인 희극(sexual comedy)을 전문으로 했던 '육체파 여배우' 메이 웨스트(Mae West)의 희극 「캐더린은 굉장해(Catherine Was Great, 1944)」도 굉장한 인기를 끌고 널리 알려진 작품이지만, 영화로는 선보이지 않았다.

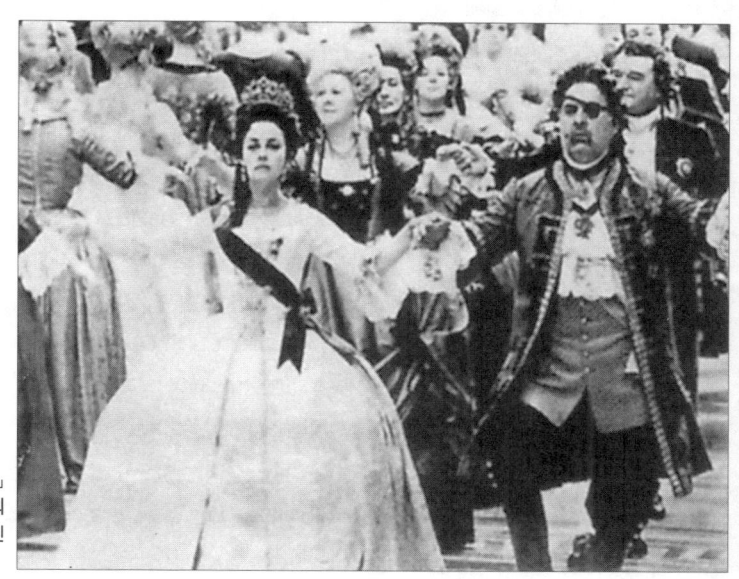

「위대한 에까테리나」는 조지 버나드 쇼의 희곡을 영화로 옮긴 작품이다.

뿌시낀은 작품 못지않게 "결투로 죽었다"는 극적인 사실로도 유명해서, 쌍크트 뻬쩨스부르크에서는 그가 결투를 벌였던 곳이 유명한 관광지가 되었다. 그의 죽음은 도스또예프스끼의 뽈리나보다도 골칫거리였던 아내 나딸랴 때문이었다. 1829년 서른 살의 뿌시낀은 나이가 열여섯 살이었던 어린 미녀 나딸랴(Natalya Goncharova)를 만나 2년 후에 결혼했는데, 남편의 창작 세계를 전혀 이해하지 못하고 사교 활동에만 바빠서 시인 뿌시낀에게 정신적 고통과 경제적 부담을 주었으며, 그녀를 쫓아다니던 근위대 장교 게오르그 단테스(Georg D'Anthes) 남작과의 결투에서 뿌시낀은 중상을 입고 38세의 젊은 나이로 세상을 떠났다.

찾아보기 ●

▮「스페이드의 퀸(The Queen of Spades, 1949, 영국, 95분)」, 감/Thorold Dickinson, 출/Anton Walbrook, Edith Evans, Ronald Howard, Mary Jerrold, Yvonne Mitchell, Anthony Dawson

▮「스페이드의 퀸(Pikovaya dama, 1960, 러시아, 100분)」, 감/Roman Tikhomirov, 출/Oleg Strizhenov, Zurab Anzhaparidze, Olga Krasina, Tamara Milashkina

▮「템페스트(Tempest, 1928, 미국, 102분)」, 감/Sam Taylor, 출/John Barrymore, Camilla Horn, Louis Wolheim, George Fawcett, Ullrich Haupt, Michael Visaroff

▮「템페스트(La tempesta, 1959, 이탈리아, 125분)」, 감/Alberto Lattuada, 출/Silvana Mangano, Van Heflin, Viveca Lindfors, Geoffrey Horne, Oscar Homolka, Robert Keith, Agnes Moorehead, Finlay Currie, Vittorio Gassman, Helmut Dantine

▮「에까떼리나 여제(Catherine the Great 또는 The Rise of Catherine the Great, 1934, 영국, 92분)」, 감/Paul Czinner, 출/Douglas Fairbanks, Jr., Elisabeth Bergner, Flora Robson, Joan Gardner, Gerald Du Maurier

▮「젊은 날의 에까떼리나(Young Catherine, 1991, 영국-캐나다-러시아, 200분)」, 감/Michael Anderson, 출/Vanessa Redgrave, Christopher Plummer, Franco Nero, Marthe Keller, Maximillian Schell, Julia Ormond, Mark Frankel

▮「주홍의 여제(The Scarlet Empress, 1934, 미국, 110분)」, 감/Josef von Sternberg, 출/Marlene Dietrich, John Lodge, Louise Dresser, Sam Jaffe, C. Aubrey Smith, Edward Van Sloan

▮「위대한 에까떼리나(Great Catherine, 1968, 영국, 98분)」, 감/Gordon Flemyng, 출/Peter O'Toole, Jeanne Moreau, Zero Mostel, Jack Hawkins, Akim Tamiroff

▮「왕실의 염문(A Royal Scandal, 1945, 미국, 94분)」, 감/Ernst Lubitsch, Otto Preminger, 출/Tallulah Bankhead, Charles Coburn, Anne Baxter, William Eythe, Vincent Price, Mischa Auer

분쟁을 해결하는 수단으로 이용되었던 결투는 게르만족의 풍습이었다가 서구로 퍼져 나갔고, 1258년 루이 9세의 칙령으로 금지되었지만 15세기 말에 프랑스 상류사회에서 명예를 위한 결투가 자리를 잡기에 이른다. 무기의 선택과 규칙 그리고 복장에 이르기까지, 마치 화려한 예식처럼 발전한 결투는 유럽에서 고급 문화로서 미화되었고, 러시아 역시 이런 '대륙' 문화를 수입해서 썼다.

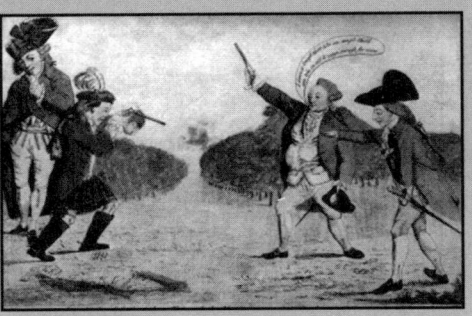

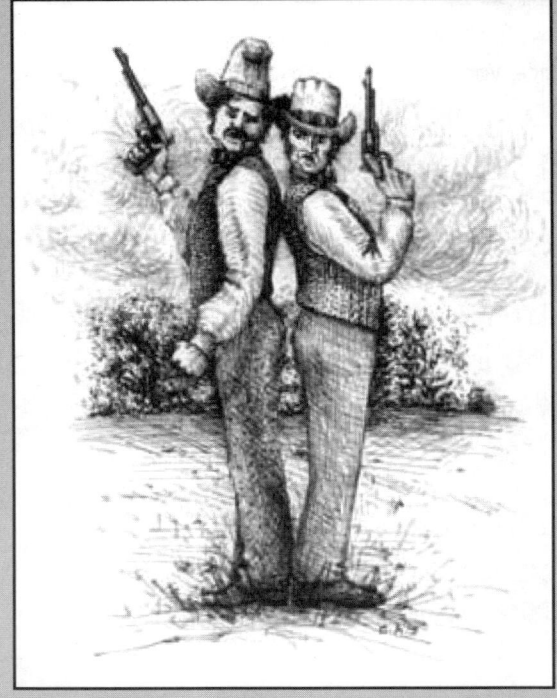

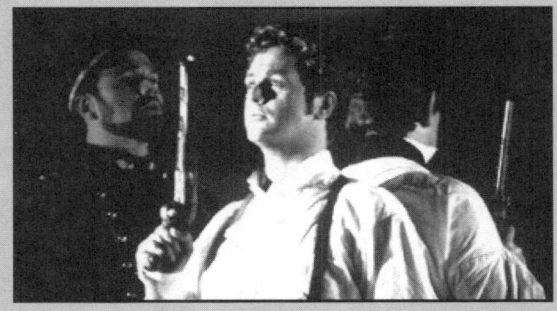

결투는, 왼쪽 그림에서처럼, 물론 미국의 서부에서도 흔한 예식이 되었으며, 「열정(Passion, 아래 사진)」을 비롯한 많은 영화에 등장한다.

작가와 결투

러시아를 '서양'이라고 간주하는 우리나라 사람들의 시각과는 달리, 머릿글에서 이미 지적했듯이, 정작 서양에서는 흔히 '동양'으로 분류되는 나라 러시아는 행정과 문화의 중심지가 유럽 쪽이어서 문학과 사상이 유럽적이고, 명예를 지키기 위한 결투 역시 유럽에서나 마찬가지로 그들의 19세기 풍습의 일부를 이루었다. 그래서 뿌시낀을 비롯하여 많은 사람이 결투를 치르고는 했었다.

아버지가 게으른 장교이고 어머니는 5천 명의 농노를 거느린 괴팍한 여지주였던 부유한 귀족 가문에서 태어났으며 똘스또이, 도스또예프스끼와 더불어 러시아의 3대 문호로 꼽히는 이반 뚜르게네프(Ivan Sergeyevich Turgenev, 1818~83)의 소설 『봄의 여울(Veshnye vody, 1872)』을 원작으로 삼아 만든 영화 또한 결투 장면으로 유명한데, 여기에서는 독일 처녀와 약혼한 남자가 다른 유부녀에 눈독을 들이다가 결투를 치른다.

농노의 후손이었던 안톤 체호프(Anton Pavlovich Chekhov, 1860~

1904)의 단편소설 「사냥(The Shooting Party)」을 영화로 만든 「여름 폭풍」의 여주인공 올가 우르베닌(Olga Urbenin)은 뿌시낀의 나딸랴나 도스또예프스끼의 뽈리나처럼 주변의 사람들에게 그리고 그녀 자신에게도 불행을 가져다 주는 인물이다.

계속해서 역사가 담긴 러시아 문학의 물줄기를 따라가 보면, 불구자인 주인공이 악질적인 지주에게 보복을 하는 내용을 담은 미하일 레르몬또프(Mikhail Yuryevich Lermontov, 1814~41)의 소설 『바딤(Vadim)』을 원작으로 한 「러시아의 어느 해 여름」도 만난다. 러시아의 시인으로서는 뿌시낀만이 그를 능가했다고 알려진 레르몬또프는 작품뿐 아니라 생활에서도 바이런의 낭만주의로부터 두드러진 영향을 받은 인물로 알려졌다.

소지주 귀족 출신인 레르몬또프는 근위경기병 장교로 쌍크트 뻬쩨스부르크의 사교계에 진출했으며, "시인 뿌시낀의 죽음"이라는 시에서 궁중 귀족에 대한 증오심을 노골적으로 표현하여 카프카즈로 유배를 다녀온 다음, 프랑스 대사의 아들과 결투를 벌여 다시 카프카즈로 쫓겨 갔고, 형벌로 변방 근무를 하는 삶에 염증을 느껴 산족 토벌에서 목숨을 내놓고 용감히 싸우고는 하다가, 지극히 사소한 문제로 동료 장교와 또 결투를 벌여 젊은 나이에 세상을 떠났다.

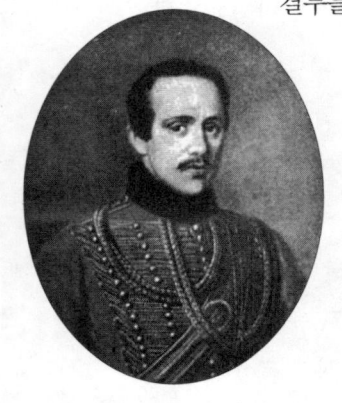

경박한 읽을거리가 아니고 영혼의 참된 양식이 되는 지적인 문학의 나라, 러시아가 지성과 문학의 나라라는 사실은 다양한 작품의 풍요로움으로도 증명이 되지만, 혁명의 감격과 이념의 갈등에 이어 실패한 실험의 좌절로 접어드는 격동의 역사를 웅장하게 담은 대작이 많다는 사실에서도 느끼게 된다.

이러한 대작의 역사는 똘스또이의 『전쟁과 평화』, 도스또예프스끼의 『까라마조프』를 거쳐 빠스떼르나크의 『의사 지바고』로 맥이 닿았고, 보리스

뿌시낀 다음으로 가장 위대한 러시아 시인으로 꼽히는 레르몬또프 또한 결투로 세상을 등졌다.

빠스떼르나크가 노벨 문학상 수상자가 되었으면서도 영광을 누리지 못한 채로 세상을 떠난 1960년에 결국 노벨 문학상을 소련으로 가져간 미하일 숄로호프(Mikhail Aleksandrovich Sholokhov, 1905~84)의 4권짜리 대작『고요한 돈강(Tikhiy Don, 1928~40)』으로 융기했다.

숄로호프는 남부 러시아 돈 코사크 지방 출생인데, 그의 문학을 이해하려면 코사크의 역사를 알아야 한다. 영어의 '코사크(Cossack)'는 튀르크어로 '자유인'을 뜻하는 '카자크(qazaq)'가 어원으로, 러시아어로는 '코자크(kozak, kazak)'라 표기하며, 흑해와 카스피 해 북부 내륙에 거주하는 농민 집단으로서, 러시아 정부에 군사력을 제공하고 특권을 부여받아 특수한 사회층을 이루었다.

카자크가 처음 성립된 시기는 15세기 말, 러시아와 폴란드와 리투아니아 등지의 농노들이 드네프르 강과 돈 강 지역으로 도망하여 자치적 군사 공동체를 이루었을 때였다. 한때 독립을 꾀하기도 했던 카자크는 폴란드의 압제를 피해 러시아와 협정을 맺고 그 지배하에 들어갔으며, 러시아 제정이 강화되는 동안 자치권이 점차 축소되었으나, 진출 방향을 돌려 동방으로 뻗어나가 시베리아를 정복하고 세력을 넓혔다.

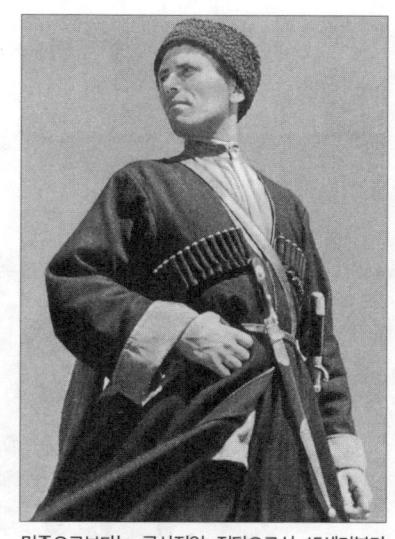

그들은 17~8세기에 특권이 위협을 당할 때마다 반란을 일으켰으며, 스뗀까라진의 난(1667~71)과 뿌가초프의 난이 특히 유명하다. 하지만 반란을 거치며 자치권은 더욱 축소되었고, 카자크의 전통 사회도 크게 붕괴되었다. 20세기 초에는 인구 4백만 가운데 군인이 45만에 이르는 큰 집단을 형성하여, 혁명 운동을 진압하려는 러시아 정부에 의해

민족으로보다는 군사적인 집단으로서 15세기부터 오랫동안 정체성을 확립했던 카자크인들은 러시아의 문학과 영화에서 자주 주인공으로 등장한다. 사진은 카자크 용사의 화려한 전통 의상

서 자주 동원되었고, 혁명기에는 극빈층과 부농층이 각각 볼셰비키 세력인 적군(赤軍, the Reds)과 그에 맞선 백군(白軍 또는 白衣軍, the Whites)으로 분열되었고, 소련 체제가 확립되면서 카자크 집단의 해체가 급속히 진행되었다.

이러한 역사적인 배경을 깔고 전쟁과 혁명에 휘말리는 인간의 얘기를 담아낸 『고요한 돈강』은 과거의 삶과 새로운 생활방식의 충돌, 전쟁과 인간의 갈등을 그린다. 주인공인 젊은 카자크인 그레고르 멜레호프(Gregor Melekhov)는 사회주의적 사실주의라는 소비에트 문학 사상이 요구하는 적극적인 영웅의 전형이 아니고, 두 가지 선택 사이에서 방황한다. 처음에 그는 볼셰비키(Bolsheviki)가 옳다고 확신하지만, 나중에는 생각이 달라져 전후에 카자크가 독립성을 유지하기 바라는 마음으로 내란중에는 백군의 편에서 싸운다. 소설이 끝날 무렵에 그는 다시 볼셰비키 쪽으로 기울지만, 어느 편이 좋은지에 대한 확신은 끝내 석연하게 세우지를 못한다.

혁명을 앞장서 이끈 것이 아니라 역사와 운명의 힘 때문에 끌려 들어

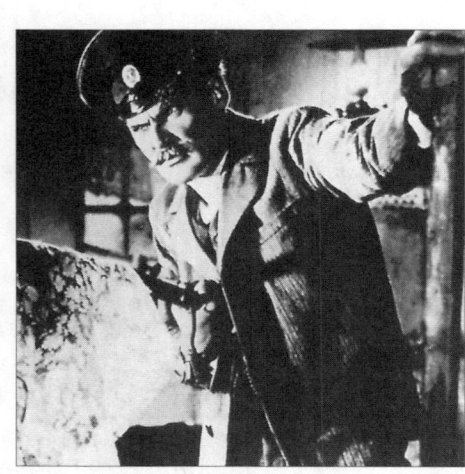

가 동족상잔 행위에서 어느 한 편을 들도록 강요를 당한 시대는 우리 한민족에게도 있었으며, 터키계의 카자크인으로 혁명과 반혁명 사이를 오가다가 결국 총살을 당한 하를람프 예르마꼬프라는 실존인물을 모델로 삼은 멜레호프는 전광용(全光鏞)의 단편소설 「꺼삐딴 리(1962, 사상계)」를 강렬하게 연상시키기도 한다.

멜레호프와는 대조적으로, 백군 카자크인에게 죽음을 당하는 이반 분쭈

「고요한 돈강」의 등장인물들은 소련 사회주의 체제를 선전하기 위한 꼭두각시의 틀을 벗어난다.

끄(Ivan Bunchuk)는 광신적인 공산주의자이기는 하지만, 숄로호프는 이 등장인물을 소비에트 문학 이론가들이 좋아하는 그런 꼭두각시로 그려 놓지는 않았다. 소련 당국에서는 멜레호프가 끝에 가서는 확신을 가진 공산주의자로 그려지리라고 기대했지만, 제4권이 완성되었을 때쯤에는 소설이 너무 인기가 좋아 국내외에서 수백만 부가 팔렸기 때문에, 작품을 함부로 비판하거나 배척하지도 못하고, 혁명 이후 소련의 대표적인 명작 가운데 하나로 그냥 받아들여야만 했다.

처음 두 권은 1934년 『돈강은 고요하게 흐른다(영어 제목 And Quiet Flows the Don)』, 나머지는 7년 후 『돈강은 바다로 흘러간다(The Don Flows Home to the Sea)』라는 제목으로 출판되었으며, 1957~8년에 게라시모프 감독이 만든 영화 「고요한 돈강」이 서방 세계에 소개되던 해 숄로호프는 노벨상을 받는다.

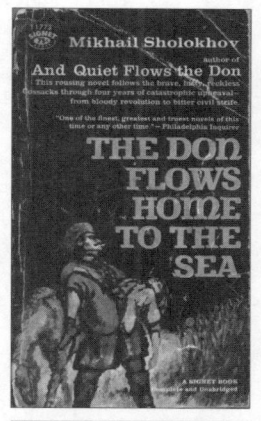

『고요한 돈강』은 두 차례에 걸쳐서 영화로 제작되었는데, 게라시모프 판은 소련 최대의 대작 가운데 하나로 꼽힌다. 물론 흑백인데다가, 우리나라의 신상옥 최은희 영화 「민며느리」처럼 가난하고 토속적인 영상이 많아 옛날에는 세계 어디에서나 온세상 사람이 모두 저토록 비슷하게 살았구나 하는 생각도 들게 하지만, 어쨌든 이런 거작이 완성될 수 있었던 까닭은 카자크 전통을 발판으로 딛고 일어선 국민작가 숄로호프가, 비록 이데올로기를 뛰어넘는 작품을 썼다고는 하지만, 누구보다도 당에 충실하여 최고회의 대의원까지 지낸 영향력이 크게 작용했으리라는 짐작이다. 빠스떼르나크는 노벨 문학상의 수상을 거절하도록 강요받았던 반면에 숄로호프는 정식으로 소련 정부로부터 허락을 받아 시상식에 참여한 첫 작가

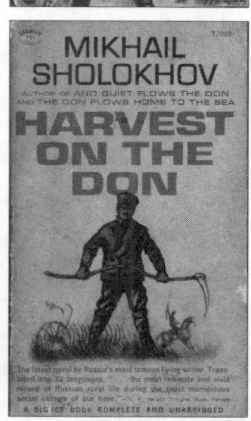

"돈강은 고요하게 흐른다"를 필두로, 카자크인들의 삶을 다룬 그의 서사시적인 작품들이 외국어로 번역되어 서방세계에 알려지면서 숄로호프는 노벨 문학상을 받기에 이른다.

가 되기도 했으니 말이다.

그는 사회주의적 사실주의 원칙을 따르지 않는 빠스떼르나크나 솔제니찐 같은 반체제적 작가들을 공개적으로 비방했고, 한편 솔제니찐과 다른 작가들은 『고요한 돈강』이 적어도 일부는 표절이라는 문제를 제기했으며, 숄로호프는 말년에 별로 글을 쓰지 못했다.

영화 「고요한 돈강」은 밀과 보리가 익어가는 무렵 사랑하는 남녀가 물가에서 희롱하는 장면으로 시작된다. 주인공 멜레호프는 남편을 전쟁터로 보낸 유부녀 아브시냐와 정을 맺고, 부모의 강요에 따라 이웃마을 처녀와 억지 결혼을 하지만, 불륜으로 시작된 사랑도 끝내 포기하지 않는다. 멜레호프라는 주인공이 실존인물을 바탕으로 삼았듯이, 이런 사랑의 상황 또한 작가의 가족사에서 따온 내용이다. 미하일 숄로호프는 타향인(러시아인)이었던 아버지 알렉산드르가 사랑한 어느 카자크 농부의 아내 다닐로브나에게서 태어났으며, 다닐로브나가 미망인이 되기 전에는 아버지와 정식 결혼을 하지 못해 미하일은 여덟 살이 되어서야 겨우 아버지의 성을 얻었다.

옛날 우리나라의 초가(草家)를 연상시키는 농가에서 태어난 숄로호프의 이런 뒷얘기는 그의 단편집 『돈 지방 이야기(Donskie rasskazy,

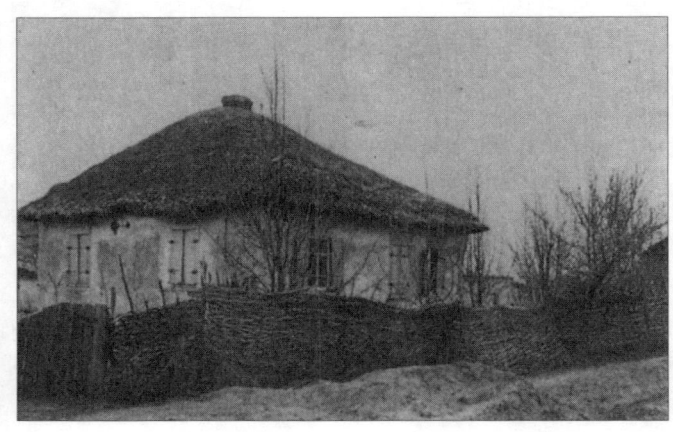

이토록 초라한 집이 숄로호프의 생가로서 문화재로 보존을 받고 있다.

1925, 영어 제목 Tales from the Don, 1961)』에 실린 "나할리오노크(=수치
스러운 아이)"에서도 재생된다. 타향에서 흘러온 적군 수병을 사랑하여
코사크 처녀가 낳은 사생아 미하일은 떳떳하지 못한 출신 때문에 다른
아이들의 놀림감으로 성장하지만, 볼셰비키 투사가 되겠다는 꿈으로
아픔을 극복하여 훌륭한 소련 영웅이 된다는 내용인데, 영화 「수치스
러운 아이」에서 「양철북」의 오스카처럼 생긴 어린 미하일이 아버지에
게 온갖 장난감(=전 재산)을 줄 테니까 레닌 사진을 달라는 장면과, 군
인들의 행진에 끼어드는 장면은 정치의식보다는 차라리 역사적 운명의
노예가 되었던 비슷한 시기의 러시아와 우리나라 빈농층의 비극을 생
생하게 전한다.

찾아보기 ●--

▌「봄의 여울(Torrents of Spring, 1990, 이탈리아-프랑스, 101분)」, 감/Jerzy
Skolimowski, 출/Timothy Hutton, Nastassia Kinski, Valeria Golino, William
Forsythe, Ubano Barberni, Francesca De Sapio, Jacques Herlin

▌「여름 폭풍(Summer Storm, 1944, 미국, 106분)」, 감/Douglas Sirk, 출/George
Sanders, Linda Darnell, Edward Everett Horton, Sig Ruman, Anna Lee, Sarah
Padden, Frank Orth

▌「러시아의 어느 해 여름(One Russian Summer 또는 Days of Fury, 이탈리아 제목 Il
giorno del furore, 1973, 이탈리아-영국, 112분)」, 감/Antonio Calenda, 출/Oliver
Reed, John McEnery, Carol Andre, Raymond Lovelock, Zova Velcova, Claudia
Cardinale

▌「고요한 돈강(Tikhy Don, 영어 제목 And Quiet Flows the Don, 1957~8, 러시아,
107분)」, 감/Sergei Gerasimov, 출/Ellina Bystritskaya, Pyotr Glebov, Zinaida
Kirienko, Danilo Ilchenko

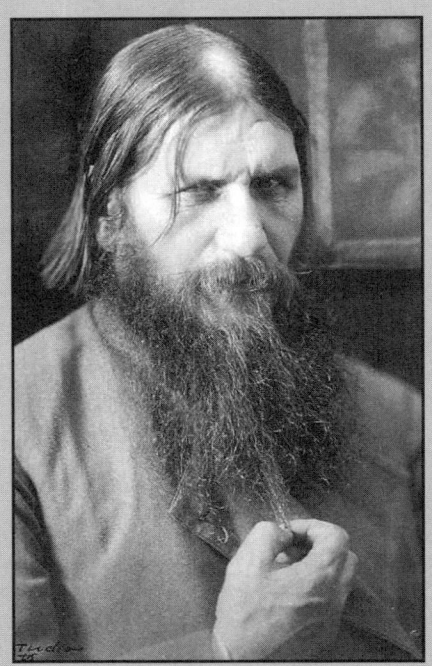

괴승 라스뿌찐(왼쪽)은, 아래 풍자화가 잘 보
여 주듯, 생존 당시의 행각뿐 아니라 죽는 순
간까지도 수많은 일화를 남긴 인물로서, 러시
아의 실존인물 가운데 가장 영화에 자주 등장
한 사람들 가운데 하나이다.

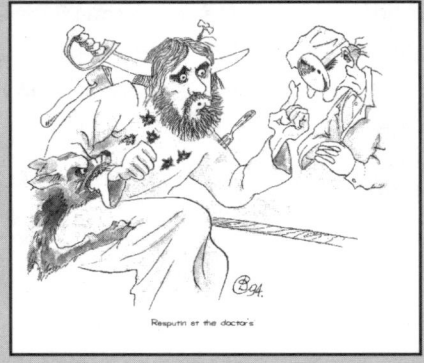

Rasputin at the doctor's

라스뿌찐과 배리모어 사람들

러시아의 역사를 통틀어서, 실존했던 인물 가운데 영화에 등장시켜 가장 흥행에 성공할 듯싶은 주인공을 꼽아 보면, 에까떼리나 여제나 스탈린보다 아마도 라스뿌찐이 먼저일 듯싶다. 스탈린에게 쫓겨 수많은 지식인이 유형을 가야 했던 시베리아에서, 또볼스크(Tobolsk) 지방 빈농의 아들로 태어나 교육조차 제대로 받지 못했던 수도사 그리고리 라스뿌찐(Grigori Yefimovich Rasputin, 1871~1916)은 거꾸로 '동양'에서 '서양'으로 이동해서, 쌍크트 뻬쩨스부르크로 진출하여 제정 말기, 그러니까 혁명이 일어나기 직전까지, '예언'과 '기적'의 힘으로 대단한 권력을 누린 사람이었다.

지극히 교활한 인물이었던 그는 사람의 마음을 끄는 마력을 갖추었으며, 최면술도 썼다고 전해진다. 청년기에 그는 스스로 채찍질을 하며 고행하는 중세의 고행자(Khlysty, Flagellants)들로부터 영향을 받았고, 신의 계시를 얻어 기적을 행하게 되었노라고 선언하고는, 우리나라의 극성스러운 사교 집단을 이끌어 온 교주들이 나중에 흉내내고 답습하게 된 갖가지 사기술을 동원했다. 특히 그는 자신의 몸에 닿으면 병이 치유되고 마음이 순수해진다며 엄청난 성욕을 여성 신도들로부터 채우는 교리를 개발해서 유명해졌고, 그래서 그의 본명 노비크(Novykh)는 '호색한 (debauchee)'이라는 뜻의 별명 라스뿌찐(Rasputin)으로 바뀌었다.

나이가 서른을 넘도록 고향을 떠나지 않고 결혼까지 해서 살았던 그는, 1903년 출가하여 순례의 길에 올라 농민들 사이에서 성자(starets)로 알려졌으며, 쌍크트 뻬쩨스부르크에 도착하여 러시아 정교의 고위 성직자들과 친분을 쌓아 귀족 사회에 접근했다. 신비주의가 유행하던 시절이었던 까닭에 특히 여성 신도들이 그의 주변에 잘 모여들었고, 1905년 11월에는 황제와 황후에게 소개를 받아 궁중으로 들어갔다.

황태자의 난치병인 혈우병을 기도의 힘으로 치료하여 황제와 특히 황후의 신임을 얻은 다음, 그는 세도를 키워 교회와 정치에까지 간섭하기에 이른다. 결국 귀족들에게 암살되어 대단히 궁중사극적인 일생을 마치는 '괴승(怪僧, Mad Monk)'의 전기영화 「라스뿌찐」은 1977년에 완성되어 1981년 모스크바 영화제에서 선을 보였으나, 1985년까지는 서방 공개가 금지되기도 했었다.

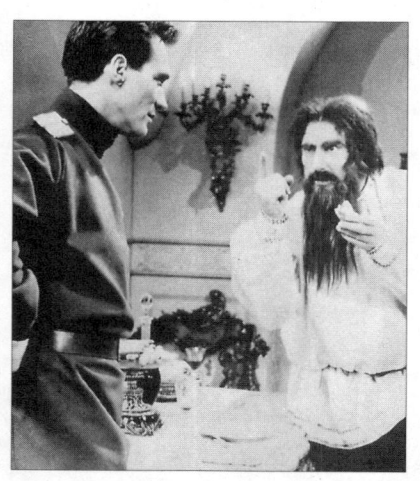

「괴승 라스뿌찐(Raspoutine, 1954, 프랑스)」은 세계 각국에서 만든 여러 라스뿌찐 전기영화 가운데 하나이다.

오스트렐리아 영화 「어릿광대」는 라스뿌찐 얘기를 현대로 옮겨와서 믿음의 힘으로 병을 고치는 사람이 정치가의 아들을 백혈병으로부터 구해 주고는 아내까지 넘본다는 내용이고, 영국 영화 「괴승 라스뿌찐」의 주연은 드라큘라 단골 배우인 크리스토퍼 리의 차지였는데, 이탈리아 영화 「라스뿌찐의 밤」에서 주연을 맡았던 미국 배우 에드먼드 퍼돔보다는 훨씬 잘 어울린다는 평이었다. 「황태자의 첫사랑」

으로 유명한 에드먼드 퍼돔 말이다.

배리모어 집안의 3남매 존, 에텔, 라이오넬이 함께 출연한 「라스뿌찐
과 황태후」는 명배우 가문 배리모어 일가의 잔치였다.

배리모어 배우 가문의 '시조'는 인도에서 태어나 영국과 미국의 무
대에서 활동한 모리스 배리모어(Maurice Barrymore, 1847~1905)로서,
본명은 배리모어가 아니라 허버트 블라이트(Herbert Blythe)였으니, 라
스뿌찐도 본명이 아니라 별명이었듯, 배리모어 집안은 사실 아무도 성
이 배리모어가 아니었다. 모리스 배리모어의 아내는 에이레 배우 존 드
루(John Drew)의 딸로서, 희극배우로 유명해진 조지아나 에마 드루
(Georgianna Emma Drew, 1856~93)였다.

그들 무대배우 부부의 첫 아들이며 「라스뿌찐과 황태후」에서 라스뿌
찐 역을 맡았던 라이오넬 배리모어(1878~1954)는 브로드웨이 무대에
서 연기 생활을 시작했지만 작곡이나 그림을 하고 싶어 빠리로 가서 그
런 분야의 공부를 했다. 1909년 브로드웨이로 복귀한 그는 D. W. 그리
피드 밑에서 작업을 했으며, 1926년 MGM과 전속 계약을 맺어 3백 편
가량의 영화에 출연했고, 1931년 「자유혼(自由魂, Free Soul)」에서 술주

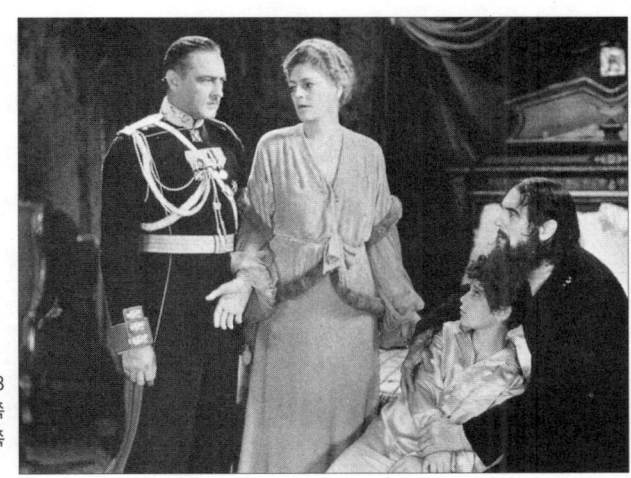

「라스뿌찐과 황태후」는 배리모어 3
남매가 모두 출연한 영화였다. 왼쪽
에서부터 존, 에텔, 그리고 오른쪽
의 라스뿌찐 역이 라이오넬이다.

정뱅이 아버지 역으로 아카데미 주연남우상을 받았다. 여기에서부터 이미 배리모어 가문과 술의 악연은 시작된 셈이었다.

젊은 시절 그는 동생인 미남배우 존과 비슷한 용모였지만, 중년으로 들어서면서 턱이 늘어지고 몸이 불어나는 바람에 성격파 배우로 전향했다. 1938년부터 그는 의사 킬데어(Dr. Kildare)를 주인공으로 삼은 15편의 영화에 출연하는데, 같은 해에는 프랭크 캐프라(Frank Capra)의 「우리집 식구는 아무도 못말려(You Can't Take It With You)」에서 마틴 밴더호프 역을 맡기도 했다. 하지만 요즈음 젊은 사람들에게는 같은 캐프라 감독의 작품인 「인생의 낙원(It's a Wonderful Life, 1946)」에서 조지 베일리(George Bailey, James Stewart)를 괴롭히는 못된 동네 유지(Mr. Potter) 역으로 더 잘 알려졌다.

1930년대 말 그는 다리 부상에 관절염이 겹쳐 하반신이 마비되어 바퀴의자에 의존하는 몸이 되었지만, 세상을 떠나기 1년 전까지 연기 활동은 쉬지 않고 계속했다. 그는 본격적으로 연기 활동을 하기 전에 시나리오 작가로도 일했으며, 「상복을 입은 여인(The Woman in Black)」 등 십여 편의 작품을 남겼고, 「마담 X(1929)」에서는 직접 연출까지 맡았었다.

이렇듯 비록 영화라는 매체의 활동에 적극적으로 참여하기는 했어도, 그는 연극인의 가문 출신답게, '열등한 예술'인 영화에 대해 이런 유명한 말을 했다.

"대중에게 호소하는 매체이기 때문에 성실성(sincerity)을 갖추지 못하는 속성을 지닌 영화가 20세기에 등장했다는 사실은 불행한 일이었다. 힐리우드는 전세계의 대중들이 요구하는 인위성(artificiality)에 손과 발이 묶였다."

「라스뿌찐과 황태후」에서 황태후 알렉산드라 역을 맡았던 에텔(1879 ~1959)은 '브로드웨이의 여왕(Queen of the Great White Way)'이라는 칭호에 걸맞게 평생 연극 무대에 충실했으며, 헐리우드와 영화를 멀리했다. 그녀가 무성영화에 출연했던 까닭은 술을 너무 많이 마셔 돈이 없었기 때문이었으며, 그녀의 첫 유성영화에서 알렉산드라 역을 맡았던 까닭은 대공황을 맞아 재산이 바닥났기 때문이었지, 새로운 분야인 활동사진에 애정을 느꼈기 때문은 결코 아니었다.

경제적으로 버틸 힘만 있으면 헐리우드를 떠나 뉴요크로 가서 활동했던 에텔은 영화와의 이런 소원한 관계 때문에 1944

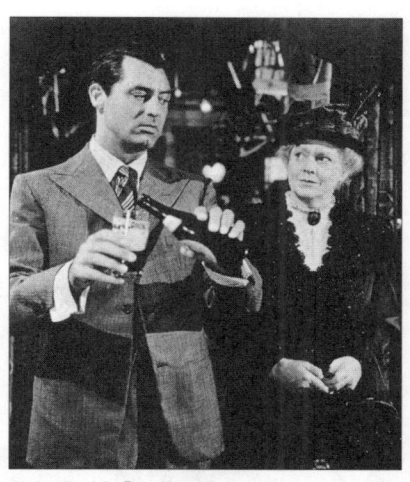

에텔(오른쪽)은 「외로운 마음만이」에서 케리 그랜트의 어머니 역으로 오스카 상을 받았지만, 끝까지 영화를 경멸했던 무대 전문 배우였다.

년이 되어서야 클리포드 오뎃츠에게 발탁되어 「외로운 마음만이(None But the Lonely Heart)」에서 케리 그랜트의 어머니 역으로 아카데미 여우조연상을 받는다. 그리고 1946, 1947, 1949년에도 조연상 후보에 오르지만, 「제니의 초상(Portrait of Jenny, 1948)」에서도 그랬듯이 영화에서는 조연급 역을 맡기만 했을 따름이고, 연극계에서처럼 여왕의 자리에는 결코 오르지 못한다.

연극에서는 당대 최고의 여배우로서 존경을 받았던 에텔 배리모어는 언젠가 어느 젊은 상대역 남배우가 무대에서 에텔보다 안쪽(upstage)에 서게 되자 관객에게 등을 돌려야 하는 그녀의 위치를 걱정했고, 그러자 에텔은 이렇게 안심을 시켰다고 한다.

"내 걱정은 말아요. 내가 선 위치가 어디이든 간에, 바로 거기가 무대의 중앙이 되니까요."

영국의 수상이 된 윈스턴 처칠도 한때는 그녀에게 청혼을 했다고 하며, 아이는 셋을 낳았는데, 큰딸 에텔(1912~77)은 오페라 가수가 되었고, 알코올 중독에 시달리기도 했으며, 두 아들 존 드루(1913~75)와 새 뮤얼(Samuel, 1910~86)은 모두 연기자가 되기는 했지만 별로 성공하지를 못했다.

영화로도 크게 성공한 소설「자이언트(Giant, 1952)」의 원작자인 여류작가 에드나 퍼버(Edna Ferber, 1887~1968)는 『우리집 식구는 아무도 못말려』를 쓴 조지 카프먼(George S. Kaufman)과 함께 1927년에 배리모어 일가, 특히 에텔과 그녀의 딸과 동생 존을 주인공으로 삼은 풍자극「왕족(王族, The Royal Family)」으로 브로드웨이에서 대성공을 거

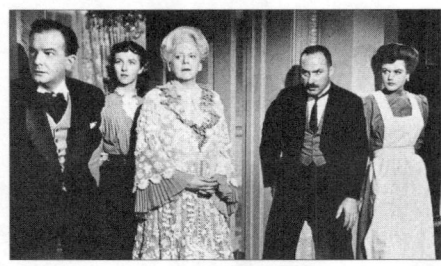 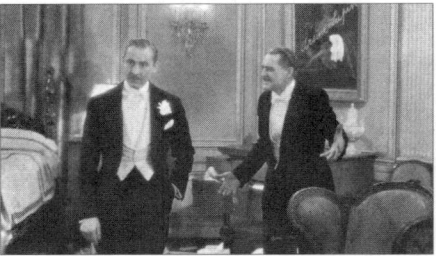

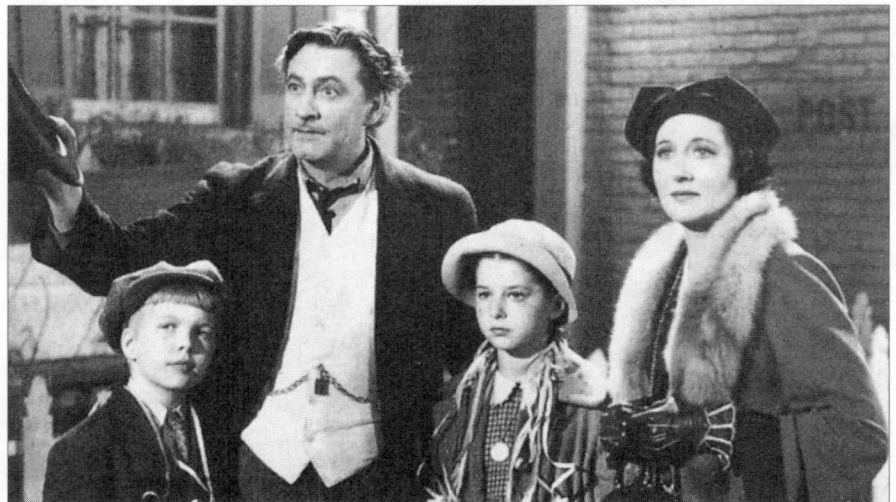

"브로드웨이의 왕족"은 영화계에서도 오랫동안 '명문'으로 군림했다.「협박(Kind Lady, 왼쪽 위)」에서는 가운데가 에텔이고 그녀의 오른쪽에 선 남녀는 키난 윈과 안젤라 란스베리이다.「아르센 루빵(Arsene Lupin, 오른쪽 위)」에서는 존과 라이오넬이 공연했고,「위대한 남자의 선거(The Gret Man Votes, 아래)」에서는 존 배리모어가 선거 유세를 하는 바쁜 일정 속에서도 아이들 때문에 아내와 또 다른 '전쟁'을 치른다.

두기도 한다. 당시 미국의 언론에서는 배리모어 일가를 '브로드웨이의 왕족(The Royal Family of Broadway)'이라고 호칭했었다.

배리모어 3남매 가운데 막내이면서도 가장 두드러진 영화 활동을 벌였던 존(1882~1942)은 오히려 집안에 너무 배우가 많다는 사실에 부담을 느껴 처음에는 연예계를 피하기 위해 뉴요크에서 신문의 만화와 잡지의 삽화를 그렸지만, 역시 피는 못 속인다고 했는지, 20살 되던 해인 1903년에 클리블랜드에서 누나가 출연하던 연극에서 남의 대역을 해보고는 이듬해 뉴요크에서 정식으로 첫 무대에 서게 된다. 하지만 똑같은 역을 날마다 반복해야 하는 연극의 특성이 따분하다고 생각한 그는 라이오넬이나 에텔과는 달리 영화가 훨씬 적성에 맞는다는 판단을 내렸다.

1913년 희극으로 영화를 시작한 그는 '대단한 옆얼굴(the Great Profile)'이라는 별명을 얻으며 무성영화의 미남배우 우상이 되었고, 특히 낭만적인 검객영화에서 이름을 떨쳤다. 1920년 「제킬 박사와 하이드 씨(Dr. Jekyll and Mr. Hyde)」에서 분장의 도움을 받지 않으면서도 두 인물로 변모하는 모습을 눈부시게 연기한 다음, 1922년 무대에서도 「햄리트」로 대성공을 거두자 워너 브라더스와 계약을 맺는다. 1926년에는 유나이티드 아티스츠로 적을 옮겨 음반에 녹음된 음향을 곁들인 최초의 '유성'영화 「돈 후안(Don Juan)」을 만들었으며, 1932년에는 1년에 1백만 달러씩 주겠다는 워너 브라더스로 되돌아갔다.

다시 3년 후 그는 영화 한 편에 15만 달러를 주겠다는 어빙 톨버그(Irving Thalberg)의 제안을 받고 MGM으로 가서, 배리모어 3자매가 모두 출연하는 유일한 영화 「라스뿌찐과 황태후」를 만든다. 하지만 1930년대에 그는 젊은 시절부터의 무절제한 생활로 인해서 전형적인 몰락의 길을 걷게 된다. 1936년 「로미오와 줄리에트」를 촬영하는 동안에 그는 어빙 톨버그로부터 근처 정신병원에 입원하라는 권고를 받아야 할

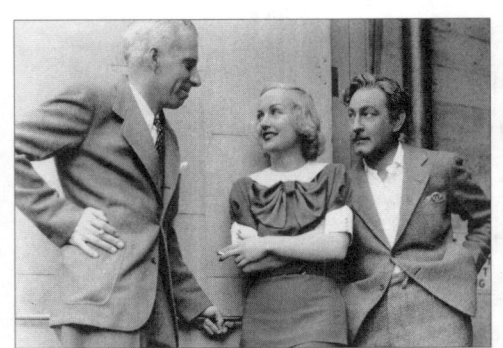

「20세기(Twentieth Century)」를 촬영하느라고 하워드 호크스(왼쪽) 감독과 얘기를 나누던 이때는 존 배리모어의 나이가 50을 넘었지만, 그의 '대단한 옆얼굴'은 아직도 건재하다. 가운데 선 여배우는 캐롤 롬바드

정도가 되었으며, 건강이 점점 나빠지고 정신적으로도 황폐해지면서 그는 그레타 가르보와 공연하기로 했던 「춘희(Camille)」의 주연을 로버트 테일러에게 넘겨주고는 두 번째로 정신병원에 들어가야 했다.

셜록 홈스에서 아르센 루뺑(Arsene Lupin), 프랑수아 비용(François Villon)에서 에이하브 선장에 이르기까지, 이름난 역은 거의 다 맡아본 그는 연기자에게 치명적이고도 필수적인 기억력을 잃게 되었고, 그의 과거를 기억하고 동정하는 제작자들의 동정심 덕택에 말년에는 겨우 활동을 유지하다가, 무일푼의 신세로 60이라는 나이에 인생을 마감했다.

비또리오 데 시카의 영화 「여우를 쫓아서(After the Fox, 1966)」를 보면, 사기꾼 피터 셀러스에 속아 무슨 대단한 영화라도 만드는 줄 잘못 알고 온갖 광대짓을 하는 빅터 머튜어가 주인공으로 나오는데, 10년 전까지만 해도 찰톤 헤스톤에 앞서 헐리우드 사극의 왕이었던 빅터 머튜어의 초라한 몰락이 가슴 아프게 느껴지던 작품이었다. 그리고 존 배리모어는 그보다도 훨씬 참혹한 말년을 맞아서, 방탕한 삶과 술로 신세를 망친 자신과 같은 몰락한 예술가를 풍자한 역을 여럿 맡아야 했다.

그나마도 그는 1937년 「스타 탄생」에서 알코올 중독 배우 역을 맡았다가 해고되어 프레드릭 마치에게 자리를 빼앗기기도 했으며, 비슷한 몰락 과정을 거친 그의 딸 다이아나가 쓴 자서전을 영화로 만든 「너무 많이, 너무 빨리」에서 존 배리모어 역을 맡은 에롤 플린 또한 공교롭게도 세상을 떠나던 해에 남긴 자서전의 제목을 『사악하고도 사악했던 나의 삶(My Wicked Wcked Ways, 1959)』이라고 붙일 만큼 '화려한' 인생을 살았던 사람이다.

워낙 유명했던 탓이겠지만 존 배리모어의 기행(奇行)에 얽힌 일화도 많아서, 기침을 하는 관객에게 소도구로 나온 생선을 집어던지며, "이거나 먹고 조용해라, 이 망할 놈의 물개야. 그래야 우리가 연극을 계속하지"라고 욕을 퍼붓는가 하면, 어느 제작자의 아내가 헐리우드 파티에서 여성 화장실 한 쪽 구석에서 소변을 보는 그에게 "이건 여자 전용이에요"라고 했더니, "이것도 그런데요"라고 했다는 '전설'도 남겼다. "나를 미국 최고의 배우라고만 소개하면 됩니다. 더 이상 수고할 필요가 없어요"라고 할 만큼 오만하고 당당했던 그는, 마지막으로 앓던 무렵 "내가 죽다니? 어림도 없는 일. 그런 흔한 사건은 나한테는 일어나지 않는다구"라고 했으나, 그가 남긴 가장 유명한 '대사'는 이것이었다.

"나는 어제의 모래 속에 머리를 파묻고, 오늘이라는 뜨거운 태양에 꼬리 깃털이 타 버린 신세이다."

존 배리모어의 아들은 「코사크」와 「라스뿌찐의 밤」에 출연했던 존 드루 배리모어이고, 존 드루 배리모어의 딸은 「E. T.」에서 아역으로 출발하여 요즈음 통통한 몸매를 자랑하는 선정적인 영화에 가끔 모습을

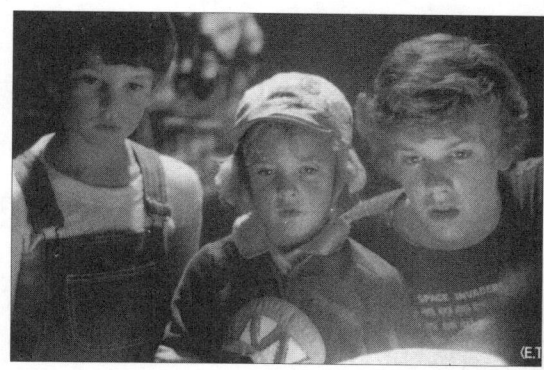
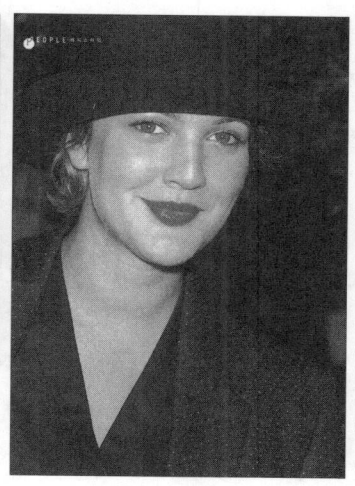

스필버그의 영화 「E. T.」에서 아역(가운데)으로 귀여운 얼굴을 널리 알린 드루 배리모어 역시 집안의 내력을 물려받아 술과 마약으로 10대부터 고생이 심했다.

보이는 드루 배리모어인데, 드루 배리모어 역시 얼마 전에 집안의 고질적 내력인 술과 마약 때문에 이미 10대에 한참 고생하기도 했었다.

「라스뿌찐과 황태후」에서 존 배리모어가 맡았던 역은 라스뿌찐을 죽이는 쩨고지에프 공(Prince Chegodieff)으로서, 실존했던 유수뽀프(V. V. Vusupov) 공작과 알렉산드르 대공을 합성한 인물이다. 하지만 강간하는 내용 등이 사실과 다르다고 유수뽀프와 그의 아내 이리나(Irina)가 MGM을 고소하는 바람에 막대한 합의금을 내고 결국 상영도 중단되고 말았다.

「죄와 벌」에서 라스꼴리니꼬프 역으로 깊은 인상을 남겼던 로베르 오쎙이 감독한 「내가 죽인 라스뿌찐」은 지극히 보수주의적인 귀족들이 라스뿌찐을 제거하는 배경 내용을 담았다.

한창 세도를 부리던 시절의 라스뿌찐은 귀족들보다 국가 정책의 결정과 인사 행정에서 훨씬 더 영향력이 컸는데, 이것은 알렉산드라 황태후가 라스뿌찐을 로마노프 왕조를 구하기 위해 신이 보내준 성자라고 믿었기 때문이었다. 라스뿌찐은 그의 방탕한 생활에 관해서 자랑을 늘어놓고는 했으며, 왕족 여인들과의 은밀한 관계도 자주 입에 올렸다고 한다. 그래서 1912년 초 그는 고향으로 쫓겨가기도 하지만, 1914년 가을 그를 암살하려는 시도로부터 살아난 다음 다시 왕궁으로 재입성했다.

제1차 세계대전이 발발하여 니꼴라이 황제가 전쟁 최고 사령관으로 바쁜 동안 황태후를 옆에 낀 라스뿌찐의 권력 남용과 횡포는 극에 달해 정상적인 국정 운영이 완전히 마비되기에 이른다. 마침내 귀족들은 뿌리시께비치(V. M. Purishkevich)를 중심으로 디미뜨리 빠울로비치(Dimitri Pavlovich) 대공과 유수뽀프 등이 힘을 모아 나라를 구하기 위해 라스뿌찐을 암살하기로 결정한다.

1916년 한 해를 넘기던 12월 30일 밤, 라스뿌찐은 지하실로 유인되어 독이 든 음식과 포도주를 먹고 마시지만, 전혀 효과가 없었고, 그래

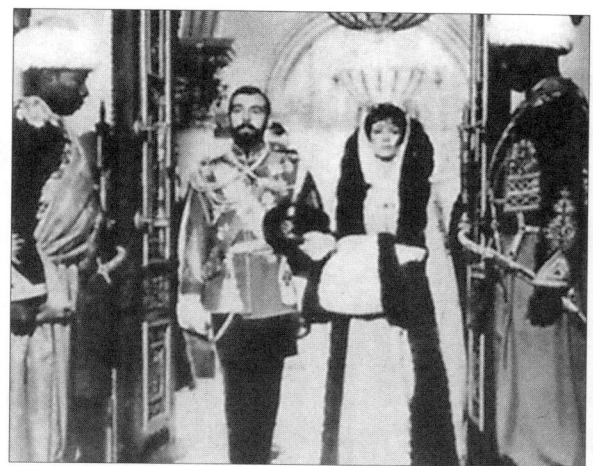
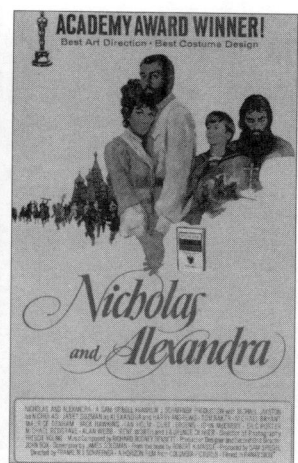

「니꼴라이와 알렉산드라」는 괴승 라스뿌찐의 손에 놀아나다가 참혹한 최후를 맞은 러시아의 '마지막 황제'와 황태후의 이야기를 담은 영화이다.

서 유스쁘프가 바싹 총을 들이대고 쏘아서 그를 쓰러뜨린다. 유수쁘프가 동지들에게 일을 끝냈다고 알리러 가자 그들은 라스뿌찐이 정말로 죽었는지 확인해 보라고 미심쩍어 했으며, 시체를 확인하러 유수쁘프가 돌아가서 보니 라스뿌찐은 의식을 되찾아 반격을 가하기 시작했다. 기겁을 한 유수쁘프가 비명을 지르며 도망쳤다가 동지들을 데리고 돌아가 보니 라스뿌찐의 모습이 보이지를 않았다. 그들은 대문을 향해 마당에서 필사적으로 기어가는 라스뿌찐을 발견하고는 다시 총을 쏘고 몽둥이질을 한 다음 꽁꽁 묶어 강물에 빠뜨렸다. 나중에 발견된 그의 시체를 확인한 결과 뼈가 부러지고 허파에 물이 가득 찬 사실로 미루어 보아 그는 얼어붙은 강물 속에 밀어넣을 때까지도 목숨이 붙어 있었으리라는 추측이다.

이토록 마지막까지도 예사롭지 않았던 라스뿌찐이 참혹한 죽음을 당한 다음에도 독재 체제를 유지하려는 황태후의 결심은 더욱 굳어지기만 했고, 그리고는 몇 주일 후 로마노프 왕조는 혁명의 거센 물결 속으로 가라앉고 만다.

「니꼴라이와 알렉산드라」는 엄청난 실정으로 인해서 러시아 혁명을 촉발시킨 다음 에까떼린부르크에서 처형당한 두 사람의 생애를 다룬 사극이다. 물론 여기에서도 라스뿌찐은 그 흉악한 모습을 보인다.

그 이외에도 라스뿌찐 영화로서는 독일 영화 「라스뿌찐(Rasputin, 1931, 감/Trotz, 출/Conrad Veidt)」, 프랑스 판 「라스뿌찐(1938, 출/Harry Bauer)」, 그리고 최근에는 1996년판 「라스뿌찐(Rasputin, 감/Uli Edel, 출/Alan Rickman)」이 나왔다.

출/Dorothy Malone, Errol Flynn, Efrem Zimbalist, Jr., Ray Danton, Neva Patterson, Martin Milner, Murray Hamilton

▌「내가 죽인 라스뿌찐(J'ai tué Raspoutine, 영어 제목 I Killed Rasputin, 1967, 프랑스-이탈리아, 95분)」, 감/Robert Hossein, 출/Gert Frobe, Peter McEnery, Geraldine Chaplin, Robert Hossein, Ira Furstenberg

▌「니꼴라이와 알렉산드라(Nicholas and Alexandra, 1971, 영국, 183분)」, 감/Franklin Schaffner, 출/Michael Jayston, Janet Suzman, Tom Baker, Harry Andrews, Jack Hawkins, Laurence Olivier, Michael Redgrave, Alexander Knox, Curt Jurgens

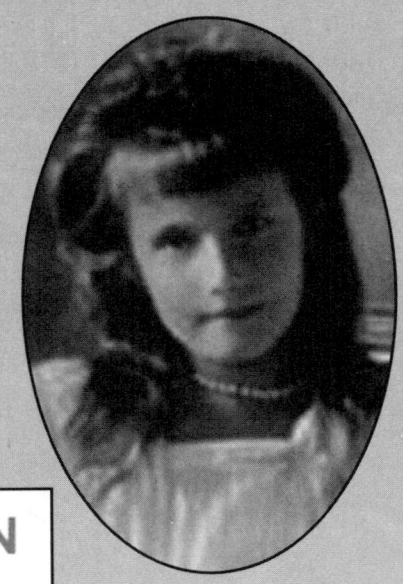

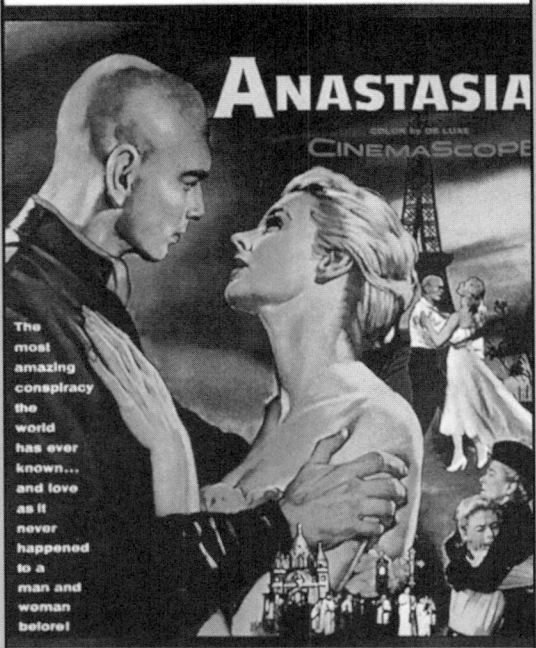

니꼴라이 2세의 가족이 처형당하는 속에서도
기적적으로 목숨을 건져서 피신했다는 막내
공주 아나스따시아(동그라미)의 얘기는 여러
작품의 주제가 되었지만, 그 가운데 가장 잘
알려진 영화 「추상」(왼쪽)은 「개스등」과 더불
어 잉그리드 버그만의 '부활'을 위해 결정적인
역할을 했다.

아나스따시아와 율 브리너

당연히 받아 마땅한 죄값이기는 했지만, 제정 러시아 최후의 황제 니꼴라이 2세(Nikolai Aleksandrovich, 1868~1918) 일가는 볼셰비키 혁명 후에 연금되어, 다음해 온가족이 처형을 당하고는, 허허벌판에 짐승처럼 함께 매장당하는 비참한 최후를 맞았다. 하지만 이때 죽음을 모면하고 국외로 탈출한 막내딸 아나스따시아 얘기가 전설처럼 전해져 내려왔고, 마르쎌 모레뜨(Marcelle Maurette)의 희곡을 영화로 만든 「추상(追想)」은 이런 전설의 결정판이다.

니꼴라이 황제 일가가 처형된 지 10년 후인 1928년 빠리, 정신병원에서 자신이 아나스따시아라고 주장했던 안나 꼬레프는 집도 없고 신분증조차 없는 떠돌이에 기억상실증 환자이다. 백의군의 장군 출신으로 러시아풍 로마노프 식당을 운영하던 세르게이 빠블로비치 부닌(Bounine)은 정체불명의 이 여자를 아나스따시아로 훈련시켜 영국 은행에 예치된 1천만 파운드의 황실 재산을 착복할 계획을 세운다. 왕족의 역사를 암기하고, 공주로서의 몸가짐을 훈련하고, 춤과 피아노도 배우고, 안나는 아나스따시아라고 주장하며 나타난 여자들의 사기극에 면역이 된 왕족과 망명 귀족과의 대결을 위한 준비를 너무 열심히 하던 나머지, 자신의 정체성에 대한 갈등과 회의에 빠지게 된다.

"난 이제 더 이상 내가 누구인지 모르겠어요." 안나는 부닌에게 항변한다. "내가 무엇을 기억하는지, 그리고 기억하도록 훈련을 받은 내용은 또 무엇인지조차 구별할 수가 없어졌어요. 무엇이 진실인가요? 나는 진짜 나인가요?"

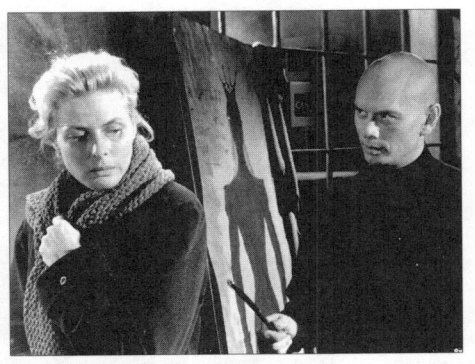

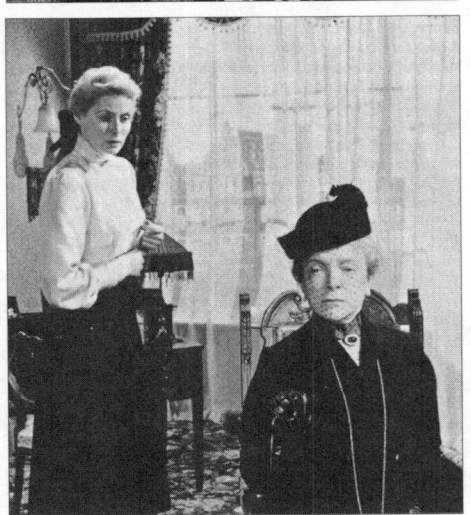

「추상」에서 아나스따시아는 부닌에게 훈련을 받은 다음(위), 자신이 공주임을 증명하기 위해 페오도로브나 황태후(헬렌 헤이스)의 시험을 받는다(아래).

그녀의 정체를 밝히기 위해 열린 무도회에 모인 51 명의 쫓겨난 귀족들 가운데 겨우 18 명만이 안나를 진짜라고 인정하자 부닌은 아나스따시아의 할머니인 마리아 페오도로브나 황태후에 접근하여 겨우 그녀를 납득시키는 데 성공하지만, 정신병원에서 안나와 같이 지냈던 미하일 블라도스가 나타나 진실을 폭로한 직후에 부닌과 안나는 종적을 감춰 버린다.

영화 「추상」은 로베르또 롯셀리니와의 불륜으로 인해 6 년 동안 관객에게서 '추방'을 당했던 잉그리드 버그만이 1944년 「개스등」에 이어 두 번째 아카데미 주연여우상을 받아냄으로써 당당히 헐리우드 재입성에 성공하여 미국으로 복귀한 작품으로 크게 화제가 되었다. 유부녀

의 몸으로 1952년 이사벨라 롯셀리니(Isabella Rossellini)를 낳은 죄로
미국인들로부터 미움을 받았던 버그만을 「추상」의 상대역으로 적극 추
천했던 율 브리너(1915~84)는 그녀와 같은 해에 「왕과 나」로 아카데미
주연남우상을 탔는데, 배우 브리너의 성장기에 관한 얘기는 영화 「추
상」의 주제를 사뭇 닮았다.

　본명이 'Yul Brynner'가 아니라 'Youl Bryner'라고 주장했던 그의
진짜 본명은 '타이제 칸(Taidje Kahn)'이라고 알려져 있다. 그는 인터뷰
를 하는 기자들이 자신의 출생에 얽힌 복잡한 과거에 대해서 이해를 잘
못한다는 사실을 알고는, 진실을 밝혀 바로잡아 주기는커녕 오히려 종
잡기 힘든 내용을 상상해서 지어내기까지 하면서 스스로 자신을 신비
한 인물로 변신시키고 전설을 엮어내는 일을 즐겼다고 한다. 어머니는
검은 피부의 몽고인 집시인데 그를 낳다가 죽었으며 아버지는 일본인
이라거나, 러시아인과 집시 사이에서 태어난
사생아라는 등의 내용이 그런 부분이다.

　어쨌든 사할린 태생으로 상하이에서도 어
린 시절을 보낸 그는 1930년대 백계 러시아
인들이 많았던 빠리로 가서 집시들과 가까이
지내며 야간업소에서 집시와 러시아 노래를
부르고 기타 연주를 했다. 그래서인지 「까라
마조프의 형제들」이나 「추상」에서 기타를 들
고 노래하는 그의 모습은 전혀 어색하지가
않다.

　곡마단에서 공중곡예를 하다가 떨어져 다
리를 다친 다음 광대 노릇을 하던 그는 스따
니슬라브스끼와 함께 모스끄바 예술극장을
세운 미하일 치오프를 만나 함께 미국으로

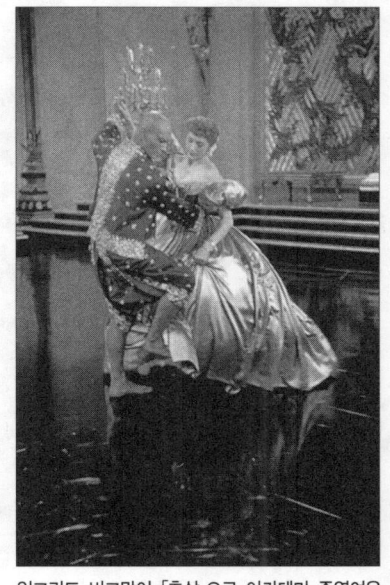

잉그리드 버그만이 「추상」으로 아카데미 주연여
상을 받은 1956년에 율 브리너는 「왕과 나」로 주
연남우상을 받았다.

건너가 '자유의 소리'에서 프랑스어 방송을 하고, CBS에서 텔레비전 연출을 거친 다음 「왕과 나」의 주연으로 발탁되었다. 그리고 「왕과 나」의 의상 담당으로부터 머리를 밀어 보라는 충고를 받아들인 순간부터 하나의 역사가 만들어지기 시작한다.

신체적인 외모와 깜박이지 않는 눈이 주는 강인한 인상은 그러나 그가 맡게 된 역할을 제한하는 결과를 가져왔고, 그런 역 가운데 대표적인 인물이 러시아인이다. 싱클레어 루이스(Sinclair Lewis)의 소설 『엘머 갠트리(Elmer Gantry)』를 영화로 각색하여 1960년에 아카데미 각본상을 받은 리처드 브룩스가 그보다 2 년 전 역시 각색을 겸했던 「까라마조프의 형제들」에서도 율 브리너는 「왕과 나」와 더불어 가장 눈부신 배역(드미뜨리)을 맡았지만, 그가 남긴 가장 인상적인 연기는 금연 광고에서가 아니었나 싶다.

수상스키를 하면서도 담배를 피웠던 그의 마지막 대사는 내용이 이러했다. "여러분이 이 광고 영화를 볼 때쯤이면, 나는 이미 폐암으로 죽은 다음입니다. 담배를 피우지 마십시오."

아나스따시아 얘기는 「추상」말고도 같은 내용을 만화영화로 만든 「아나스따시아」가 나왔었고, 우리나라에 비디오로 보급된 「아나스따시아」는 모레뜨의 희곡을 원작으로 삼지 않고 피터 커트(Peter Kurth)의 『아나스따시아와 안나 앤더슨의 수수께끼

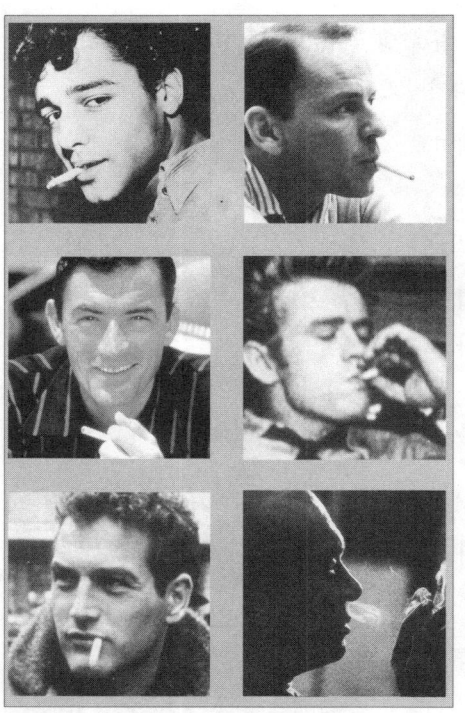

헐리우드 남배우들 가운데 '애연가(愛煙家)'로 소문난 살 미네오, 프랭크 시나트라, 그레고리 펙, 제임스 딘, 폴 뉴먼 그리고 율 브리너. 브리너는 암으로 사망하기 전에 금연을 권하는 공익광고를 만들었다.

(Anastasia : The Riddle of Anna Anderson)」를 텔레비전용으로 만든 영화
이다.

러시아의 역사를 좀 더 거슬러올라간 사극을 찾아보면, 제정 러시아
시대 호색적인 장교 라이오넬 배리모어가 시골 처녀에게 눈독을 들이
는 「황색 통행증」, 궁중 음모에 휘말린 황제의 정부가 주인공인 영화
「까치아(Katia, 1938, 감/Jacques Tourneur, 출/Danielle Darrieux)」를 다시
만든 「까치아의 젊은 사랑」, 그리고 처음에는 「대제의 밀사」라는 제목
으로 수입되었다가 재수입시에는 「애련의 밀사」로 제목이 바뀐 쥘 베
르느(Jules Verne) 원작의 「미셸 스트로고프(Michel Strogoff, 1956, 이탈
리아-독일-프랑스, 감/Carmine Gallone, 출/Curt Jurgens)」는 황제의 작전
명령을 전하기 위해 시베리아로 머나먼 길을 떠나는 활극영화가 되었
는데, 베르느의 다른 작품들에 비하면 참으로 특이한 내용이었다. 「대
제의 밀사」는 「밀사와 여인」이라는 헐리우드 영화로 유럽판보다 먼저
선을 보이기도 했었다. 오스트리아 출신 배우 안톤 월브룩은 「밀사와

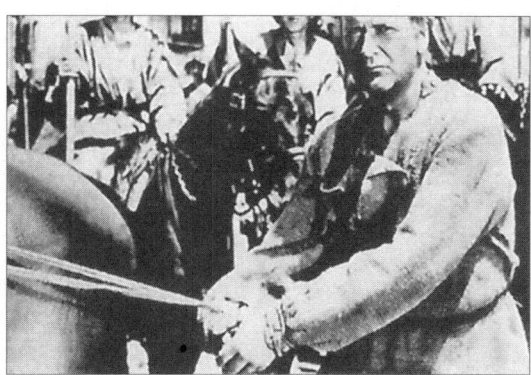
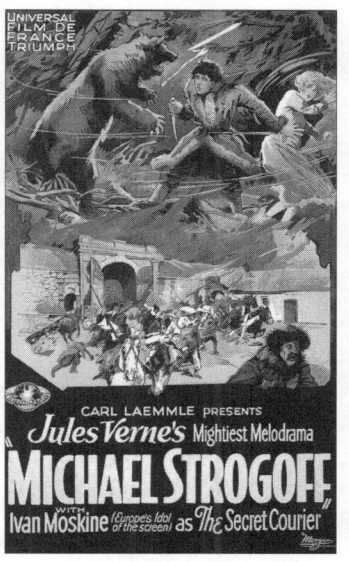

쥘 베르느 원작 영화인 1956년 판 「대제(大帝)의 밀사」에서 미셸 스트로
고프 역을 맡았던 쿠르트 유르겐스(Curt Jurgens)는 당시 루트 로이베리
크와 더불어 우리나라에서 대단히 인기가 높았던 독일 배우였다. 오른쪽
포스터는 1926년 판 무성영화로서, 제작자로 이름이 오른 칼 뢰믈리
(Carl Laemmle, 1867~1939)는 1912년에 유니버설 영화사를 창설한
"약간 미친 돈 끼호테적" 영화인으로 알려진 인물이다.

연인」과 같은 해에 제작된 독일판 「대제의 밀사(Michael Strogoff 또는 Der Kurier des Zaren, 감/Eichberg)」에서도 똑같은 역을 맡았었다.

추운 북쪽 나라 러시아를 무대로 한 의상·시대극으로는 아내를 임신시킨 장군에게 복수를 하기 위해 역경을 싸워 나가는 군인이 주인공인 「볼가강의 포로」, 교활한 멋쟁이 귀족이 평민 출신의 여인과 사랑을 나누는 「얇은 얼음」, 카자크인과 폴란드인들이 싸우는 존 드루 배리모어의 이탈리아제 활극 「피묻은 단검」, 19세기에 제정 러시아의 침략군에 대항하여 용감히 싸우는 족장이 주인공인 스티브 리브스 활극 「백의의 전사들」, 그리고 루돌프 발렌티노가 러시아 판 로빈 후드로 나와서 사랑과 활극을 벌이는 「독수리」도 발견된다.

「크미치스」는, 보기 드물게 역사소설을 주로 써서 1905년에 노벨문학상을 받은 폴란드 작가이며, 우리나라에서는 「쿠오 바디스」의 원작자로 잘 알려진 헨리크 셴키비치(Henryka Sienkiewicza, 영어 표기 Henryk Sienkiewicz, 1846~1916)가 17세기 격랑의 시대를 배경으로 엮어낸 3부작 가운데, 『불과 검의 시대(Ogniem i mieczem, 영어 제목 With Fire and Sword, 1884)』의 속편 『대홍수의 시대(Potop, 영어 제목 The Deluge, 1886)』를 영화로 만든 작품이다. '대홍수의 시대'란 폴란드가 카자크, 카타르, 터키, 모스크바와의 전쟁을 계속한 다음 발트해의 주도권을 놓고 스웨덴과 다시 전쟁을 치러야 했던 피폐함과 약탈의 시기를 뜻한다.

1655년, 주인공 크미치스는 과거의 전공(戰功)에도 불구하고 양민 학살 사건으로 쫓기는 몸이 되었을 때, 그를 사면시켜 준다는 토호 세력에 충성을 맹세했다가 함정에 빠져 매국노의 친위대장이 되지만, 결국 여러 우여곡절 끝에 수도원에 피신중인 왕을 도와 나라를 구한다는 애국적인 내용의 정통 사극이다. 피가 피를 부르는 야만적인 전쟁터에 유혈이 낭자하고, 특히 마지막 전투에서처럼 역동적이고 박진하는 전

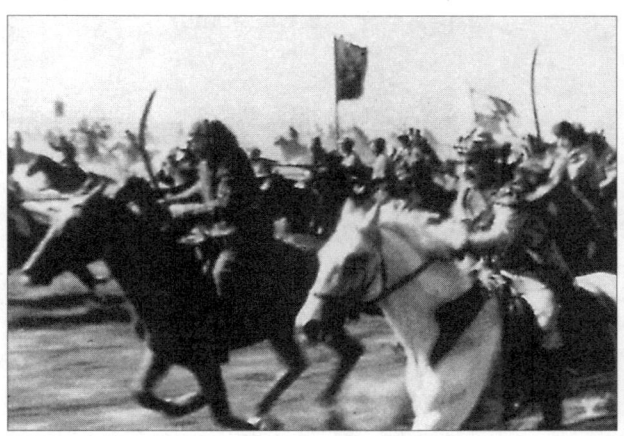

센키비치 원작의 「크미치스」는 격동적인 역사를 담은 대작이기는 하지만, 배경을 이룬 역사에 대한 사전지식이 없는 한국 관객에게는 호소력이 별로 크지 못하다.

투 장면이 볼 만하지만, 역사적 배경이 워낙 생경해서인지 우리에게는 감정이입이 참 힘든 영화라는 인상을 준다.

그리고 2백 년이 지난 다음인 1863년 5월부터 이듬해 4월까지 1년 동안, 러시아의 원정군 기병대 소속인 신참 장교 예레민 백작은 폴란드의 반란군을 진압하러 갔다가 「패배한 승리(Szwadron, 러시아-프랑스-벨기에, 92분, 감/Jiliusza Machulski)」를 거둔다. 실연을 당한 김에 입대하여 전쟁터로 간 예레민 소위는 반란군의 어린 연락병 소년이 교수형을 당하고, 상관들이 무고한 양민에게 온갖 약탈과 강간을 자행하고, 동료였던 탈영병이 참혹하게 처형되는 장면을 목격하고는 군대와 전쟁의 비인간성에 대한 회의와 분노를 느끼면서 귀국한다.

러시아는 같은 짓을 2백 년 후에 다시 아프가니스탄에서 되풀이했고, 지금 아프가니스탄에서 소련의 원정을 이어받아 진행중인 미국이 잊지 못할 패배를 맛보아야 했던 베트남에서는 「패배한 승리」의 갖가지 현상, 이를테면 반란군과 원정군이 진주할 때마다 양쪽으로부터 시달려야 했던 양민들의 고통이 고스란히 재현되고는 했었다.

인류는 아무리 고통을 겪더라도 패배한 승리의 역사는 한없이 되풀이해야만 하는 모양이다.

▌「추상(Anastasia, 1956, 미국, 105분)」, 감/Anatole Litvak, 출/Ingrid Bergman, Yul Brynner, Helen Hayes, Akim Tamiroff, Martita Hunt, Felix Aylmer, Natalie Schafer, Ivan Desny

▌「아나스따시아(Anastasia, 1997, 미국, 88분)」, 감/Don Bluth, 출(목소리)/Meg Ryan, John Cusack, Kelsey Grammer, Angela Lansbury, Christopher Lloyd, Hank Azaria, Bernadette Peters

▌「아나스따시아(Anastasia: The Mystery of Anna, 1986, 미국, 200분)」, 감/Marvin J. Chomsky, 출/Amy Irving, Olivia de Havilland, Omar Sharif, Jan Niklas, Claire Bloom, Edward Fox, Elke Sommer, Susan Lucci, Nicolas Surovy, Rex Harrison

▌「황색 통행증(Yellow Ticket, 1931, 미국, 81분)」, 감/Raoul Walsh, 출/Elissa Landi, Laurence Olivier, Lionel Barrymore, Walter Byron, Sarah Padden, Mischa Auer, (Boris Karloff)

▌「까치아의 젊은 사랑(Katya 또는 Un Jeune Fille un seul amour, 영어 제목 Magnificent Sinner, 1959, 프랑스, 97분)」, 감/Robert Siodmak, 출/Romy Schneider, Curt Jurgens, Pierre Blanchar, Monique Melinand

▌「밀사와 여인(The Soldier and the Lady, 또는 Michael Strogoff, 1937, 미국, 85분」, 감/George Nicholls, Jr., 출/Anton Walbrook, Elizabeth Allan, Margot Grahame, Akim Tamiroff, Fay Bainter, Eric Blore

▌「볼가강의 포로(Prisoner of the Volga, 1960, 유고슬라비아, 102분)」, 감/W. Tournansky, 출/John Derek, Elsa Martinelli, Dawn Addams, Wolfgang Preiss, Gert Frobe

▌「얇은 얼음(Thin Ice, 1937, 미국, 78분)」, 감/Sidney Lanfield, 출/Sonja Henie, Tyrone Power, Arthur Treacher, Joan Davis, Alan Hale, Raymond Walburn, Sig Rumann

▌「피묻은 단검(Col ferro e col fuoco, 영어 제목 Invasion 1700 또는 With Fire and Sword 또는 Daggers of Blood, 1964, 이탈리아, 96분)」, 감/Fernando Cerchio, 출/Jeanne Crain, John Drew Barrymore, Pierre Brice, Akim Tamiroff

▌「백의의 전사(The White Warrior, 1961, 이탈리아, 86분)」, 감/Riccardo Freda, 출/Steve Reeves, Giorgia Moll, Renato Baldini, Gerard Herter

▌「독수리(The Eagle, 1925, 미국, 77분)」, 감/Clarence Brown, 출/Rudolph

Valentino, Vilma Banky, Luoise Dresser, Albert Conti, James Marcus, George Nichols

▌「크미치스(Potop, 폴란드, 155분)」, 감/Jerzy Hoffman, 출/Daniel Olbrychski, Malgorzata Braunek, Tadeusz Lomnicki, Kazimierz Wichniarz, Wladyslaw Hancza, Leszek Teleszynski

솔제니찐이 『수용소 군도』(아래 책
표지)를 서방에서 출판했을 때 〈타
임〉지에 실렸던 기사의 내용을 보면
"크레믈린과 또 한 번의 정면충돌"
을 감행했다고 표현했다. 기사와 함
께 실린 사진은 수용소에 수감되었
을 당시 젊은 솔제니찐의 모습이다.

Solzhenitsyn's Bill of Indictment

Once again last week Russia's greatest
living writer, Alexander Solzhenitsyn,
hurtled forward on a collision course
with the Kremlin leaders. Heroically
disregarding official threats, the Nobel-
prizewinning novelist authorized publi-
cation in the West of by far his most
explosive work. It was Solzhenitsyn's
first nonfiction book, a 600-page doc-
umentation of the entire Soviet system
of mass police terror from 1918 to 1956.

Titled *The Gulag Archipelago,** the
book is based on Solzhenitsyn's eleven
years in prisons, concentration camps
and exile, as well as letters that he re-
ceived from ex-prisoners and interviews
that he conducted with 227 survivors of
slave-labor camps. Last week, as the
Russian text appeared in Paris, and the
New York *Times* began syndicating a
10,000-word excerpt, *Gulag* struck its
early readers as both a literary master-
work and an unparalleled indictment of
the Soviet regime.

Striking at Lenin. The power and
substance of Solzhenitsyn's condemna-
tion seemed likely to bring down the
Kremlin's wrath on the already belea-
guered author (*see* BOOKS). In contrast
to his novels *One Day in the Life of Ivan
Denisovich, The Cancer Ward* and *The
First Circle*, which dealt only with Sta-
lin's terror, *Gulag* strikes out at the of-
ficially idolized figure of Lenin. Solzhe-
nitsyn rejects the Kremlin's thesis that
Stalin alone was responsible for the "ex-
cesses" of his time. Instead, Solzhenitsyn
devastatingly demonstrates that the im-
prisonment of millions under Stalin was
made possible by Lenin's establishment
of a ruthless police state. He ascribes
the confessions wrung from government
leaders at Stalin's purge trials to the
work of professional hypnotists recruit-
ed under Lenin. Weaving personal tes-
timonies with historical data, he records
Leninist purges, Leninist concentration
camps and Leninist mass executions.

Gulag also recounts the better-
known horrors of the Stalin era while
adding some sensational disclosures and
intimations. Solzhenitsyn suggests, for
example, that Stalin was an undercover
agent of the Okhrana (the Czarist se-
cret police) in the disguise of a Bolshe-
vik revolutionary—thus reinforcing the
suspicions of several Western scholars.
Gulag also says that Stalin planned a
large-scale "massacre" of Jews that was
thwarted by his death in 1953. In that
year the arrest of several Jewish phy-
sicians, accused of plotting to assassinate
high government officials, unleashed a
wave of anti-Semitism.

Writes Solzhenitsyn: "According to

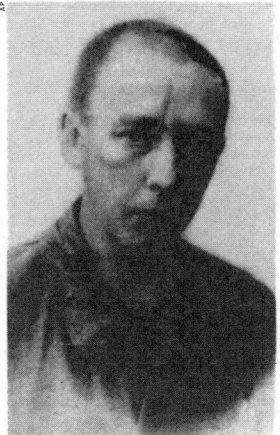

PRISONER SOLZHENITSYN IN 1946
Documenting the terror.

Moscow rumors, Stalin's plan was this:
at the beginning of March, 1953, the
'doctor-murderers' were to be hanged on
Red Square. Aroused patriots, naturally
led by instructors, were to rush off to in-
cite an anti-Jewish pogrom. And at this
point ... the government would inter-
vene generously to save the Jews from
the wrath of the people. On that very
same night it would remove them from
Moscow to the Far East and Siberia,
where barracks were already prepared
for them."

Equally inflammatory, from the So-
viet point of view, are Solzhenitsyn's
meticulously documented comparisons
of Czarist authoritarianism and Com-
munist dictatorship. In terms of num-
bers of arrests and executions, and
lengths of prison terms, he declares,
the Soviet regime has exceeded impe-
rial rule by factors ranging from 10 to
1 to 1,000 to 1. Solzhenitsyn also as-
serts that the Soviets killed and im-
prisoned far more people than the Nazis
did, excluding wartime casualties on
both sides. He estimates that in any
one year of the Stalin era, 12,000,000
people were held in prison. "As some
departed beneath the sod," he adds,
"the 'machine' kept bringing in replace-
ments." He eloquently calls for pun-
ishment of all those responsible for such
crimes against the Soviet people, not-
ing that post-Hitler Germany has con-
victed more than 78,000 persons of bru-
tality and murder. Post-Stalin Russia,
however, has tried only two dozen of
its former executioners.

Perhaps Solzhenitsyn's boldest and
most dangerous assertion concerns a for-

* ...ulag is an acronym for the dread Central Cor-
...ive Labor Camp Administration. To Solzhe-
...yn, the title suggests that the territory of the
...S.R. was dotted with myriad islands of con-
...tration camps—an archipelago that was "psy-
...logically fused into a continent inhabited by
...oners."

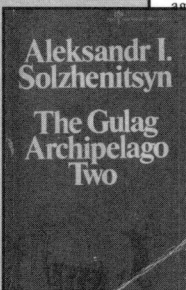

Aleksandr I.
Solzhenitsyn

The Gulag
Archipelago
Two

스탈린과 소련시대

세상을 살다 보면 참으로 이상한 일도 많이 일어나는데, 스웨덴의 화학자 알프레드 노벨(Alfred Bernhard Nobel, 1833~96)의 생애에도 참으로 희한한 사건이 벌어지는 바람에 노벨상이라는 것이 생겨나게 되었다.

다이너마이트를 발명하여 억만장자가 된 알프레드는 그의 공장이 "모든 전쟁을 끝내고 군대를 해산"시키는 결과를 가져오리라고 공언했지만, 그것은 핵무기를 만들어낸 사람들의 착각과 다를 바가 없는 혼자만의 생각이었다. 그의 동생 루드비히가 사망했을 때 어느 신문에서는 알프레드가 죽은 줄 잘못 알고는 그에 대한 사망 기사(obituary)를 실었는데, 알프레드 노벨을 '전쟁 도발자'요 '죽음의 장사꾼(merchant of death)'이라고 비방하는 내용이 대부분이었다고 한다. 자신이 죽은 다음에 어떤 인물로 역사에 남게 될지를 미리 경험하고 충격을 받은 알프레드는 유언장을 바꿔 평화상을 포함한 노벨상 기금을 마련하기 위해 전재산을 내놓았다.

설립 동기와 과정이야 어떠했든 노벨상은 문학인들에게 세계 최고의 영광이 되었고, 소련에서는 2 년 사이에 빠스떼르나크와 숄로호프가 노벨상을 받아 러시아 문학의 빛나는 영광을 과시했다.

1970년 소련에 또 하나의 노벨문학상을 안겨준 알렉산드르 솔제니찐(Aleksandr Isayevich Solzhenitsyn, 1918~)은 문학과는 거리가 먼 물리와 수학을 전공한 다음, 제2차 세계대전이 발발하자 포병 장교로 입대하여 대위로 진급하는 사이에 '조국 전쟁'과 '붉은 별' 훈장까지 받았지만, 1945년 2월 스탈린을 조폭들이 사용하는 은어로 '헹님(pakhan)'이라고 불렀다가 체포되어 8 년이나 수용소 생활을 한 다음 카자흐스탄으로 추방되었다. 그곳 시골 학교에서 물리와 수학 선생 노릇을 하다가 1957년 유럽 쪽 러시아로 겨우 돌아가서, 1962년 잡지 〈노비 미르(新世界, Novy mir)〉에 발표한 작품이 『이반 데니소비치의 하루』였다.

평범한 농민 한 사람을 주인공으로 내세워서 그가 스탈린 시대의 수용소에서 보내는 하루를 담담하게 그려내면서 비인간적인 사회를 준엄하게 고발한 『이반』은 세계적인 명성을 얻고 영국에서 영화가 만들어지기도 했는데, 이 짧은 소설이 빛을 보게 된 까닭은 스탈린 시대의 비인간적이고 고통스러웠던 현실의 폭로가 자신의 통치에 도움이 되겠다는 정치적인 계산을 한 흐루시초프(Khrushchev) 수상이 개인적으로 발표를 허락했기 때문이라고 한다.

이를 계기로 수용소 생활을 다룬 작품이 봇물처럼 터져 나왔고, 보수파 평론가들은 솔제니찐이 "역사적인 현실을 잘못 해석한다"는 비난을 퍼붓기 시작했다. 소련의 현실 비판을 하는 작품들은 1965년 이후 출판이

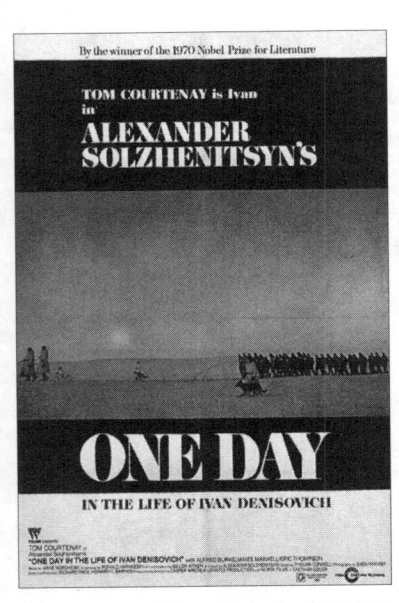

평범한 한 사람이 수용소에서 보내는 하루를 통해 스탈린 시대의 현실을 그려낸 『이반 데니소비치의 하루』

다시 금지되었고, 그래서 사장(死藏)될 운명이었던 솔제니찐의 『암병동(癌病棟, Rakovy korpus, 영어 제목 Cancer Ward, 1968)』은, 저자의 허락도 없이, 서방 세계에서 출판되었다.

『수용소 군도(Arkipelag Gulag, 영어 제목 The Gulag Archipelago 1918~1956)』의 경우는 조금 달라서, 1973년 KGB가 원고를 압수해 가는 바람에 그 책에 등장하는 인물들을 보호할 길이 없어지게 되자 국제적인 여론의 도움이라도 받을 작정으로 빠리에서의 출판을 허락할 수밖에 없었으며, 『수용소 군도』의 해외 출판으로 반발을 산 그는 1974년 유럽 여행을 끝낸 다음 귀국을 못하고 추방되기에 이른다.

스탈린 시대의 공포 분위기를 대변하는 시베리아 수용소가 어떤 곳이었는지는 갖가지 반공 영상물을 통해서 널리 알려졌는데, KBS-TV에서 "반공특선"이라는 딱지까지 붙여서 방영했던 「동토(凍土)의 탈출」이 그런 대표적인 영화이겠다. 빅터 허만(Victor Herman)의 실제 체험기를 영상화한 이 작품에서는 러시아에서 미국으로 이민을 갔다가 경제공황을 맞아 1931년 디트로이트에서 다시 러시아로 돌아간 아버지 때문에 미국 국적

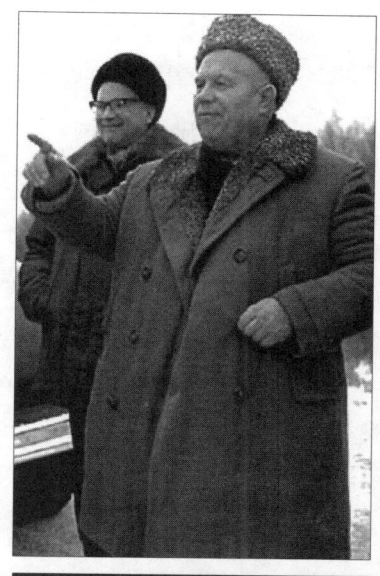

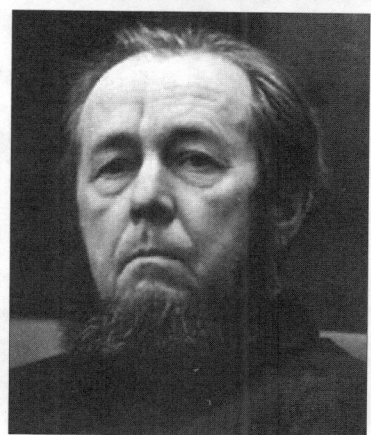

소설 『이반 데니소비치의 하루』가 빛을 보게 된 사연은 흐루시초프(위)의 정치적인 계산 때문이었지만, 수용소 소설이 쏟아져 나오자 소련 당국은 다시 문학에 대해서 강력한 통제를 시행했으며, 솔제니찐(아래)을 해외로 추방하기에 이른다.

을 잃은 남자가 상반되는 두 이데올로기를 극복하지 못하고 결국 시베리아로 끌려가 10 년 동안 수용소 생활을 한다는 내용이다.

150 년이 걸릴지도 모른다는 혁명이 진행중인 스탈린의 러시아로 간

빅터는 육상과 권투에서 뛰어난 운동 실력을 발휘하고, 고공 낙하에서 세계 기록을 수립하여 훈장까지 받아 "러시아의 린드버그"라는 칭호도 얻지만, 전체주의 국가의 특성을 이해하지 못하고 계속 미국인처럼 자유분방하게 행동한 죄로 붙잡혀 가 고문 끝에 허위 자백서에 서명을 하고, 벌목공으로 중노동형을 치른 다음에도 계속 감시를 받다가, 45년 후에 미국으로 돌아가서는 러시아가 나쁜 나라라는 책을 썼다.

무슨 생각을 하는지 속을 알 길이 없는 음흉한 사람이나 정치 모략을 일컬어 "크레믈린 속"이라는 표현이 생겨날 정도로 공포의 대상이었던 소련시대를 이해하려면 러시아 혁명에서부터 스탈린의 죽음까지를 담은 전기영화 「스탈린」이 도움을 준다. 구두 수선공의 아들로 태어난 스탈린의 본명은 요시프 주가시빌리(Iosif Vissarionovich Dzhugasivili, 1879~1953)였지만, 레닌과 함께 사회주의 혁명에 앞장서던 무렵에 '강철같은 남자'라는 뜻의 '스탈린'으로 이름을 바꾸었다. 정권의 장악을 위해 무자비하게 정적을 제거해 가며 독재적 정치 체제를 구축한 그는 1934년 키로프 암살사건을 계기로 대숙청을 단행했으며, 너무나 사람을 많이 죽인 탓인지 나중에는 암살을 당할까 봐 겁이 나서 날마다 잠자는 방을 바꾸었다고 한다.

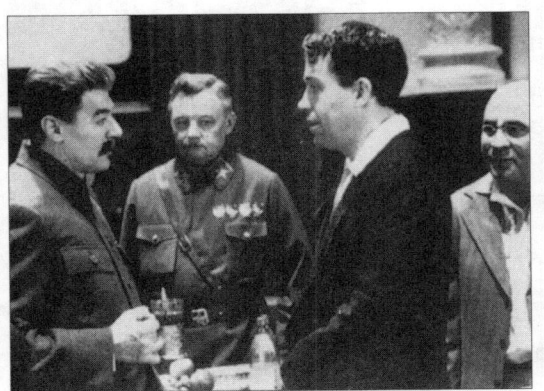

「크레믈린 사람들」은 스탈린에게 영화를 틀어 주던 기사가 경험한 권력자의 '내부(the Inner Circle)' 이야기이다. 스탈린은 암살을 당할까 봐 두려워서 밤마다 잠자는 방을 바꿨다고 한다.

「크레믈린 사람들」은 스탈린에게 영화를 틀어 주는 순박한 기사 이반 산신이 살았던 1939년의 모스크바를 통해 소련의 사회상을 비판적으로 보여 준다. 실화에 근거했다는 이 영화는 '크레믈린 속'과 KGB 본부에서도 현지 촬영을 했으며, 미국으로 망명한 콘짤로프스끼 감독이 연출했다.

「크레믈린의 아가씨」는 쌍둥이 가운데 하나가 스탈린의 정부(情婦)로 설정된 첩보영화이다.

「부탁(The Plea, 1968)」과 「소원을 비는 나무(The Wishing Tree, 1977)」와 더불어 3부작을 이루는 「참회」도 스탈린 시대를 비판하는 풍자영화로, 소련의 그루지아 공화국에서 제작되었으며, 미하일 고르바초프가 1986년에 취한 개방 정책(glasnost)에 힘입어 널리 소개되었다. 사랑하는 아버지의 무덤을 자꾸 파헤친다는 죄목으로 체포되어 재판을 받는 여자를 통해 소도시인들의 편협성과 정치적인 억압을 우화적으로 표현한다.

레닌과 함께 10월 혁명에서 앞장을 섰으며 스탈린과의 권력 투쟁에서 밀려난 트로츠끼(Trotski 본명 Lev Davidovich Bronstein, 1877~1940)는 두 차례 시베리아 유형에서 해외로 탈출하는 등 그야말로 파란만장한 일생을 살다가 1929년 결국 국외로 추방되고, 1937년 멕시코로 망명했다. 「트로츠끼의 암살」은 1940년 8월 20일 스탈린의 부하들에게 그가 암살을 당하는 과정에서 쫓고 쫓기는 얘기를 중심으로 엮은 영화이다. 흑백과 색채가 뒤섞여 복잡한 정신 상태를 나타내는 영화 「시나」에서는 독일에서 정신분석을 받는 트로츠끼의 딸이 주인공이다.

뱅쿠버를 방문하는 소련 수상 코시긴(Alexei Kosygin)을 암살하려는 자들을 추적하는 활극 「러시안 룰레트」는 조지 시걸의 멍청영화이고, 또 다른 「러시안 룰레트」

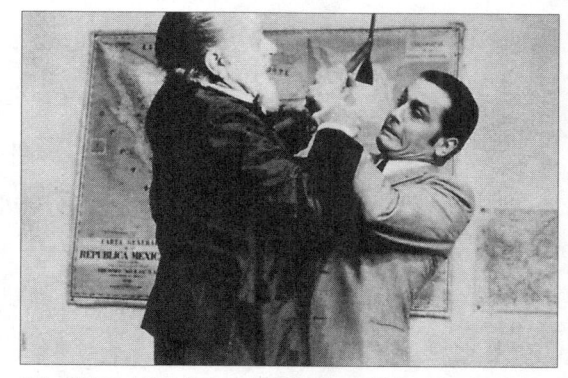

호화 배역진이 동원된 「트로쯔끼의 암살」은 스탈린의 부하들이 벌이는 공작을 활극적으로 추적한다.

는 쌍크트 뻬쩨스부르크에서 휴가중이던 미국인이 값비싼 골동품을 도둑질하는 계획에 말려드는 내용의 활극이고, 우리나라에서는 멍청한 가짜 영어로 "인터걸2"라는 제목을 붙인 러시아 영화도 본디 영어 제목은 「러시안 룰레트」이다.

트로츠끼가 암살을 당하고도 10 년 후, 1951년에는 체코슬로바키아에서 스탈린 세력이 반대파를 제거하려는 목적으로 숙청을 단행하는데, 이때 트로츠끼파로 지목되어 정치 조작에 희생된 외무부 차관 아르뚜르 런던(Artur London)의 회고록으로 만든 영화가 우리나라에서도 크게 주목을 받았던 「생사의 고백」이다.

미 국무성 소속으로 마르세이유에서 난민과 나찌 생존자들을 돕는 일을 하다가, 에스파냐 내전에서도 크게 활약한 다음, 1919년 프라하에서 행방이 묘연해진 하버드 출신 노을 필드(Noel Field)가 나중에 덜레스(John Foster Dulles) 국무장관 휘하에서 활동하던 간첩 혐의로 체포되어 헝가리에서 감옥에 수감되자, 체코슬로바키아의 라즈크(Rajk) 외무장관을 비롯한 공산당 지도자들이 과거에 필드에게 포섭되어 반국가 행위를 했다는 조작극이 대대적으로 이루어졌는데, 이 와중에서 고초를 겪었던 레지스땅스 출신 유대인 정치가 아르뚜르 런던이 영문도 모르고 붙잡혀 가 가짜 자백서에 서명을 하라면서 고문을 당하는 영화 「고백」을 보면, 우리나라 중앙정보부가 남산 시절에 저질렀던 온갖 못된 짓이 연상되어 섬뜩한 목덜미의 느낌을 피하기가 힘들다.

필자가 편집부장으로 일하던 어느 외국 회사가 1970년대 초, 중앙정보부로 올라가는 남산 길 입구, 그러니까 중부경찰서 바로 옆에 위치한 어느 병원 건물로 이사를 들어갔는데, 그곳에서 나는 처음으로 우리나라의 고문실을 직접 '구경'할 기회를 얻었다. 지질연구소라는 가짜 간판이 달렸던 그 건물 지하실에는 창문도 없고 눕기에도 너무 좁은 골방이 몇 개 있었다. 가로 세로 2 미터쯤 되는 크기였는데, 우리가 이사를 들어갔을 때까지 미처 철거를 마치지 못한 상태였고, 절대로 사실이 아니기를 바라지만, 박정희 정권의 돈줄이었던 어느 재벌 국회의원도 무슨 잘못을 했는지 그곳으로 끌려와 수염을 뽑히는 수모를 당했다고 한다.

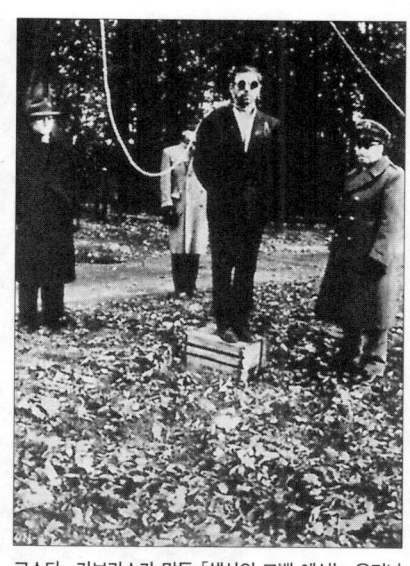

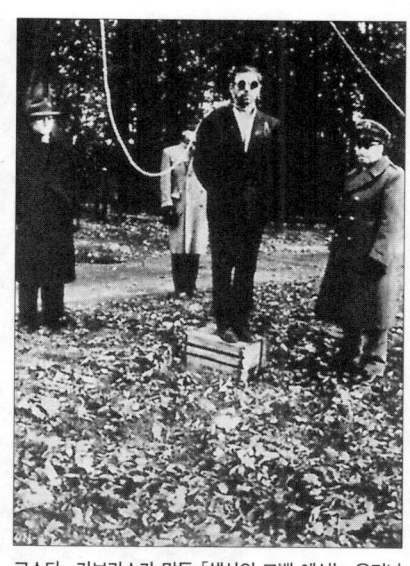
코스타-가브라스가 만든 「생사의 고백」에서는 우리나라의 정보기관이 자행했던 인권유린 행태가 그대로 거울처럼 비쳐 보인다.

한국 국민의 다수가 '남산'이 무엇을 하는 곳인지, 군 조직인 보안사령부의 '빙고 호텔'이 왜 민간인을 끌어다 고문을 자행해도 되는지를 알지 못했던 시절, 이렇게 지하 고문실의 공포를 목격한 얼마 후, 필자는 그와 비슷한 시설물이 서소문 중앙일보사 건너편 어디엔가도 존재하고, 또 어디어디에도 비밀 고문실이 있다는 소문을 들었고, 그런 도시에서 '진실'을 알지 못하며 살아가는 서울 사람들이 얼마나 불쌍한가 하는 생각도 많이 했다. 제5 공화국을 주제로 한 『태풍의 소리』를 쓰던 당시 결국 그런 서울의 모습을 필자는 소설에 담기도 했지만, 공산당이 자행한 인권 침해를 고발하는 「고백」과 같은 영화를 접하게 되면, 민주국가였던 대한민국은 과연 그들보다 얼마나 훌륭한 나라였는지 회의가 느껴지고는 한다.

코스타-가브라스는 개성과 수준이 뚜렷한 영화작가이기 때문에 「고백」 역시 그에 걸맞는 긴장과 공포를 자아내지만, 감독의 명성으로 인해서 '실화'의 현실감이 그만큼 위축되는 반면, 체코슬로바키아에서 「고백」이 진행되던 1951~2년에 폴란드에서 진행된 비슷한 사건의 내용을 영화에 담은 「신문(訊問)」을 보면, 시커먼 지프로 들이닥쳐 영장도 없이 무고한 시민들을 붙잡아다 온갖 고문을 자행하여 용공조작을

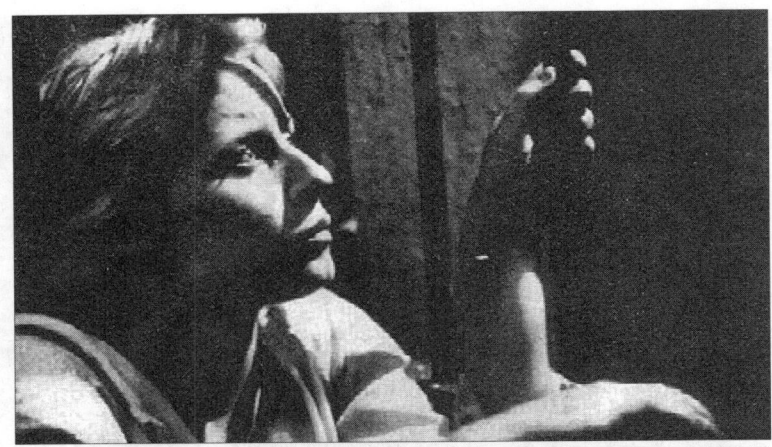

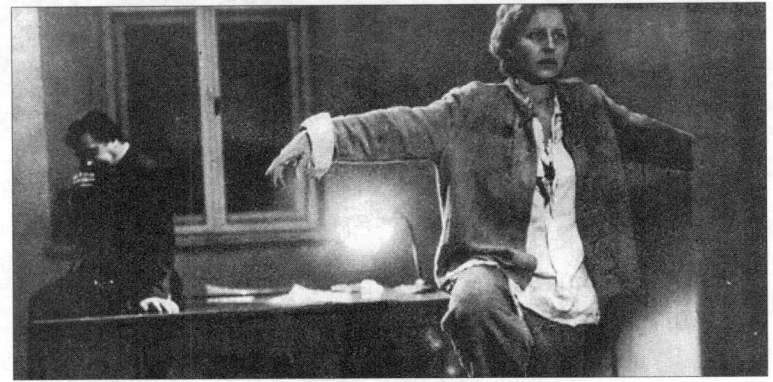

온갖 고문을 자행하며 조작극을 벌이다 한 여성의 목숨을 희생시킨 실화를 바탕으로 한 폴란드 영화 「신문」은 오랫동안 국가 공권력이 용공조작에 동원되었던 우리나라의 현실이기도 하다.

일삼던 한국의 반공시대 수사기관의 눈부셨던 활약을 거꾸로 공산당의 거울에 비쳐보는 기분이 들게 한다.

1951년 비밀경찰에 붙잡혀 가서 고문을 받고 죽은 한 여자의 실화를 바탕으로 해서 만든 「신문」에서는 군대 위문 공연을 자주 다녔던 밤무대 여가수 안또니아가, 10월 혁명 34 주년을 기념하던 무렵, 술에 곤드레만드레 취한 채로 어느 날 밤 두 청년에게 끌려가 구속되고는, 다짜고짜 골방에서 고문을 받으며 몇몇 장교가 주동한 반국가 음모에 가담했다는 자백서에 서명을 하라는 강요를 당한다. 함께 수감된 여자들은 자백할 내용이 없으면 억지로 만들어서라도 「고백」하라고 조언할 만큼 공산당의 논리와 조작 기술을 당연시하고, 혁명을 통해 농토를 빼앗기고 분노하여 도끼로 당원을 죽인 어떤 여자는 창턱에 쌓인 먼지에 밀을 몇 알 심어 침을 뱉어 물을 주며 '농사'를 지을 만큼, 너무나 많은 사람들에게 감옥이 생활화한 그런 세상의 정치 및 사회 풍토가 생생하다.

'국가 안보'를 내세우는 사람들에게는 진실이란 중요하지가 않고, 그래서 음모의 내용이 무엇인지조차 모르기 때문에 자백서에 서명을 안 하는 여자에게 소변을 억지로 먹이면 조작은 진실이 되기도 한다. 현실에서는 고문 끝에 사망했다는 안또니아가 영화에서는 스탈린이 사망한 다음 3개월 후에 마침내 자유의 몸이 되고, 그녀를 심문하던 조사관은 권총자살을 한다. 이 영화는 폴란드에서 상영 금지 처분을 받았고, 부가예스끼 감독은 캐나다로 망명했으며, 1990년이 되어서야 「신문」은 서방 세계에 알려졌다.

찾아보기 ●--

▍「이반 데니소비치의 하루(One Day in the Life of Ivan Denisovich, 1971, 영국-노르웨이, 100분)」, 감/Casper Wrede, 출/Tom Courtenay, Espen Skjonberg, James Maxwell, Alfred Burke, Eric Thompson

▍「동토의 탈출(Coming Out of the Ice, 1983, 미국, 89분)」, 감/Waris Hussein, 출/John Savage, Willie Nelson, Francesca Annis, Ben Cross, Frank Windsor, Peter Vaughan

▍「스탈린(Stalin, 1992, 미국-영국-캐나다-러시아-헝가리, 170분)」, 감/Ivan Passer, 출/Robert Duvall, Maximillian Schell, Julia Ormond, Jeroen Krabbe, Joan Plowright, Frank Finlay, Daniel Massey, Joanna Roth

▍「크레믈린 사람들(비디오 제목 "이너 써클," The Inner Circle, 1991, 이탈리아-러시아-미국, 134분)」, 감/Andrei Konchalovsky, 출/Tom Hulce, Lolita Davidovich, Bob Hoskins, Aleksandr Zbrueb, Fyodor Chaliapin, Jr., Bess Meyer, Maria

Baranova

▮ 「크레믈린의 아가씨(The Girl in the Kremlin, 1957, 미국, 81분)」, 감/Russell Birdwell, 출/Lex Barker, Zsa Zsa Gabor, Jeffrey Stone, William Schallert

▮ 「참회(Repentence, 1984, 러시아, 155분)」, 감/Tengiz Abuladze, 출/Avtandil Makharadze, Zeinab Botsvadze, Ketevan Abuladze, Edisher Giorgobiani, Kakhi Kavsadze

▮ 「트로츠끼의 암살(The Assassination of Trotsky, 1972, 프랑스-이탈리아-영국, 103분)」, 감/Joseph Losey, 출/Richard Burton, Alain Delon, Romy Schneider, Valentina Cortese

▮ 「시나(Zina, 1985, 영국, 90분)」, 감/Ken McMullen, 출/Domiziana Giordano, Ian McKellen, Philip Madoc

▮ 「러시안 룰레트(Russian Roulette, 1975, 미국, 93분)」, 감/Lou Lombardo, 출/George Segal, Cristina Raines, Bo Brundin, Denholm Elliott, Gordon Jackson, Peter Donat, Louise Fletcher, Val Avery

▮ 「러시안 룰레트(Russian Roulette, 1993, 미국, 89분)」, 감/Greydon Clark, 출/Susan Blakely, Barry Bostwick, E. G. Marshall, Jeff Altman, Victoria Barrett

▮ 「생사의 고백(The Confession, 프랑스 제목 L'Aveu, 1970, 미국, 138분)」, 감/Constantin Costa-Gavras, 출/Yves Montand, Simone Signoret, Gabriele Ferzetti, Michel Vitold, Jean Bouise

▮ 「신문(Przesluchanie, 영어 제목 Interrogation, 1982, 폴란드, 112분)」, 감/Ryszard Bugajsk, 출/Krystyna Janda, Agnieszke Holland, Anne Romanto, Janusza Gajosa, Adama Ferenzego

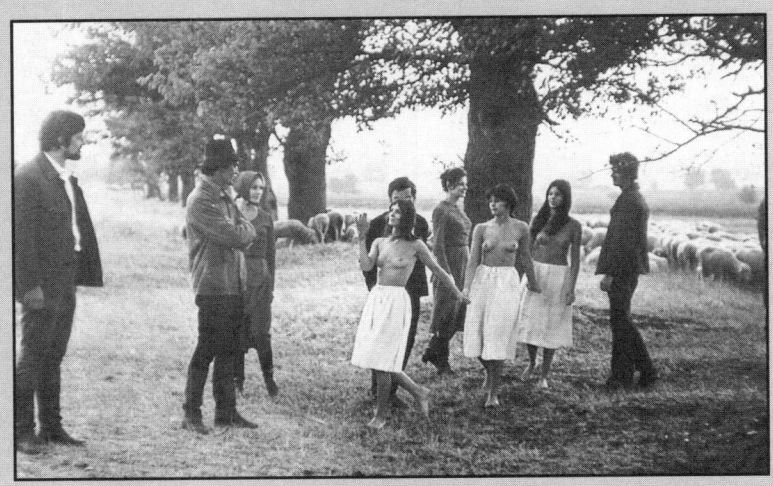

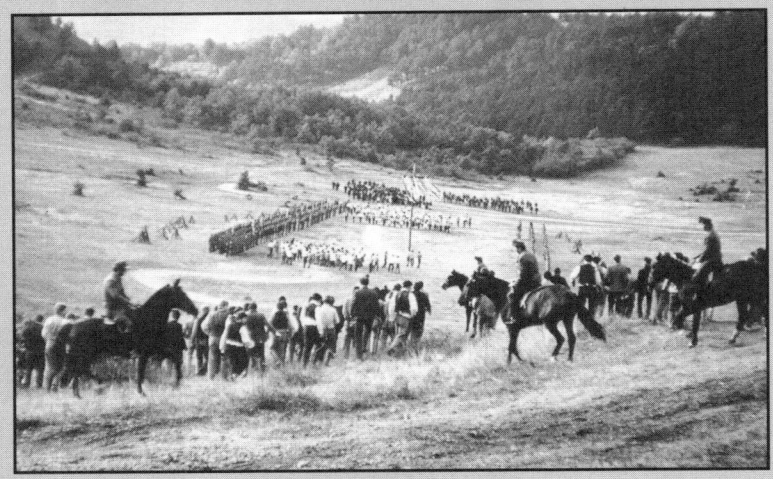

「붉은 시편」은 목적이 지나치게 뚜렷한 종교 예식을 연상시킨다.

혁명 주변의 인간상

미클로시 얀초 감독이 만든 영화 「붉은 시편」은 제목이 노골적으로 드러내듯이 "붉은 자들의 종교적인 예식"을 다룬다. 그래서 이 영화에는 별다른 줄거리도 없고, 별다른 주인공도 없다. 대신에 「붉은 시편」은 민속 음악을 배경으로 깔고 수많은 배우(민중 또는 인민)가 혁명의 춤을 추는 의식화 교육처럼 보인다. 그것은 이 영화에 등장하는 많은 노래의 가사와, 대사라고는 하기 힘든 배우들의 잠언적인 연설의 내용을 보면 쉽게 알 수가 있다.

"우리는 노동자, 우리에겐 자유가 없다."

"대지주 몰아내고 노동자를 해방하자."

"굶주린 자는 굶주리지 않는 자를 증오한다."

"대지의 열매는 우리 모두의 것이니, 어느 누구도 대지를 소유하면 안 된다."

공산 혁명의 전야제라도 벌이듯, 선전(propaganda) 가극이 계속되다가 나중에는 착취자의 종 노릇을 하던 사람이 의식화가 되어 '진실한 동지'로 변신하는 예식이 벌어지기도 하는데, 기독교의 미사를 연상시키는 어느 장면에서는 심지어 이런 읊조림까지도 등장한다.

"16시간 노동으로부터 우리들을 구하소서! 굶주림으로부터 우리들을 구하소서! 착취의 손길로부터 우리들을 구하소서! 노예 상태로부터 우리들을 구하소서!" 기타 등등, 기타 등등…….

장송곡처럼 무거운 노동자의 노래가 되풀이되고, 교회가 불타고, 주교가 자살하는 사이에 이데올로기의 석기시대를 거치며, 발레까지는 아니더라도 운동회의 집단 체조를 연상시키는 안무를 통해 민중 봉기가 일어나지만, 착취하는 자와 가진 자의 탄압과 학살로 인해서 맑은 개울물이 붉은 피로 물든다.

「붉은 시편」이 세계 여러 영화제에서 상을 타고 예술적으로도 상당히 뛰어난 작품임에도 불구하고, 노동운동가들의 잠언집처럼만 여겨지는 것은 무슨 까닭에서일까? 「붉은 시편」을 보고 나서 예술적인 작품을 보았다는 기분보다 어디론가 의식화 집회에 끌려 갔다가 온 기분이 느껴지는 까닭은 또 무슨 이유에서일까?

아마도 그것은 영화의 목적이 너무 노골적이기 때문이리라. 그것은 이데올로기의 선전을 위해 동원된 예술, 그리고 우리나라에서도 이른바 '민중 예술'이 지녔던 한계성이리라.

손바닥에 매달린 붉은 훈장(리본), 식상한 표어들, 노동자들이 학살당한 다음에 나오는 '붉은 마차'에 대한 혁명의 노래, 이런 무거운 주제가 영화를 춥게 만들고, 지주와 노동자에 대한 에피그람(epigram) 모음집처럼 느껴지게 만들고, 경제 토론을 주제로 한 「지붕 위의 바이얼린(Fiddler on the Roof)」이라는 인상을 받게 만든다. 그래서 「몬트리올 예수(Jesus of Montreal, 1989, 캐나다)」나 「흑인 오르페(Black Orpheus, 1959, 프랑스-브라질)」의 접근 방법이 아쉬워진다.

그래도 어쨌든 「붉은 시편」은 특이하고도 흥미있는 경험을 제공한다. 특히 헐리우드 키드 세대에게 그렇다. '러시아 영화'「전함 뽀쫌킨」을 서강대학교에 모여서 관람하다가 체포되어 중앙정보부의 남산 토굴로 끌려갔던 영화인들을 생각하면, 그리고 〈샘터〉 잡지의 표지에 레닌을 닮은 농부의 그림을 그려 실었다고 해서 잡혀가 고문을 당하던 시대를 생각하면, 「붉은 시편」이 극장에서 상영된다는 사실 자체만도 대단한 역사의 발전이겠다.

그래서 혁명 가요 "셰보이! 셰보이!(전진! 전진!)"의 가사 일부를 "민주주의 만세!"라고 지레 겁에 질려 오역(?)한 애교가 옛날을 생각나게 하나 보다.

얀초 감독은 소련 혁명 50 주년을 기념하여 소련과 헝가리가 공동 제작한 「적과 백(Csillagosok, katonák, 영어 제목 The Red and the White, 1967)」의 연출도 맡았는데, 1만여 명의 헝가리 장교와 병사들이 적군과 백군의 내전에 가담해서 싸운다는 내용으로서, 학살과 처형, 대립과 갈등으로 점철되는 혁명 안무의 영화이다.

얀초 감독은 1988년 서울 올림픽을 기념하는 행사에 참가하기 위해 한국을 방문했는데, 한겨레신문사에서 펴낸 『세계 영화 100』에 의하면, 어느 대학 영화과 학생들과의 좌담회에서 이런 말을 했다고 한다.

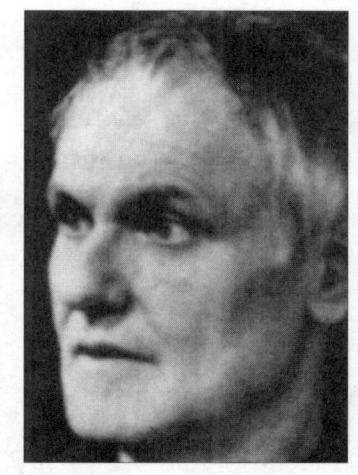

"지난 시대 우리 선배들은 현실에 패배하지 않기 위해서 처절하게 싸웠습니다. 하지만 이제는 시대가 달라져서 그럴 필요가 없어졌어요. 세상은 별로 쉽게 변하지 않습니다. 그러니까 참을성 있게 웃으며 혁명합시다."

아마도 바로 그러한 이유에서였겠지만, 공산 동구권 영화는 내용에서 두드러지게 경직된 면을 보인다. 언론의 자유가 제한되었기 때문에 표

한국 학생들에게 "웃으면서 혁명하자"고 말했다는 미클로시 얀초 감독

현할 내용 역시 억압을 받고, 그래서 반항의 심각성이 상대적으로 강해진다. 규제와 제한과 억압에 대한 반동으로 이념의 목소리는 그만큼 더 심각해지기만 한다.

「부다페스트의 두 청년」도 우리들에게는 '어두운 기억의 저 편'에 아직도 도사린 채 기다리는 (유신정권의) 어느 한 시대를 소름끼치게 연상시킨다. 쓰레기가 흩어진 1956년 겨울 거리에는 벽에 구호가 나붙고, 루이 암스트롱의 노래를 들으며 사랑하기에 열심이어야 할 두 청년 규리와 다니엘은 자유를 절규하는 헝가리인들을 진압하는 소련군의 탱크와 맞서 싸우던 "폭도들에게 가담한 군인"의 몸으로, 비밀 경찰에 쫓긴다.

움직이고 전진하기는 하지만, 도망치기가 불가능한 공간이 되어 버린 기차를 타고, 사복으로 갈아입고 오스트리아로 탈출을 시도하는 두 젊은 군인은, 암호명을 달고 지명수배를 받아 도피생활을 계속하다가 의문사를 당하던, 우리의 운동권 학생들과 참으로 흡사한 모습이다. '자유의 투사'가 되는 일말고도 인생에는 무엇인가 더 있기 때문에 미국으로 탈출하려는 기성세대, 그들은 정권과 국가가 같지 않다는 인식 속에서도 미워하는 정권에 호감을 표현해야 하는 위선과 기만의 묘기를 배운다.

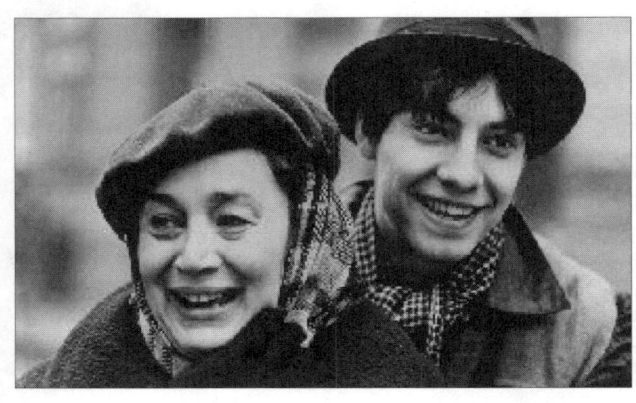

지명수배를 받고 도피생활을 하는 헝가리의 「부다페스트의 두 청년」 역시 한때 우리나라 젊은이들의 초상이었다.

그러나 젊음은 나라를 버리지 말고 지켜야 한다는 고뇌에 빠지고, 탈출을 포기한 다니엘과 규리는 고향으로 돌아가기 위해 하필이면 조국을 무참히 짓밟고 그들의 고향으로 돌아가는 소련군의 차량을 얻어타게 된다. 그리고 한 사람은 끝내 찾지 못할 자유를 절망하면서 죽음으로 몸을 던진다.

「사관과 장미」는 독일군이 물러간 다음 '아군'이 진주한 자그레브에서, 부패한 부르주아로 체포된 마띨다(Matilda)와 그녀를 풀어준 젊은 프롤레타리아 장교 뻬따르(Petar)가 주인공이며, 별로 아름다워 보이지 않는 사랑의 이야기이다. 뻬따르 중위는 29살의 미망인 마띨다의 집을 징발하여 그곳에다 애인인 19살의 여군 릴리아나(Ljiljana)를 데려다 놓고 여관처럼 이용하다가는, 욕조에 들어가는 대신 대야로 목욕을 해야 마음이 편하다는 모범적인 열성당원 릴리아나가 임신하자 다른 곳으로 전출시켜 헌신짝처럼 내버리고는 바그너의 음악을 즐기는 마띨다와 지극히 부르주아적이고 퇴폐적인 사랑에 빠진다.

군인이 특권 계급으로 간주되는 사회에서, 세상을 바꿔 보겠다는 프롤레타리아의 교만함에 젖어, 죄가 없는 사람들을 함부로 심판하고 처벌하던 뻬따르는 가난한 자의 복수심이라는 질병에 걸려 스스로 절대 권력이 되어 새로운 정치 범죄를 저지르는 집단의 상징적인 인물로서, 독선에 빠져 편파적인 '인민의 행복'을 부르짖으면서도 다른 한 편으로는, 일광욕을 하는 귀족 부인의 주변에서 서성거리며, 다분히 작위적인 사랑에 빠진다. 유대인을 배척한 히틀러와 부르주아지를 배척하는 프롤레타리아가 어떻게 다른지 의구심이 느껴지기도 한다. 전혀 성실하지도 않고, 위선과 모순의 삶을 살아가는 두 인물은 참으로 동정과 연민을 자아내지 못하는 연인들이다. 혁명이란 따지고 보면 가치관을 어지럽히는 기능을 수반하는 사회적인 현상임이 분명하다.

다른 영화의 제목인 「사관과 신사」를 흉내낸 듯한 「사관과 장미」라

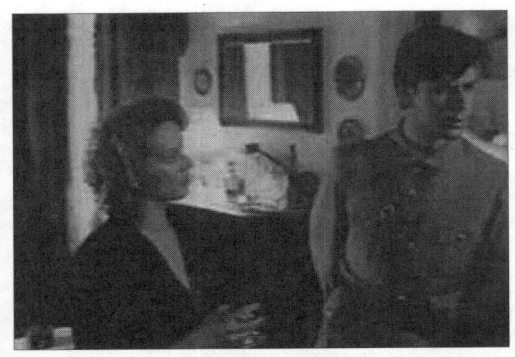

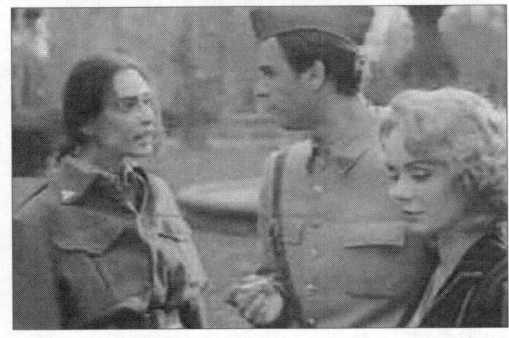

「사관과 장미」의 주인공인 청년 장교 뻬따르는 프롤레타리아 가치관이 흔들리면서 위 장면에서 귀족 여인 마띨다와 사랑을 나누고, 급기야는 아래 장면에서처럼 같은 계층의 젊은 여군 릴리아나를 배신한다.

는 표현은, 뻬따르가 마띨다에게 장미 한 송이를 선물하자 여주인공이 남주인공을, 정말로 어울리지 않는 비유이지만, 리하르트 바그너뿐 아니라 요한 시트라우스의 작품에도 등장하는 '장미의 기사(Der Rosenkavalier)'라고 불렀기 때문에 붙여놓은 것인데, 어쨌든 '장미의 기사'에 비하면 「코미짜르」가 혁명에 대해서는, 비록 혼란과 갈등 속에서나마도, 가치관이 훨씬 뚜렷하다.

바실리 그로스만의 『베르디쩨프 마을에서』를 원작으로 삼아 제작되기는 했지만, 사회주의적 사실주의에 맞지 않았기 때문이었는지 오랫동안 모스필름에 사장되었다가, 1988년에야 겨우 완성되어 빛을 보고는 국제 영화제에서 여러 개의 상을 탄 「코미짜르」는, 혁명정신이 투철한 여성 인민위원 바빌로나가 「적과 백」의 전쟁중에 절박한 싸움터에서 어느 장교와 우발적인 성관계를 갖고 임신을 하지만, 총성과 질주와 죽음으로 이어지는 전투에 너무 바빠 낙태할 시기를 놓치고는 어느 마을에서 해산을 위해 유대인 양철공의 집에서 방을 하나 징발하여 머물게 되면서 얘기가 시작된다.

백군과의 내전에서 무의미한 살인 행위에 익숙했던 적군(赤軍)의 바빌로나 인민위원은, 생명의 잉태와 탄생의 경험을 거치며, 투쟁하고 행군을 계속하는 투사에서 '아줌마'로 변신하며 혁명이 아닌 삶을 살아가는 사람들의 사회에 점점 익숙해진다. 백군에게도 시달리고 적군에게도 짓밟히는 마을 사람들의 환란을 지켜보면서, 나무로 깎아 만든 총칼을 휘두르며 아이들이 전쟁놀이를 하다가 강간과 고문까지 흉내내는 잔혹한 장면까지 목격하고 갈등하던 주인공은 보다 인간적인 여인이 되기는 하지만, 그러나 결국 아기를 남겨두고 다시 총을 든 사람들의 대열로 돌아간다.

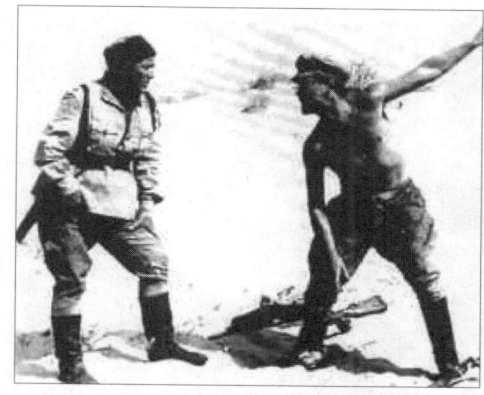

「코미짜르」의 바빌로나 인민위원(왼쪽)은 우발적인 임신으로 인해서 이념과 현실의 차이를 깨닫게 되지만, 끝내 아기를 남겨두고 다시 총을 들고는 투쟁에 나선다.

슬픔은 인간으로 하여금 참으로 많은 생각에 잠기게 한다.

찾아보기 ●--

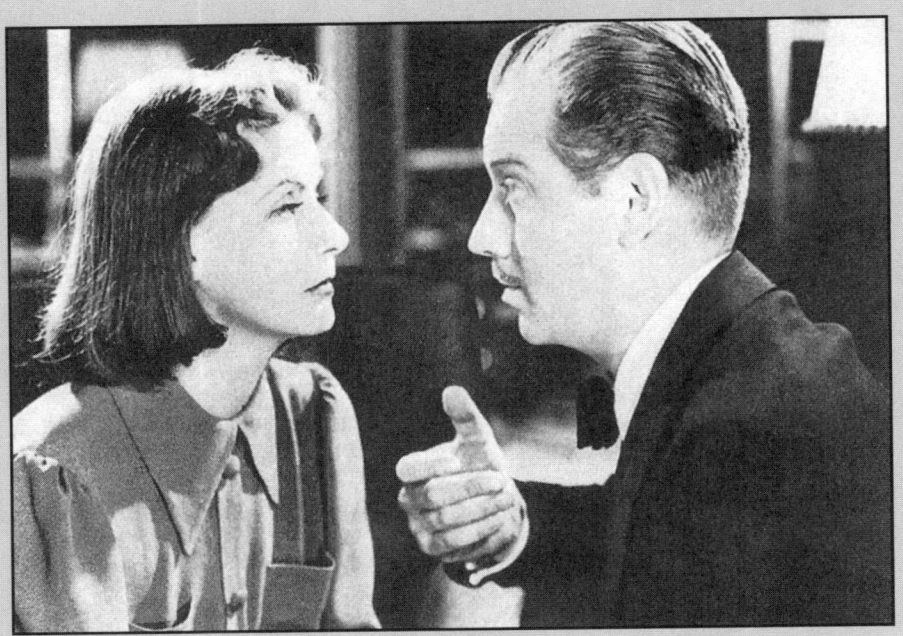

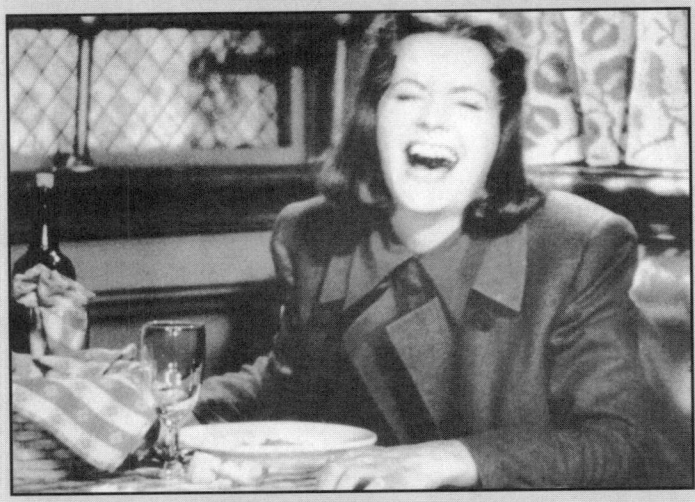

그레타 가르보의 「니노쯔까」는 경직된 공산권 세계를 웃음거리로 파악하는 '자유 진영'이 조금쯤은 장난스러운 시각으로 본 영화이다. 「무쇠 속치마」라는 제목의 헐리우드 영화나 우리 영화 「간첩 리철진」도 같은 계열이라고 하겠다. 아래 사진은 「니노쯔까」에서 그레타 가르보답지 않게 웃어대는 그레타 가르보

인간적인, 보다 인간적인

　기회가 없었거나 아니면 의도적이었거나 간에, 진실을 말하지 않았을 따름이지 거짓말은 하지 않았다는 주장의 논리가 궤변적 수사법(修辭法)이듯이, 진실말하기의 방법과 범위를 통제하는 행위 역시 여론 조작의 한 형태이다. 그렇기 때문에 '자유 진영(Free Bloc)'이라는 어휘도 독선적인 표현이다. 그것은 정치나 사회적인 이념으로 지역을 분할해 놓고는 '적'의 야만성만을 확대하여 각인시키려는 의도가 담긴 수사법이다. 역으로, '제국주의' 시각은 공산권 러시아의 지배 이념이기도 했다.

　지금까지 우리는 자유 진영의 시각에서뿐 아니라 이념 해빙기를 맞은 이후 공산권에서도 머리를 들기 시작한 사회주의 비판 영화를 몇 가지 살펴보았는데, 그레타 가르보의 「니노쯔까」는, 「간첩 리철진」의 원조격으로서, 사회주의를 조롱하는 희극영화의 고전으로 꼽힌다. 보석을 팔아 농기구를 구매하라는 임무를 띠고 빠리로 파견했던 세 명의 첩자가 일을 제대로 해내는지 확인하기 위해 밀사로 보낸 차가운 미모의 소련 여간첩 니노쯔까는 첩보원들이 풍요하고 사치스러운 자본주의 생활에 물들어 본연의 임무를 게을리 한다는 사실을 확인한다. 그리고 보석의 본디 주인이었던 러시아 여귀족의 멋쟁이 애인 레옹 달가(Leon Dalga) 백작을 만나 말랑말랑한 여자로의 변신을 거치며 사랑에 빠지는 니노쯔까 역시 그들의 전철을 밟는다.

빌리 와일더(Billy Wilder)가 각본을 쓴 이 경쾌한 영화는 브로드웨이에서 코울 포터(Cole Porter)의 음악극이 되었고, 백만 불짜리 다리를 자랑하는 차가운 인상의 씨드 샤리쓰와 영화 제작자 역인 프레드 아스테어가 짝을 지어 다시 뮤지컬 영화로 만들어진 작품은 반공국가인 우리나라에서 「자유는 애정과 더불어」라는 대단히 교훈적인 제목이 붙었다.

「꽃은 사양합니다」는 무대를 프라하로 옮긴 니노쯔까 얘기이고, 「무쇠 속치마」에서는 웃을 줄 모르는 러시아 여자를 미국 군인이 녹인다. 「X 동무」에서는 차가운 러시아의 전차 여운전사를 클라크 게이블이 녹이고, 「니노쯔까」에서 러시아 여자를 녹였던 멜빈 더글라스는 「아침 식사를 들고 간 손님」에서 입장이 바뀌어 아름다운 미국 여성에게 녹아나는 러시아 남자 노릇을 한다.

프레드 아스테어와 씨드 샤리쓰를 짝지워 음악극으로 만든 니노쯔까 영화(「Silk Stockings」)는 우리나라에서 대단히 반공적인 제목 「자유는 애정과 더불어」를 붙여놓은 다음에야 극장에 내걸었다.

「위선의 태양」과 「오블로모프의 생애」를 만들고 미국으로 건너가 말리부 해안에서 자본주의적 삶을 누리는 니키타 미할코프가 만든 「시베리아의 이발사(The Barber of Siberia, 1998)」는 1885년 벌목 기계를 러시아 정부에 팔기 위해 공작을 벌이러 가는 미국 여자와 러시아의 군인이 서로 녹아난다는 내용이다.

그의 대표작 「기계 피아노를 위한 미완성곡(Neokonchennaya Pyesa

dlya Mekhanicheskogo Pianino, 영어 제목 An Unfinished Piece for Mechanical Piano, 1976)」에서 체호프적인 집약된 극적 양식을 선보인 미할코프가 안톤 체호프의 단편소설들을 이탈리아로 가지고 가서 만든 영화 「검은 눈동자」는 한때 이상주의적이고 야심적이었던 젊은 건축가가 은행가의 딸과 결혼하여 풍족하고 안락한 삶을 찾으려다가 자신의 인생에서 진정으로 필요한 바가 무엇인지를 깨닫는다는 슬프고도 희극적인 영화이다. 이 영화에 동원된 체호프의 작품 가운데 한 편은 「개를 데리고 다니는 여인」이라는 제목으로 이미 영화가 만들어졌었는데, 중년 남녀가 휴가를 가서 불륜의 사랑에 빠진다는 내용이다. 니키타 미할코프는 또한 러시아인 트럭 운전사가 우연히 어느 몽고인 가족의 삶에 얽혀들면서 문명의 의미를 되짚어보는 「에덴이 가까운 곳」을 만들기도 했다.

이러한 희극이나 문학적인 주제말고도 러시아적 야만성을 노골적으로 고발하는 영화가 많았지만, 그러나 20세기 말에는 동양과 서양의 냉전 대립이 붕괴되면서 적대적 분류 방법이 수정을 거쳤고, 공산 세계에도 감성적인 예술과 신파적인 인생이 존재했다는 기본적인 사실도 차츰 증명되었다. 그래서 양쪽 진영 사람들은 인간적인, 보다 인간적인 시각으로 상대방을 바라보기 시작했다.

희곡 『영원한 연인』을 원작으로 삼은 「두루미가 날아간다(Letjat Zhuravli)」는 이런 해빙기를 타고 날아든 소련의 말랑영화(melodrama)

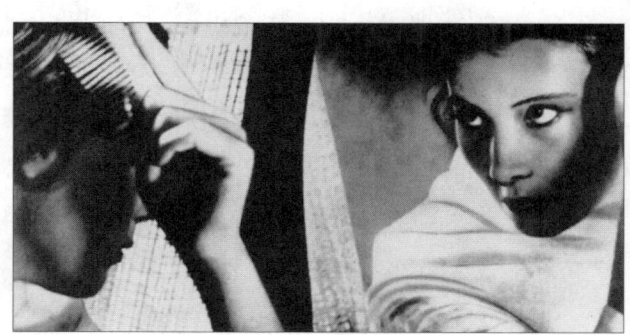

1958년 깐느 영화제에서 황금종려상을 받은 「두루미가 날아간다」는 소련에서 해빙기를 맞아 생산된 보기 드문 말랑영화이다.

였다. 청춘 남녀 보리스와 베로니카가 사랑을 하고, 보리스가 전쟁을 하러 집을 떠나고, 그러자 폭격으로 부모를 잃은 베로니카는 보리스의 집에 가서 얹혀 산다. 그러다 보니 베로니카는 뇌물을 써서 병역을 기피한 보리스의 '집안 남자'가 접근해 오자 결혼까지 하게 되지만, 진정으로 사랑했던 보리스를 잊지 못한다. 그러나 보리스는 전사를 했기 때문에 아무리 기다려도 끝내 돌아오지를 않는다.

지리적으로 또는 내용상으로 러시아 주변에 얽힌 영화 가운데, 우리나라에 소개가 되었거나 비교적 널리 알려진 보다 인간적인 작품으로는 19세기 중엽 우크라이나 한 마을 주민들의 삶을 12 편의 일화로 엮은 빠라자노프의 「잊혀진 조상들의 그림자(Teni zabytykh predkov, 영어 제목 Shadows of Our Forgotten Ancestors, 1965)」가 돋보인다.

소비에트 그루지아의 태생으로 당국으로부터 끝없는 탄압을 받아 결국 활동을 못하고 가구까지 모두 내다 판 다음 길거리에서 구걸을 하다가 죽어간 세르게이 빠라자노프(Sergei Paradhanov, 1924~90) 감독은 서방의 비평가들로부터 에이젠쉬쩨인의 정신적인 후계자(inheritor of the mantle of Sergei Eisenstein)라는 세계적인 명성을 얻었지만, 작품의 성격은 정치 홍보에 앞장섰던 에이젠쉬쩨인과 너무나 거리가 멀었다.

「그림자」는 꼬치유빈스키(M. Kotsiubinsky)의 소설이 원작으로서 서로 미워하는 두 집안의 젊은이가 사랑에 빠지는 로미오와 줄리에트 주제를 취하기는 하지만, 빠라자노프는 다양하고 유사한 사건을 유연한 전개를 통해 연결지음으로써 "또 다른 사고의 체계, 인식의 다른 방법, 삶에 대한 다른 각도에서의 반추"를 추구했다. 그의 순수한 예술 정신은 소련의 정책으로부터 빗나갔고, 결국 미술품 밀매, 성병 전파, 동성애 등등의 혐의로 체포되어 5 년 동안 감옥생활을 거친 다음 고사하기에 이른다.

헝가리 영화 「부다페스트의 두 청년(Szerncsés Dániel)」과는 대립 구도가 다르기는 하지만, 미국 영화 「부다페스트의 야수」에서는 공산 치하 헝가리에서 살아가는 아버지와 아들이 정치적인 갈등을 계속하다가, 아버지의 죽음 이후에야 아들이 현실을 깨우친다.

헝가리 영화 「나의 20세기」는 1880년 부다페스트에서 태어난 쌍둥이 자매가 어릴 때 헤어져 하나는 남자를 밝히는 여자로, 다른 하나는 무정부주의자로 성장하는 얘기로서, 토마스 에디슨이 전깃불로 세상을 밝히며 과학기술의 혁신을 가져오지만 인간 관계는 그에 부응하지 못한다는 각도에서의 조명을 곁들인다.

「장벽」은 폴란드의 젊은이들이 살아가는 모습을 조명하고, 「석양」은 유고슬라비아의 시골에서 두 명의 손자를 키우는 노인의 힘겨운 삶을 비춘다.

용감한 미국의 사나이가 알바니아의 난민들을 구해내는 활극영화 「그리운 양지」를 경남극장에서 보다가 시교육위원회 단속반에 적발된 고등학교 1학년 때의 헐리우드 키드는, 소설 『헐리우드 키드의 생애』에서처럼, 두 번째 정학을 맞아 세계일주 무전여행을 떠나기도 했었다.

지성과 야만성이 병립했던 동토의 공산권을 벗어나 뜨거운 만지(蠻地) 아프리카로 내려가기에 앞서, 주제나 분류법에 따라 미처 살펴보지 못한 유럽의 시대물을 좀 더 찾아보기로 하면, 애인을 따로 둔 시칠리아의 귀족 남편에게서 무시를 당하며 살아온 관능적인 아내가 화려한 보복을 벌이는 비스꼰띠 감독의 마지막 걸작인 비극 「결백」, 죽음을 앞

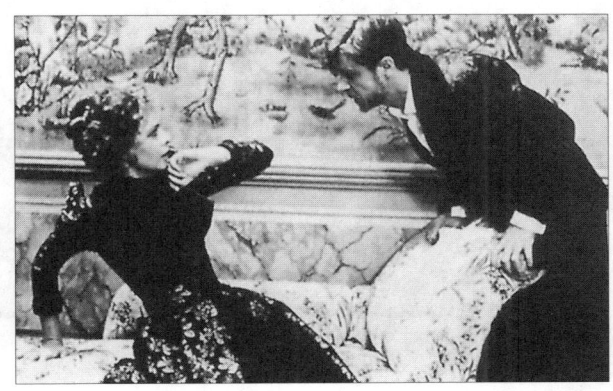

이탈리아 영화 「결백」은 귀족 남편에게 무시를 당하며 살던 관능적인 여인의 반란을 그린다.

둔 가부장적인 부호가 그에게 성적인 위안을 제공하는 교활한 며느리에게 모든 유산을 물려주려고 획책하는 음울한 영화 「상속」, 그리고 두 귀족 남자 사이에서 희롱의 줄타기를 하는 이탈리아 여자의 이야기 「화려한 요정」이 눈에 띈다.

무성영화 시대에 서부극 배우로 명성을 날린 톰 믹스가 주연을 맡았던 「딕 터핀」의 주인공은 실존인물(Richard Turpin, 1706~39)로서, 술집 주인의 아들로 태어나 백정의 조수로 일하다가 소도둑을 거쳐 사슴도둑이 되었고, 밀수 경력도 쌓았다. 유명한 노상강도(highwayman) 톰 킹(Tom King)과 동업을 하다가 추적자를 쏜다는 것이 실수로 킹을 죽인 다음, 말도둑으로 체포되어 교수형으로 파란만장(?)한 생애를 마쳤다. 터핀은 여러 민요와 다양한 전설의 주인공이 되었으며, 해리슨 에인스워트(Harrison Ainsworth)의 소설 『루크우드(Rookwood)』는 그의 일대기이다.

「홉슨의 선택」은 1890년대 랭커셔(Lancashire)의 이기적이고 폭군적인 구두장이가 착한 세 딸 위에 군림하다가, 맏딸과 결혼한 도제에게 밀려나고 만다는 내용으로, 중세 유럽의 도제(apprenticeship) 제도의 단면을 잘 보여 준다. 이 작품은 1931년에도 영화가 나왔고, 1983년에

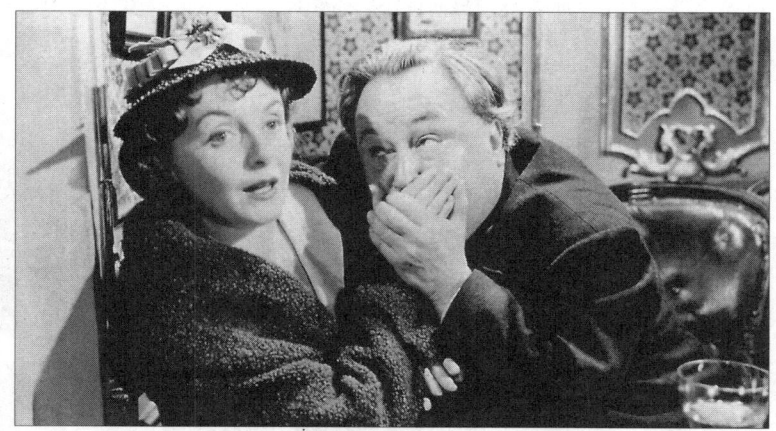

세 번이나 영화로 만들어진 「홉슨의 선택」에서는 폭군적인 구두장이가 사위로 들어앉은 도제의 반란에 무너진다. 사진은 찰스 로톤과 존 밀스가 주연한 1954년작 영국 영화이다.

는 다시 텔레비전 영화가 선을 보였다.

「사냥」에서는 제1차 세계대전이 임박한 1913년, 주말 사냥에 손님으로 초대한 여러 사람의 성격과 음모와 갈등의 와중에서 의연하게 대처해 나가는 영국 귀족 랜돌프 네틀비 경(Sir Randolph Nettleby)의 눈을 통해 신분 사회의 구조와 의식을 관찰하게 된다. 이사벨 콜게이트(Isabel Colegate)의 소설이 원작이다.

많은 사람이 대니 케이의 대표작으로 손꼽는 「궁정의 어릿광대」 호킨스(Hawkins)는 소박한 농부의 신분이면서도, 궁중의 어릿광대 노릇을 하면서 영국의 왕위를 노리는 레이븐허스트(Sir Ravenhurst)의 흉악한 음모를 물리치기 위해 무서운 마상 창술 시합(joust)에도 임하고, (글리니스 존스가 정말 미녀인지는 자신이 없지만) 예쁜 아가씨와의 사랑에도 성공한다.

오퐬스 감독의 말년 작품인 「익명의 여인」은 남편이 선물로 준 귀고리를 변덕스러운 아내가 전당을 잡힌 다음에 펼쳐지는 사건들을 꼽진하게 추적한 걸작으로서, 경박하고도 무의미한 삶이 무엇인지를 새삼스럽게 깨우쳐 준다.

따비아니 형제의 작품인 「야생화」는 은둔생활을 하다가 병마에 시달리는 아버지를 찾아가는 여행길에서 주인공이 두 아이에게 조상들이 나뽈레옹 시대에 어떤 부정직한 짓으로 재산을 긁어 모았는지, 집안의 전설적인 내력을 얘기해 주는 형식을 취한다. 순수함을 잃어 가며, 부를 위해 영혼이 병들어 가는 사람들의 역사를 통해 사랑과 인생의 의미가 어떻게 망가지는지를 설명하는 가슴아픈 얘기이다.

찾아보기 ●--

▌「니노쯔까(Ninotchka, 1939, 미국, 110분)」, 감/Ernst Lubitsch, 출/Greta Garbo,

Melvyn Douglas, Ina Claire, Bela Lugosi, Sig Ruman, Felix Bressart, Alexander Granach, Richard Carle

▮ 「자유는 애정과 더불어(Silk Stockings, 1957, 미국, 117분)」, 감/Rouben Mamoulian, 출/Fred Astaire, Cyd Charisse, Janis Paige, Peter Lorre, George Tobias, Jules Munshin, Joseph Buloff, Barrie Chase

▮ 「꽃은 사양합니다(No Time for Flowers, 1952, 미국, 83분)」, 감/Don Siegel, 출/Viveca Lindfors, Paul Christian, Ludwig Stossel, Manfred Ingor

▮ 「무쇠 속치마(The Iron Petticoat, 1956, 미국, 87분)」, 감/Ralph Thomas, 출/Bob Hope, Katharine Hepburn, James Robertson Justice, Robert Helpmann, David Kossoff

▮ 「X 동무(Comrade X, 1940, 미국, 90분)」, 감/King Vidor, 출/Clark Gable, Hedy Lamarr, Felix Bressart, Oscar Homolka, Eve Arden, Sig Ruman

▮ 「아침 식사를 들고 간 손님(He Stayed for Breakfast, 1940, 미국, 89분)」, 감/Alexander Hall, 출/Loretta Young, Melvyn Douglas, Una O'Connor, Eugene Pallette, Alan Marshall

▮ 「검은 눈동자(Ochi chyornyne, 영어 제목 Dark Eyes, 1987, 이탈리아, 118분)」, 감/Nikita Mikhalkov, 출/Marcello Mastrioanni, Silvana Mangano, Marthe Keller, Elena Safonova, Pina Cei

▮ 「개를 데리고 다니는 여인(Lady With a Dog, 1959, 러시아, 90분)」, 감/Josif Heifits, 출/Ily Savvina, Alexei Batalov, Ala Chostakova, N. Alisova

▮ 「에덴이 가까운 곳(Close to Eden, 1992, 러시아, 106분)」, 감/Nikita Mikhalkov, 출/Badema, Byaertu, Vladimir Gostukhin, Babushuka, Larissa Kuznestova, Jon Bochinski, Bao Yongyan

▮ 「두루미가 날아간다(The Cranes Are Flying, 1957, 러시아, 94분)」, 감/Mikhail Kalatozov, 출/Tatyana Samoilova, Alexei Batalov, Vasili Merkuriev, A. Shvorin

▮ 「부다페스트의 야수(The Beast of Budapest, 1958, 미국, 72분)」, 감/Harmon Jones, 출/Gerald Milton, John Hoyt, Greta Thyssen, Michael Mills, John Banner, Robert Blake

▮ 「나의 20세기(My 20th Century, 1989, 헝가리, 92분)」, 감/Ildiko Enyedi, 출/Dorotha Segda, Oleg Jankovskij, Paulus Manker, Peter Andorai, Gabor Maté

▮ 「장벽(Barrier, 1966, 폴란드, 84분)」, 감/Jerzy Szczerbic, 출/Joanna Szczerbic, Jan Nowicki, Tadeusz Lomnicki, Maria Malicka

▮ 「석양(Twilight Time, 1983, 미국-유고슬라비아, 102분)」, 감/Goran Paskaljevic, 출

/Karl Malden, Jodi Thelen, Damien Nash, Mia Roth, Pavle Vujisic, Dragon Maksimovic

▌「그리운 양지(Action of the Tiger, 1957, 영국, 94분)」, 감/Terence Young, 출/Van Johnson, Martine Carol, Herbert Lom, Anna Gerber, Sean Connery

▌「결백(L'innocente, 영어 제목 The Innocent, 1976, 이탈리아, 115분)」, 감/Luchino Visconti, 출/Giancarlo Giannini, Laura Antonelli, Jennifer O'Neill

▌「상속(L'eredità Ferramonti, 영어 제목 The Inheritance, 1976, 이탈리아, 121분 또는 105분)」, 감/Mauro Bolognini, 출/Anthony Quinn, Dominique Sanda, Fabio Testi, Adriana Asti, Luigi Proietti

▌「화려한 요정(The Divine Nymph, 1979, 이탈리아, 90분)」, 감/Giuseppe Patroni Griffi, 출/Marcello Mastroianni, Laura Antonelli, Terence Stamp, Michele Placido, Duilio Del Prete, Ettore Manni, Marina Vlady

▌「딕 터핀(Dick Turpin, 1925, 미국, 73분)」, 감/John G. Blystone, 출/Tom Mix, Kathleen Myers, Philo McCullough, Alan Hale, Bull Montana

▌「홉슨의 선택(Hobson's Choice, 1954, 영국, 107분)」, 감/David Lean, 출/Charles Laughton, John Mills, Brenda de Banzie, Daphne Anderson, Prunella Scales, Richard Wattis

▌「홉슨의 선택(Hobson's Choice, 1983, 미국, 100분)」, 감/Gilbert Gates, 출/Richard Thomas, Sharon Gless, Jack Warden, Lillian Gish

▌「사냥(The Shooting Party, 1984, 영국, 108분)」, 감/Alan Bridges, 출/James Mason, Dorothy Tutin, Edward Fox, Cheryl Campbell, John Gielgud, Gordon Jackson, Aharon Ipale, Rupert Frazer, Robert Hardy, Judi Bowker

▌「궁정의 어릿광대(The Court Jester, 1956, 미국, 101분)」, 감/Norman Panama, Melvin Frank, 출/Danny Kaye, Glynis Johns, Basil Rathbone, Angela Lansbury, Cecil Parker, Mildred Natwick, Robert Middleton, John Carradine

▌「익명의 여인(Madame de…, 영어 제목 The Earrings of Madame de… 또는 Diamond Earrings, 1953, 프랑스-이탈리아, 105분 또는 192분)」, 감/Max Ophüls, 출/Charles Boyer, Danielle Darrieux, Vittorio De Sica, Jean Debucourt, Lia de Léa

▌「야생화(Fiorile, 영어 제목 Wild Flower, 1993, 이탈리아-프랑스-독일, 118분)」, 감/Paolo and Vittorio Taviani, 출/Claudio Bigagli, Galatea Ranzi, Michael Vartan, Lino Capolicchio, Constanze Engelbrecht, Athina Cenci, Giovanni Guidelli, Chiara Caselli

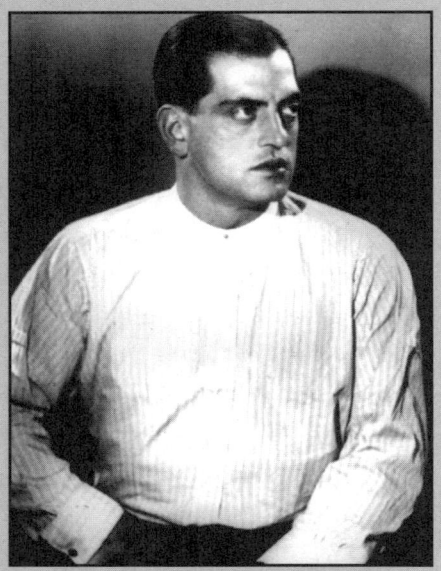

루이스 브뉘엘은 '속성'에 구속되기를 거부한 영화작가였다.
아래는 그의 영화 「세브리느(Bell de Jour)」와 「트리스따나
(Tristana)」의 대본을 단행본으로 출판한 책의 표지

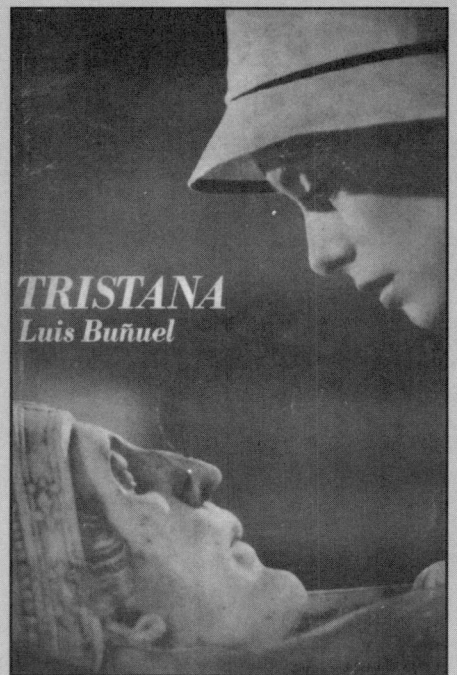

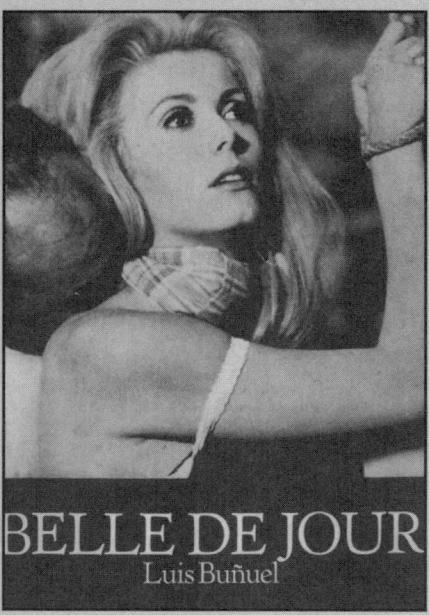

역사의 문학+역사의 영화+문학의 영화+ 영화의 역사+문학의 역사+영화의 문학

　루이스 브뉘엘 감독과 그의 작품들은 어느 한 가지 특성만을 지니기를 거부하고 저항한다. 그래서 그가 만든 여러 작품은 사극이거나 시대물이면서도 사극이나 시대물이기만을 거부한다. 비스꼰띠 감독의 경우처럼 그는 시대물의 범주를 정하는 모호한 경계선에 걸치고 멈춰 선 영화를 여럿 만들었지만, 그는 여러 영화에서 여러 가지 속성을 배합하는 시험을 거듭할 따름이지, 한두 가지 속성에 구속되기를 원하지 않는다.

　「어느 하녀의 일기」는 프랑스의 장 르누아르 감독이 19세기 프랑스를 배경으로 삼은 미국 영화로 먼저 만들었다. 그리고 에스파냐 감독이면서도 프랑스와 멕시코에서 주로 초현실주의 작가로 활동했던 루이스 브뉘엘 감독이 파시즘에 물든 1939년 프랑스를 배경으로 다시 만든 「어느 하녀의 일기」는 부르주아지의 풍속도(風俗圖)이다. 빠리에서 시골로 흘러들어온 32살의 쎌레스틴(Celestine)은, 예술적인 여과 과정을 거친 브뉘엘의 작품을 보면, 하녀답지 않게 향수 냄새를 풍기고 검정 속옷에 검정 스타킹을 걸쳤으며, 촌스러운 시골 유지인 주인집 사람들을 별로 존경스러워하지 않고, 은근히 멸시하기까지 한다.

세상에서는 아무도 동정할 가치가 없으며, 악은 스스로 물러나지 않기 때문에 우리가 적극적으로 제거해야 한다는 투쟁적인 신념의 소유자였고, "나는 곤충만 보면 흥분한다"고 했던 브뉘엘은 주변 인물들과 더불어 쎌레스틴까지도 불안정하고 불완전한 가치관의 소유자로 그려놓는다.

수집해 놓은 여자 신발들을 신겨 가며 하녀의 발에서 도착적인 쾌락을 즐기다가 구두를 안고 침대에서 죽는 "까다로운 노인" 라부르, 사탕이 몇 개인지까지도 확인하는 깐깐한 성격이며, 통증을 느끼기 싫어서 성생활을 거절하는 젊은 마님, 그리고 성생활을 거부하는 아내 때문에 왕성한 성욕을 처리하지 못해 쎌레스틴은 물론이요 펑퍼짐하고 나이가 많은 마리안느를 포함한 모든 하녀를 범하려고 열심히 쫓아다니는 몽떼유, "군대와 종교와 질서를 좋아한다"고 주장하면서도 숲에서 달팽이를 잡던 어린 계집아이 끌레르를 강간하고 살해하는 하인 조세프, 담 너머로 쓰레기를 버리고 돌을 던지고 덫으로 고양이를 잡아 죽이는 고약한 이웃인 퇴역 장교, 그들 모두는 나비를 좋아한다면서 꽃에 앉은 나비를 엽총으로 쏘아 죽인 다음 "죽은 동물보다 산 동물이 보기에 좋지 않은가?"라는 질문을 받고도 초연하기만 한 몽떼유만큼이나 혼란스러운 등장인물들이다.

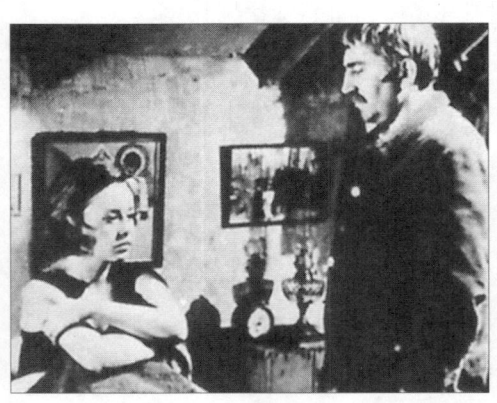

「어느 하녀의 일기」에서 주인집 아들 몽떼유는 '통증'이 싫다고 성생활을 거부하는 아내 대신 성욕을 해소할 대상을 찾아 하녀 쎌레스틴에게 접근한다.

그리고 여주인공 쎌레스틴은 노인이 종아리를 만지는 동안 하품을 하고, 살인자라고 의심하면서도 조세프를 유혹하여 육체관계를 맺고, 위선자이며 거짓말을 일삼는 못된 이웃인 대위와 결혼한다.

브뉘엘의 영화 「어느 하녀의 일기」는 증거 불충분으로 풀려난 못된 몽떼유가 다른 여자를 얻어 셸부르에다 군인들의 비위를 맞추는 술집을 차려놓고는 길거리에서 지나가는 시위대와 함께 정치적인 구호를 외치면서 끝난다. 따라서 역사극으로 종결을 짓는 듯하지만, 모호한 관찰의 대상은 아직도 석연해지지를 않는다.

「부르주아의 은밀한 매력」은 제목이 은근히 암시하듯 또 다른 부르주아지의 풍속도가 아니라, 브뉘엘의 장난스러운 초현실주의 실험 영화이다. 라틴 아메리카에 존재할 듯싶지만 어디에도 존재하지 않는 나라이며 인구 비례당 살인율이 가장 높은 야만적인 퇴폐국 미란다의 대사 동 라파엘 아꼬스따 그리고 그와 마약 밀매를 하는 두 친구 앙리 세네살과 프랑수아 테브노는 부부동반으로 함께 식사를 하려고 하지만, 식당 주인이 급사하거나 초대한 당사자들이 갑자기 한낮에 견디기 힘든 성욕을 느껴 숲으로 자취를 감추거나 무장 괴한들이 학살을 자행하는 등 갖가지 해괴한 사건과 상황이 발생하여 뜻을 이루지 못한다.

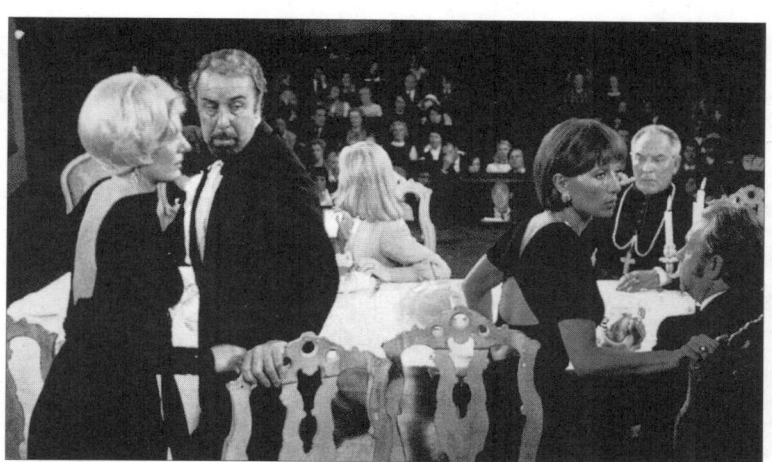

「부르주아의 은밀한 매력」에서는 영화의 등장인물들이 식사를 하려다가, 뒤에서 막이 올라가고, 그들이 극장 무대 위에서 연극을 하고 있다는 사실을 깨닫고 놀라기도 한다.

자꾸만 되풀이되는 악몽이나 고장이 나서 제자리만 도는 축음기판처럼 거듭되는 중복 상황이 얽힌 속에다 몇 차례의 꿈이 다시 뒤엉켜 무엇이 현실이고 무엇이 꿈인지 분간하기 어려운 가운데, 라파엘은 친구 테브노의 아내 시몬과 간통을 하고, 키리코(Giorgio de Chirico)의 그림에 나오는 담벼락처럼 어둡고 칙칙한 거리에서는 흙냄새(체취)가 나는 망령들이 돌아다니고, 까페에서는 커피와 우유와 차를 안 팔기 때문에 물을 주문해 마시고, 피아노에는 전기 고문 장치가 달렸고, 서른밖에 안 되어 보이는 하녀가 사실은 52살이어서 군에 입대하는 애인이 헤어지기를 원하고, 젊은 미녀 폭력주의자(terrorist)의 손가방에서는 권총과 더불어 상치가 나오고, 세네살의 집에서 정원사로 취직하여 하인처럼 일하는 뒤푸르 주교는 어렸을 때부터 예수를 싫어하는 여자의 청으로 병든 정원사의 고해성사를 듣고는 정원사가 그의 부모를 죽인 살인범이라는 사실을 알게 되자 엽총으로 쏴 죽인다.

이렇게 어지러운 현실의 비현실 속에서도 여섯 사람은 거듭거듭 허허벌판 아스팔트 길을 걸어가고, 운전기사가 마티니를 제대로 마시는 법을 알기나 하는지 실험하고, 서민들을 멸시하고, 양의 넓적다리 고기는 서서 썰어야 한다며 지극히 완벽한 격식을 갖춰 만찬을 진행하고,

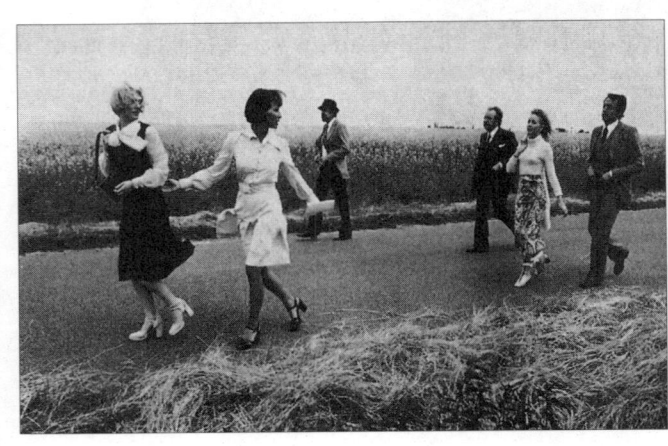

「부르주아의 은밀한 매력」에서는 주인공들이 이렇게 벌판에서 헤매는 장면이 여러 차례 나온다. 망령(zombie)처럼 영혼이 비어 버린 돈많은 사람들의 무목적성(無目的性) 방황처럼 보이는 기묘한 인상을 준다.

촛불을 켜놓고는 고기맛을 칭찬한다.

비교적 길게 진행되는 마지막 만찬 장면은 비현실의 살육으로 끝나지만, 그렇다고 해서 살인이라는 상황 설정은 어느 특정한 시대상에 대한 비판적 종결이 아니다.

1900년 2월 22일이라는 무슨 암호 비슷한 날짜에 에스파냐에서 태어나 1983년 멕시코 시티에서 세상을 떠난 브뉘엘은 그가 태어난 에스파냐의 영화인도 아니요, 그가 죽은 나라 멕시코의 감독도 아니요, 왕성한 활동을 벌였던 곳인 프랑스 국적의 예술인도 아니다.

그는 그냥 하나의 섬이나 마찬가지이다. 루이스 브뉘엘이라는 섬 말이다.

여섯 살 때부터 10 년 동안, 고루한 전통을 이어가던 예수회 학교에서 교육을 받으며 영혼의 첫 저항기를 거친 그는 무신론자가 되어 평생 종교와 싸우겠다는 결심을 하고, 프릿츠 랑의 영화를 보고는 영상 예술인이 되겠다는 결심을 한다. 1925년 장 엡스땡(Jean Epstein)의 초청을

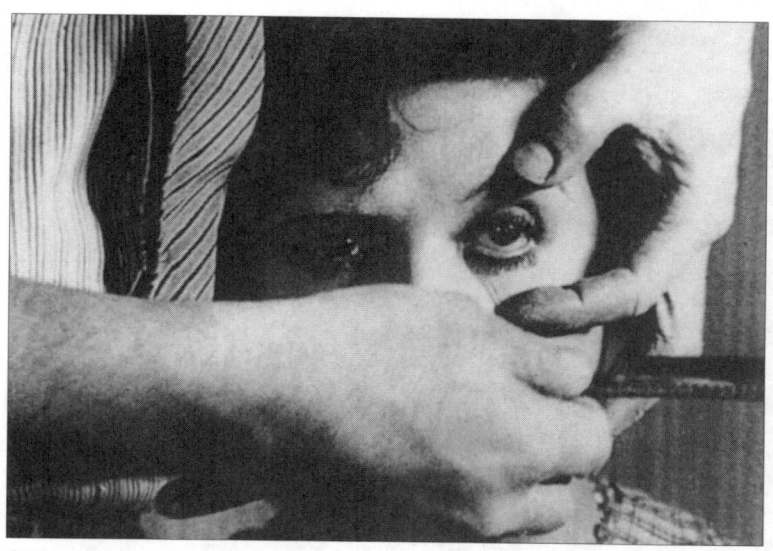

「안달루시아의 개」에서 면도날로 눈알을 베는 이 끔찍한 장면으로 브뉘엘은 초현실주의 작가로 알려진다.

받아 빠리로 가서 그의 조감독이 된 브뉘엘은 장 꼭또와도 작업을 같이 했던 초현실주의 화가 살바도르 달리와 함께 1929년 「안달루시아의 개 (Un Chien andalou)」에서 여자의 눈알을 면도날로 베어내는 끔찍하고도 충격적인 장면을 세상에 보여 준다. 그래서 그는 당시 유럽을 지배하던 예술지상주의적 전위파를 공격하는 새로운 예술영화의 선구자로서, 우선 초현실주의자로 알려진다.

"기억의 집요함"에서 말과 시계를 녹여 버린 살바도르 달리와 이듬해 다시 함께 그가 만든 영화 「황금시대」에서는 감독이 되어 종교를 공격하겠다던 브뉘엘이 소기의 목적을 달성한다. 소가 침실로 들어와 주인 노릇을 하는 이 첫 극영화에서 예수의 모습을 패륜아로 그려내고 십자가를 사막에 버린 브뉘엘은 종교인들과 극우파의 거센 반발을 샀고, 선동자들이 찢어 버린 영사막에다 며칠간 상영을 강행한 다음 압력에 시달리던 극장측에서는 간판을 내리고 말았다.

「황금시대」는 몇십 년 동안 상영 금지를 당했으며, 히틀러의 1934년 뉴른베르크 대집회를 영화로 만든 레니 리펜슈탈(Leni Riefenstahl)의 악명높은 「의지의 승리(Triumph des Willens)」를 편집하는 등, 그는 한참 동안 잊혀진 존재로서 '남의 심부름'을 주로 하던 시대로 접어든다. 빠리의 파라마운트사에서, 뉴요크의 현대미술관에서, 헐리우드의 워너 브라더스사에서, 자질구레한 일을 하던 그는 1947년 멕시코로 가서 60년까지 '망명' 감독으로 활동하는 제3기를 맞는다.

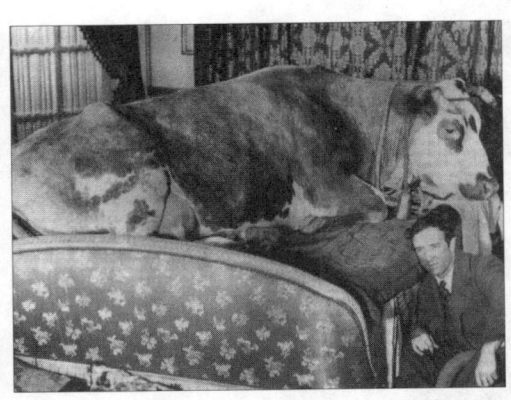

감독이 되어 종교를 공격하겠다던 루이스 브뉘엘은 「황금시대」에서 소기의 목적을 달성하지만, 종교계의 극렬한 반발로 그는 본격적인 예술활동을 중단하지 않으면 안 되었다.

그는 에밀리 브론테 원작 「폭

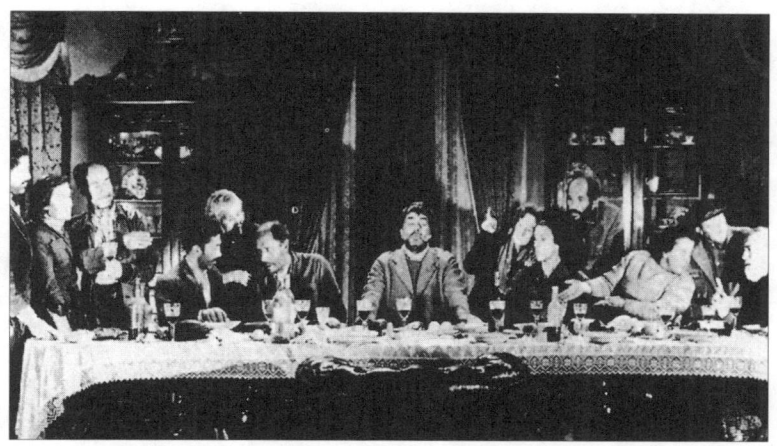

레오나르도 다 빈치의 유명한 그림 "최후의 만찬"을 희작(戱作)화한 이 장면에서처럼, 「비리디아나」에서 브뉘엘은 중산층의 도덕성뿐 아니라 종교를 맹공격하여, 모처럼 재개한 예술활동이 다시 기성세대로부터 저지를 당한다.

풍의 언덕」과 「로빈슨 크루소의 모험」처럼 "마음에 들지 않는 원작을 가지고 마음에 드는 무엇을 만들어내는" 작업을 계속하다가, 1961년 겨우 에스파냐로 돌아가 「비리디아나」를 만들 기회를 얻는다. 갓 수녀가 된 비리디아나가 수녀원장의 강요로 못된 친척을 찾아갔다가 몸을 버린다는 내용이 담긴 「비리디아나」는 깐느에서 대상을 받기는 하지만, 교회가 인간의 영혼을 망가뜨린다는 주제 때문에 에스파냐에서는 당장 상영 금지 조처가 내려졌다.

'이단(異端)'은 어느 시대 어디에서이거나 간에 핍박을 받고 시련을 당한다. 예술에서도 우리는, 새로운 지평을 열었던 수많은 화가들의 경우처럼, 기성세대의 가치관으로부터 공격을 받고, 이해력이 부족한 대중으로부터 비난과 모욕을 당하고, 좌절 속에 사라지는 이단아들을 만나기도 한다.

그러나, 영화 「마천루」의 주인공 하워드 로아크처럼, 명장(名匠)은 극복한다. 신념이 강한 사람은 싸워 이겨서 대가(大家)를 이룬다.

루이스 브뉘엘이 바로 그런 예술가였다.

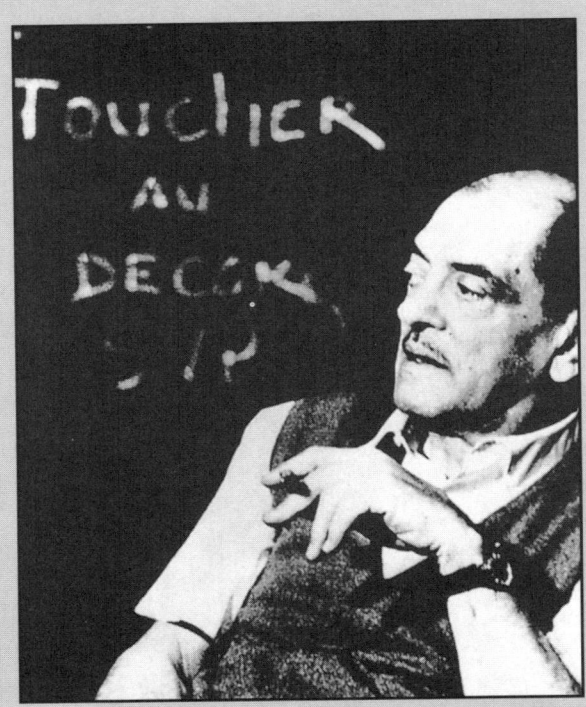

루이스 브뉘엘은 에스파냐, 프랑스, 멕시코를 떠돌며 무너졌다가 다시 솟아오르는 과정을 되풀이한다.

수난의 흐름

25년 동안이나 외국에서 떠돌이 생활을 했던 루이스 브뉘엘은 고향의 정서를 제대로 파악하지 못했던 탓에, 예술 작품으로서는 더할 나위 없는 걸작을 만들어 놓고도 미움을 받아야 했지만, 그래도 유럽으로 돌아간 그는 수난 속에서도 자신만의 세계를 변함없이 지켜나가며, 1960년대 중반부터 예술가로서의 절정기에 들어선다.

「트리스따나」는 바로 이때 만든 작품들 가운데 하나이다.

「트리스따나」는 자연주의 문학으로부터 영향을 받아 대작을 많이 쓰고 생전에 많은 인기를 누렸지만 1920년대부터 경멸의 대상이 되어 버린 베니또 뻬레즈 갈도스(Benito Pérez Galdós, 1843~1920)의 소설이 원작이다. 그래서인지 「트리스따나」는 에밀 졸라 원작인 영화 「목로주점」이나 「여우 나나」의 분위기와 어딘가 흡사하다는 느낌을 주기도 한다. 갈도스는 그리스도의 가르침을 진지하게 해석하려고 노력하는 거룩한 성직자와 위선적인 농부들의 관계를 무자비할 만큼 음울하게 파헤친 그의 소설 『나자린』을 브뉘엘이 멕시코 시절에 영화로 만든 이후에 재발견 과정을 거쳐 지금은 쎄르반테스 이래 최고의 작가라는 소리를 듣게 되었다. 브뉘엘은 그를 도스또예프스끼나 발자크만큼 위대한 작가라고 주장했다.

「나자린」을 만든 다음 브뉘엘은 에스파냐 사람들이 "나를 동정하고 옹호하려는 마음에서 처음 이틀 동안은 손님이 들겠지만, 사흘째는 아무도 영화를 보러 가지 않으리라"고 했는데, 이유야 어쨌든 그는 조국에서 끝내 환영을 받지 못했고, 「트리스따나」도 비슷한 운명을 맞았다.

왜 하필이면 80쪽밖에 되지 않는 중편소설 「트리스따나」를 영화로 만들려고 하느냐는 질문을 1965년에 받은 브뉘엘은 "원작이 무슨 상관인가? 나는 내가 좋아하는 주제인 종교와 성을 가지고 일할 따름이다"라고 대답했다. 그리스도의 생애를 가지고 붓다에 관한 영화도 만들 자신이 있다고 말한 브뉘엘은 이른바 "원작에 충실한" 작품을 만드는 감독이 아니라, 종교와 성을 이어주는 그의 주제를 전달하기 위한 수단으로서만 원작을 동원한다.

어머니를 잃고 혼자 남은 처녀 트리스따나의 후견인이 되어 아버지 노릇을 한답시고 집에 데려다 놓고는 근친상간을 범하는 노인 돈 로뻬

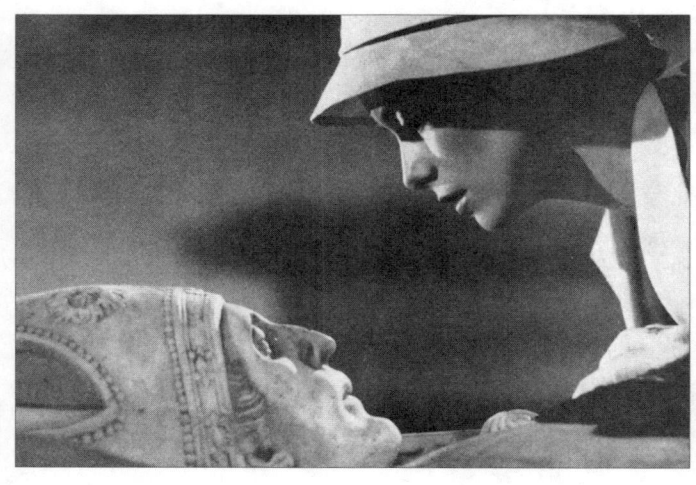

브뉘엘은 "원작이 무슨 상관인가? 나는 내가 좋아하는 주제인 종교와 성을 가지고 일할 따름이다"라고 선언하고는 「트리스따나」를 만들었다.

(Don Lope)는 무신론자이고 진취적인 인물인 체하지만, 19세기 부르주아지의 사회적인 특권과 습성을 그대로 따르는 봉건적인 남자이다. 「어느 하녀의 일기」나 마찬가지로 원작은 19세기가 시대적인 배경이지만, 영화에서는 20세기 초로 '현대화'하기는 했어도 브뉘엘의 영화가 역사성을 지니는 까닭은, 등장인물이나 줄거리에 나타나는 "과거로부터의 연속성"이라는 이런 속성 때문이다.

종교라는 오랜 전통의 역사성, 현재 속에 녹아내린 전통적 과거의 역사성, 유럽의 전통과 사상이라는 역사성이 그의 영화에서는 종교의 그림자 못지않게 돌출적이다. 1965년 1월 마드리드에서 후안 꼬보스(Juan Cobos)와 인터뷰를 하며 그가 한 말을 새겨 보면 작가 브뉘엘의 역사성은 분명해진다.

"요즈음의 젊은이들은 전통으로부터의 탈피 때문에 죄없는 피해자가 됩니다. 지나간 여러 세대와 연결해 주는 탯줄을 잘라 버렸기 때문에 그들은 모든 것을 처음부터 다시 새롭게 만들어내야 하는데—일탈(nonconformation) 역시 그들이 새로 만들어내야 합니다."

전통이라는 역사성에 얹힌 종교와 성 못지않게 브뉘엘의 집요한 시선을 받는 대상은 물론 부르주아지라는 사회 계층이고, 「트리스따나」에서는 돈 로뻬라는 인물이 부르주아의 화신이다. 연금만으로 빠듯한 생활을 하는 처지여서 트리스따나에게 검은 상복 대신 입힐 새 옷을 사주기 위해 그림과 은식기 따위 집안 물건을 내다 팔면서도 체면을 지키려고 악착같이 위선을 부리고, "그래봤자 털 빠진 수탉"이라는 소리까지 들어가면서도 정성껏 수염을 가꾸고, 명예를 지키기 위해서 걸핏하면 결투를 신청하다가 트리스따나와 사랑하는 사이가 된 젊은 화가 호라치오(Horacio)에게 뺨을 맞고 벌러덩 길바닥에 자빠지는 장면에서는 무너지는 역사가 보이기도 한다.

젊은 남자를 만나기 시작하면서, 아버지이기도 하고 남편이기도 한

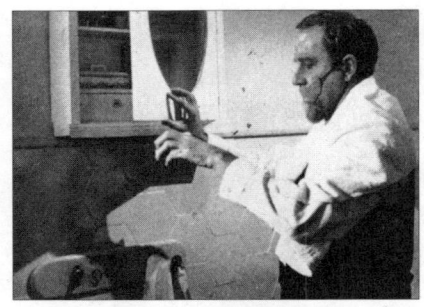

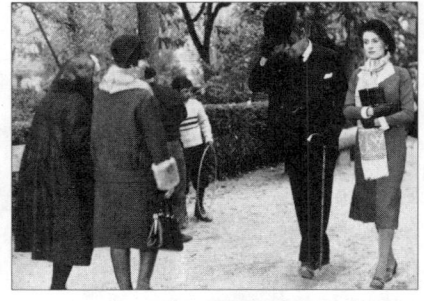

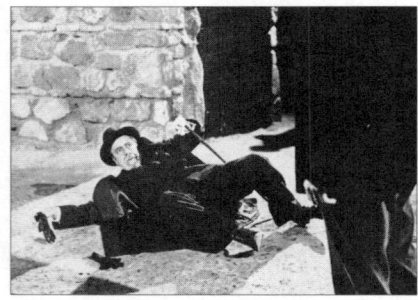

「트리스따나」에서 부르주아지의 상징인 돈 로뻬(Don Lope, Fernando Rey)는 수염에 대단한 정성을 들이고 (위), 양녀 트리스따나(Tristana, Catherine Deneuve)를 정부로 삼으면서도 거리에 나서면 위선적인 '양반' 노릇을 하지만(가운데), 결국 트리스따나를 사랑하는 젊은 화가 호라치오(Horacio, Franco Nero)에게 뺨을 맞고는 길바닥에 벌렁 나가 떨어진다.

아저씨의 늙은 모습을 점점 더 추하게 느끼는 여주인공은, 수치심이 증오로 바뀌면서, 질투와 반발이 서로 상승 작용을 일으키던 끝에 반란을 시작하고, 젊은 연인들은 노인의 감시를 피해 도망친다. 하지만 무릎 종양에 걸린 트리스따나는 경제적으로 무력한 젊은 화가를 버리고 이제는 누나의 유산을 받아 부자가 된 "늙은 치한"에게로 돌아가 한 쪽 다리를 잘라 버린 다음 결혼까지 한다.

"그 나이에 설마 뭘 하겠어요?"라며 첫날밤을 냉담하게 따로 지내고, 그리고는 피아노를 사 주고 온갖 정성을 기울이는 노인을 점점 더 미워하다가, 쇠약해진 노인을 트리스따나는 간접 살인을 하기에 이른다. 세상에서는 아무도 동정할 가치가 없으며, 악은 스스로 물러나지 않기 때문에 우리가 적극적으로 제거해야 한다는 브뉘엘의 신념이 행동으로 실현되는 종결이다.

성도착적인 취향과 예술적 재현의 경계선이 어디쯤인지 판단하는 데 어려움을 느끼는 사람들, 그러니까 영화를 '공부'하지 않고 그냥 '구경'만 하는 사람들 사이에 우리나라에서 가장 널리 알려진 브뉘엘의 영화는 아마도, "외설적인 구경거리"로 잘못 분류되기 쉬운 「세브리느」이리라고 생각된다.

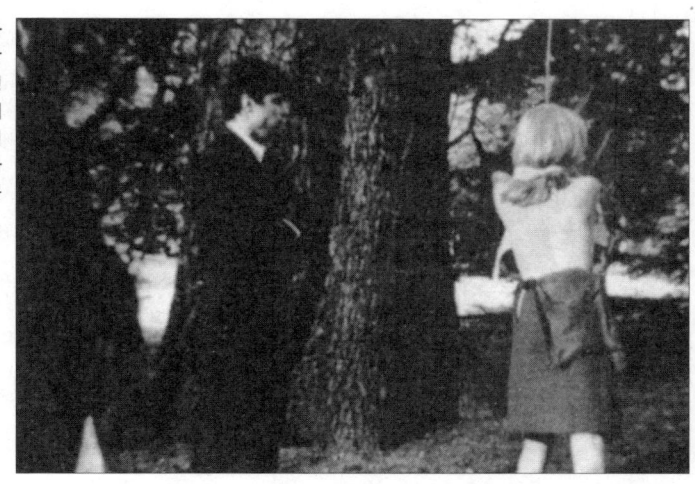

도입부에서 길을 가다가 나무에 묶여 성폭행을 당하는 이 장면처럼, 외설영화로 오해받기 쉬웠던 「세브리느」가 비평가들로부터 좋은 반응을 얻지 못하자 브뉘엘은 더 이상 영화를 만들지 않겠다고 선언한다.

"내가 의도하지 않았던 속성이나 내용과 나를 연결시키는 행위가 못마땅하다"고 천명한 브뉘엘이 프랑스 심리소설(roman psychologique)의 전통을 따른 케셀(Joseph Kessel)의 1929년 소설을 원작으로 삼아서 만든 영화 「세브리느」는 많은 비평가들에게 충격과 실망을 안겨 주었지만, 흥행에서는 크게 성공했고, 의도하지 않은 결과를 받아들이기가 싫어서였는지, 브뉘엘은 "에스파냐이건 프랑스이건 세계 어디에서이건, 다시는 영화를 만들지 않겠다"고 선언까지 했었다.

젊고 아름다운 부르주아 여성인 세브리느(Séverine Sérizy)는 젊고 미남인 의사 삐에르를 진심으로 사랑하지만, 겨우 1년 된 신혼생활이 즐겁지를 못하다. 인위적으로 세련되고 고상한 생활, 얌전한 성생활이 그녀가 느끼는 별로 격렬하지 않은 불행과 욕구불만의 원인이라는 사실은, 영화의 도입부에서 마차를 타고 가다가 남편이 자행하는 공격적이고 가학적인 행위가 사실은 여주인공이 마음속으로 은근히 바라는 피가학적 환상이라는 사실에서 일찌감치 관객에게 제시된다.

이렇게 다른 남자와 함께 학대와 관능의 잔치를 벌이고 싶었던 세브리느는 화면에 등장조차 하지 않는 친구(앙리에뜨)가 취미삼아 창녀 노롯을 한다는 사실을 알고는 그 상황을 곰곰이 음미한다. 그리고는 남편의 친구 위쏭(Husson)에게서 주소를 알아낸, "오페라 극장에서만큼이나 재미있는," 유곽으로 찾아가 취직을 한다. 유부녀가 가장 한가한 때인 오후 2시부터 5시까지의 낮 시간에 창녀로 일하면서 도착적인 쾌락을 즐기고 나서, 남편이 퇴근할 시간에는 집으로 돌아가 "돈이 많아 무위도식하는" 부유층 가정주부로서의 의무를 계속하기 위해서이다. 영화의 원제(Belle de Jour)는 낮에 피었다가 밤에 지는 '메꽃(영어로는 moonflower)'이라는 뜻이지만, 근본적인 의미는 "낮의 여인," 그러니까 "낮걸이 아가씨"라는 말이다.

희곡으로 각색(Philippe Hériat, 1936)이 되었어도 16 개의 극장과 여

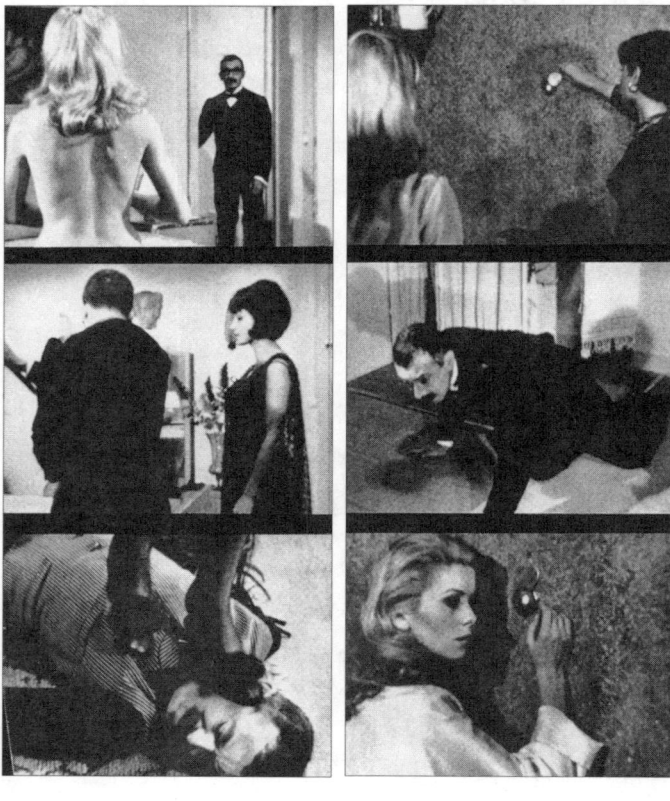

암전한 가정주부가 낮에는 몰래 창녀 노릇을 해서, 다분히 변태적인 성생활을 즐긴다는 도발적인 내용의 「세브리느」는 마지막 장면에서 이루어지는 반전이 애거타 크리스티의 「검찰측 증인」을 방불케 한다.

배우들이 모두 공연과 출연을 거절하는 바람에 끝내 무대에 오르지는 못했던 원작에서는, 정신적으로 남편을 사랑하고 육체적으로는 다른 남자를 사랑한다는 식으로 애정과 관능을 분리시키는 장치가 설득력이 있지만, 영화는 물론 브뉘엘의 전형적인 해석을 거쳐 보다 사설(私說)적으로 전개된다.

상아로 조각한 듯 우아하고 아름다운 23살의 세브리느는, 비밀 구멍으로 견학까지 하면서, 사탕공장 사장 아돌프와 언어가 통하지 않는 일본인을 포함한 여러 남자로부터 다양한 경험을 거치다가, 볼리비아 폭력배의 졸개인 마르쎌과 가까운 사이가 되고, 헌신적인 사랑에 빠진 마르쎌은 '낮의 꽃'을 독점하려고 집으로 찾아가 남편을 총으로 쏘아 실어증 환자에 바퀴의자를 타는 불구자로 만들어 놓는다.

그리고 불구자가 된 남편 삐에르가 바퀴의자에서 멀쩡하게 일어나는 순간, 지금까지의 복잡하고 정신없는 줄거리를 몇 초 사이에 뒤엎어 버리는 반전의 종결을 보고, 도대체 브뉘엘의 영화가 무슨 얘기를 하는지 신경을 곤두세우며 한 시간 이상을 버틴 관객은 경탄해야 할지 웃어야 할지, 아니면 화를 내야 할지 난처해진다. 영화보기와 영화읽기의 차이가 지나치게 크기 때문이다.

홧김에 했던 선언과는 달리 「세브리느」 이후에도 브뉘엘은 계속해서 영화를 만들었다. 그리고 평생 그가 발표한 가운데 세계적인 관심을 끌었던 작품으로는 멕시코 빈민가의 청소년 범죄를 다루면서 초현실적인 꿈 장면이 여럿 삽입된 「버려진 아이들」, 음욕스러운 고아와 그녀를 구해 준 가족의 관계를 그린 「악마와 육체」, 욕정적인 마님과 주인에게 속아 앞장서서 불법으로 소작인들을 몰아내던 와중에 실수로 죽인 남자의 딸과 사랑하게 된다는 「야수」, 두 명의 뜨내기 노동자가 폐차하러 가는 전차를 훔쳐 타고 잡다한 사람들과 모험을 벌이는 우화적인 영화 「환상적인 전차 여행」, 소년시절에 가정교사의 죽음을 목격한 다음 살인과 죽음에 매혹되는 심리극 「아치발도 드 라 크루즈의 범죄적인 생」, 창녀와 광부와 성직자를 포함한 일행이 전제국가로부터 남 아메리카의 밀림 속으로 도망치면서 벌어지는 상황을 담은 「다이아몬드 사냥」, 외딴 섬에서 욕정의 삼각관계가 이루어지는 「젊은 여인」, 우아한 만찬에 초대받은 손님들이 자리를 뜨지 못하고 굶어죽는 「죽음의 천사」, 하나님과 더 가까운 곳에서 대화를 나누기 위해 기둥 꼭대기에 올라앉은 털보 고행자 「사막의 시몬」, 프랑스를 순례하는 두 남자를 내세워 브뉘엘의 장난기와 우화 그리고 초현실주의적인 환상으로 걸작을 엮은 「은하수」, 「죽음의 천사」 그리고 「부르주아의 은밀한 매력」에서나 마찬가지로 만찬이라는 상황을 벌여 놓고 먹는 행위의 공개성과 배변(排便) 행위의 은밀함을 뒤집어 놓는가 하면 멀쩡히 옆에 있는 젊은 여자가 사라졌다고 소동을 벌이는 몽롱한 꿈 같은 희극 「자유의 환영(幻影)」이 널리 알려졌다.

젊은 시절에는 싸구려 술을 마시고 잔뜩 취해 성당으로 들어가 토하는 괴벽이 있었던 브뉘엘은 부유한 성도착자가 젊은 하녀에게서 즐거운 고통을 받는다는 내용의 삐에르 루위(Pierre Louys) 소설(『La

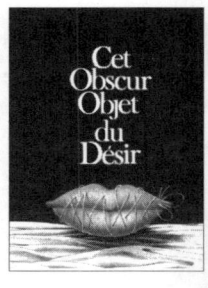

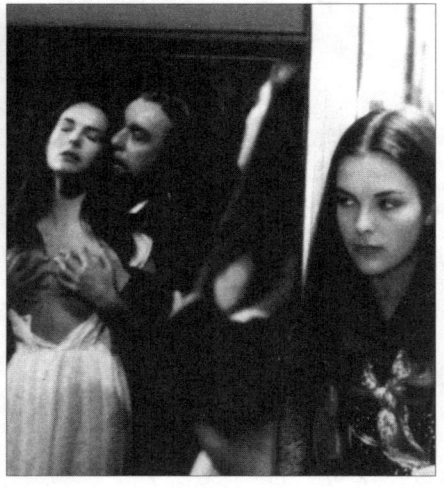

그의 마지막 작품 「욕망의 모호한 대상」에 이르기까지 루이스 브뉘엘의 모든 영화를 조합하면 한 편의 일관된 작품이 엮어질 듯싶다. 아래는 프랑스에서 제작한 포스터

Femme et le Pautin』)을 영화로 만든 그의 마지막 작품 「욕망의 모호한 대상」에서도 '2인 1역'을 시도하는 등 실험을 멈추지 않는다.

83세의 나이에 그의 문화적 망명지인 멕시코에서 세상을 떠나기 직전에 브뉘엘이 완성한 30 번째 장편영화인 「욕망의 모호한 대상」에서는 돈 많고 세련된 사업가 마띠유가 주인공으로 나오는데, "사랑하지 않는 여자라면 절대로 성행위를 하지 않는다"는 평계를 철학으로 삼는 남자이다. 그에게는 "욕망의 모호한 대상"이 그의 하녀였던 꼰치따로서, 술집에서의 재회를 거쳐 은밀한 동거를 시작한다. 그녀는 마띠유를 끊임없이 자극하면서도, "모든 것을 주면 당신은 나를 사랑하지 않을 테니까"라는 평계로 정작 성생활만큼은 거부한다. 그리고 꼰치따에게는 숨겨 놓은 청년이 따로 있다.

돈으로 낮을 지배하는 늙은 남자와 아슬아슬한 성적인 유혹으로 밤을 지배하는 젊은 여자가 심리적 곡예를 부리는 이 최후의 작품에서도 루이스 브뉘엘은 그의 모든 작품을 관통하는 일관성을 잃지 않는다. 주제와 표현양식, 종교와 성과 부르주아지에 대한 시각에서 그는 분명히 하나의 섬을 이룬다. 따라서 그는 혼자만 살아가는 섬의 주인이다.

브뉘엘 혼자만의 세계는 하나의 숨쉬는 생명체이며, 정체성이 분명한 유기적 존재이다. 그래서 그의 모든 작품을 조합하면 단 한 편의 영화가 될 것만 같다.

찾아보기 ●--

▌「트리스따나(Tristana, 1970, 프랑스-에스파냐, 98분, 유럽판 105분)」, 감/Luis Buñel, 출/Catherine Deneuve, Fernando Rey, Franco Nero, Jesus Fernandez, Lola Gaos, Vincent Solder

▌「나자린(Nazarin, 1958, 멕시코, 92분)」, 감/Luis Buñel, 출/Francisco Rabal, Rita

Macedo, Marga Lopez, Ignacio Lopez Tarso, Ofelia Guilmain

▌「세브리느(Belle de Jour, 1967, 프랑스-이탈리아, 100분)」, 감/Luis Buñel, 출 /Catherine Deneuve, Jean Sorel, Michel Piccoli, Genevieve Page, Francisco Rabal, Pierre Clementi, George Marchal, Françoise Fabian

▌「버려진 아이들(Los Olvidados, 영어 제목 The Young and the Damned 또는 The Forgotten, 1950, 멕시코, 88분)」, 감/Luis Buñel, 출/Alfonso Mejia, Roberto Cobo, Stella Inda, Miguel Inclan

▌「악마와 육체(Demonio y carne, 영어 제목 Susana, 1951, 멕시코, 82분)」, 감/Luis Buñel, 출/Rosita Quintana, Fernando Soler, Victor Manuel Mendoza, Matilde Palou

▌「야수(El Bruto, 영어 제목 The Brute, 1952, 멕시코, 83분)」, 감/Luis Buñel, 출 /Pedro Amendariz, Katy Jurado, Andres Solder, Rosita Arenas

▌「환상적인 전차 여행(La ilusión viaja en tranvia, 영어 제목 Illusion Travels by Streetcar, 1953, 멕시코, 90분)」, 감/Luis Buñel, 출/Lilia Prado, Carlos Navarro, Domingo Soler, Fernando Soto, Agustin Isunza

▌「아치발도 드 라 크루즈의 범죄적인 생(La Vida Criminal de Archibaldo de La Cruz, 영어 제목 The Criminal Life of Archibaldo de la Cruz, 1955, 멕시코 91 분)」, 감/Luis Buñel, 출/Ernesto Alonso, Miroslava Stern, Rita Macedo, Ariadna Welter, Rodolfo Landa, Andrea Palma

▌「다이아몬드 사냥(La muerte en este jardin, 프랑스 제목 La Mort en ce Jardin, 영어 제목 Evil Eden 또는 Gian, 1956, 프랑스-멕시코, 92분)」, 감/Luis Buñel, 출 /Simone Signoret, Georges Marchal, Charles Vanel, Michele Girardon, Michel Piccoli, Tito Junco

▌「젊은 여인(La Joven, 프랑스어 제목 La Jeune Fille, 영어 제목 The Young One, 1961, 멕시코, 96분)」, 감/Luis Buñel, 출/Zachary Scott, Bernie Hamilton, Key Meersman, Graham Denton, Claudio Brook

▌「죽음의 천사(El ángel e exterminador, 영어 제목 The Exterminating Angel, 1962, 멕시코, 95분)」, 감/Luis Buñel, 출/Silvia Pinal, Enrique Rambal, Jacqueline Andere, Jose Baviera, Augusto Benedico

▌「사막의 시몬(Simón del desierto, 영어 제목 Simon of the Desert, 1965, 멕시코, 45분)」, 감/Luis Buñel, 출/Claudio Brook, Silvia Pinal, Hortensia Santovena, Enrique Alvarez Felix

▌「은하수(La Voie lactée La via lattea, 영어 제목 The Milky Way, 1969, 프랑스, 102분)」, 감/Luis Buñel, 출/Paul Frankeur, Laurent Terzieff, Alain Cuny, Bernard Verley, Michel Piccoli, Pierre Clementi, Georges Marchal

▌「자유의 환영(Le Fantôme de la liberté, 영어 제목 The Phantom of Liberty, 1974, 프랑스, 104분)」, 감/Luis Buñel, 출/Jean-Claude Brialy, Adolfo Celi, Michel Piccoli, Monica Vitti

▌「욕망의 모호한 대상(Cet obscur objet du désir, 영어 제목 That Obscure Object of Desire, 1977, 프랑스-에스파냐, 103분)」, 감/Luis Buñel, 출/Fernando Rey, Carole Bouquet, Angela Molina, Julien Bertheau, Andre Weber

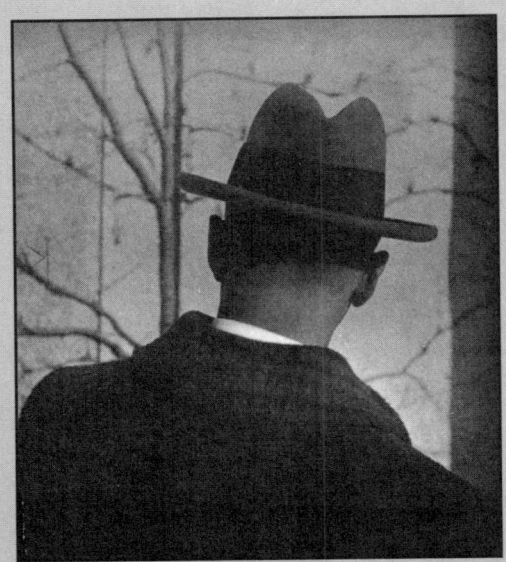

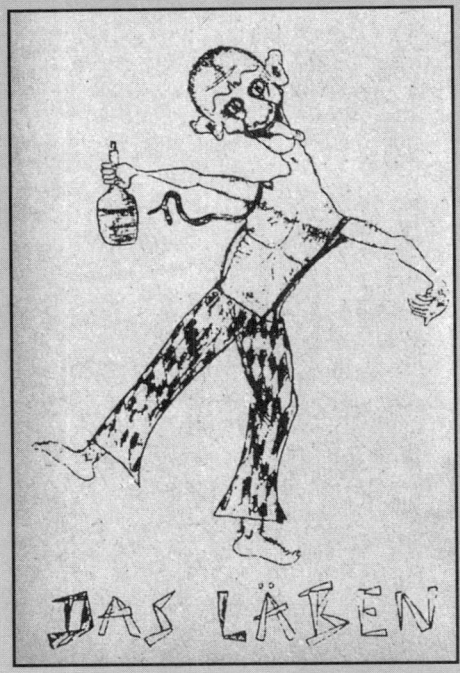

철학과 문학의 나라 도이칠란트에서 히틀러라는 통치자가 등
장하여 분서(焚書)까지 자행하자, 조국을 등지고 떠나야 했던
토마스 만은 위대한 하나의 문학 세계를 창조해낸 인물이었다.
그래서 그는 가장 영상화가 많이 된 독일 작가에 속한다. 사진
은 토마스 만의 "등진" 뒷모습과 서명. 그림은 그가 쓴 동화책
(『Bilderbuch fürKinder, 1987)』에 토마스 만이 그린 삽화

독일어권의 문예물

　어떤 한 사람의 주인공을 내세워 그 인물이 인간적으로 발전해 나가는 과정을 그려 나가는 일종의 성장소설로서 독일 문학의 한 유형인 '교양소설(또는 발전소설, Bildungsroman 또는 Entwicklungsroman, 영어로는 novel of development 또는 novel of education)' 가운데 토마스 만(Thomas Mann, 1875~1955)의 기념비적 대표작인 『마(魔)의 산(Der Zauberberg, 1924, 영어 The Magic Mountain)』을 보면 다분히 브뉘엘적인 상황이 등장한다.

　스위스 알프스의 폐결핵 요양소를 찾아간 24살의 젊은 주인공 한스 카스트로프(Hans Castrop)에게 정신적으로 영향을 끼치는 두 등장인물 세템브리니(Settembrini)와 나프타(Naphta)는 지성적인 토론을 벌이다가 격해진 나머지 결투를 벌이고, 한 사람은 허공에 총을 쏘는가 하면 다른 한 사람은 자신의 머리를 쏴서 죽어 버리는 상황이 그것이다. 작가 자신은 '개안소설(開眼小說)'이라고 지칭한 『마의 산』에서는 또한 한스가 눈 속에서 길을 잃고 헤매다가 두 명의 노파가 어린아이를 갈기

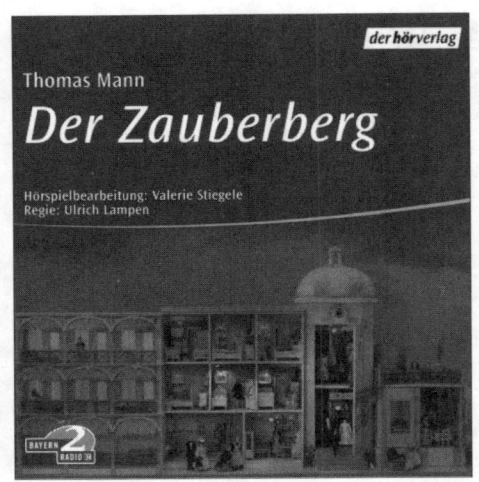

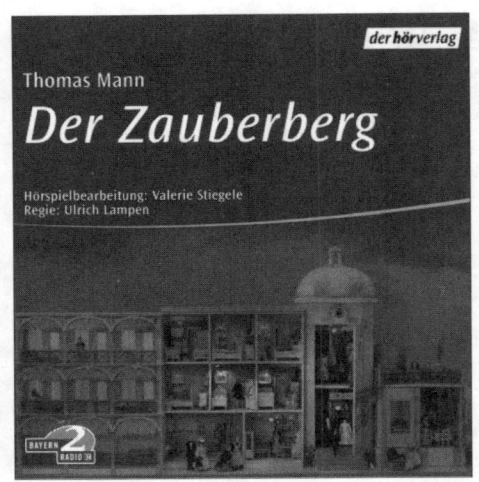

갈기 찢어 먹는 환상도 본다.

그러나 물론 토마스 만은 초현실주의 작가가 아니고, 두드러지게 독일적이며 바그너적인 시각의 소유자이며, 시간의 힘이나 마찬가지로 망각을 가져다 주는 공간의 힘으로부터 지배를 받는 '마의 산'은 철학과 음악과 문학에서 세계적인 문화국임을 자랑하는 독일이 원시적인 전쟁의 야만성으로 인해서 정신적 갈등과 파탄을 거치며 황폐화

토마스 만의 대작 「마의 산」에는 브뉘엘적인 상황들이 가끔 곁들인다. 사진은 카세트로 출간된 "읽어 주는 책" 「마의 산」

하고 파괴되는 역사적 현상을 펼쳐 보이는 상징적인 터전이다. 우리나라에는 텔레비전 연속물로 소개되기도 했던 『마의 산』에서는 정신적인 신비성은커녕, 등장인물이 식욕을 잃을 만큼 질병에 관한 과학적인 서술이 넘쳐나고, 어느 의사는 한스에게 "눈물이란 점액과 단백질로 구성된 소금 성분에 지나지 않는다"는 설명까지도 서슴지 않는다.

『마의 산』이나 마찬가지로 산 속의 요양소를 배경으로 삼아서 전개되는 만의 단편소설을 독일의 ZDF 텔레비전 방송에서 영화로 만든 「트리스탄(Tristan, 115분, 감/Herbert Ballmann, 출/Theo Lingen, Rosemarie Fendel, Robert Raegele, Bruni Löbel, Claudia Butenuth, Eva-Ingeborg Scholtz)」은 부르주아의 단순하고 무료한 삶을 그리는데, 산중 설경과 바그너의 「트리스탄과 이졸데」 속에서 피아노 연주와 거실에서의 대화와 눈싸움과 답답한 분위기가 한없이 이어진다. 만의 또 다른 걸작 단편 "환멸"이 생각나기도 한다.

훗날(1929년) 노벨 문학상을 받게 되는 독일 작가 토마스 만은 히틀러에게 분서(焚書)를 당했으며 결국 미국으로 망명하는데, 「토니오 크뢰거」처럼 독일어 판이 아니고서는 접하기가 어려운 그의 영상 작품들에 관해서는 『헐리우드 키드의 20세기 영화 그리고 문학과 역사』를 끝낸 다음 이어서 나오게 될 『헐리우드 키드의 20세기 영화 그리고 현대소설과 고전』에서 프란츠 카프카 같은 작가들과 더불어 본격적으로 다루기로 하겠으며, 여기에서는 영어로나마 감상이 가능한 토마스 만 영화 그리고 독일어권과 북구권 다른 작가들의 작품을 원작으로 삼은 영화를 살펴보기로 하자.

만의 미완성 작품을 영화로 만든 「사기꾼 펠릭스 크룰의 고백 (Bekenntnisse des Hochstaplers Felix Krull, 1954, 영어 제목 Confessions of Felix Krull: Confidence Man, 1955)」은 원작이 '악한(picaresque)소설'의 범주에 들어간다. 매력적이고 젊기는 하지만 도덕적인 의식이 전혀 없

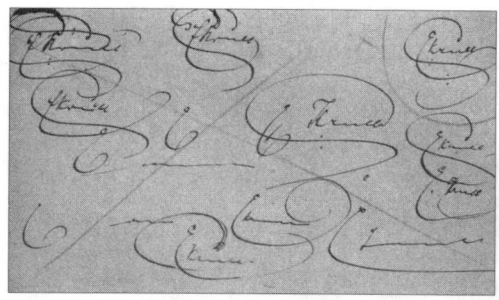

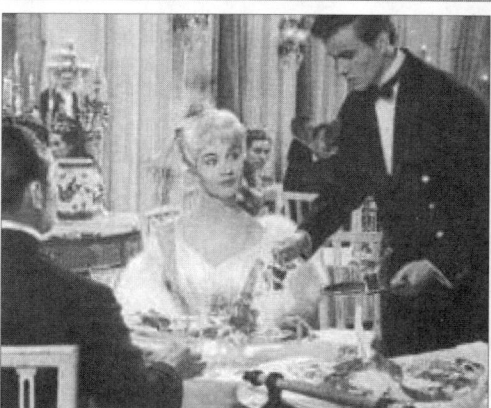

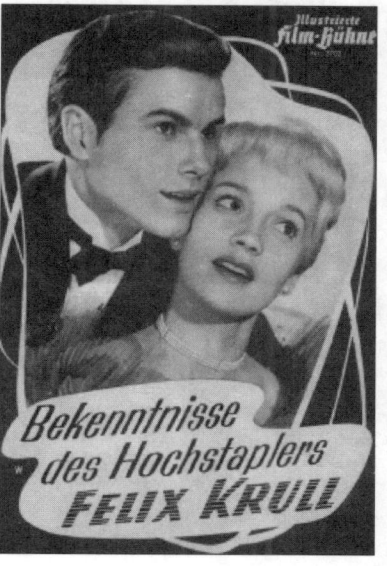

토마스 만의 『사기꾼 펠릭스 크룰의 고백』에서는 주인공이 자신은 "예술가와 배우의 중간쯤"되는 인물이라고 믿는다. 왼쪽 위 그림은 남의 서명을 날조하는 주인공의 가짜 서명을 토마스 만이 연습해 본 것이고, 아래는 독일 영화의 한 장면과 포스터

는 크룰은 병역을 기피하고 빠리의 호텔에서 일자리를 얻어 출세에 눈독을 들이면서 정사와 범죄의 줄타기를 하다가 결국은 감옥에 가서 고백록을 쓴다. 크룰은 자신이 악인이거나 죄인이라고 생각하지를 않고, 예술가와 배우의 중간쯤이라고 믿는데, 너도나도 자신이 '예술가(아티스트)'임을 주장하는 바람에 요즈음에는 사기꾼(charlatan)까지도 영어로 '아티스트(con artist)'라는 소리를 듣게 될 세상을 미리 보여 준 예고편 같기도 하다.

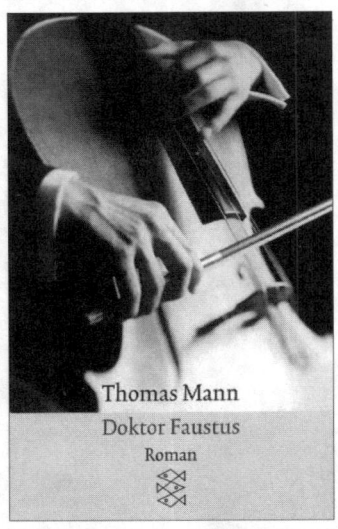

「독토르 파우스투스」는 한 음악가의 비극적인 생애를 통해 제2차 세계대전을 거치며 몰락하는 독일의 모습도 담았다. 사진은 소설의 표지. 그림은 작가의 육필 원고

「독토르 파우스투스」는 토마스 만이 1947년에 발표한 소설이 원작으로서, 주인공인 음악가 아드리안 레베르퀸(Adrian Leverkühn)의 강렬하고도 비극적인 생애를 통해 제2차 세계대전을 거치며 독일이 겪는 몰락의 과정을 대비시켜 보여 준다. 레베르퀸의 음악에 담긴 힘, 즉 항상 파괴의 잠재성을 지닌 악마의 힘을 확대해서 보면 나찌 사상의 원동력이기도 하다는 소설의 주제를 시각적으로 드러내기 위해 영화에서는 꼭두각시극의 붉은 악마와 파우스트가 흥정을 벌이는 장면으로부터 시작하여 제2차 세계대전의 흑백 기록영화를 중첩시키고, 다시 바이얼린의 떨림소리에 따라 움직이는 모래의 무늬를 보여 주는가 하면, 주인공이 인생과 예술을 살아나가는 '줄거리' 사이사이에도 계속해서 전쟁 기록의 영상이 삽입된다.

작가 만은 격렬한 파우스트적인 충동과 추진력은 집중적이고 예술적인 천재성의 통제를 받지 못하면 자칫 비인간적이고 파괴적인 타락으로 나타날지도 모른다는 암시를 한 다. 예술가는 고립된 세계에서 혼자 살아가면서도 세속적인 가치관과의 타협도 필요하다는 「토니오 크뢰 거」에서의 주제를 반복하는 「독토 르 파우스투스」에서는 참혹한 죽음 과 파괴의 역사를 기록한 흑백 장면 과 (예를 들어 갖가지 희한한 모자를 쓴 사람들의 무도회 장면처럼) 끌레

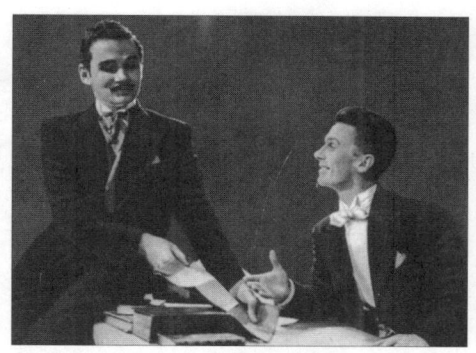

말로우의 희곡을 현대 의상으로 공연한 영국의 「닥터 파우스투스」. 우리나라에서 「파우스트」라는 제목으로 출시된 영화와 같은 내용이다.

(Paul Klee)의 그림을 연상시키는 경쾌한 색채의 대비가 볼 만하고, 라이프찌히에서 사라예보까지 찾아가서 만난 아름다운 창녀와의 황홀한 시간 다음에 찾아온 더러운 질병(매독)의 후유증이라는 인생의 대비 또한 개운치 않은 현실의 뒷맛처럼 씁쓸하다.

악마에게 영혼을 팔아먹는 파우스트 주제로 16세기에 크리스토퍼 말로우(Christopher Marlowe)가 쓴 희곡 『닥터 파우스투스』도 나왔으며, 이 작품을 원작으로 삼은 리처드 버튼의 영화가 우리나라에서는 「파우스트」라는 제목으로 출시되었다.

쇼펜하우어와 바그너의 영향을 받았다고 알려진 토마스 만의 첫 장편소설 『부덴브로크 일가』는 독일에서 연속물로 제작되었는데, 북부 독일 상도(商都) 뤼벡의 어느 고루한 가부장적인 집안이 몰락해 가는 과정을 자연주의 기법으로 그려냈다. 「트리스탄」보다는 훨씬 역동적으로 전개되는 텔레비전 영화 「부덴브로크 일가」는 5부로 구성되었으며, 여러 등장인물을 적절히 배치하여 독일 사회 전체의 분위기를 입체적으로 잘 부각시킨다.

근검하게 평생을 살아가며 할아버지가 애써 이룩했으며, 아버지가 잘 지켜낸 집안의 역사에서 몰락이 시작되는 징후가 처음 나타나는 것

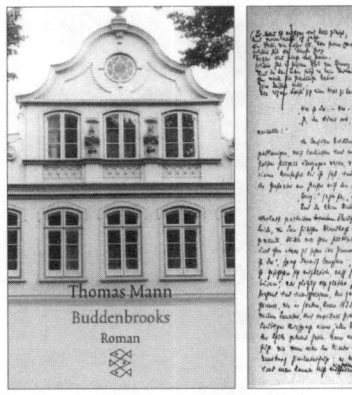
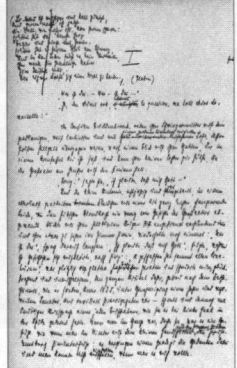
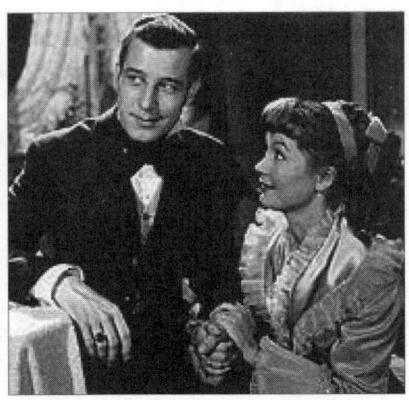

독일의 텔레비전 영화 「부덴브로크 일가」를 보면 루트 로이베리크의 반가운 얼굴을 만나게 된다. 사진은 책의 표지와 토마스 만의 육필 원고와 영화 장면

은 변덕스럽고 목적 의식도 분명하지 않은 딸 토니(Toni)를 통해서이고, 무능한 아들 크리스찬(Christian)은 물론이요, 가업을 물려받은 토마스 또한 퇴폐성을 타고난 인물이기 때문에, 가문을 지탱해 나갈 능력이 없다. 예술과 철학에 심취하며 재산을 지켜내지 못하는 토마스의 아들 한노(Hanno)는 예술과 퇴폐성의 고리를 상징적으로 보여 주는데, 병약한 그는 음악을 좋아하고 창조적인 인생을 열망하지만 15살에 장티푸스로 죽어 집안의 대가 끊어지고 만다.

이 소설은 독일 소설문학에서 워낙 손꼽히는 걸작이기 때문에 텔레비전 판이라도 접한다면 좋은 지적인 경험이 되리라고 생각한다. 더구나 어머니 역을 맡은 루트 로이베리크의 낯익은 모습이 반갑기도 하다. 「사운드 오브 뮤직」의 주인공 트라프 가족에 관한 '원조' 영화 「보리수」와 "심야의 블루스" 트럼페트 연주가 애절한 학창영화 「날이 새면 언제나」 같은 작품으로 1950년대에 한국에서 엄청난 인기를 누렸던 로이베리크는 한국의 수입 영화가 헐리우드 일변도로 바뀌며 잊혀졌고, 같은 시기에 함께 활동했던 마리아 셸과는 달리 주로 통속극에서 주연을 맡았기 때문인지 요즈음 웬만한 영화인명사전에서는 루트 로이베리크의 이름조차 찾아보기 힘들어졌다.

비스꼰띠 감독이 토마스 만의 중편소설을 영화로 만든 「베네치아에서의 죽음」은 인생과 작품을 다같이 절제하며 살아온 아셴바흐(Gustav von Aschenbach)가 심신이 지친 상태로 베네치아 여행을 하면서 자신의 마음속에 숨겨진 신비한 퇴폐성을 발견하기 시작하고는 폴란드인 미소년 따지오(Tadzio)에게서 동성애 짝사랑을 느끼는 과정을 그린다.

그리스 문학과 신화가 은밀하게 여기저기 깔린 이 작품은 어둠 속에서 시커먼 연기를 내뿜는 배에서, 목도리까지 두른 주인공이 춥고 우중충하고 쓸쓸한 바다 풍경을 쳐다보며 영화가 시작된다. 자막과 함께 깔리는 비장한 음악은 구스타브 말러(Gustav Mahler)의 교향곡이고, 아셴바흐 역을 맡은 영국 배우 더크 보가드의 분장도 말러의 모습을 본땄다고 한다.

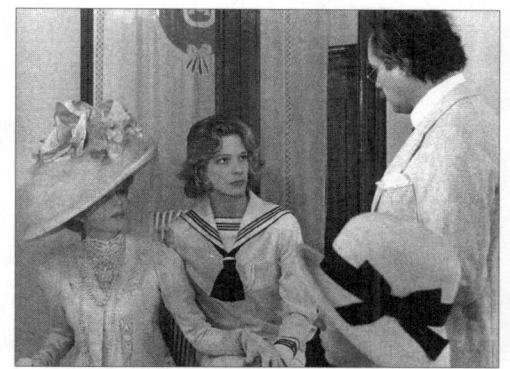

처음에는 영화가 흑백인지 색채인지 분간조차 되지 않을 정도로, 아름답기는커녕 공장지대 같은 인상을 주는 관광지 베네치아에 도착한 아셴바흐의 쓸쓸한 분위기가 계속된다. 그리고는 영화가 진행되는 동안 주인공은 거의 아무하고도 대화를 나누지 않고, 어쩌다 얘기를 할 때는 논쟁이나 언쟁이 대부분이다. 주변에서 다른 사람들이 르누아르의 그림에 나오는 밀짚모자와 의상으로 아

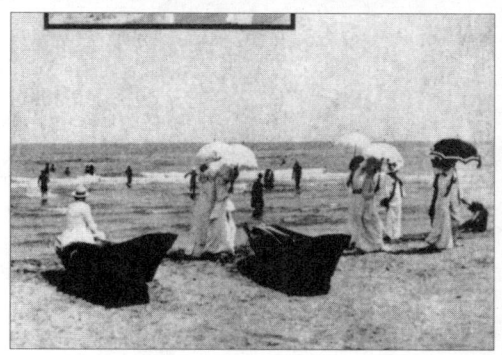

「베네치아에서의 죽음」은 전염병의 위협을 받는 아름다운 바닷가에서 노교수가 미소년 따지오(수병복 차림)에 매혹된다는 동성애적 얘기를 담았다.

름답게 차려입고 주고받는 대화도, 마치 화면 밖 다른 세계에서 이루어
지는 신기루처럼 아셴바흐(관객)에게는 잘 안 들리는 경우가 많고, 그
래서 우리는 노교수가 앙가지망(engagement)이 어렵고, 인생이 답답하
여 매우 심심하게 살아가는 남자임을 알게 된다. 처음부터 끝까지 어디
를 가나, 심지어는 해수욕장에서 딸기를 먹을 때도, 항상 정장을 한 그
의 모습에서 우리는 그런 인상을 거듭거듭 받는다.

하지만 하양이나 검정 수병복(水兵服) 아니면 수영복 차림이 대부분
인 따지오(Björn Andresen)는 항상 가족과 친구들에게 둘러싸여 지낸
다. 따지오는 소설에서처럼 단순한 '미소년'이라는 차원을 지나, 계집
아이처럼 비정상적인 예쁜 사내아이로서, 그를 여자로 삼으려는 여러
남자의 동성애적인 시선을 받는 데도 퍽 익숙한 표정이다. 그렇기 때문
에, 처음에는 멀리서 훔쳐보기에 이어, 생석회를 뿌리고 쓰레기를 태워
야 할 만큼 병들어 죽어가는 뒷골목에서 뒤쫓기(stalking)로까지 이어지
는 아셴바흐의 시선에 대한 그의 반응도, 조심스러운 불안감으로 시작
하여, 건강하지 못한 기다림을 거쳐, 약을 올려서 마주 유혹하고 자극
하려는 듯 말없는 미소로 넘어간다.

처음 베네치아에 도착할 무렵 배 안에서 젊어 보이려고 짙은 화장을
했기 때문에 훨씬 더 추해진 늙은 남자를 보고 역겨움을 느꼈던 아셴바
흐는, 소설에서도 그랬듯이 영화에서도, 나중에는 따지오의 눈에 들기
위해 머리카락뿐 아니라 수염도 염색하고, 입술 화장에 눈 화장, 그리
고 가부끼 배우처럼 창백하게 얼굴을 다듬고 바닷가에 앉아서 소년의
뒷모습을 지켜본다. 황혼 속에 잠겨 모래톱에서 바다로 들어가는 따지
오의 모습을 지켜보던 아셴바흐는 식은땀에 머리 염색이 시커먼 피처
럼 뺨으로 흘러내리면서, 노란 장미를 가슴에 꽂은 채로 숨을 거둔다.

대학에 다니던 시절, 그러니까 토마스 만이나 헤르만 헤세의 문학에
서 학자들도 동성애적인 성향을 아직 지적하지 않았고, 동성애에 관한

공개적인 관심도 겉으로 드러내지 않았던 시절에는, 문학 작품으로서 「베네치아에서의 죽음」을 처음 접했을 때는 젊음에 대한 노교수의 향수적인 비애가 주제로 느껴졌었고, 그래서 모래톱에 선 소년을 늙은 아셴바흐가 지켜보는 장면도 예술적인 조각품을 감상하는 행위처럼 인상적으로 보였는데, 한 세대가 흘러간 다음 같은 작품을 동성애 영화로서 새로운 읽기를 하려니까 과연 영적인 진실은 무엇일까 혼란이 느껴지기도 한다.

실제 생활에서 아셴바흐의 완벽주의를 연상시켰던 하인리히 폰 클라이스트(Heinrich von Kleist, 1777~1811)는 많은 사람들이 독일의 가장 위대한 작가로 꼽는 극작가요 소설가인데, 특히 극적인 사건을 집중적으로 조명하는 문학 형태인 중편소설(novelle, 영어로는 novella)의 대가였다.

군인 집안이어서 처음에 그는 프러시아 장교가 되었지만, 18세기의 마지막 해인 1799년 "이성을 완벽하게 가꾸고 운명을 지성으로 통제하기 위해" 수학과 철학으로 인생 행로를 바꾸었다. 장군의 딸이었던 약혼녀 빌헬미네(Wilhelmine von Zenge)에게서 "고독으로부터의 구원을 받지 못해서" 파혼한 것도 이 무렵이었다. 그러나 완벽한 지성의 추구는 19세기로 들어서자마자 1801년 칸트를 읽고는 완전성에 대한 꿈이 무너지면서 포기했고, 문학으로 방향을 돌려 희곡을 쓰게 되었다.

1810년에 클라이스트가 발표한 소설 『O 모(某) 후작부인』은 18세기 프로이젠과 프랑스의 전쟁 당시, 이탈리아 북부의 도시 M이 러시아군에게 점령되던 날, 두 아이의 어머니인 미모의 미망인이 윤간을 당할 위기를 맞았을 때 멋진 기사처럼 나타난 어느 장교에게 구출되면서 얘기가 시작된다.

심한 충격을 받은 여주인공 율리에따는 양귀비차를 마시고 혼수상태에 빠지는데, 깊은 잠을 자는 동안 누구에게인가 몸을 버려 후작부인

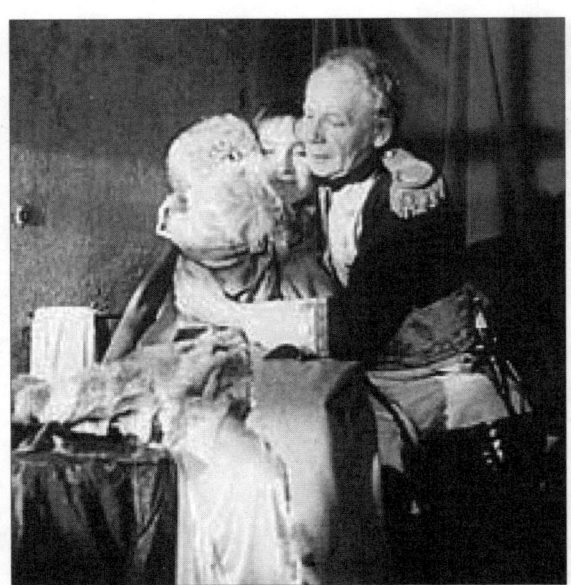
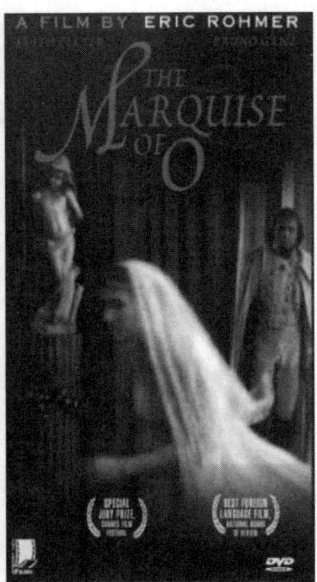

젊은 시절에 완벽한 지성을 추구했던 하인리히 폰 클라이스트의 소설을 원작으로 삼아서 로메르 감독이 영화로 만든 「O 모(某) 후작부인」은 추리 기법을 곁들인 순애보이다.

은 배가 불러오게 된다. 의심과 냉대를 받던 율리에따는 결국 집에서 쫓겨나고, 해산이 가까워지자 하는 수 없이 "알지도 못하는 사이에 임신했는데, 집안 사정으로 아이의 아버지와 결혼해야 되겠으니 자진해서 신분을 밝히고 나타나기 바란다"는 난처한 광고를 신문에 낸다. 드디어 밝혀진 '범인'은 알고 보니 여주인공을 구해 주었던 러시아군 장교인데, 에릭 로메르 감독은 이 얘기를 가벼운 추리 기법을 곁들인 우화처럼 엮어 나간다.

잠든 여인의 미모에 도취되어 '못된 짓'을 몰래 범하고는 심한 양심의 가책을 느껴, 여자의 배가 불러오기 시작해서 비밀이 탄로나기 전에 결혼을 하려고 열심히 청혼을 하며 쫓아다니다가, 일이 여의치 않게 돌아가자 끝내는 자신의 죄를 고백하는 러시아 귀족 집안의 장교(der Graf)를 보면, 작가 클라이스트의 명예 의식과 완벽함의 추구가 엿보이는 듯하고, 앞에서 살펴본 프랑스와 에스파냐 그리고 영국의 시대물에 등장한 여러 '악당'들하고는 참으로 대조적이라는 생각도 든다.

하지만 양심은 본디 '악당'의 속성이 아니며, 사랑으로 인한 고통에 시달리는 여인들을 자주 주인공으로 내세우는 막스 오퓔스 감독의 고전영화 「백장미의 수기」에 등장하는 바람둥이 음악가 역시 즐기기만 할 뿐, 상대하는 여자가 나중에 겪어야 할 슬픔과 인생에 대해서는 전혀 책임지려고 하지를 않는다.

오스트리아의 전기작가에 소설가이며 유럽의 "7인 현자(賢者)" 가운데 한 사람으로 꼽혔던 슈테판 쯔바이크(Stefan Zweig, 1881~1942)의 소설 『미지의 여인에게서 온 편지』가 원작인 이 영화는 사춘기 소녀의 '예술가(연예인) 쫓아다니기'로부터 얘기가 시작된다.

원작자와 이름이 같은 유명한 피아니스트 슈테판이 이웃집으로 이사를 오자 리사(Lisa)는 그를 흠모하여 몰래 쫓아다니고 집 앞에서 서성거리며, 항상 여자들에게 둘러싸여 살아가는 음악가의 눈에 띄어 서로 사랑하게 될 날만을 기다린다. 어머니의 재혼 때문에 다른 도시로 이사를 간 다음에도 첫사랑의 순애보는 계속되고, 마침내 길거리에서 기다리다가 남자의 눈에 띈 리사는 황홀한 추억만들기를 하지만, "가 보려고 한 곳을 목적지까지 가 본 적이 없다"는 무책임한 슈테판은 다시 사라져 '모르는 남자'가 되어 버린다.

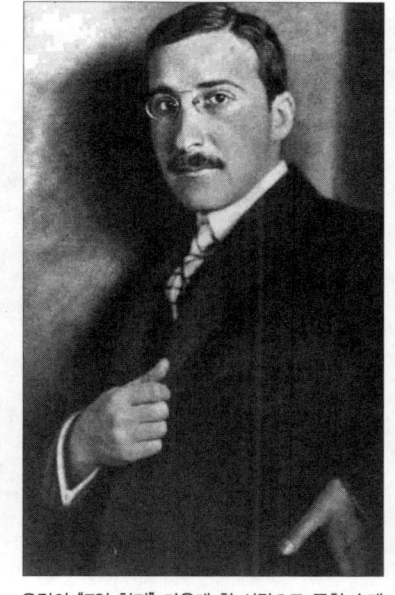

유럽의 "7인 현자" 가운데 한 사람으로 꼽힌 슈테판 쯔바이크

사랑하는 남자에게 부담을 주지 않으려고 "아무것도 요구하지 않는 여자"가 되기 위해 슈테판이 모르는 사이에 그의 아들을 종교 복지 시설에서 혼자 낳은 리사는 10년 후에 마

음 착한 남자를 만나 결혼해서 행복하게 살지만, 이제는 몰락해 버린 슈테판을 어느 음악회에서 우연히 재회하여 "갑자기 모든 일이 다시 위험해지기 시작"한다. 첫사랑을 못 잊은 리사는 착하고 헌신적인 남편을 버리고 다시 슈테판을 집으로 찾아가지만, 그는 리사를 보고 "헝클어진 기억의 끝 어딘가 숨어 있던 얼굴"로만 막연히 기억하고, 다시 그녀를 하룻밤의 쾌락을 위해 유혹하려고 한다.

'킹슬리 교수' 존 하우스만(John Houseman)이 제작한 이 영화의 무대는 1900년 음악의 도시 비엔나이고, 여자 문제가 얽혀 결투의 도전을 받고는 전날밤 몰래 도망치려고 슈테판이 집에 들렀다가 어느 여자에게서 온 편지를 받고는 건성으로 읽기 시작하는 장면에서 시작된다. 편지를 다 읽고 났을 때는 이미 날이 밝아 미처 도망을 치지 못하고, 그는 비오는 아침에 '벨-아미'와 같은 운명을 맞으러 결투장으로 향한다.

쯔바이크는 세계의 지식인들과 교류하며 문화의 가치관을 지키기 위해서 부단히 노력했으며, 제1차 세계대전 중에는 평화를 추구하는 희곡을 여러 편 발표했지만, 토마스 만이나 마찬가지로 히틀러를 피해

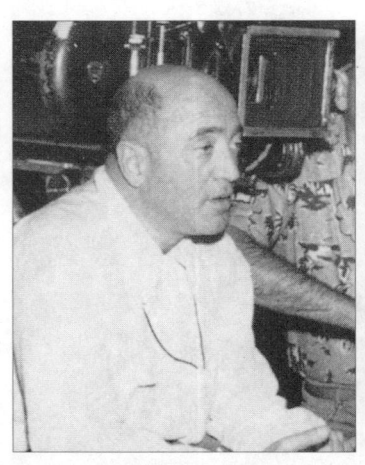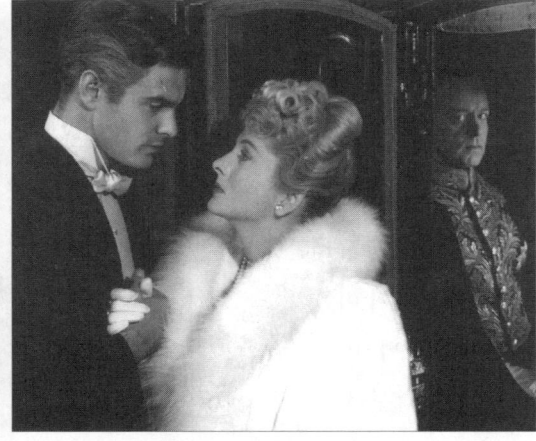

막스 오퓔스 감독(왼쪽)이 독일을 떠나 미국으로 가서 만든 가장 완벽한 작품으로 평가되는 「백장미의 수기」(오른쪽)의 원작 「미지의 여인에게서 온 편지」를 쓴 쯔바이크도 오퓔스나 토마스 만처럼 히틀러를 피해 독일을 떠나 여러 나라를 전전하며 살아가다가 아내와 함께 자살했다.

1938년 오스트리아를 떠나고, 영국과 브라질을 전전했으며, 조국에 대한 향수에 시달리고 오랜 방랑생활에 지친데다가 제3 제국에서 인본주의가 패배하는 과정을 보고는 절망한 나머지 아내와 함께 자살했다.

현실에 대한 절망적인 주제를 자주 다루면서 1970년대를 풍미했던 라이너 베르너 파스빈더(1946~82)는 독일이 자랑하는 감독이다. 그의 전기에 『죽음보다 차가운 사랑(Love Is Colder Than Death, 1987, Robert Katz와 Peter Berling 공저)』이나 『도발적인 천재 파스빈더의 생애와 작품(Fassbinder: The Life and Work of a Provocative Genius, 1997)』 같은 제목을 붙여야 할 만큼, 그리고 에스파냐-프랑스-멕시코 감독 루이스 브뉘엘만큼, 특이한 영상 작가였으며, 동성애와 코카인 남용 등 무질서하게 보낸 짧은 생애에 그가 만든 대단히 많은 영화 가운데 하나인 시대물 「에피 브리스트」 또한 독일 문학이 원작이다.

「에피 브리스트」의 작가 테오도르 폰타네(Theodor Fontane, 1819~98)는 프랑스의 발트 해안에서 신교도 집안에 태어나 아버지의 직업을 이어받아 독일에서 약제사를 하다가, 프러시아와 덴마크와의 전쟁, 오

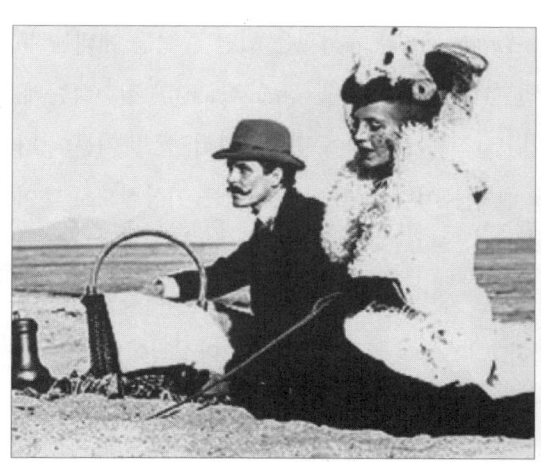 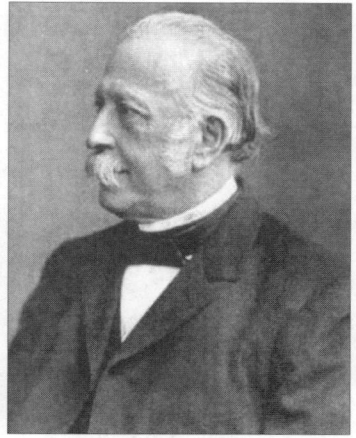

파스빈더 영화 「에피 브리스트」(왼쪽)의 원작자 테오도르 폰타네(오른쪽)는 환갑에 작가 생활을 시작하여 당대 독일 최고의 사회소설 작가로의 명성을 얻었다.

스트리아와의 전쟁, 프랑스와의 전쟁에서 기자로 종군하여 작가가 되기 위한 많은 경험을 쌓았다. 젊은 시절에는 스코틀랜드의 담시(譚詩)로부터 영향을 받아 주로 시와 비소설을 썼으며, 59살부터 소설을 쓰기 시작하여 20년 동안에 열다섯 권의 작품을 발표했다. 그는 당대 독일 최고의 사회소설 작가로서, 특히 대화체가 유명했다. 그의 소설은 대부분 프러시아 귀족층의 몰락과 부르주아지의 등장을 다루었고, 등장인물들은 과거에 매달려 살아가거나 전통적인 가치관을 탈피하려고 발버둥치면서도 성공하지 못하는 사람들이 대부분이다.

폰타네의 대표작으로는 사랑하는 젊은 남녀가 체념의 고통을 극복하고 저마다의 인생을 살아가는 모습을 그린『미로, 혼란(迷路, 混亂, Irrungen, Wirrungen, 1888, 영어판 제목 Trials and Tribulations, 1917)』, 대화체의 묘미를 잘 살린『예니 트라이벨 부인(Frau Jenny Treibel, 1892, 영어 번역 1976)』, 일찍이 여성 해방의 문제를 다룬『간통자(L'Adultera, 1878)』, 그리고 19세기 독일에서 사회의 인습에 억눌려 살면서도 전통에 도전할 용기가 없기 때문에 희생을 당하는 젊은 여성의 얘기『에피 브리스트』이다.

호헨-크로멘(Hohen-Crommen)의 유서깊은 집안 출신인 에피는 부모가 정혼한 대로 폰 인슈테텐 남작(Baron von Instetten)과 결혼하는데, 어머니의 옛 애인이었던 남작은 프러시아 귀족으로서, 군벌 가문의 가치관과 엄격함이 몸에 밴 인물이다. 남들이 보기에는 이상적으로 맺어진 한 쌍이지만,「세브리느」부부나 마찬가지로, 현실은 전혀 그렇지 못하다. 에피는 즉흥적이고 개방적이며 충동적인 젊은 여자인 반면에 남편은 정반대로 냉정하고, 계산이 빠르며, 철저히 이성적이면서도, 세브리느의 남편처럼, 그리고 안나 까레니나의 남편처럼, 아내를 진심으로 사랑한다.

그들이 결혼해서 정착한 발트해의 작은 항구 도시 케씬(Kessin)에서 남편이 자주 집을 비우는 사이에 에피는, 이런 상황에서 으레 등장하는 악역인 바람둥이에 도박을 좋아하고 멋쟁이 콧수염을 기른 크람파스 (Crampas) 소령과 가까운 사이가 되고, 결국 크람파스의 유혹에 넘어가고 만다. 출세 가도를 차근차근 올라가서 베를린으로 근무지를 옮길 때쯤에 크람파스와 아내의 사이를 알게 된 남작은 크람파스와 결투를 벌이고, 귀여운 딸 애니와 인연을 끊게 하고는 아내를 집에서 쫓아낸다. 고향으로 돌아간 에피는 심한 죄의식과 슬픔으로 죽어간다.

『안나 까레니나』나 『보봐리 부인』하고 내용과 주제가 비슷하며 독일 사실주의 문학의 걸작으로 알려진 『에피 브리스트』는 행복이란 무엇이며 어디에서 그것을 찾을 수 있는가라는 문제를 제기하고, 에피가 죽기 전에 일상에서 발견하는 소박하고도 단순한 즐거움들이 진정한 행복이라는 해답을 제시한다.

네덜란드의 「키체 티펠」은 사회 계층으로 볼 때 에피 브리스트의 반대편에 선 네덜란드 여성으로서, 19세기 암스텔담의 근로 계층이 사회적인 성공을 위해 얼마나 고된 투쟁을 해야 되는지를 보여 주는 영화이다.

「쏘피」는 19세기 후반 코펜하겐의 젊은 유대인 여성이 차마 가문의 전통으로부터 벗어날 수가 없기 때문에 하나뿐인 참된 사랑의 기회를 잃는다는 내용으로서, 여배우 리브 울만이 감독을 맡아 잉마르 베리만

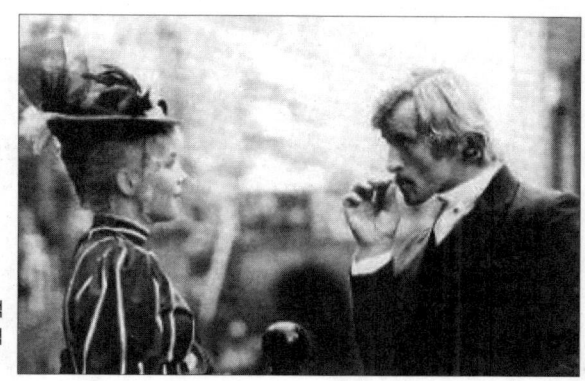

「키체 티펠」은 근로계층의 여성이 사회적인 성공을 위해서 얼마나 많은 고통을 겪어야 하는지를 보여 준다.

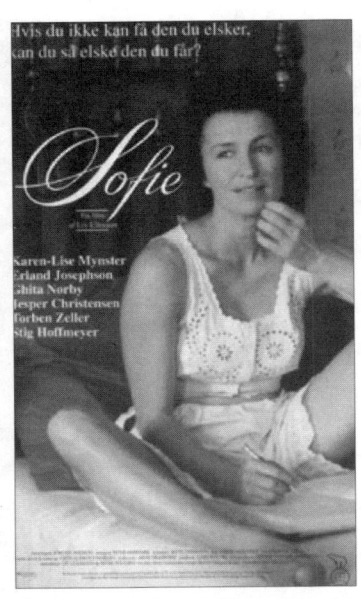
「쏘피」의 주인공은 유대인 가문의 전통을 벗어나지 못해 참된 사랑을 잃는다.

의 분위기를 대단히 열심히 흉내낸 영화로 알려졌다. 부모의 뜻에 따라 애정도 없는 결혼을 한 쏘피 때문에 괴로워하던 남편이 아들만 남겨두고 세상을 떠난 다음, 인생에서 마지막 '은신처'가 되어 주리라고 기대했던 그 아들도 성장하여 그녀의 곁을 떠나는 모습을 보고서야 자유의 의미와 가치를 깨닫는다는 「여자의 일생」적 결론이다.

우리나라에 보급된 「쏘피」의 비디오는 거의 한 시간을 잘라낸 90분짜리인데, 헐리우드 키드의 시절 극장에서, 조금이라도 손님을 더 받으려는 욕심으로 하루 6회 상영을 하기 위해, 시간을 맞추느라고 거의 모든 영화를 90분 가량으로 잘라서 보여 주던 때가 생각난다.

찾아보기 ●--

▌「베네치아에서의 죽음(Morte a Venezia, 독일어 제목 Der Tod in Venedig, 영어 제목 Death in Venice, 1971, 이탈리아, 130분)」, 감/Luchino Visconti, 출/Dirk Bogarde, Mark Burns, Marisa Berenson, Björn Andresen, Silvana Mangano, Luigi Battaglia

▌「O 모 후작부인(Die Marquise von O..., 영어 제목 The Marquise of O, 1976, 프랑스-독일, 102분)」, 감/Eric Rohmer, 출/Edith Clever, Bruno Ganz, Peter Luhr, Edda Seippel, Otto Sander

▌「백장미의 수기(Letter From an Unknown Woman, 1948, 미국, 90분)」, 감/Max Ophüls, 출/Joan Fontaine, Louis Jourdan, Mady Christians, Marcel Journet, Art Smith

▌「에피 브리스트(Effi Briest, 1974, 독일, 135분)」, 감/Rainer Werner Fassbinder, 출/Hanna Schygulla, Wolfgang Schenck, Karl-Heinz Bohm, Ulli Lommel, Ursula Stratz, Irm Hermann

▌「키체 티펠(Keetje Tippel, 영어 제목 Katie's Passion 또는 Hot Sweat, 1975, 네덜란드, 107분)」, 감/Paul Verhoeven, 출/Rutger Hauer, Monique van de Ven, Eddie Brugman, Hannah De Leeuwe, Andrea Domburg

▌「쏘피(Sofie, 1992, 덴마크-노르웨이-스웨덴, 146분)」, 감/Liv Ullman, 출/Karen-Lise Mynster, Erland Josephson, Ghita Norby, Jesper Christensen, Torben Zeller, Stig Hoffmeyer

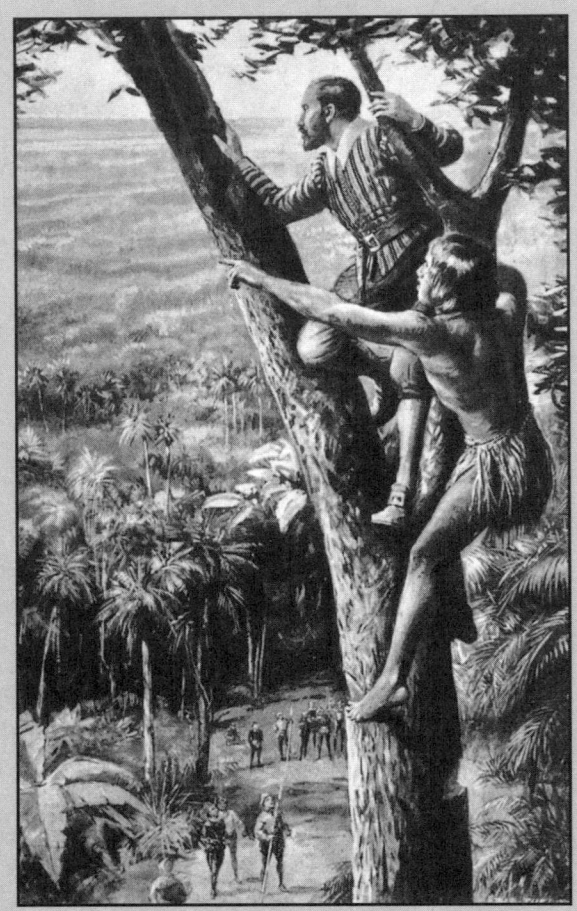

프란시스 드레이크 경(Sir Francis Drake)이 나무에 올라 태평양을 처음 보고 "언젠가는 영국 배로 저 바다를 항해하리라"고 말했다. 그러나 드레이크 경이 '발견'하기 오래 전부터 원주민들은 태평양을 옆에 두고 살았다. 이 그림에서 드레이크 경을 안내하고, 나무에 올라가도록 발 디딜 자리를 깎아 준 사람도 이미 태평양을 자주 보았던 원주민이었다. 드레이크 경에 관한 영화 「해적왕 드레이크(Seven Seas to Calais, 1962)」는 "신화와 역사의 건널목" 116~7쪽 참조

정복의 여러 형태

위대한 지배자의 일대기는 곧 그가 다스리는 나라의 영광스러운 역사가 되고, 정복자의 일대기는 그가 짓밟은 나라의 비참한 역사가 된다. 이렇듯 역사를 만들어낸 실존인물들의 전기는 개인의 역사에서 끝나지를 않고 세계사와 접속된다. 그렇기 때문에 많은 전기영화 (biographical picture, 줄여서 biopic)는 사극으로 분류해도 무리가 가지를 않고, 따라서 여기에서는, 예술가 등 앞으로 따로 모아서 본격적으로 다룰 분야에 해당되는 인물을 제외한 유럽인들을 중심으로, 시대극의 범주에 속할 만한 전기영화를 잠시 찾아보기로 하자.

"전설의 시대"에서부터 "신화와 역사의 건널목" 그리고 "정복의 길"에서 지금까지 우리는 기회가 나는 대로 무력과 살육으로 이루어지는 정복의 역사를 둘러보았다. 그러나 크고 작은 전쟁에 의해 노예화 과정이 정석을 이루는 전통적인 정복뿐 아니라, 미지의 세계를 탐험한 인물들 역시 우리는 정복자라고 부른다. 미래를 개척하는 '우주의 정복자'까지도 포함해서 말이다. 그리고 크리스토퍼 콜럼버스의 모험이 꼬르

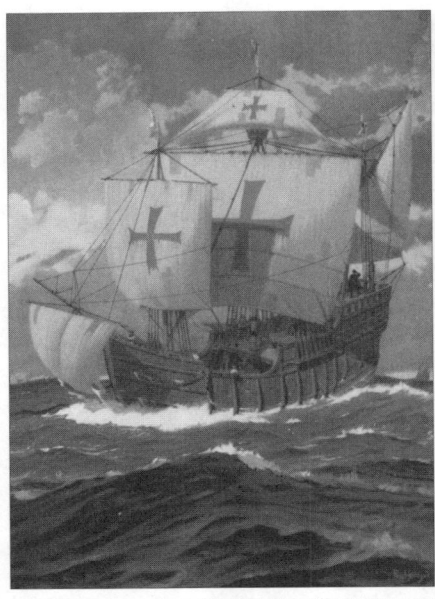

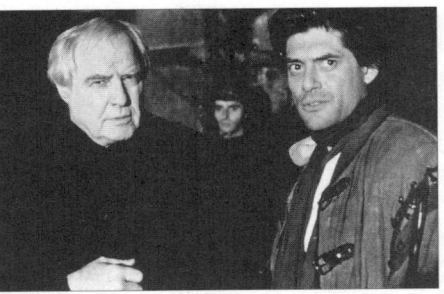

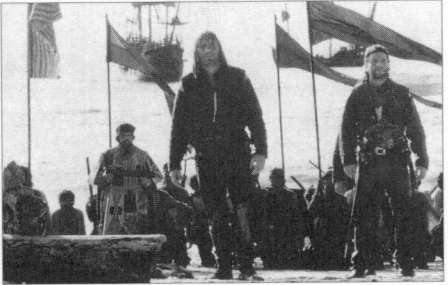

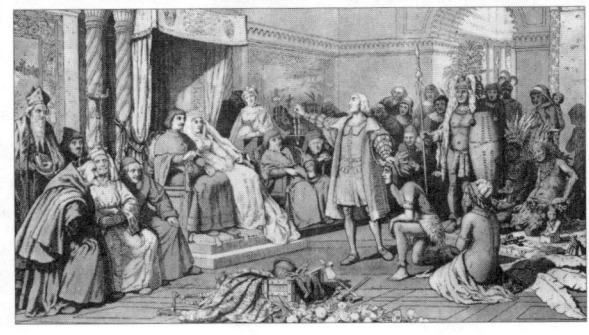

신대륙 발견 5백 주년이 되는 1992년에는 미국과 에스파냐의 합작 영화 「콜럼버스의 발견」과 「낙원의 정복」(둘 다 우리말 제목은 「콜럼버스」임)이 선을 보였다. 아래 그림에서는 아메리카 대륙을 '발견'하고 바르셀로나로 돌아간 콜럼버스가 여왕 앞에서 그가 가져온 금은 보화를 늘어놓고 자랑한다. 콜럼버스의 뒤에는 신대륙의 본디 주인이며 이제는 포로로 잡혀간 인디언 원주민들의 모습이 보인다.

떼즈의 아메리카 정복으로 이어지면서 얼마나 엄청난 역사적 격랑이 뒤따르게 되었는지를 생각해 보면, 탐험 또한 '정복의 길'임을 우리는 부인하지 못한다.

따로 설명이 필요없는 '바다의 정복자' 콜럼버스(Christopher Columbus, 이탈리아 이름 Cristoforo Colombo, 에스파냐 이름 Cristobal Colon, 1451~1506)의 전기영화로는 1949년 의상극이 처음 선을 보인 다음, 신대륙 발견 5백 주년을 맞게 된 1992년에 「낙원의 정복」으로부터 시작하여 「콜럼버스의 발견」 그리고 "잘 해봐" 시리즈의 「잘 해봐, 콜럼버스(Carry On Columbus)」에 이르기까지 한꺼번에 세 편의 영화가 몰려 나왔지만, 널리 알려진 인물에 대한 영화를 재미있게 만들기가 얼마나 어려운지를 '재발견'하는 데서 그치고 말았다.

지니(genie)와 연관지어 이미 간단히 소개했던 「어디로 모실까요」("전설의 시대" 25쪽 참조)에서는 주인공이 미국의 역사를 거꾸로 여행하는데, 콜럼버스를 주인공으로 삼은 미니 오페라가 백미로 꼽힌다.

신대륙 발견처럼 서사시적 규모의 엄청난 인구 이동(migration)을 촉발하지는 않았지만, 극지방 탐험은 자연과의 투쟁에 필요했던 초인적인 용기라는 요소에 힘입어 상당히 성공적인 영화를 생산했다. 「붉은 천막」은 노르웨이의 아문젠(Roald Amundsen, 1872~1928)이 북극에서 돌아오다 행방불명이 된 노빌레를 구출하려다가 자신도 실종되는 최후를 그린다. 움베르또 노빌레(Umberto Nobile)는 극지방 탐험용 비행선을 설계한 이탈리아 사람으로서 아문젠과 함께 노르게(Norge) 호로 1926년 북극 횡단 비행을 했고, 1928년 탐험에서는 이탈리아 호를 타고 탐험대를 지휘하여 떠났다가 사고를 당한다.

영국의 남극 탐험대를 이끌었던 해군 장교 로버트 스코트(Robert Falcon Scott, 1868~1912)의 마지막 탐험을 그린 「남극의 스코트 대장」에서 음악을 맡았던 본 윌리엄스(Ralph Vaughan Williams, 1872~1958)는 그 영화 음악의 일부를 훗날 그의 7번 교향곡에 삽입하기도 한다.

「북극을 향해 달려라」는 쿠크(Dr. F. A. Cook)와 피어리(Robert E. Peary)가 북극 탐험을 놓고 벌였던

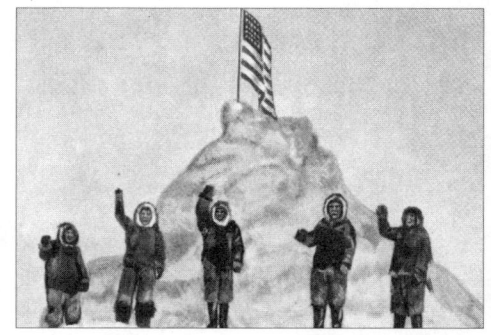

1909년 4월 6일 북극에 '최초'로 도달해서 피어리가 찍은 이 사진에 나오는 다섯 명 가운데 네 명은 이미 북극권에서 살아가던 에스키모였다.

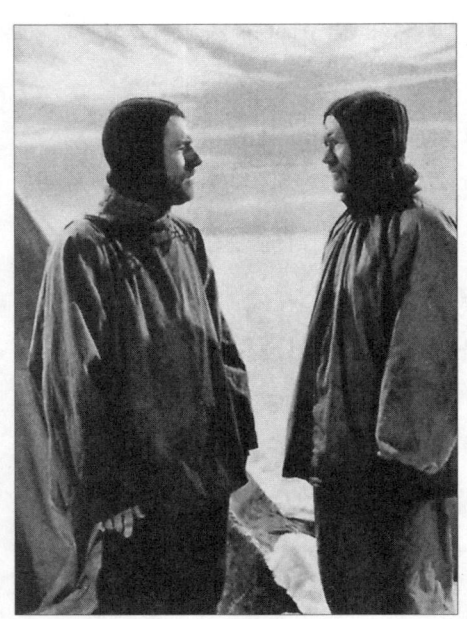

「남극의 스코트 대장」은 본 윌리엄스가 작곡을 맡았고, 이 영화 음악의 일부는 나중에 그의 제7번 교향곡에 삽입되었다.

유명한 경쟁을 소재로 삼은 영화이다. 18년 동안이나 북극 탐험을 계속해 온 피어리가 마침내 '성공'을 거둔 날은 1909년 4월 6일이었는데, 아직 통신이 발달하지 못했던 시절이어서 그런 사실이 세상에 전해지기 전이었던 9월, 쿠크가 코펜하겐에 도착하여 1908년 4월 12일에 이미 그린랜드를 거쳐서 북극에 도달했었다는 발표를 했다.

두 사람의 엇갈리는 주장에 세상이 발칵 뒤집혔고, 확인 작업이 시작되었다. 북극에 도착했다는 검증에서 참고했던 사항은 태양과 별들이 지평선을 따라 원을 그리며 돌아가는 것을 보았다는 사실인데, 피어리는 32회의 회전을 보았던 반면, 쿠크의 관찰 보고서는 출항하기 이전에 미리 작성했음이 밝혀졌다.

하지만 물론 피어리가 북극에 도달하기 위해서는 이미 북극권에서 살고 있었던 에스키모들의 도움을 받아야 했다. 콜럼버스의 신세계 '발견' 이전에도 아메리카에는 이미 홍인종 원주민이 살았고, 프란시스 드레이크가 태평양을 처음 '발견'했을 때는 오래 전부터 그곳에 살았던 원주민들이 딛고 올라갈 '층계'까지 깎아준 나무를 타고 올라가서였다고 한다. 이렇듯 "정복의 세계사"는 지금까지 백인의 시각과 시점(視點)에서 기록되어 왔다.

중국 여행기로 우리나라에도 워낙 잘 알려진 마르코 폴로(1254?~1324)는 활극을 가미한 헐리우드 영화 「마르코 폴로의 모험」에서 주인공이 되었고, 우리나라에서는 별로 알려지지 않았지만 서양에서는 영웅 대접을 받는 노르웨이의 인류학자 토르 하이에르달(Thor Heyerdahl, 1914~)이, 폴리네시아인들은 종래의 학설처럼 동남아에서 이주한 종족이 아니라 수천 년 전에 파퓌루스(papyrus) 배를 타고 태평양을 건너 아메리카로부터 이주했다는 자신의 학설을 증명하기 위해, 1947년 '지푸라기 뗏목'으로 페루에서 타히티까지 항해한 기록영화 「콘-티키」는 1951년 오스카 상을 받았다. "콘-티키"는 중세 잉카 제국의 뗏목을 본따서 만든 탐험선의 이름이었다.

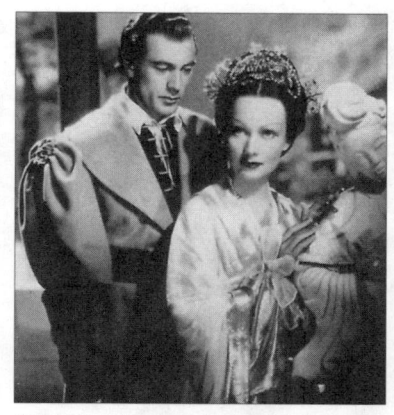

「마르코 폴로의 모험」도 서양인의 동양 탐험을 주제로 한 활극이다. 사진에서 동양인으로 분장한 서양 여인의 모습을 확인하기 바란다. "영화 삼국지"에서 자세히 다루겠지만, 인종 차별이 심했던 헐리우드에서는 동양인과 흑인과 인디언까지도 중요한 역은 모두 백인에게만 맡겼다.

하이에르달이 이스터 섬으로 찾아가서 원주민들과 만나는 여행은 「아쿠 아쿠(Aku Aku, 1961, 86분)」에 기록되었고, 정작 하이에르달의 조국 노르웨이에서는 1971년이 되어서야 「콘-티키」의 후속편에 해당되는 기록영화 「라 탐사」를 내놓았다.

바다 밑 탐험으로는 프랑스의 '칼립소 선장' 자끄-이브 꾸스또(Jacques-Yves Cousteau, 1910~97)를 아무도 따르지 못하는데, 텔레비

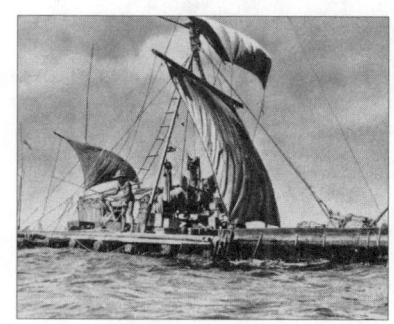

1947년 노르웨이의 인류학자 토르 하이에르달은 폴리네시아인들의 조상이 어떻게 태평양을 건넜는지를 증명하기 위해 중세 잉카 제국의 뗏목을 본따서 만든 "콘-티키"로 항해를 감행했다.

전 방송을 통해서 그가 찍은 갖가지 신비한 기록영화가 전세계로 방영되기는 했지만, 극장용 꾸스또 영화로는 루이 말의 첫 작품이며 아카데미 상을 받아낸 「침묵의 세계」, 그리고 역시 아카데미상을 수상한 걸작 「태양이 없는 세계(World Without Sun, 1964, 미국, 93분)」가 유명하다.

잠수복에다 특수 소형 잠수정까지 만들어 가면서 꾸스또가 바다 밑

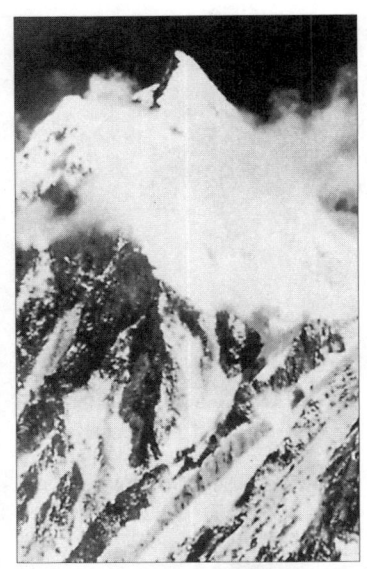

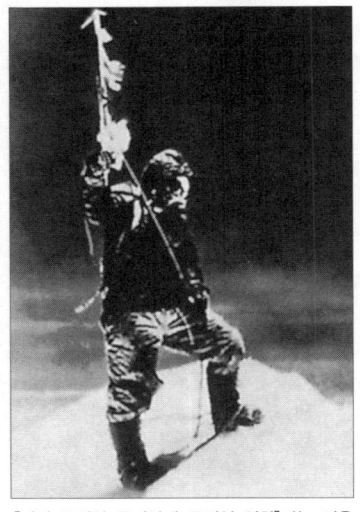

"어떤 극영화 못지않게 극적인 영화"라는 평을 들었던 「에버레스트 정복」에서 먼저 정상에 오른 사람이 에드먼드 힐러리인지 아니면 셰르파 안내인 텐징 노르가이였는지는 아무도 끝까지 밝히지를 않았다.

으로 가장 먼저 내려가 미지의 세계를 탐험한 반면에 세상에서 가장 높은 에버레스트를 1953년 최초로 등정한 영국 존 헌트(Henry Cecil John Hunt) 남작의 등반대 이야기를 담은 기록영화의 제목은 「에버레스트 정복(The Conquest of Everest, 1953, 영국, 78분)」이다.

실제로 정상에 가장 먼저 올라간 사람이 뉴질랜드인 에드먼드 힐러리(Edmund P. Hillary) 였느냐 아니면 셰르파 안내인 텐징 노르가이 (Tensing Norkay)였느냐는 두 사람이 의리를 지켜가며 끝내 밝히지 않았지만, 어쨌든 그들은 에버레스트의 '정복자'임을 주저하지 않고 인정했다. 그러나, 이미 다른 책에서도 써먹은 얘기이지만, 1963년 미국의 에버레스트 등반대를 이끌었던 노먼 다이렌휘드(Norman G. Dyhrenfurth)를 신문기자로서 만났을 때, "에버레스트를 정복했을 때의 감상의 어땠었는가?" 라는 필자의 우문에 그는 이런 현답을 했었다.

"인간은 에버레스트를 정복하지 못합니다. 기껏해야 그냥 올라갔다가 내려올 뿐이니까요."

그냥 올라가기만 했느냐 아니면 정복했느냐는 관념적인 문제가 아니라 아예 길을 잘못 든 탐험가도 나왔다. 에이레계 미국인 비행사인 더글라스 코리건(1907~95)은 1939년 로스 앤젤레스로 간다면서 뉴요크를 출발했지만, 반대 방향인 에이레에 도착해서 "거꾸로 간 코리건(Douglas 'Wrong Way' Corrigan)이라는 별명이

붙었고, 그것도 자랑이랍시고 같
은 해에 이 엉뚱한 사건에 얽힌 얘
기에다가 '전기(傳記)'를 합성하여
만든 영화 「거꾸로 날아간 비행
사」에서 코리건은 주연을 맡기도
했다.

20세기 최고의 발명품이라고 할
만한 비행기의 발달은 함께 진행
되어 온 영화의 발달에 힘입어 초
기부터 기록 보존이 잘 되었는데,
주로 뉴스 영화로 엮은 한 권짜리
「기계의 시대(The Mechanical

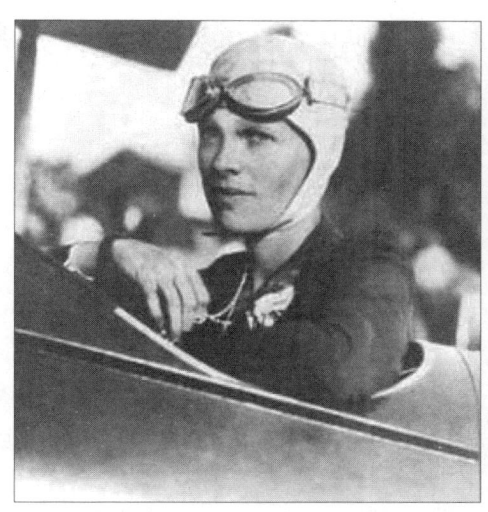

여류 비행사 에밀리아 에어하트(Amelia Earhart)는 미국에서 가
장 널리 알려진 전설적인 인물 가운데 한 사람이다.

Age)」도 1950년대에 제작되었다. 영국의 졸탄 코르다 감독은 「하늘의
정복(Conquest of the Air)」이라는 기록영화를 만들었다.

개척기의 유명한 비행사를 주인공으로 삼은 영화로는 런던에서 오
스트렐리아까지 단독 비행을 해낸 최초의 여성 비행사 에이미 존슨
(Amy Johnson) 이야기 「그들의 단독비행(They Flew Alone)」, 여성 비행
사로서는 세계에서 가장 유명한 전설적인 인물로서 끝내 비행중에 행
방불명이 된 에밀리아 에어하트(Amelia Earhart, 1898~1937) 이야기 「자
유를 위한 비행」, 글라이더를 개발한 존 몽고메리(John Montgomery) 이
야기 「용기있는 여로」, 그리고 세계전쟁중에 69 차례나 적기를 격추시
킨 비행대(the 94th Aero Pursuit squadron)의 대장으로서 전설을 만들어
낸 에디 리켄베커(Edward Vernon Rickenbacker) 이야기 「에디 대위」가
꼽힌다.

「하늘을 향하여」는 추락 사고로 두 다리를 잃고도 장애를 극복하며
비행을 계속한 실존인물 더글라스 베이더(Douglas Bader)가 주인공이

다. 전기물이 아닌 극영화 쪽을 보면 비행기 추락 사고에 얽힌 영화가 어찌나 많은지, 나중에 따로 모아서 살펴보기로 하겠다.

「댐을 폭파하라」는 제2차 세계대전중 독일군의 루르(Rhur) 댐을 폭파할 특수 폭탄을 만들어낸 반스 월리스(Barnes Wallis) 박사와 가이 깁슨(Guy Gibson)의 실화이다. 「독수리 날개」의 주인공 프랭크 위드(Frank 'Spig' Wead)는 제1차 세계대전 당시 항공 개척자였으며, 나중에 존 포드 감독을 위해 각본("Air Mail," "They Were Expendable")을 쓰기도 했다. 존 포드가 연출한 이 영화에서는 존 포드의 단골 배우 가운데 한 사람인 워드 본드가 존 포드를 풍자한 인물(John Dodge)을 희극적으로 그려낸다.

그리고 '붉은 남작(Red Baron)'도 빼놓을 수 없는 비행사여서, 흥행의 마술사 로저 콜만(Roger Corman)이 「폰 리히토펜과 브라운」을 만들었으며, 비행사 가운데 붉은 남작보다도 더 유명한 인물을 찾아본다면 에밀리아 에어하트와 더불어 미국의 민족적인 영웅이었던 찰스 린드버그(Charles A[ugustus] Lindbergh, Jr., 1902~74)를 꼽아야 한다.

우편 등 상업 비행을 하던 그는 1927년 3월 21일 쌍발단엽기 '세인트 루이스의 혼(The Spirit of St. Luois)'을 타고 뉴요크를 떠나 빠리의 르브루제 공항까지 최초로 대서양 횡단 단독 비행에 성공한 다음 멕시코 주재 미국 대사의 딸 앤 모로우(Anne [Spenser] Morrow)를 만나 결혼한다.

「바다의 선물(Gift from the Sea, 1955)」로 우리나라에서도 널리 알려진 시인이며 작가인 앤 모로우는 결혼 후에 남편에게서 비행을 배워 부부가 함께 많은 모험의 길에 나선다. 첫 비행을 마쳤을 때의 기분을 앤은 "자수와 리본으로 이루어진 나의 작은 세계가 무너졌다(My little embroidery-and-ribbon world is smashed)"고 일기에 적었다는데, 두 사람이 함께 타게끔 특별히 제작한 비행기로 그들은 뉴요크에서 캘리포니아까지의 항로를 개척했고, 앤 모로우는 알라스카를 거쳐 중국까지의 비행 경험을 책("North to the Orient")으로 펴내기도 했다. 그들은 뉴요크에서 그린랜드와 러시아와 유럽과 아프리카를 거쳐 남 아메리카를 타고 올라오는 5만 킬로미터의 비행도 함께 했다.

에밀리아 에어하트는 앤 모로우 린드버그를 "그녀의 부드러움 뒤에는 육체적 정신적 위험을 이해하며 대처해 나가는 대단한 용기가 있다 (Under her gentleness lies a fine courage to meet the physical and spiritual hazard with understanding)"라고 표현했는데, 아내만 남편의 모험에 동참한 것이 아니라, 남편도 작가인 아내처럼 저술 활동을 활발히 벌여 『인생과 비행(Of Flight and Life, 1948)』, 『전쟁 일기(Wartime Journals, 1970)』를 펴냈으며, 영화 「저것이 빠리의 등불이다」의 '원작' 노릇을 한 자서전으로 1953년 퓰리처 상을 받기도 했다.

문학과 모험으로 맺어진 두 사람은 아들이 유괴되어 살해당하는 바

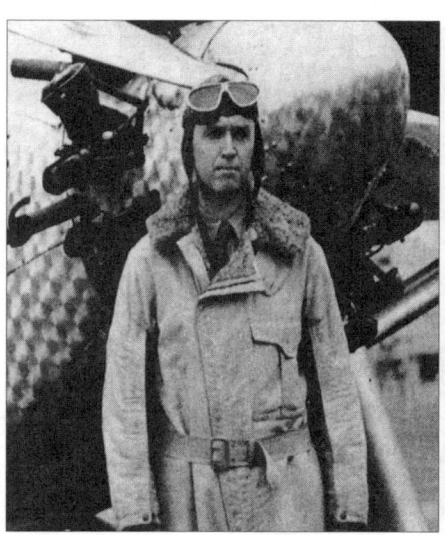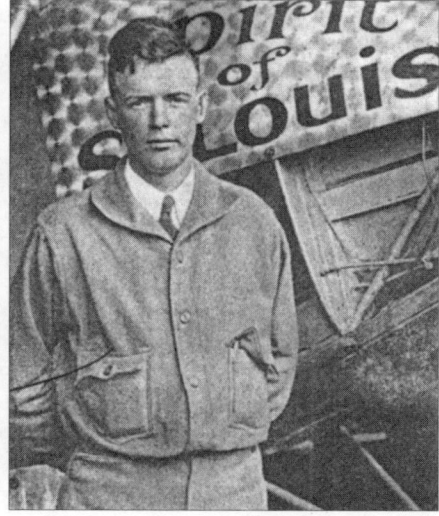

'세인트 루이스의 혼'을 타고 최초로 대서양 단독 비행에 성공한 찰스 린드버그(왼쪽)와 영화 「저것이 빠리의 등불이다」에서 린드버그 역을 맡은 제임스 스투어트(오른쪽) 두 사람이 비슷해 보이는 까닭은 제임스 스투어트가 미 공군 예비역 준장이었다는 사실과 관계가 있을지도 모르겠다.

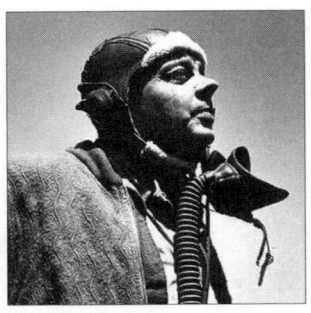

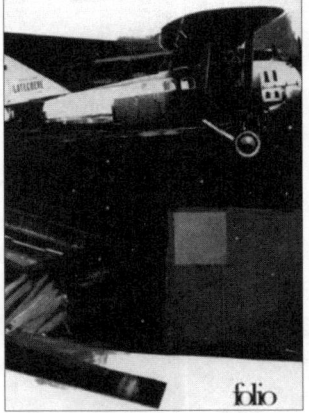

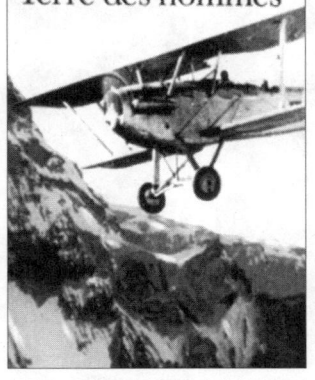

문학적 비행을 한 쌩떽쥐뻬리(위)는 그의 생생한 경험을 『야간 비행』(가운데)과 『인간의 대지』(아래) 두 권의 책에 담았다.

람에 뼈아픈 유명세를 톡톡히 치르고는 한때 미국을 떠나 유럽에서 살기도 했다.

문학과 비행의 만남은 프랑스의 비행사이며 작가였던 앙뜨완 드 쌩떽쥐뻬리(Antoine de Saint-Exuréry, 1900~44)에서도 이루어진다. 서 아프리카와 남 아메리카에서 우편 비행을 했던 그는 사막과 안데스와 야간 비행의 개척자였고, 이런 경험은 『남방 우편(Courrier]-Sud, 영어 제목 Southern Mail, 1928)』과 『야간 비행(Vol de nuit, 영어 제목 Night Flight, 1931)』 같은 작품을 낳는다. 여자와 사랑이 존재하는 지상의 세계를 떠나 별들이 상징하는 경험을 발견하는 모험을 추구하는 조종사들의 삶과 죽음을 통해 쌩떽쥐뻬리는 심오한 인생의 명상을 한다.

하늘이라는 새로운 세계의 산문시를 세상에 전하던 그는 『인간의 대지(Terre des hommes, 영어 제목 Wind, Sand, and Stars, 1939)』를 통해 남자들의 용기, 사랑, 숭고함을 재발견하는데, 안데스 산에서 추락한 비행사가 "나에게는 돌아가야 할 아내가 있기 때문에" 눈을 헤치며 걸어 내려와서는 끝내 숨을 거두는 대목은 감격스럽기까지 하다.

"나는 온힘을 다해서 나의 시대를 증오한다. 타는 목마름으로"라는 인용문으로 시작되는 영화 「쌩떽쥐뻬리의 마지막 비행」은 그의 여러 작품에 나오는 구절을 간간이 소개하면서, 1944년 7월 31일 코르시카에서 이륙하여 지중해에 추락 실종되는 마지막 비행을 앞두고, 중첩되는 회상의 형태로 그의 일생을 돌아본다.

부에노스 아이레스에서 만난 꼰수엘로(Consuelo)와 비행기를 타고 벌이는 첫 '산책,' 뉴요크에서 실비아(Sylvia)와 엮어내는 『꼬마 군주(Le Petit prince, 1943, 풀이 · "어린 왕자"라는 제목은 필자가 번역에 관한 책에서도 밝혔듯이, 아무리 생각해도 잘못된 번역이라고 여겨짐)』, "어떤 악천후에도 정해진 시간에 출발하여 정해진 시간에 도착해야 하는" 조종사들의 세계, 하늘의 길을 여는 사람들이 보여 주는 "용기, 그것은 약간의 광기와 허세," 먼지(carbon paper)와 인질로 잡힌 조종사를 교환하는 사막의 논리, 그리고 장 메르모즈(Jean Mermoz)와 앙리 기요메(Henri Guillaumet)처럼 "인간의 대지"에서 귀로만 들었던 이름들을 우리는 이 영화에서, 비록 배우의 형상을 통해서이기는 하지만, 생생하게 눈으로 보는 기쁨을 누린다.

그리고 이 영화에서는 대서양을 혼자 날아서 건너온 찰스 린드버그를 열광적으로 맞아 주는 프랑스인들의 모습도 당시의 감격을 그대로 담은 고몽(Gaumont) 뉴스로 보여 준다.

찾아보기 ●--

▌「크리스토퍼 콜럼버스(Christopher Columbus, 1949, 영국, 104분)」, 감/David Macdonald, 출/Fredric March, Florence Eldridge, Francis L. Sullivan, Linden Travers, Kathleen Ryan, Derek Bond, Felix Aylmer, Nora Swinburne

▌「낙원의 정복(극장 제목 "콜럼버스," 1492: Conquest of Paradise, 1992, 미국-영국-프랑스-에스파냐, 145분)」, 감/Ridley Scott, 출/Gerard Depardieu, Sigourney Weaver, Armand Assante, Frank Langella, Loren Dean, Angela Molina

▌「콜럼버스의 발견(비디오 제목 "콜럼버스," Christopher Columbus—the Discovery, 1992, 미국-에스파냐, 120분)」, 감/John Glen, 출/Marlon Brando, Tom Selleck, George Corraface, Rachel Ward, Robert Davi, Benicio Del Toro

▌「어디로 모실까요(Where Do We Go From Here?, 1945, 미국, 77분)」, 감 /Gregory Ratoff, 출/Fred MacMurray, June Haver, Joan Leslie, Gene Sheldon, Anthony Quinn, Carlos Ramirez

▌「붉은 천막(The Red Tent, 1971, 이탈리아-러시아, 121분)」, 감/Mikhail K. Kalatozov, 출/Sean Connery, Claudia Cardinale, Hardy Kruger, Peter Finch, Massimo Girotti, Luigi Vannucchi, Mario Adorf

▌「남극의 스코트 대장(Scott of the Antarctic, 1948, 영국, 110분)」, 감/Charles Frend, 출/John Mills, Derek Bond, Harold Warrender, James Robertson Justice, Reginald Beckwith, Kenneth More, John Gregson, Christopher Lee

▌「북극을 향해 달려라(Cook & Peary: The Race to the Pole, 1983, 미국, 100분)」, 감/Robert Day, 출/Richard Chamberlain, Rod Steiger, Diane Venora, Michael Gross, Samm-Art Williams

▌「마르코 폴로의 모험(The Adventures of Marco Polo, 1938, 미국, 100분)」, 감 /Archie Mayo, 출/Gary Cooper, Sigrid Gurie, Basil Rathbone, George Barbier, Binnie Barnes, Alan Hale, Ernest Truex, (Lana Turner)

▌「콘-티키(Kon-Tiki, 1951, 미국, 73분)」, 해설/Ben Grauer, Thor Heyerdahl

▌「라 탐사(The Ra Expedition, 1971, 노르웨이, 93분)」, 감/Lennart Ehrenborg, 해설/Thor Heyerdahl, Roscoe Lee Browne

▌「침묵의 세계(Le Monde du Silence, 영어 제목 The Silent World, 1956, 프랑스, 86분)」, 감/Jacques-Yves Cousteau, Louis Malle, 출/Frederic Duman, Albert Falco, Jacques-Yves Cousteau

▌「거꾸로 날아간 비행사(The Flying Irishman, 1939, 미국, 72분)」, 감/Leigh Jason, 출/Douglas Corrigan, Paul Kelly, Robert Armstrong, Gene Reynolds

▌「자유를 위한 비행(Flight for Freedom, 1943, 미국, 99분)」, 감/Lothar Mendes, 출/Rosalind Russell, Fred MacMurray, Herbert Marshall, Eduardo Ciannelli, Walter Kingsford

▌「용기있는 여로(Gallant Journey, 1946, 미국, 85분)」, 감/William Wellman, 출 /Glenn Ford, Janet Blair, Charles Ruggles, Henry Travers, Arthur Shields, Selena Royle

▌「에디 대위(Captain Eddie, 1945, 미국, 107분)」, 감/Lloyd Bacon, 출/Fred MacMurray, Lynn Bari, Charles Bickford, Thomas Mitchell, Lloyd Nolan, James Gleason

▌「하늘을 향하여(Reach for the Sky, 1956, 영국, 135분, 미국판 123분)」, 감/Lewis Gilbert, 출/Kenneth More, Muriel Pavlow, Alexander Knox, Sydney Tafler, Nigel Green

▌「댐을 폭파하라(The Dam Busters, 1954, 영국, 119분, 미국판 102분)」, 감/Michael Anderson, 출/Richard Todd, Michael Redgrave, Ursula Jeans, Basil Sydney

▌「독수리 날개(The Wings of Eagles, 1957, 미국, 110분)」, 감/John Ford, 출/John Wayne, Maureen O'Hara, Dan Dailey, Ward Bond, Ken Curtis, Edmund Lowe, Kenneth Tobey, Sig Ruman

▌「폰 리히토펜과 브라운(Von Richthofen and Brown, 또는 Battle of the Aces, 1971, 미국, 97분)」, 감/Roger Corman, 출/John Phillip Law, Barry Primus, Peter Masterson, Karen Huston, Hurd Hatfield, Robert La Tourneaux

▌「저것이 빠리의 등불이다(The Spirit of St. Louis, 1957, 미국, 138분)」, 감/Billy Wilder, 출/James Stewart, Patricia Smith, Murray Hamilton, Marc Connelly, Bartlett Robinson, Paul Birch, (Aaron Spelling)

▌「쌩떽쥐뻬리의 마지막 비행(Saint-Exupéry : La Derniere mission, 영어 제목 Saint-Exupery's Last Mission, 1994, 프랑스, 102분)」, 감/Robert Enrico, 출/Bernadrd Giraudeau, Maria de Medeiros, Jean-Paul Comart, Frederic van den Driessche, Jean-Marie Winling, Geoffroy Thiebaut, Veronike Ryke

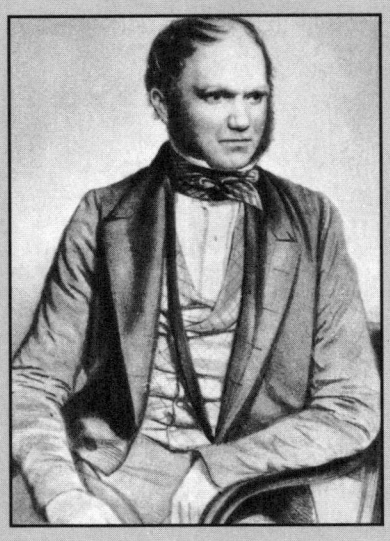

찰스 다윈이 1859년에 발표한 『종의 기원』(아래)은 인류 역사상 가장 위대하고 중요한 저서 가운데 하나로 꼽히지만, 발표 당시에는 물론이요 훗날에도 종교계로부터 오랫동안 지탄의 대상이었다. 사진은 진화론을 발표하기 15 년 전 다윈의 모습이다.

ON

THE ORIGIN OF SPECIES

BY MEANS OF NATURAL SELECTION,

OR THE

PRESERVATION OF FAVOURED RACES IN THE STRUGGLE
FOR LIFE.

By CHARLES DARWIN, M.A.,
FELLOW OF THE ROYAL, GEOLOGICAL, LINNÆAN, ETC., SOCIETIES;
AUTHOR OF 'JOURNAL OF RESEARCHES DURING H. M. S. BEAGLE'S VOYAGE
ROUND THE WORLD.'

LONDON:
JOHN MURRAY, ALBEMARLE STREET.
1859.

The right of Translation is reserved.

다윈과 원숭이 재판

 인간의 삶과 인류의 역사에서는 탐험과 정복이 계속되었으며, 미지의 세계를 탐험하려면 험난한 자연 조건과 싸워야 하듯이, 지적인 탐험 또한 사회의 반발이나 수구 세력의 저항 같은 역경이 만만치 않았다. 하나의 작용에는 항상 하나 또는 그 이상의 반작용이 따르듯, 도전에는 다른 도전이 맞서고, 도전하는 사람들은 기득권을 지키려는 사람들로부터 모난 돌처럼 정을 맞았다. 적자생존에 따른 인간의 진화론을 주장한 찰스 다윈(Charles Robert Darwin, 1809~82) 또한 남들보다 앞선 생각을 했기 때문에 지탄을 받아야 했던 바로 그런 모난 돌이었다.

 에딘버러에서 의학을 그리고 케임브릿지에서 신학을 공부한 그는 박물학자의 신분으로 해군 측량선을 타고 1831~36년 남 아메리카 연안, 오스트렐리아, 태평양의 여러 섬을 항해한 다음『비글 호 항해의 동물학(Zoology of the Voyage of the Beagle, 1840)』을 발표했다. 그리고 인류 역사상 가장 중요한 저서 가운데 하나로 간주되는『종(種)의 기원 (On the Origin of Species by Means of Natural Selection, or the

Preservation of Favoured Races in the Struggle for Life, 1859)』은 초판이 하루 만에 매진되는 비상한 관심과 더불어 거센 반발을 불러일으키기도 했다.

다윈과 진화론 얘기는 「다윈의 모험」에서 기둥줄거리를 이루지만, 정작 다윈의 충격을 실감나게 그린 영화는 제롬 로렌스(Jerome Lawrence)와 로버트 리(Robert E. Lee)의 희곡을 영화로 만든 「원숭이 재판」이었다.

사람이 자기 집을 돌아보지 않으면 바람을 맞게 되고, 어리석은 사람은 슬기로운 자의 종이 된다는 성경 구절에서 제목을 따온 법정극 「바람을 물려받는 자(Inherit the Wind)」의 주인공 버트람(Bertram T. Cates)은 학교에서 아이들에게 다윈의 진화론을 가르쳤다고 국법 제37조 법령 314285 항을 어긴 죄로 현장(교실)에서 체포되어 "신이 사람을 만들지 않고 사람이 신을 만들었다"고 주장한 혐의에 대해 재판을 받는다.

"종교가 사람들에게 위안은커녕 (지옥불로 떨어지라는) 위협이나 해

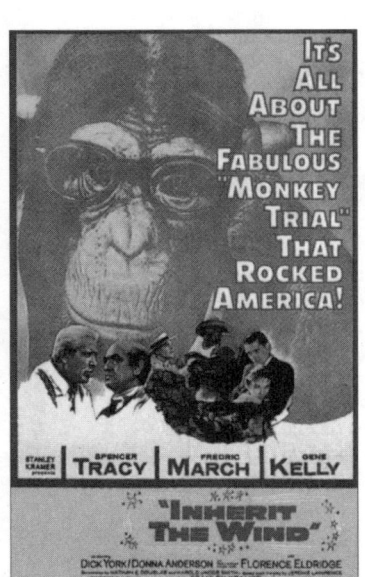

「원숭이 재판」은 다윈의 진화론을 법정에 세운다.

서야 되겠느냐"고 불경스럽게 항변하는 버트람을 벌하기 위해, 우리말로 굳이 번역하자면 "산골동네"라는 뜻으로 풀이되는 힐스보로(Hillsborough) 마을로 결혼 32 주년 기념일에 입성한 검사는 세 차례나 대통령 후보로 출마했었으며 다시 차기 대선을 노리던 거물 정치인 매튜 브레이디(Matthew Harrison Brady)이다. 그는 "독(毒)을 퍼뜨리는 무신론자들로부터 하느님의 말씀을 보호하기 위해" 지식의 발달을 중단시키려는 악역을 맡는다.

법정에서 브레이디 검사와 맞설 상대는 한때 그의 대통령 선거 유세를 도왔던 친구 헨리

드러몬드(Henry Drummond)이다. 마을 악대가 쿵짝거리는 길거리에서 "다윈을 물리치자(Down With Darwin)"는 표어를 써 들고 온 동네가 시위를 벌이고 법정 건물의 정문에는 "날마다 성경을 읽자"는 현수막이 내걸린 독실한 분위기 속에서, 그는 진리와 정의를 소명으로 삼고 홀로 싸우는 '악마'이다. 마을 사람들은 물론이요 판사까지도 이미 유죄 판결을 내려놓은 독선적이고 종교적인 사회에서는 배심원 선정 과정에서부터 벌써 힘겨운 대결이 팽팽하고, 그들과 맞선 드러몬드 변호사가 미국의 유명한 학자들을 증인으로 신청하지만, 모조리 기각당한다. 다윈의 글을 인용하거나 낭독하는 행위도 물론 검사뿐 아니라 판사의 저지를 받는다. 그러니 어떤 식의 재판이 진행될지는 물론 불을 보듯 뻔한 일이다.

이렇듯 종교의 위선이라는 심각한 주제를 조금쯤은 희극적인 전개를 통해 차근차근 설득하고 인식시키기 위해 씨름하는 드러몬드를 무겁게 압도하는 '전통'의 대변자 브레이디 검사는, 과학자들이 "현미경으로

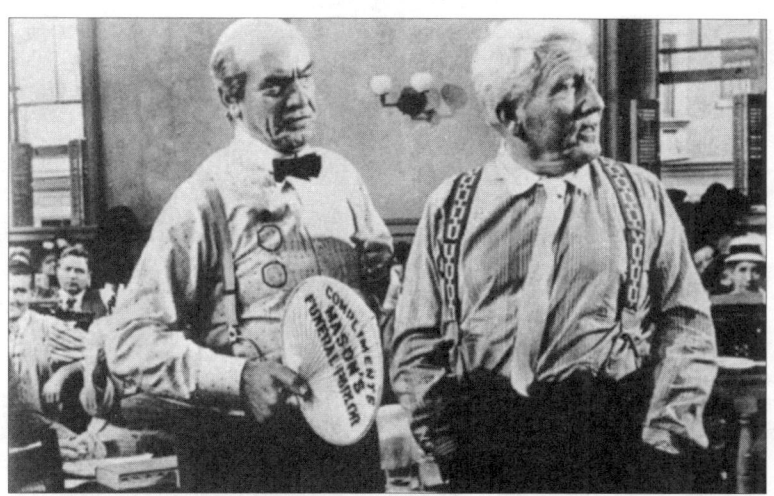

「원숭이 재판」에서 이 장면에 함께 나오는 두 사람 가운데 장의사에서 선전용으로 만든 부채를 든 검사(Fredric March)는 유명한 정치인 윌리엄 브라이언이 모델이고, 오른쪽 변호사(Spencer Tracy)는 유명한 변호사 클라렌스 대로우가 실제 인물이다.

하나님을 찾으려다 너무 작아서 실패했고, 망원경으로는 너무 커서 실패했으며, 별자리에서도 못 찾아내어 하나님이 존재하지 않는다는 결론을 내렸다"고 주장하면서, 무신론의 악마에게 맹공격을 계속한다.

남의 얘기는 듣지도 않고 인정하지도 않으려는 신앙심이 깊은 검사를 "제자리 걸음을 하는 사이에 멀리 뒤로 처진 사람"으로 생각하며 드러몬드는 결국 실질적으로 그의 유일한 증인으로 검사 자신을 택한다. "무엇인지도 모르는 대상에 대해서 어떻게 심판을 내리는가?"라며, '인간의 생각할 권리'의 대변자는 결국 "기원전 4004년 가을의 어느날

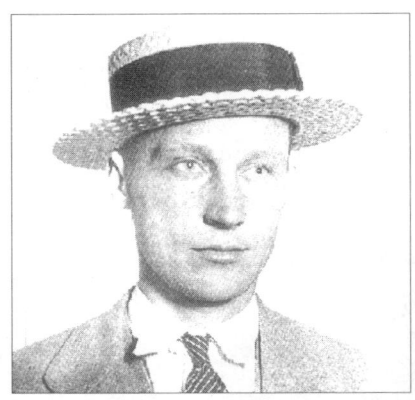

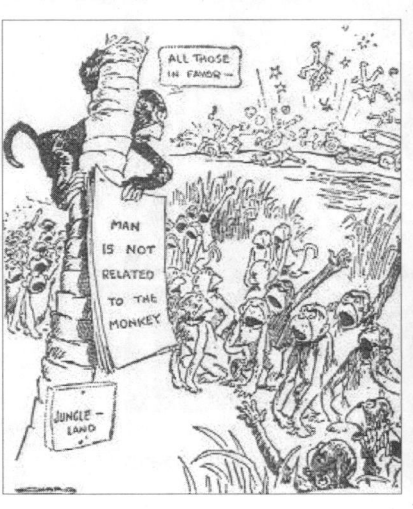

왼쪽 사진의 인물이 "원숭이 재판"에서 피고로 몰렸던 존 스콥스이고, 아래 만화는 〈더 시카고 트리뷴〉 지에 실렸던 내용으로서, "우리는 인간과 친척이 아니다"라고 원숭이들이 성토대회를 벌이는 광경이다. 오른쪽 위 사진은 재판에서 열변을 토하는 브라이언 검사의 모습이고, 아래 사진에서는 대로우가 배심원들에게 마지막 변론을 편다.

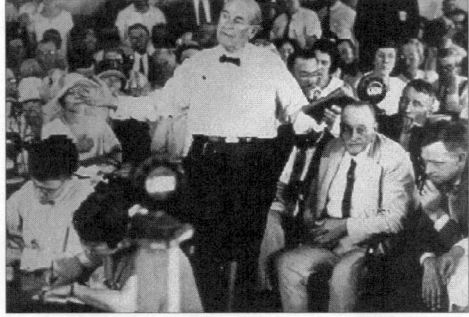

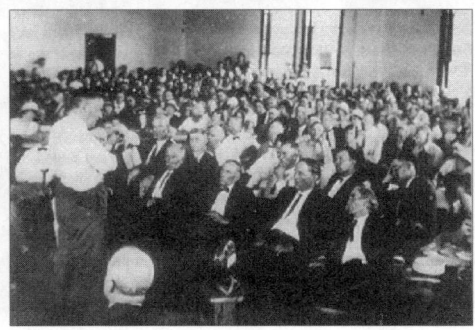

오전 9시에 인류가 창조되었다"는 브레이디의 성경 해석으로부터 시작해서 열띤 공방을 거치지만, 판결은 유죄로 떨어지고, 버트람은 벌금 1백 달러를 선고받은 다음 학교에서 쫓겨나 '산골마을'을 떠난다.

참으로 황당무계하고 우화적이라고 여겨지는 이 희곡의 내용은 1925년 7월 미국의 테네시 주 데이튼(Dayton)에서 실제로 일어났던 유명한 "스콥스 원숭이 재판"을 '원작'으로 삼았다. 고등학교 생물교사였던 존 스콥스(John Scopes)가 진화론을 가르친 피고였고, 검사 윌리엄 제닝스 브라이언(William Jennings Bryan)은 유명한 정치가요 웅변가로서, 1896년 민주당 대통령 후보로 나섰다가 60만 표라는 근소한 차이로 매킨리(William McKinlay)에게 고배를 마셨으며, 1900년과 1908년에도 출마했었다. 제1차 세계대전 이후 그는 종교적인 근본주의 사상에 몰두하여 학교에서 진화론을 강의하지 못하게 막는 운동에 앞장섰으며, 원숭이 재판 5 일 후에 세상을 떠났다.

스탠리 크레이머의 영화에서는 곱상한 진 켈리에게 정말로 어울리지 않는 역이었지만 1988년 텔레비전 영화에서는 대런 맥개빈이 제대로 맡았던 '필라델피아의 기자' 혼벡(E. K. Hornbeck)의 모델이 된 실제 인물은 '성경의 권위자'로 증인석에 섰던 브라이언 검사를 통렬하게 비꼬아 정치적으로 매장시킨 멩켄(H[enry] L[ewis] Mencken)으로서, 그가 얼마나 대단한 인물이었는지는 언론인을 다룰 때 다시 소개하기로 하겠다.

브라이언과 대결을 벌였던 변호사 클라렌스 대로우(Clarence [Seward] Darrow) 역시 대단히 유명한 인물이다. 자신이 맡은 사건을 냉정하게 객관적인 눈으로 보는 능력이 탁월했던 그는 풀맨(Pullman) 철도 변호사로서 돈을 많이 벌었지만, 1894년 철도 노조의 파업을 주도한 사회주의자 뎁스(Eugene V. Debs)를 변호하여 패소하면서 "재판에 지면서도 명성을 얻은 변호사"가 되었다.

철도회사를 그만둔 그는 사형제도를 반대하면서, 수많은 살인 혐의
자들의 목숨을 구하기도 했는데, 1924년 어린 소년을 살해한 악명높은
네이탄 리오폴드(Nathan Leopold)와 리처드 로우브(Richard Loeb)의 목
숨을 구한 사람도 대로우였다. 리오폴드와 로우브 사건은 마이어 레빈
(Meyer Levin, 1905~81)의 원작을 영화로 만든 「충동」의 기둥줄거리를
이룬다.

패트릭 해밀튼(Patrick Hamilton)이 같은 사건을 소재로 삼아 두 젊은이
가 재미삼아 살인을 한 다음 시체를 숨겨놓은 집으로 친구들을 초대하는
내용으로 엮은 희곡을 다시 영화로 만든 「밧줄」은 알프레드 힛치코크의
첫 색채 작품으로서, 전개의 흐름을 살리기 위해 10 분 연속 촬영 장면을
동원한 이어찍기 또는 길게찍기(long take) 실험으로도 유명하다. 동성애
혐오증이라는 소재를 가미한 「졸도」 역시 같은 내용을 다룬다.

1970년대에는 헨리 폰다가 클라렌스 대로우를 주인공으로 삼은 1인
극을 무대와 텔레비전에서 공연했고, 지금은 장난영화에 재미가 들려
이상한 길로 빠져 버린 미남 배우 레슬리 닐슨(Leslie Nielssen)이 90년
대에 같은 역을 했었다.

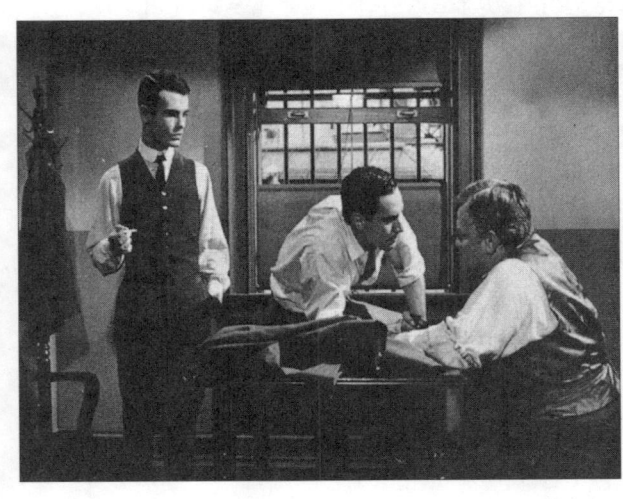

「충동」은 클라렌스 대로우가 변호를
맡았던 실제 사건을 기초로 삼은 영
화이다.

그러나 영화와 텔레비전에 대로우가 끼친 간접적인 업적은 유명한 반대 신문(cross examination) 기법이다. 법정에서 교묘한 유도 신문을 동원하여 상대방이 스스로 자백하게 만드는 기술의 개척자였던 대로우를 흉내낸 변호사가 법정극에서는 자주 등장하는데, 캐나다 출신의 악역 배우 레이몬드 버(Raymond Burr, 1917~93)

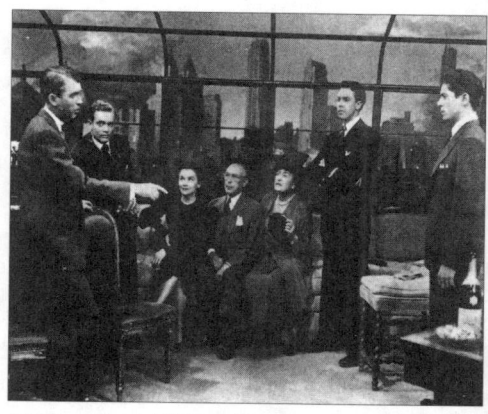

알프레드 힛치코크의 「밧줄」은 「충동」의 소재가 되었던 사건을 새로 엮은 영화이다.

에게 명성을 가져다 준 텔레비전 연속물의 주인공 페리 메이슨(Perry Mason)이 그런 대표적인 등장인물이다. 그리고 페리 메이슨적인 반대 신문은 「원숭이 재판」에서도 대단한 긴장감을 불러일으킨다.

「원숭이 재판」의 판결이 끝난 다음 땅콩장수들이 법정으로 몰려 들어오는 속에서 클라렌스 '드러몬드' 대로우는 버트람에게 이런 말을 한다.

"이런 일은 끝도 없이 일어날 걸세. 내일은 다른 사람이 앞장을 서겠

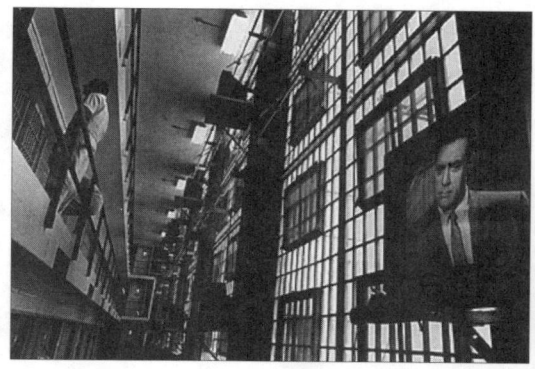

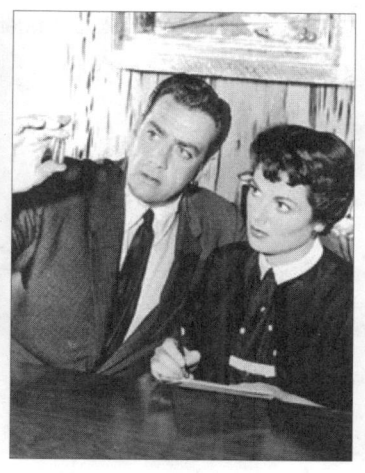

악역 전문 배우였던 레이몬드 버(Raymond Burr)를 세계적으로 유명하게 만들어 준 텔레비전 연속물의 명변호사 페리 메이슨(Perry Mason)은 실존인물 클라렌스 대로우를 모델로 삼았다.

지. 자네가 그들에게 용기를 주었으니까."

찾아보기 ●--

▌「다윈의 모험(The Darwin Adventure, 1972, 미국, 91분)」, 감/Jack Couffer, 출
/Nicholas Clay, Susan Macready, Ian Richardson, Christopher Martin

▌「원숭이 재판(Inherit the Wind, 1960, 미국, 127분)」, 감/Stanley Kramer, 출
/Spencer Tracy, Fredric March, Gene Kelly, Florence Eldridge, Dick York,
Harry Morgan, Donna Anderson, Claude Akins, Noah Beery, Jr., Norman
Fell, Elliott Reid

▌「원숭이 재판(Inherit the Wind, 1988, 미국, 90분)」, 감/David Greene, 출/Kirk
Douglas, Jason Robards, Jean Simmons, Darren McGavin, John Harkins,
Megan Follows, Kyle Secor, Michael Ensign, Don Hood

▌「충동(Compulsion, 1959, 미국, 103분)」, 감/Richard Fleischer, 출/Orson Welles,
Diane Varsi, Dean Stockwell, Bradford Dillman, E. G. Marshall, Martin Milner

▌「밧줄(Rope, 1948, 미국, 80분)」, 감/Alfred Hitchcock, 출/James Stewart, John
Dall, Farley Granger, Cedric Hardwicke, John Chandler, Constnace Collier,
Douglas Dick

▌「졸도(Swoon, 1992, 미국, 92분)」, 감/Tom Kalin, 출/Daniel Schlachet, Craig
Chester, Ron Vawter, Michael Kirby, Michael Stumm, Valda Z. Drabla,
Natalie Stanford

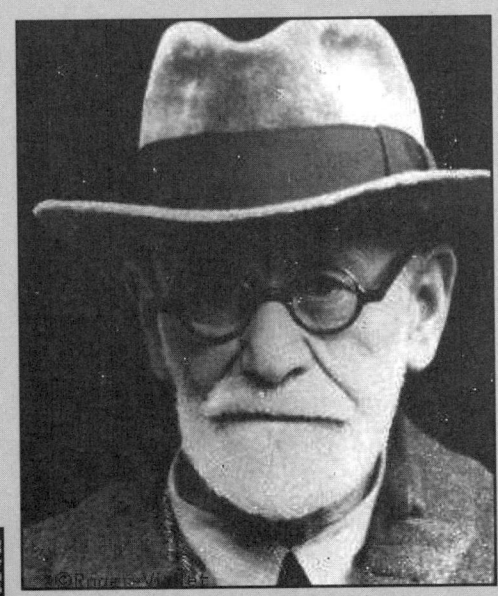

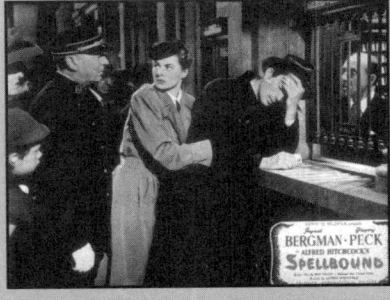

19세기에 지적인 충격을 가져다 준 찰스 다윈의 진화론과 더불어 20세기 지그문트 프로이트의 심리학은 인간의 정체를 파악하는 중요한 열쇠가 되었다. 그가 학문과 영화에 끼친 영향 또한 막대했다. 「망각의 여로(Spellbound, 1945)」나 「환상(幻想, Vertigo, 1958, 비디오 제목 "현기증")」은 물론이요, 알프레드 힛치코크 감독의 많은 영화에서는 심리학적인 장치가 자주 눈에 띈다.

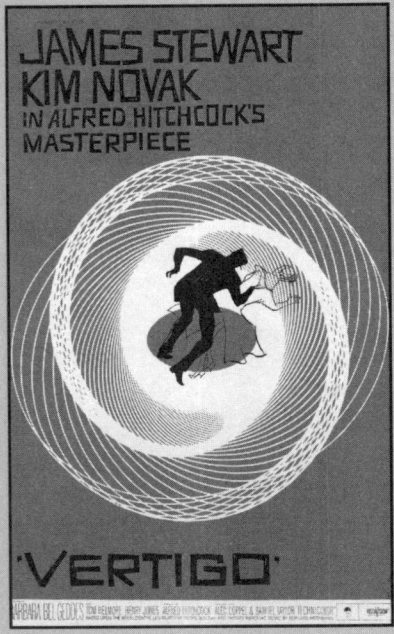

학문의 길과 '상도(商道)'

문명의 여명기부터 종교가 인간의 삶에서 차지하는 비중이 워낙 컸었기 때문에 인간 창조를 과학적으로 설명하는 다윈의 진화론은 19세기에 그만큼 커다란 반작용을 자극했지만, 20세기의 지적 탐험에서 그에 못지않게 충격과 반발을 야기한 사상은 인간 행태학을 무의식과 성욕에 집중시킨 시각으로 설명하려 했던 지그문트 프로이트(Sigmund Freud, 1856~1939)의 심리학이었다.

필자는 고등학교 시절에 형이 정신과 의사였던 어느 급우로부터 호기심을 전염받아 프로이트 입문서와 칼 메닝거(Karl Augustus Menninger)가 임상 사례를 기록한 『인간의 마음(The Human Mind, 1930)』 같은 책들을 열심히 읽었는데, 배설과 항문 쾌감에 관한 프로이트의 설명을 듣고는 역겨운 놀라움과 불쾌한 거부감을 느꼈던 기억이 지금까지도 생생하다. 솔직히 얘기하자면, 도대체 이것도 학문인가 회의를 느끼기까지 했었다.

그러니 프로이트가 살았던 당대의 사람들이 영화 「프로이트」에서 보여 주었던 반응은 쉽게 짐작이 가고도 남는다.

「프로이트」는 전기영화라기보다 「인간의 마음」처럼 임상적인 내용이 지배적이고, 매음굴에서 복상사한 아버지 때문에 충격을 받아 세상 보기를 거부하여 앞을 못보고 걷지도 못하는 환자(수잔나 요크)를 통해 히스테리를 연구하는 과정은 차라리 심리극에 가깝다. 더구나 악몽 장면과 꿈을 통한 무의식에 대한 해석은 지나치게 편집적인 시각이 아닐까 하는 답답한 의심도 들게 한다. 몽고메리 클리프트가 주연했던 또 다른 흑백 심리영화 「지난 여름 갑자기(Suddenly, Last Summer, 1959)」가 여기저기서 연상되기도 한다.

영화 「프로이트」는 학회에서 프로이트가 오이디푸스 컴플렉스를 설명할 때 생각이 앞서가는 선구자의 설명을 이해하지 못하는 군중이 기성의 권위를 지키기 위해서 분노하는 장면으로 끝난다. 「1919년」은 프

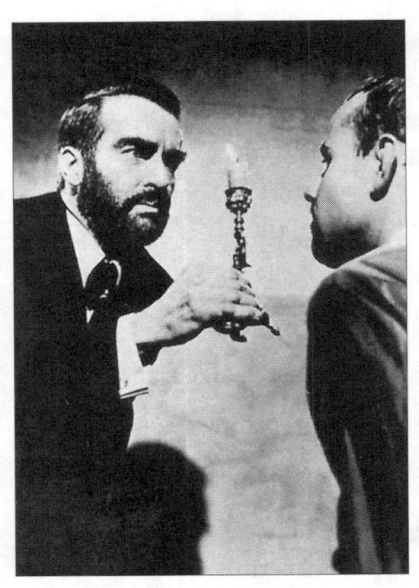

존 휴스턴의 「프로이트」는 전기영화라기보다는 힛치코크의 「망각의 여로(Spellbound, 1945, 일본 제목 따서 "백색의 공포"라고도 알려졌음)」를 연상시키는 심리극에 가깝다.

로이트의 환자였던 두 남녀가 만나 회상을 나누는 내용이고, 「지그문트 프로이트의 비밀 일기」는 프로이트가 성장한 배경을 희극적으로 엮었는데, 존 휴스턴의 작품에 비하면 두 프로이트 영화 모두 진지함이 모자란다.

휴스턴 영화의 도입부에서 보여 주듯이, 비엔나 대학에서 의학을 공부한 오스트리아의 유대인 청년 프로이트는, '자유연상(free association)'을 통해 좌절된 감정을 해소하는 정신분석 요법을 개발해내기 전에 최면술로 신경증 환자들을 치료하려고 시도했었다. '최면술'은 'hypnotism'이나 'mesmerism'이라고 하는데, 나중 단

어는 프로이트보다 백 년이나 시대가 앞서는 오스트리아의 의사 메스메르(Franz Anton Mesmer, 1734~1815)가 개발한 치료법이었다.

이제는 영어에서 '동물적 또는 관능적 매력'이라는 흔한 표현이 된 '동물적 자력(animal magnetism)'이 우주를 지배한다는 가설하에서 최면 치료를 했던 메스메르 또한 영화에 가끔 등장하는 이름인데, 잉마르 베리만의 「마술사」에서 빚에 쫓기는 사기꾼이면서도 천재인 복잡한 인물로 묘사되는 19세기의 최면 마술사 알베르트 에마누엘 포글러(Albert Emanuel Vogler)는 메스메르와 공부를 같이 했던 사람이다.

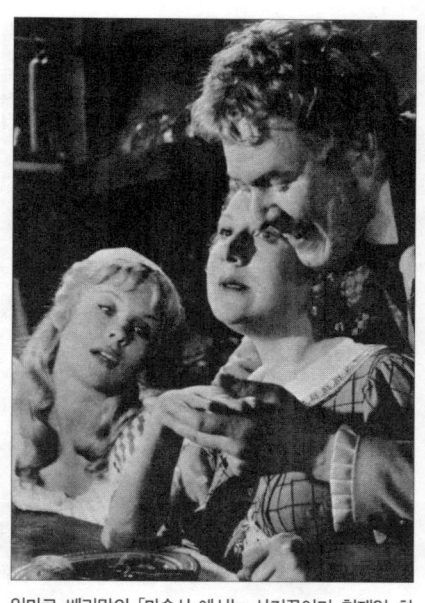

잉마르 베리만의 「마술사」에서는 사기꾼이며 천재인 최면술사가 주인공으로 나선다.

이밖에도 의학에 기여한 인물의 전기영화로는 폴 무니가 오스카 연기상을 탄 「루이 파스퇴르의 생애」, 마취제를 발명한 미국 치과의사 윌리엄 모튼(William Thomas Green Morton, 1819~68)이 그의 생애를 회상하는 「위대한 순간」, 매독의 특효약 "606호"(Salvarsan, arsphenamine)를 발견했으며 1908년 노벨 의학상을 받은 독일 미생물학자 얼리크(Paul Ehrlich, 1854~1919)의 일대기 「얼리크 박사의 마법 탄환」, 그리고 유명한 영국의 간호원 플로렌스 나이팅게일(Florence Nightingale, 1820~1910) 영화는 「백의(白衣)의 천사」와 「등잔을 든 여인」 두 편이 나왔다.

여성 과학자 영화로는 머빈 리로이 감독이 정말로 가정적인 인상의 한 쌍(월터 피전과 그리어 가슨)을 주연시켜 만든 프랑스 화학자 「퀴리

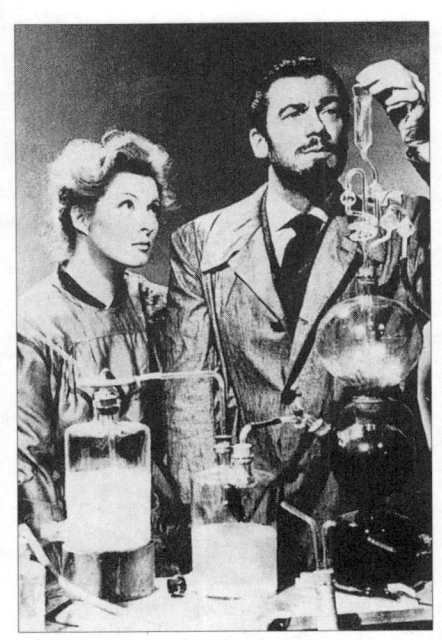
여성 과학자의 전기영화로는 「퀴리 부인」이 독보적인 존재이다.

부인」의 전기가 유명하고, 발명가 쪽을 찾아보면 전화를 발명한 「알렉산더 그래험 벨 이야기」, 발명왕 토마스 에디슨 영화로는 「젊은 날의 에디슨」과 그 속편에 해당되는 「인간 에디슨」, 제트 엔진을 발명한 프랭크 위틀(Sir Frank Whittle) 이야기 「음속돌파」가 은막에 등장했다.

시대극의 끔찍한 '소품'으로 자주 등장하는 단두대(guillotine)를 발명한 프랑스 의사 기요틴(Joseph Ignace Guillotine, 1738~1814)은 그의 이름을 붙인 기요틴에서 목이 잘렸고, 서부영화에서 자주 빙글빙글 돌아가며 인디

언을 무더기로 죽이는 속사(速射) 기관총 개틀링(the Gatling gun)도 그것을 발명하여 1862년에 특허를 낸 미국인 농부의 이름(Richard Jordan Gatling)을 딴 것이며, 칼빈총을 발명한 「칼빈 윌리엄스」 역시 영화의 주인공이 되었다.

이탈리아의 천문학자에 물리학자이며 철학자였던 갈릴레오(Galileo Galilei, 1564~1642)는 베르톨트 브레히트(Bertolt Brecht, 1898~1956)의 희곡 『갈릴레오의 생애(Leben des Galilei, 1939 집필, 1943 공연, 영어 제목 The Life of Galileo, 1947)』에서 주인공이 되었다. 브레히트는 코러스(Chorus) 같은 고전 희곡 기법을 되살리면서도 환등기, 영화, 음악, 현수막 따위를 동원하는가 하면 전통적인 연극의 환상(illusion)으로부터 관객뿐 아니라 연기자들까지도 소외시키려던 서사극(Epic Theater)의 창시자인 독일 시인이요, 극작가이다.

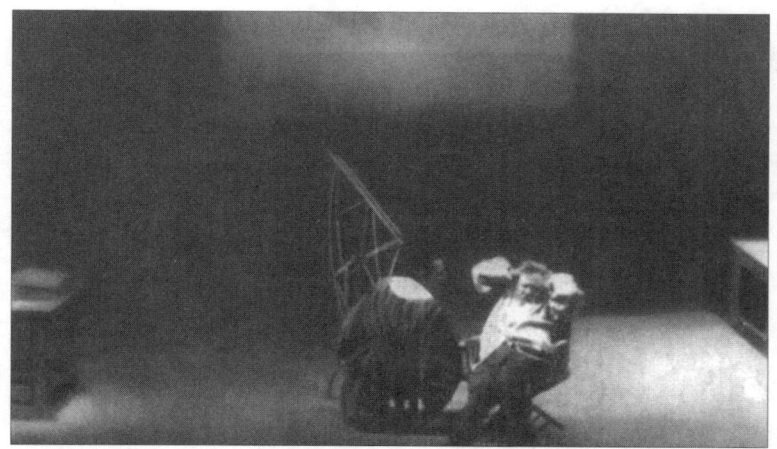

찰스 로톤이 주연한 1947년 미국 무대극 「갈릴레오의 생애」는 영화로 제작되었다.

마르크스주의자였던 브레히트는 열다섯 가지 일화로 엮은 이 희곡에서 코페르니쿠스의 지동설(地動說)을 옹호하다가 종교재판(Inquisition)에 회부되자 압력에 굴복하는 갈릴레오를 원칙까지도 포기하는 비겁한 인물로 그렸으며, 공산주의 성향 때문에 매카티 선풍에 밀려 미국을 떠나 영국으로 건너가야 했던 조세프 로지 감독은 그가 1947년 미국에서 처음 무대에 올렸던 이 희곡을 아메리카 영상 연극(American Film Theatre Production)을 통해 영화 「갈릴레오」로 만들었다.

조세프 로지가 공산주의 성향 때문에 미국을 떠나야 했듯이, 브레히트 역시 1933년 나찌 집권 이후 덴마크, 스웨덴, 핀란드, 미국을 떠돌며 15 년 동안 망명생활을 했고, 앞에서 소개한 영화 「원숭이 재판」에서 주인공 버트람이 진화론을 가르쳤다고 종교적인 사회로부터 쫓겨났듯이, 갈릴레오는 『천문학대화(Dialogo dei due massimi sistemi, 1632, 영어 제목 Dialogue on the Great World System)에서 표현한 '생각의 자유' 때문에 교회의 엄중한 감시를 받으며 피렌쩨의 교외에서 외로운 여생을 보냈고, 유대인이라는 이유로 히틀러의 독일을 떠나야 했던 프로이트는 1938년 가족과 함께 영국으로 도망쳐서 명예와 만인의 존경심을 누리며 일생을 넉넉하게 보냈다.

1968년에 나온 이탈리아 영화 「갈릴레오(Galileo, 감/Liliana Cavani, 주/Cyril Cusack)」는 브레히트와 전혀 관계없는 작품이다.

좀 특이한 인물들의 전기영화를 찾아보면, 프랑스가 미국에 선물로 보낸 자유의 여신상(Liberté Éclairant le Monde, Liberty Enlightening the World)을 만든 프랑스의 조각가 바르똘디(Frédéric Auguste Bartholdi, 1834~1904) 이야기 「자유」, 4천만 프랑에 달하는 쓰레기 같은 채권을 가난한 노동자들에게 팔아서 1930년대를 떠들썩하게 만들고 두 명의 프랑스 각료를 해임되게 했던 러시아 태생의 사기꾼 스따비스키(Serge Alexandre Stavisky, 1886?~1934) 이야기, 그리고 18세기 영국의 유명한 강도 잭 셰퍼드(Jack 또는 John Sheppard, 1702~24)가 주인공인 「잭의 행방을 찾아라」도 나온다.

잭 셰퍼드는 베스 리온(Bess Lyon, 별명 "Edgeworth Bess")이라는 여자의 사주를 받아가며 런던 일대에서 거의 날마다 강도질을 했는데, 영국의 범죄 조직을 만들어서 역시 유명해지는 바람에 대니얼 디포와 헨리 필딩의 작품에까지도 등장하게 된 조나던 와일드(Jonathan Wild, 1682?~1725)와 맺은 악연으로 인해 당국에 체포되어 사형 선고를 받는다. 그는 베스의 도움을 받아 탈옥에 성공하지만, 다시 체포되고, 또 탈옥한다.

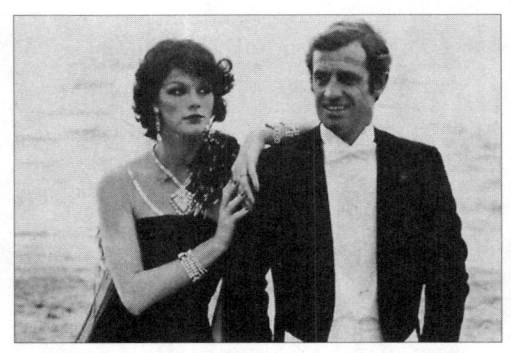

「스따비스키」는 실존했던 사기꾼에 관한 전기영화이다.

술에 취한 상태에서 세 번째로 붙잡힌 그는 마침내 교수형을 당한 다음 에인스워트(William Harrison Ainsworth, 1805~82)의 소설 『잭 셰퍼드(1839)』에서 주인공으로 등장한다.

'유대인'은 그 집단 자체가 하나

의 극적인 인물로 문학과 영화에서 등장인물 노릇을 하는 경우가 많다. 셰익스피어 희곡 『베니스의 상인』에 등장하는 샤일록(Shylock)은 악역으로서의 유대인 금융업자를 대표하는 인물이겠다. 다른 수많은 문학 작품이나 영화에서도 유대인이라면 돈과 연결을 짓기가 십상이며, 히틀러와 수많은 사람들의 구박을 받은 유대인들이 이스라엘을 건국할 때도 유대인의 돈이 크게 뒷받침했다.

최근에는 미국의 중동 정책에 막강한 입김을 불어넣어 온 유대인의 돈을 상징해 왔기 때문에 이슬람권의 표적이 되었던 뉴요크의 세계 무역 센터(the World Trade Center)가 아프가니스탄 전쟁을 촉발시키기도 했는데, 이러한 유대인의 돈이라면 독일어로는 '롯쉴트'라 하고 영어로는 '로트차일드'나 '롯스차일드' 또는 '로스차일드', 그리고 프랑스어로는 '롯실드'라고 발음해야 하는 한 가문이 중심을 이루어 왔다고 해도 과언이 아니다.

세계적으로 유명한 이 유대인 금융업 가문을 일으켜 세운 네이탄 로트차일드가 나뽈레옹 전쟁 때 어떻게 영국 정부에 돈줄을 대 주었는지

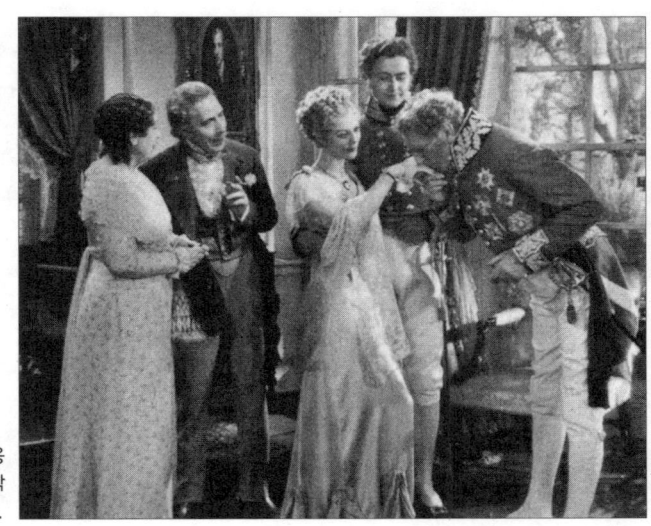

「로트차일드 집안」은 나뽈레옹 전쟁 때 이미 돈을 모으기 시작한 유대인 집안의 내력을 담았다.

를 알고 싶으면 「로트차일드 집안」을 보기 바란다.

「로사 룩셈부르크」는 폴란드에서 유대인 상인의 딸로 태어나, 우리나라에서도 군사 독재 정권과의 투쟁 과정에서 좌익 성향의 활동을 벌인 학생 및 청년층을 통해서 특히 널리 알려진 '붉은 로사(Red Rosa, 1870~1919)'의 전기영화이다. 바르샤바에서 여자고등학교 재학 시절부터 혁명 운동에 참가했던 그녀는 당국의 추적을 받아 취리히에서 망명을 했고, 1916년에는 스파르타쿠스파를 조직했다. 전쟁중에는 대부분 옥중에서 보내며 『러시아 혁명론(1918)』을 집필했고, 석방후인 1919년 1월 15일 혁명파가 베를린에서 봉기했을 때 참가했다가 체포되어 감옥으로 가던 중 살해되었다.

「다이아몬드 짐」은 먹는 취미가 각별하기로 유명했으며 소프라노 가수 릴리언 럿셀(Lillian. Russell, 본명 Helen Luoise Leonard, 1861~1922)과의 염문으로도 널리 알려진 19세기의 괴팍한 백만장자 짐 브레이디(James Buchanan Brady, 1856~1917)에 관한 전기영화이다. 그는 뉴요크 중앙역에서 짐꾼으로 시작해서 금융업자로 성공했는데, 보석 수집에 너무나 열심이어서 그런 별명이 붙었다.

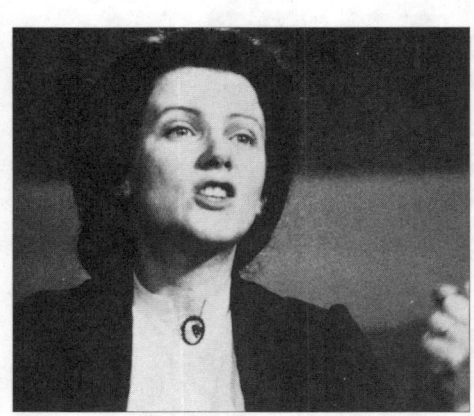
유대인 상인의 딸로 태어나 군사 독재 정권에 대한 투쟁과 좌익 성향으로 우리나라 운동권에서 교과서적인 인물이 되었던 '붉은 로사'의 전기영화도 나왔다.

영국의 보험 시장에서 5분의 1을 차지하며 연간 보험료가 약 30억 파운드에 달하는 세계적인 런던의 로이드 회사는 17세기 런던의 해상 보험 업자들이 단골로 드나들던 찻집 주인 에드워드 로이드(Edward Lloyd, 1688~1713)가 만들어 배포하던 해상 운송 소식지 "로이드의 목록(Lloyd's List)"에서 연유한 이름이다. 영화 「런던의 로이드 회

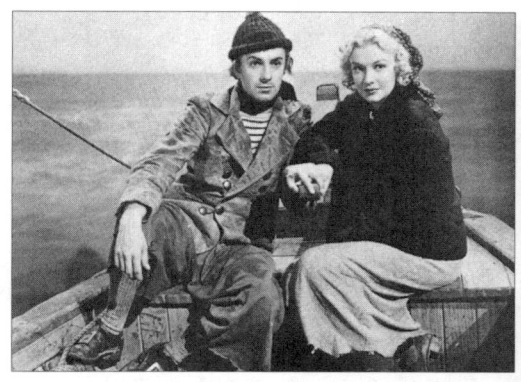

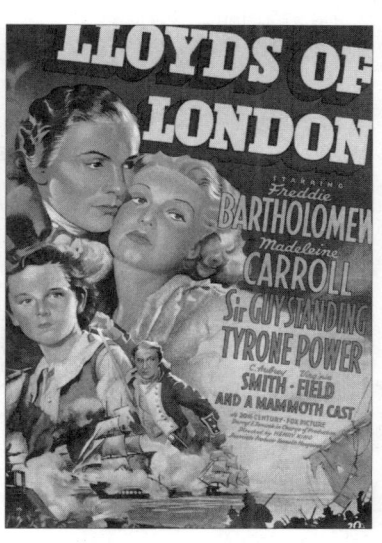

「런던의 로이드 회사」를 선전하던 당시의 포스터(오른쪽)를 보면, 어린 시절의 주인공 역을 맡았던 아역배우의 이름은 크게 위로 올린 반면에, 아직 프레디 바톨로뮤만큼 유명하지 못했던 타이론 파워는 정작 주연이면서도 이름이 밑에 깔린 처지이다. 영화를 보면 정말로 젊은 시절의 타이론 파워를 만나게 된다.

사」는 주인공 조나던 블레이크(Jonathan Blake)가 급사로 시작해서, 넬슨 제독과의 평생 우정에 힘입어, 인생과 사랑의 성공을 거둔다는 내용이다.

백만장자 가운데 영화 주인공이 될 만한 인물로는 하워드 휴스가 가장 만만하지만, 워낙 '신비의 인물'로 숨어 살았던 사람이어서 그에 관한 전기영화는 아직 나오지 않았다. 여러 영화를 제작하고("전설의 시대" 48~9 참조), 여배우를 애인으로 두기까지 했던("정복의 길" 170쪽 참조) 하워드 휴스의 자서전『나의 인생관(My Life and Opinions)』이 1972년에 출판되었을 때는 그의 정체를 알고 싶어하는 사람들이 워낙 많아서 당장 세계적인 베스트셀러가 되었지만, 그것이 소설가 클리포드 어빙(Clifford Irving)이 제멋대로 지어서 쓴 가짜 '자서전'임이 밝혀지자 세상은 경악하고 말았다. 어빙은 결국 형무소로 끌려가 14개월의 형을 치르고 출판사

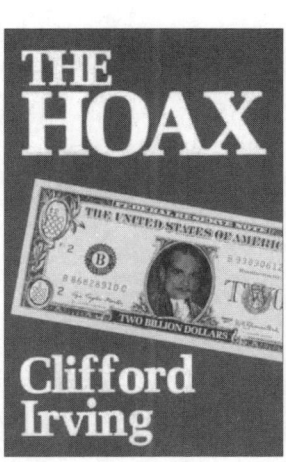

클리포드 어빙이 쓴 하워드 휴스의 자서전에 얽힌 배경 얘기를 담은 『사기극』은 1997년 영국에서 출판되었다.

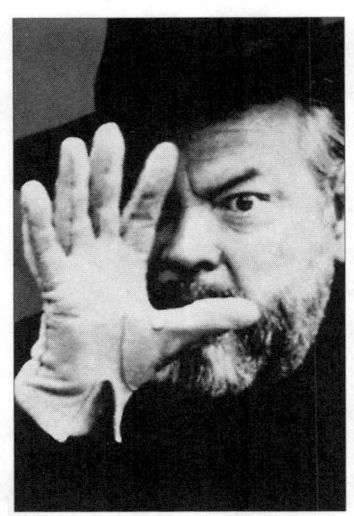

오손 웰스의 영화 「가짜 열전」은 신비의 백만 장자 하워드 휴스로부터 간접적인 영향을 받았다.

에 76만 5천 달러의 배상금을 물어냈지만, 이 사건으로 인해서 그는 오히려 유명작가가 되었으며, 1997년에는 당시의 사건 전말을 밝힌 『사기극(The Hoax)』이 버젓하게 영국에서 출판되어 큰 돈을 벌어들이기도 했다.

클리포드 어빙의 행각은 오손 웰스의 영화에까지 영향을 끼쳤다. 오손 웰스의 「가짜 열전」은 본디 악명높은 미술품 위조범 엘미르 드 호리(Elmyr de Hory)의 초상(肖像)을 그리려고 시작한 영화였지만, 인터뷰에 응한 사람들 가운데 하나가 클리포드 어빙임이 밝혀지자 방향을 바꿔 온갖 사기극의 '열전'을 만들게 되었다고 한다.

신데렐라 영화의 변주(變奏)라고 할 「머빈과 하워드」는 하워드 휴스가 등장하는 훈훈한 영화로서, 아카데미 각본상까지 탔다. 백발이 성성한 노년기의 하워드 휴스에게 우연히 차를 태워줬다가 휴스의 유산을 상속받은 멜빈 더마르의 얘기를 우화처럼 엮은 이 영화에는 버스 정거장 장면에서 더마르가 잠깐 모습을 보이기도 한다.

찾아보기 ●--

▌「지그문트 프로이트의 비밀 일기(The Secret Diary of Sigmund Freud, 1984, 미국, 90분)」, 감/Danford B. Greene, 출/Bud Cort, Carol Kane, Klaus Kinski, Marisa Berenson, Carroll Baker, Dick Shawn, Ferdinand Mayne

▌「마술사(Ansiktet, 영어 제목 The Magician 또는 The Face, 1958, 스웨덴, 102분)」, 감/Ingmar Bergman, 출/Max von Sydow, Ingrid Thulin, Gunnar Bjornstrand, Naima Wifstrand, Bibi Andersson, Erland Josephson

▌「루이 파스퇴르의 생애(The Story of Louis Pasteur, 1936, 미국, 85분)」, 감/William Dieterle, 출/Paul Muni, Josephine Hutchinson, Anita Louise, Donald Woods, Fritz Leiber, Porter Hall, Akim Tamiroff

▌「위대한 순간(The Great Moment, 1944, 미국, 83분)」, 감/Preston Sturges, 출/Joel McCrea, Betty Field, Harry Carey, William Demarest, Franklin Pangborn, Grady Sutton, Louis Jean Heydt, Jimmy Conlin

▌「얼리크 박사의 마법 탄환(Dr. Ehrlich's Magic Bullet, 1940, 미국, 103분)」, 감/William Dieterle, 출/Edward G. Robinson, Ruth Gordon, Otto Kruger, Donald Crisp, Maria Ouspenskaya, Montagu Love, Sig Ruman, Donald Meek

▌「백의의 천사(The White Angel, 1936, 미국, 92분)」, 감/William Dieterle, 출/Kay Francis, Ian Hunter, Donald Woods, Nigel Bruce, Donald Crisp, Henry O'Neill, Billy Mauch, Halliwell Hobbes

▌「등잔을 든 여인(The Lady With a Lamp, 1951, 영국, 112분)」, 감/Herbert Wilcox, 출/Anna Neagle, Michael Wilding, Felix Aylmer, Maureen Pryor, Gladys Young, Julian D'Albie

▌「퀴리 부인(Madame Curie, 1943, 미국, 124분)」, 감/Mervyn LeRoy, 출/Greer Garson, Walter Pidgeon, Henry Travers, Albert Basserman, Robert Walker, C. Aubrey Smith

▌「알렉산더 그래험 벨 이야기(The Story of Alexander Graham Bell, 1939, 미국, 97분)」, 감/Irving Cummings, 출/Don Ameche, Loretta Young, Henry Fonda, Charles Coburn, Spring Byington, Gene Lockhart, Polly Ann Young

▌「젊은 날의 에디슨(Young Tom Edison, 1940, 미국, 82분)」, 감/Norman Taurog, 출/Mickey Rooney, Fay Bainter, George Bancroft, Virginia Weidler, Eugene Palette, Victor Kilian

▌「인간 에디슨(Edison, the Man, 1940, 미국, 107분)」, 감/Clarence Brown, 출/Spencer Tracy, Rita Johnson, Lynne Overman, Charles Coburn, Gene

Lockhart, Henry Travers, Felix Brassart

■「음속돌파(The Sound Barrier, 미국 제목 Breaking the Sound Barrier, 1952, 영국, 109분 또는 112분)」, 감/David Lean, 출/Ralph Richardson, Ann Todd, Nigel Patrick, John Justin, Dinah Sheridan, Denholm Elliott

■「칼빈 윌리엄스(Carbine Williams, 1952, 미국, 91분)」, 감/Richard Thorpe, 출/James Stewart, Jean Hagen, Wendell Corey, Paul Stewart, James Arness

■「갈릴레오(Galileo, 1973, 영국, 145분)」, 감/Joseph Losey, 출/Topol, Edward Fox, Colin Blakely, Georgia Brown, Clive Revill, Margaret Leighton, John Gielgud, Michael Gough, Judy Parfitt, Oatrick Magee, Tom Conti

■「자유(Liberty, 1986, 미국, 150분)」, 감/Richard C. Sarafian, 출/Chris Sarandon, Frank Langella, Carrie Fisher, Claire Bloom, George Kennedy, LeVar Burton, Jean-Pierre Cassel

■「스타비스키(Stavisky, 1974, 프랑스-이탈리아, 117분)」, 감/Alain Resnais, 출/Jean-Paul Belmondo, Charles Boyer, François Perier, Anny Duperey, Michel Lonsdale, Roberto Bisacca, Claude Rich, Gerard Depardieu

■「잭의 행방을 찾아라(Where's Jack?, 1969, 영국, 119분)」, 감/James Clavell, 출/Tommy Steele, Stanley Baker, Fiona Lewis, Alan Badel, Dudley Foster, Sue Lloyd, Noel Purcell

■「로트차일드 집안(House of Rothschild, 1934, 미국, 88분)」, 감/Alfred L. Werker, 출/George Arliss, Boris Karloff, Loretta Young, Robert Young, Florence Arliss, C. Aubrey Smith

■「로사 룩셈부르크(Rosa Luxemburg, 1986, 독일, 122분)」, 감/Margarethe von Trotta, 출/Barbara Sukowa, Daniel Olbrychski, Otto Sander, Adelheid Arndt, Jurgen Holtz, Doris Schade

■「다이아몬드 짐(Diamond Jim, 1935, 미국, 93분)」, 감/A. Edward Sutherland, 출/Edward Arnold, Jean Arthur, Binnie Barnes, Cesar Romero, Eric Blore

■「런던의 로이드 회사(Lloyd's of London, 1936, 미국, 115분)」, 감/Henry King, 출/Freddie Bartholomew, Madeleine Carroll, Sir Guy Standing, Tyron Power, C. Aubrey Smith, Virginia Field, George Sanders

■「가짜 열전(F for Fake, 1974, 미국, 85분)」, 감/Orson Welles, 출/Orson Welles, Joseph Cotton, Paul Stewart, Laurence Harvey, Clifford Irving, Oja Kodar

■「머빈과 하워드(Mervin and Howard, 1980, 미국, 95분)」, 감/Jonathan Demme,

출/Paul LeMat, Jason Robards, Mary Steenburgen, Jack Kehoe, Pamela Reed, Dabney Coleman, Michael J. Pollard, Gloria Grahame, Elizabeth Cheshire, Martine Beswicke, Charles Napier, John Glover, (Melvin Dummar)

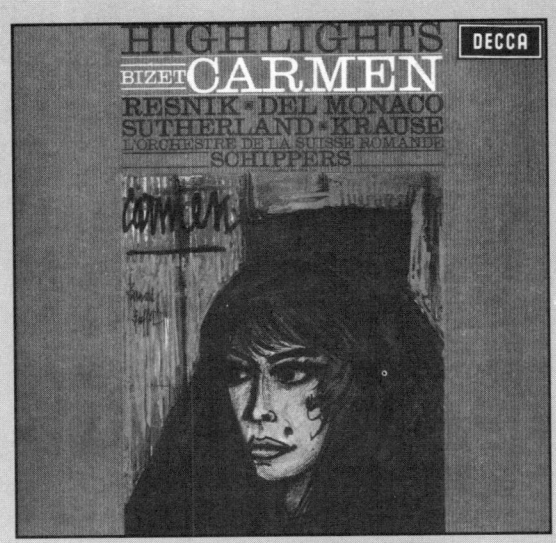

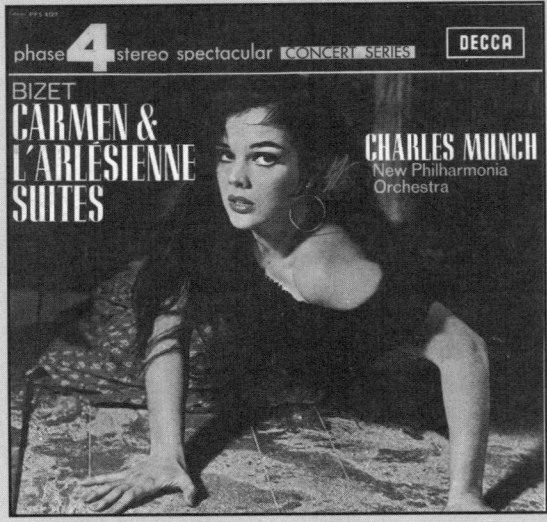

집시의 세계는 유럽의 문학과 음악에서 독특한 하나의 배경을 이룬다. 방랑
과 낭만, 가난과 범죄 같은 특이한 속성이 격렬한 상황을 만드는 요소로 작
용하기 때문이다. 그러나 집시의 얘기는 비제의 「칼멘」처럼 에스파냐에서만
벌어지지는 않는다.

집시의 시간과 왕족의 사랑

정처없이 떠돌아다니고, 고달프고 불편하고 누추한 방랑생활이 낭만적이리라는 추측성 관념 때문인지는 몰라도, 유럽을 무대로 한 시대극에는 집시가 자주 등장한다. 그리고 집시라면 칼멘을 위시해서 에스파냐의 정열을 연상시키고는 하지만, 유럽인들은 집시가 처음 등장한 곳이 16세기 잉글랜드였다고 주장한다.

그러나 영국에서는 검은 피부의 이 떠돌이들을 이집트에서 왔다고 믿었다. '이집트인(Egyptians)'이라는 말이 '집션(Gypcians)'으로 와전되었다가 현재의 형태(gypsy)로 정착되었다는 설이다. 이런 어원을 설명하는 전설에 의하면, 집시들은 성모와 아기 예수가 이집트로 도피했을 때 도와주지 않았기 때문에 벌을 받아 평생 떠돌이 생활을 한다고 전해진다.

하지만 이것은 어디까지나 유럽 쪽 백인들의 설명이고, 집시의 기원이 인도 북서부로서 10세기경 근동 여러 나라로 퍼져 나갔고, 14~5세기에는 소아시아에서 발칸반도를 거쳐 유럽에 이르렀다는 설도 유력하다.

집시는 또한 '외인'들과의 통혼을 하지 않으며 민족으로서의 정체성을 유지한다고도 알려졌지만, 유럽 영화를 보면 「집시와 신사」에서처럼 정열적인 집시 여인이 귀족과 사랑에 빠진다는 상황이 자연스럽게 이루어진다. 흑백 화면의 아름다움을 설명하며 이미 오래 전에 소개한 바 있는 「싱고아라」 역시 집시 여인과 결혼하기 위해 모든 것을 버리는 귀족이 주인공으로 등장한다.

그밖의 집시 시대극으로는 '섹스 웨스턴'으로 유명해진 제인 럿셀과 검객영화 단골인 코넬 와일드가 만나는 「뜨거운 피」, 그리고 집시들의 손에 자란 왕자님이 벌이는 활극 「야성의 집시」도 있었다.

시대극의 범주를 벗어난 「집시의 아들」에서는 어느 음울한 로마니아의 겨울에 전설적인 민요 가수를 찾아나선 프랑스 청년이 집시 마을에서 주정뱅이 노인의 '양자'가 되고 시골 아가씨와 사랑까지 나누었는데, 주정뱅이의 진짜 아들인 집시 폭력배가 출옥해서 고향으로 돌아오면서 벌어지게 되는 사건을 다룬다.

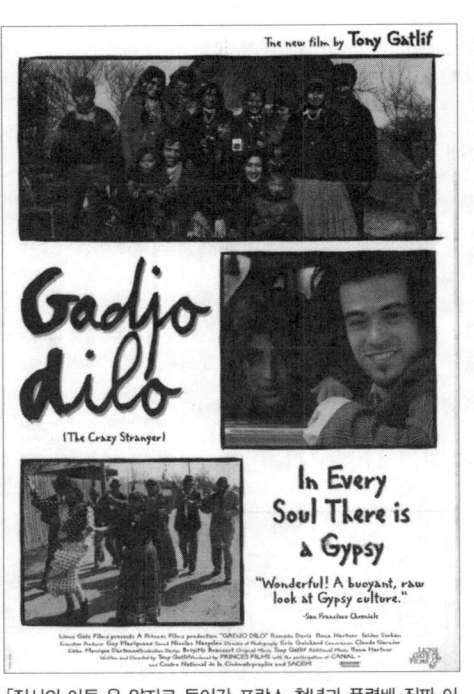

「집시의 아들」은 양자로 들어간 프랑스 청년과 폭력배 진짜 아들이 전개하는 얘기이다.

「바네싸, 그녀의 사랑 이야기」는 제목 그대로 무법자와 집시 여인의 낭만적인 사랑 이야기이고, 작위를 받은 영국 배우 존 밀스가 친딸 헤일리 밀스를 주연시켜 만든 「집시 아가씨」도 좀 모자라는 여인이 첫사랑에 빠지는 이야기이고, 「재씨」는 남편을 죽게 만들었다고 비난을 받는 19세기 집시 여인의 어두운 얘기이며, 「마돈나와 일곱 달」은 집시의 저주에 걸린 여자가 주인공으로 등장하는 별난 영화이다.

무섭고도 괴이한 분장으로 유명해서 '천의 얼굴을 가진 사나이(the man of a thousand faces)'라고 알려진 공포물 전문 배우 론 체이니의 무성영화 「미지의 사나이」에서는 도피중인 범죄자가 집시 곡마단으로 흘러들어와 팔이 없는 남자 행세를 하는데, 마지막 장면이 특히 엽기적이어서 화제가 되었다.

찰스 디킨스의 올리버 트위스트 얘기를 연상시키는 「뜨내기」에서는 에이레계 미국인 집시들로 이루어졌으며 '뜨내기들(travellers)'이라고 알려진 사기꾼들이 등장하는데, 앵벌이를 키우는 과정 등이 영락없는 페이긴(Fagin) 수법이다.

영국의 첫 테크니칼라 영화로서 잭 카디프(Jack Cardiff)의 파스텔 색채가 돋보이는 「아침의 날개」는 집시들과 경마의 이야기로서, 처음에는 소년으로 변장하고 등장하는 아나벨라와 폰다의 사랑 이야기에 테너 매코막의 노래까지 곁들인다. 「알렉스와 집시」에서는 살인 미수 혐의를 받은 집시 여인과 보석 보증인이 사랑을 한다.

로버트 듀발의 두 번째 연출작이고 그의 두 형제가 나와 식당에서 노래까지 부르는 「안젤로 내 사랑」은 조숙하고 약아빠진 11살 소년을 주인공으로 내세워 뉴요크의 현대 집시 세계로 찾아 들어가는 특이한 경험을 제공한다. 배우가 아닌 실제 인물들 주변에 허구의 얘기를 엮어낸 듀발의 각본도 좋은 평을 받았다.

「집시의 왕」에서는 뉴요크 집시 가문의 3대가 등장하는데, 자르코 스테파노비치(Zharko Stepanowicz)가 세상을 떠나면서 '왕'의 자리를 미덥지 못한 아들이 아니라 손자에게 물려주자, 아들이 당장 손자를 죽일 계획에 착수한다는 통속적 범죄물이다. 촬영은 잉마르 베리만과 늘 작업을 같이 하던 스벤 닉비스트(Sven Nykvist)가 맡았다.

개척시대의 캘리포니아가 무대이기는 해도 미국판 시대극(서부극)에

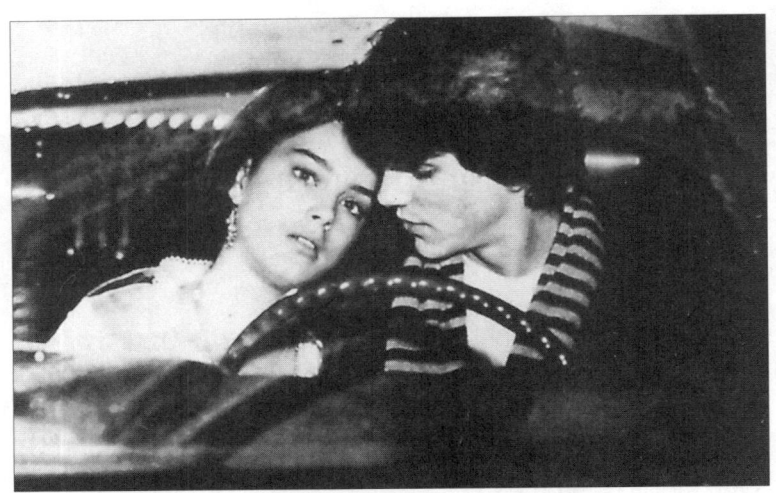

「집시의 왕」은 뉴요크의 집시 가문 3대를 등장시킨 범죄물이다.

포함시키기가 퍽 난처한 「바스끄의 결투」는 프랑스 바스끄족의 이민 포장마차 행렬을 따라 줄거리가 움직이는데, 유럽 타잔처럼 이상한 소리를 질러대면서 바위에서 바위로 그야말로 '날아다니는' 바스끄 남자들의 솜씨가 한때 서울 장안의 화제가 되기도 했었다.

바스끄(Basque)는 프랑스와 에스파냐 양쪽에 걸친 피레네 산맥 서쪽 끝 기슭의 지명이며, 바스끄 민족은 집시보다도 훨씬 강인하고 특이한 소수민족이다. 인종적 그리고 문화적으로 뚜렷한 정체성을 유지해 온 그들은 로마의 정복자들에게도 굴복하지 않았고, 5세기 서고트족, 8세기 이슬람교의 침략을 받았을 때도 완전히 점령된 적이 없었다. 가스띠야 왕국의 지배하에 들어갔을 때도 저항은 계속되었으며, 19세기에는 프랑스군과 싸웠고, 제2차 세계대전 이후 프랑코가 죽은 다음 1979년 드디어 자치를 인정받은, 험난한 역사를 이겨낸 대단한 민족이다.

그러나, 비록 직접적인 체험을 해 본 적이 없어서 사실성에 대해서는 자신있게 할 말이 없기는 해도, 집시의 세계를 나름대로의 독특한 분위기로 재현하는 데 성공한 영화작가는 유고슬라비아 태생으로 지금은 프랑스에서 활동중인 에미르 꾸스투리차(Emir Kusturica) 감독을 꼽을 만하겠다. 우선 그의 대표작으로 알려진 「집시의 시간」을 보기로 하자.

'로마니(Romany)'라는 집시 언어로 제작한데다가, 콜롬비아의 작가 가브리엘 가르샤 마르께즈(Gabriel García Márquez)의 『백 년

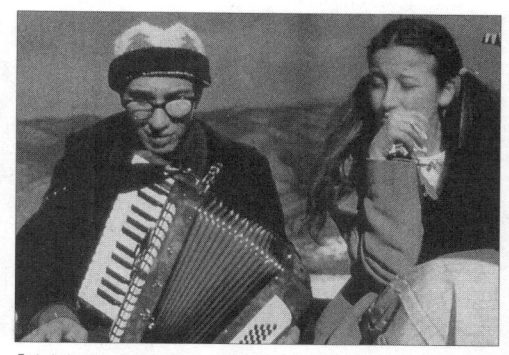

「집시의 시간」은 집시들에 대한 표피적인 호기심을 뚫고 들어가 그들의 삶을 마술적인 사실주의 시각으로 보여 준다.

동안의 고독(Cien años de soledad, 영어 제목 One Hundred Years of Solitude, 1967)』에서처럼 임신한 여인이 아기를 낳으려고 공중으로 떠오르는 등, '마술적 사실주의(lo real maravilloso, magic realism)'를 탄생시킨 프랑스 초현실주의 영상을 동원한 「집시의 시간」은 순진하고 어린 집시 소년이 좀도둑의 길을 깨우치는 '성장(initiation)' 영화로 깐느 영화제에서 감독상을 받았다.

영화가 시작되면 빡빡 깎은 머리에 옷차림이 남루한 집시가 나타나서 찢어진 우산을 든 채로 관객에게 이런 독백부터 한다. "날 죽이려고 머리에 주사를 놓았어. 하지만 탈출했지. 난 안 미쳤다구. 약을 먹으라고 하는가 하면, 전구도 삼키라고 하더군. 동물원 곰처럼 나를 마구 조종했어. 날개도 자르고 말야. 날개없는 영혼을 뭣에 써? 날개를 빼앗기면 안 돼. 내 영혼은 새처럼 자유로우니까. 하느님이 내려오신데도 난 별로 기대하지 않아. 집시들은 거들떠보지도 않고 도루 올라가 버리시니까."

주인공 페르카네는 부모를 잃고 심령치료사 할머니 밑에서, "훨훨 날아다니는 태양조(太陽鳥, 사실은 칠면조)"와 아코디온을 벗삼아 달동네에서 횟가루를 팔며 살아가는데, 너무나 가난해서 결혼을 위한 세 번

의 시도에서 실패를 맛본 청년이다. 절망 끝에 교회의 종에다 목을 매달기도 하던 그는 대처에서 부자가 되어 귀향한 아메드를 따라 돈을 벌러 고향을 떠나지만, 아메드는 알고 보면 앵벌이 거지와 창녀와 소매치기를 거느린 (『올리버 트위스트』의 페이긴과 같은) 집시 두목이다. 아메드는 골수염이 걸려 다리가 불구인 다니라(페르카네의 여동생)까지도 팔아먹고, 심령술로 쇠붙이를 움직이는 페르카네를 심복 부하로 삼는다.

페르카네가 찾아간 '멋진 신세계'는 야바위꾼과, 인신매매와, 빈집털이와, 차털이와, 가혹한 구걸 훈련과, 난쟁이와, "오 어머니, 검은 기차가 왔어요"라는 노래와, 증오로 가득 찼으며, 그런 속에서도 마침내 악착같이 돈을 벌어 고향으로 돌아간 그는 사랑하던 이웃 처녀 아즈라가 임신한 아기를 작은아버지 메르잔의 씨앗이라고 의심한다. 그는 자신이 "소리가 안 나는 종(鐘)"이 되었다고 믿기에 이른다. 결국 그는 심령으로 포크를 날려 아메드를 죽인 다음 총을 맞고 죽는다.

그리고 이렇게 음산한 삶에는 자신의 그림자를 뛰어넘기와, 강가의 쥐불놀이와, 초라하고 늙은 춤과, 공중에 매달린 집의 껍데기와, 천사가 된 엄마의 환영과, 기어가는 깡통과, 혜성처럼 긴 꼬리를 휘날리며 날아가는 면사포와, 도망치는 상자와, 성당 앞의 거위떼와, 불타는 사

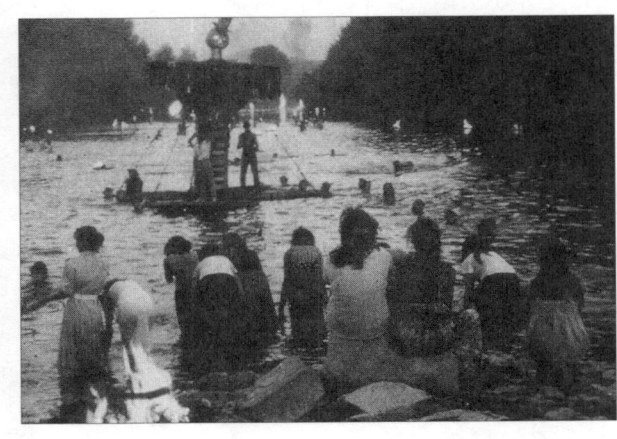

「집시의 시간」에 나오는 강변의 쥐불놀이 장면처럼 쿠스투리차의 영화에서는 거위떼에서부터 춤추는 사람들에 이르기까지 떠들썩한 축제 분위기를 자주 삽입하여 집시 세계를 밝히려고 노력한다.

진틀 따위의 마법이 자꾸만 나타나고, 페르카네는 죽기 직전에 하얀 천사가 되어 날아가는 칠면조의 환영을 본다.

1995년 깐느 영화제에서 최우수 작품상을 받은 「언더그라운드(지하에서)」 역시 일탈이 또 하나의 정상(正常)을 이루는 영화이다. 보스니아 전쟁에 대한 정치적인 편견을 노출시켰다는 비판이 심해서 꾸스투리차로 하여금 3년 동안 은퇴를 하게 만들었던 「언더그라운드」의 자유분방한 상상력 전개는 「집시의 시간」에 조금도 뒤지지 않아서, 소련의 해체에 따른 도미노 작용으로 유고슬라비아가 무너지고, 보스니아의 동족 상잔이 벌어지게 된 지극히 비극적인 현실과 역사를 바탕에 깔았으면서도, 티토의 지하 비밀 기지에서 계속되는 제2차 세계대전을 흑색 희극(black comedy)으로 이중 노출시키는 기법이 가히 환상적이다.

땅밑에 사람들을 가둬놓고 무기를 생산하게 해서 검은 돈을 긁어 들이는 주인공이 애국투사로 둔갑하는 설정 역시 허무맹랑한 억지보다는 '과장된 현실' 정도로 떠오른다. 주인공 뽀빠라의 인물 설정도 마찬가지이다. 고양이를 걸레로 삼아 구두를 닦는 그가 나찌에 항거해서 싸우

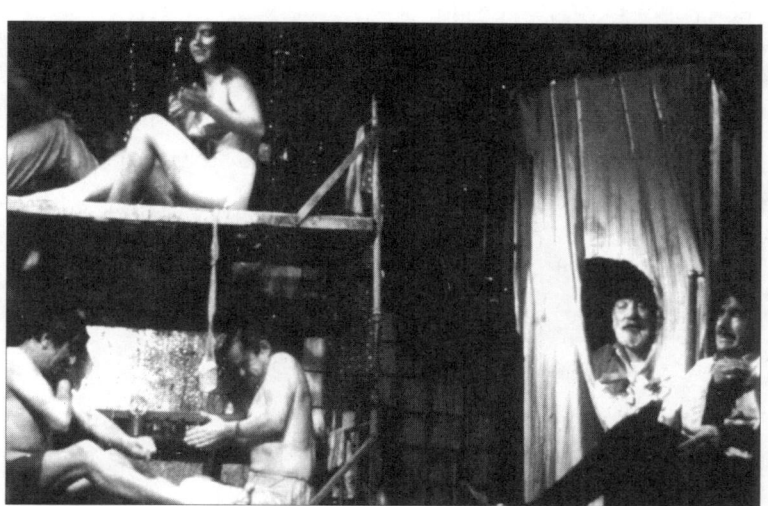

「언더그라운드」는, 비록 정치적인 비판을 받기는 했어도, 자유분방한 상상력 전개가 환상적 경험을 제공한다.

는 이유도 황당하지만, 아무리 전기고문을 당해도 전직이 전기공이었기 때문에 감전이 되지를 않아 멀쩡하고, 그가 가지고 있던 수류탄이 궤짝 안에서 터져도 죽지를 않는다. 그리고 친구 마르꼬에게 속아 반생을 지하에서 살던 그가 지상으로 올라와, 자신에 대한 영화를 촬영하는 현장에서 그의 적이었던 프란쯔 역을 맡은 배우를 사살함으로써, 과거의 현실과 현재의 착각을 희극적으로 이어가기도 한다.

그의 아들 요반은 또 어떠한가. 지하에서 태어나 결혼할 때까지 20년을 그곳에서 살았기 때문에, 야간에 지상으로 올라오자 난생 처음 달을 보고는 그것이 태양이라고 생각한다. 마지막 부분에서 등장하는 유럽 전체를 연결하는 지하 통로라든가, 등장인물들의 착각영웅적 행태, 그리고 침팬지 쏘니가 탱크로 들어가 대포를 쏘아대는 장면 등등 하나같이 황당하기 짝이 없는데도, 우리는 이런 모든 장치를 엉터리 장난이라고 가볍게 넘겨 버리지를 못한다. 마지막 부분에서 땅이 떨어져 나가 섬이 되면서 살았거나 죽어 버린 모든 주인공을 태우고 떠내려 가는 장면 또한 그냥 환상이라고 표현하려 하면, 차라리 환상이 현실이라는 심리적인 반동이 생겨나기까지 한다.

「언더그라운드」와 「집시의 시간」에서 활용되는 마술과 환상은, 사람들이 흔히 착각하는 '자유'와 '환상'과 '꿈'의 속성처럼, 무작정 분방(奔放)하지만은 않다. 이 모순된 현실을 우리는 꿈을 꾸는 과정에서 가끔 경험한다. 꿈이란 살바도르 달리의 그림처럼 황당무계한 내용으로만 이루어진 듯싶지만, 깨어나서 보면 현실과 이어지는 경우가 많기 때문이다.

이렇듯 비논리적이면서도 현실과 이상하게 맞아떨어지는 꿈이나 마찬가지로, 문학이나 영화에서 동원되는 환상도 무작정 무궤도 선상에 마구 늘어놓는 것이 아니고, 치밀한 계산에 따라서 배치된다. 마땅히 그래야 하기 때문이다. 그런 논리적이고도 절묘한 배치의 증거는 「집시의 시간」 도입부의 구성을 보면 한 가지 예를 만난다.

미친 사람의 독백이 끝나고 자막이 다 흐른 다음에 첫 장면이 시작되면 마당에서 주사위 놀이를 하는 사람들과 면도를 하는 남자와 집 안팎의 가족을 한 사람씩 차례로 보여 주며 그들 사이에서 드문드문 대화가 오고가는데, 그러는 동안 배경에서 방송 해설자의 목소리가 계속해서 들려온다. 그리고 면도를 하던 남자가 흑백 텔레비전 화면을 쳐다보니까 영어로 "In Search of the Secrets of Life(생명의 비밀을 찾아서)"라는 제목이 나온다. 이 영화의 영어 제목에 나오는 'time'이라는 말이 단순히 '(집시의) 시간'이 아니라 사실은, 보다 정확히 얘기하자면, '세월'을 의미하기도 하듯이, 텔레비전에 나오는 기록영화의 제목에서 'life'도 단순한 '생명'이 아니라 '삶'이나 '인생'을 뜻한다고 보아도 크게 무리가 가지는 않을 듯싶다. 그리고 점점 더 똑똑하게 들려오는 텔레비전의 영어 해설을 들어 보면, '대대로(from generation to generation)' 모든 특성을 전달해 주는 동물의 유전인자를 얘기한다. 그러니까 그것은 아무리 세월이 흘러도 변할 줄 모르는 집시들의 운명, 그리고 흐르지 않는 "집시의 시간"에 대한 유전적 해설이기도 하다.

꾸스투리차 감독이 그보다 먼저 만든 영화 「아빠는 출장중」에서도 몽유병과 축구가 이런 기묘한 장치로 동원되었다.

깐느 영화제에서 대상을 받은 「아빠는 출장중」의 시공간적 배경은 1950년 6월 "티토 대통령의 영도하에 약진하는" 유고슬라비아의 사라예보로서, 집에는 목욕할 물이 없지만 라디오에서는 "노동자들이 관광을 다니게 되었다"거나 "야채를 먹을 수 있게 되었다"는 희망찬 뉴스가 흘러나오며, (나중에 집을 배정받고 다른 가족이 들이닥치는 장면에서처럼) 사유재산을 인정받지 못하는 불안감이 동구권 영화의 전형적인 우울한 분위기를 이룬다. 그러나 소비에트 연방 공화국의 체제하에서 "나라가 없어진 사람"이라는 한탄을 했다가는 "헹님"이라고 말 한 마디 잘못 해

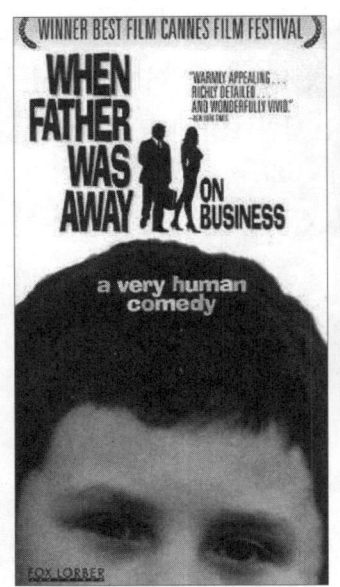

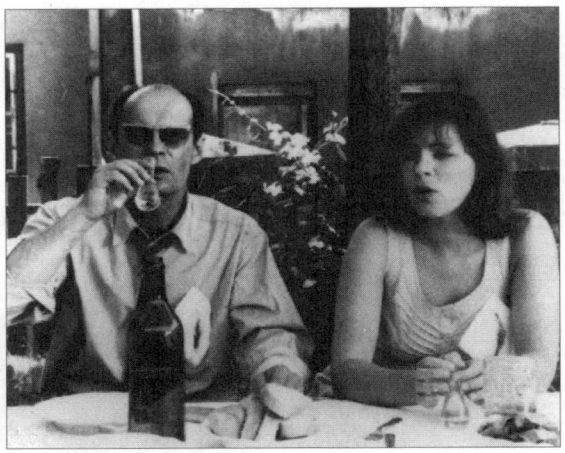

「아빠는 출장중」에서 어린 아들 말리크가 어머니에게 참으로 의미심장한 질문을 한다. "그럼 아빠도 수선 받으러 간 거예요?"

서 시베리아로 유형을 간 솔제니찐의 운명을 각오해야 하고, 초등학교 아이들은 '진짜 공산주의자'가 되기 위해 "사회주의 공동체의 혁명적인 노선" 따위의 문장을 대한민국의 국민교육헌장처럼 줄줄 암기해야 한다. 그럼에도 불구하고, "(공산주의에는) 착오란 없다. 따라서 오해도 없다"는 당 간부들의 주장과는 달리, "이런 사회에서는 고생만 안 하면 최고지"라는 말이 아버지의 입에서 저절로 나오고, 할아버지는 주제곡으로 사용된 노래의 우리말 번안 가사처럼 "이래도 한세상, 저래도 한세상"을 벙어리 귀머거리 장님 9년 인생을 살아가며, "난 본 것도 없고 들은 것도 없다"고 우기지만, 결국 "난 정치가 지겨워 떠난다"면서 벽장에 챙겨 두었던 가방을 꺼내 들고 양로원으로 간다.

이렇듯 다분히 정치적인 설정 속에서, 주인공 메사는 여섯 살 난 아들 말리크가 할례를 받는 날 밤에 당 간부인 매형의 부하들에게 체포되어 광산으로 끌려가 강제노동을 한다. "함부로 혀를 놀렸다가는 큰일이 나는" 위험한 나라에서 혀 때문에 메사가 잡혀가기는 했지만, 가족들은 '출장'의 이유를 전혀 알지 못한다. 아내 세냐는 남편을 잡아간 오빠에게서도 설명을 듣지 못한다.

"무슨 죄를 지었어요?"라는 아내의 질문에 남편은 "나도 몰라. 무슨 착오일 거야"라고만 대답하고, "당신 살아서 돌아오지 못하면 어쩌죠?"라면서 메사를 떠나 보낸 아내는 6개월 동안 살았는지 죽었는지 남편에게서 편지조차 받지 못한다. 삯바느질로 두 아들을 먹여 살리던 엄마에게 말리크가 라디오와 전화기가 어디로 갔느냐고 묻자 엄마가 수선을 보냈다고 대답하고, 그러니까 말리크가 다시 묻는다. "그럼 아빠도 수선 받으러 간 거예요?"

사뭇 코스타-가브라스적 흐름이 이어지지만, 메사가 2년 동안 고생하게 된 까닭은 정치적인 의식과는 전혀 관계없이, 부도덕한 여자관계 때문이었음이 밝혀진다. "발칸반도 최초의 여성 항공인(글라이더 비행사)"이며 성실한 공산주의자인 젊은 여자 알리카와 2년 동안 바람을 피우면서도 아내와 이혼을 하지 않자, 화가 난 알리카는 메사의 매형과 결혼하면서 자그레브로 함께 비밀 여행을 하던 중에 메사가 그녀에게 했던 말을 일러바친다. 스탈린에 관한 기사를 신문에서 보고 "해도 해도 너무 하는구나"라고 했던 한 마디가 화근이 되었던 것이다. 그러나 메사는 2년의 형을 치르고 난 다음에도 정신을 못 차리고 계속 바람을 피우는가 하면, 매형과 결혼한 알리카를 (복수심 때문이었겠지만) 나중에 다시 겁탈하기까지 한다.

해설자 노릇을 겸한 어린 주인공 말리크는 엄마가 알리카를 찾아가 때려줄 때 옆에서 거들면서, "엄마가 왜 이러는지 나도 알아"라고 말한다. 그리고 아버지가 발전소 공사장에서 다시 바람을 피울 때는 여자의 치마에 불을 지르기도 한다. 하지만 옆집 친구인 뚱보 요자 뻬트로비치의 아버지가 "스탈린 때문에 잡혀가서 죽은 이유"는 알지 못하고, 나이가 어려서 세상 이치를 잘 모르던 말리크는 바람을 피운다고 잔소리를 하는 엄마를 아버지가 왜 때리는지 이해하는 듯싶지가 않다. 적극적으로 살아야 한다는 의지가 비현실적이라고 여겨지는 현실에서, 아버지가 '출장'을 간 다음 말리크가 몽유병에 걸린다는 사실은, 환상도 아니요 현실도 아닌 중간 지점에서, "모호한 인생의 대상"을 걸러내어 표현하는 장치(filtering device) 노릇을 한다.

축구 또한 이 영화에서 일관된 하나의 작은 지류를 이루는 장치이다. 형이 환상의 기계인 영사기와 아코디온에 몰입하는 반면, 말리크는 가죽 축구공을 사기 위해 뚱보 요자와 열심히 돈을 모으고, 동네 사람들은 어른이나 아이를 가리지 않고 모두 축구에 열중한다. 이렇게 열심히 모은 돈을 말리크는 아버지가 '출장'을 간 다음 고생하는 엄마에게 생활비로 내놓는다. 그리고 메사를 출장 보낸 매형은 나중에 말리크에게 축구공을 선물한다. 권력 비판을 하면 귀양을 보내지만, 축구와 체육은 진흥하는 국가 정책, "체력 향상 운동"을 벌이는 공산국가의 우민정책을 우리나라에서는 제5 공화국이 그대로 답습했었다. 축구 경기 중계는 영화 곳곳에서 계속되고, 마지막에는 소련과의 경기에서 유고슬라비아가 승리했다고 전국민이 환호한다.

「언더그라운드」에서 보스니아 전쟁의 학살자인 세르비아 편을 들었다고 일부 프랑스 지식인들로부터 호된 비판을 받고 "정치적인 논쟁이 지겹다"면서 은퇴했던 꾸스투리차 감독은 3 년 후인 1998년, 정치를 떠나 마술과 환상으로 회귀하는 영화 「검은 고양이, 흰 고양이(Black Cat, White Cat)」를 발표한다. 동반관계인 삶과 죽음을 상징하는 흰 고양이와 검은 고양이와 더불어, 자동차를 먹는 돼지와 떠들썩한 축제와 거위떼, 그리고 「집시의 시간」에서 골판지 상자가 기어가듯 이번에는 나무밑둥이 기어가는 등, 다시 집시의 세계로 돌아간 이 영화는 삶을 보다 긍정적으로 보려고 노력한다.

그 이외에도 유럽이 무대인 다른 시대물을, 아프리카로 넘어가기 전에 마지막으로 찾아보면, 빼앗긴 영광을 되찾으려고 고군분투하는 골(Gaul)의 귀족이 주인공인 코넬 와일드의 전형적 의상극 「인도의 별」, 고대 아르메니아에서 나쁜 여군주를 무찌르는 검술영화 「무사와 여노예」도 있다.

17세기 30년 전쟁의 피해를 받지 않고 평화롭게 살아온 마을에 도착하여 전사들이 새로운 경험을 하는 「최후의 계곡」은 생각하며 봐야 하는 고급 모험극으로서, 「마음은 언제나 태양(To Sir, With Love)」을 연출했으며 「쇼군(Shogun)」을 쓴 유명한 오스트렐리아 작가이기도 한 제임스 클라벨의 작품이다.

귀족 계급으로 눈을 돌려 보면, 장-뤽 고다르가 세상에서 가장 지적인 영화라고 꼽았다는 장 르누아르의 「엘레나와 남자들」이 상당히 유명한 작품으로 꼽힌다. 여주인공 엘레나(Princess Elena Sorokowska)는 폴란드의 여귀족으로서, 남편이 죽은 다음 가난뱅이 미망인이 되기는 했지만, 우아한 아름다움 때문에 두 남자에게서 동시에 구애를 받을 정도이다. 그녀의 미모는 정치적 및 군사적인 힘까지도 발휘해서, 쿠데타를 계획하는 장군도 그녀의 도움을 요청할 정도이다. 빌리 와일더가 각본을 쓴 「한밤중에 생긴 일」에서는 빠리의 상류층 남편이 아내로부터 정부를 떼어 버리기 위해 고용한 가난뱅이 아가씨 이브(Eve Peabody)가 헝가리아의 여백작 행세를 한다. 1930년대 당시 청춘배우로 이름을 날렸던 클로데트 콜베르와 돈 아미치가 주연한 이 영화는 몇 년 후 노래와 투우를 곁들여서 같은 감독이 「멕시코에서

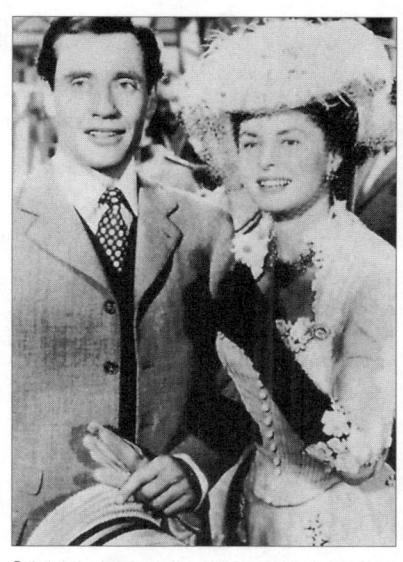

「엘레나와 남자들」에서는 가난한 여귀족이 우아한 미모로 남성들 위에 군립한다.

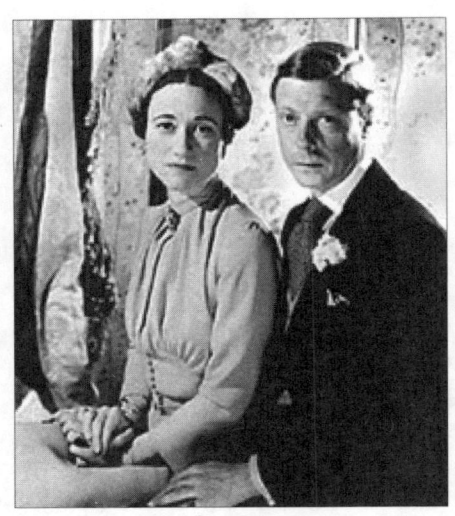

유부녀 심슨 부인과의 사랑을 지키기 위해서 왕관을 버린 에드워드 8세의 낭만적인 얘기는 실화 그대로가 한 편의 영화 같은 얘기이다.

생긴 일」이라는 제목으로 다시 만들기도 했다.

「오루크 공주」는 왕녀와 조종사가 루즈벨트 대통령의 지원까지 받아 가며 사랑만들기를 하는 가공의 얘기이고, 「그가 사랑한 여인」은 영국과 에이레의 왕 에드워드 8세(Edward Albert Christian George Andrew Patrick David)가 심슨 부인(Wallis Warfield Simpson)과의 사랑을 위해 왕위를 버린 실화를 바탕으로 한 영화이다.

176년 만에 영국에서 처음 미혼의 몸으로 왕위에 오른 에드워드는 사교적인 모임에서 만난 미국 여성 심슨 부인과 깊은 사랑에 빠져 왕비로 맞으려 했지만, 두 번째 남편과 곧 이혼할 계획인 여자를 국모로 받아들이기가 싫다는 각료들과 연방 각국의 거센 반발에 부딪쳐 사랑을 위해서는 왕위를 버리겠다는 결정을 내렸고, 그래서 그야말로 온세상이 떠들썩했었다.

「그가 사랑한 여인」은 두 사람의 얘기를 심슨 부인의 시각에서 다룬 반면에, 제목을 보면 알겠지만, 「내가 사랑하는 여인(The Woman I Love, 감/Paul Wendkos, 출/Richard Chamberlain, Faye Dunaway, 1972)」은 남자의 관점에서 같은 내용을 서술했다. 그들의 역사적인 사랑 이야기는 「왕의 이야기」라는 기록영화로도 남았다.

보다 현대로 넘어와서는 그레이스 켈리가 모나코의 왕비로 입성하는 신데렐라적 단편 기록영화 「모나코의 결혼식(The Wedding in Monaco, 1956)」이 제작되었는가 하면, 영국 황실의 사랑 이야기도 다이아나의 아름답고 화려한 신데렐라적 입성기(入城記)로 절정에 이르러서, 찰스 황태자와의 결혼식은 전세계로 텔레비전이 생중계까지 했다.

나중에 "황태자의 첫사랑"이 아니었음이 밝혀진 찰스와 다이아나의 결혼은 「황실의 사랑(The Royal Romance of Charles and Diana)」이라는 형태의 영화로 나타나는가 했더니, 10년 후에는 역시 강산도 변한다는 말 그대로 「그리고는 불행하게 살았더래요」라고 비아냥거리는 파탄기로 막을 내렸다.

찾아보기 ●

Patricia Roc, Dennis Price, Dermot Walsh, Basil Sydney, Nora Swinburne

▌「마돈나와 일곱 달(Madonna of the Seven Moons, 1946, 영국, 105분)」, 감/Arthur Crabtree, 출/Phyllis Calvert, Stewart Granger, Patricia Roc, Jean Kent, John Stuart, Peter Glenville

▌「미지의 사나이(The Unknown, 1927, 미국, 50분)」, 감/Tod Browning, 출/Lon Chaney, Joan Crawford, Norman Kerry, Nick De Riuz, John George

▌「뜨내기(Traveller, 1997, 미국, 101분)」, 감/Jack N. Green, 출/Bill Paxton, Mark Wahlberg, Julianna Margulies, James Gammon, Luke Askew, Nikki Deloach, Danielle Wiener, Michael Shaner, Jo Ann Pflug

▌「아침의 날개(Wings of the Morning, 1937, 영국, 89분)」, 감/Harold Schuster, 출/Annabella, Henry Fonda, John McCormack, Irene Vanbrugh, Philip Frost, Leslie Banks, Sam Livesey

▌「알렉스와 집시(Alex and the Gypsy, 1976, 영국, 99분)」, 감/John Knotty, 출/Jack Lemmon, Genevieve Bujold, James Woods, Gino Ardito, Robert Emhardt, Titos Vandis

▌「안젤로 내 사랑(Angelo, My Love, 1983, 미국, 115분)」, 감/Robert Duvall, 출/Angelo Evans, Michael Evans, Steve "Patalay" Tsigonoff, Millie Tsigonoff, Cathy Kitchen

▌「집시의 왕(King of the Gypsies, 1978, 미국, 112분)」, 감/Frank Pierson, 출/Eric Roberts, Judd Hirsch, Susan Sarandon, Sterling Hayden, Annette O'Toole, Brooke Shields, Shelley Winters, Annie Potts, Michael V. Gazzo

▌「집시의 시간(Dom Za Vesanje, 영어 제목 Time of the Gypsies, 1989, 유고슬라비아, 142분)」, 감/Emir Kusturica, 출/Davor Dujmovic, Bora Todorovic, Ljubica Adzovic, Sinolicka Trpkova, Husnjia Hasimovic

▌「바스고의 결투(Thunder in the Sun, 1959, 미국, 81분)」, 감/Russell Rouse, 출/Susan Hayward, Jeff Chandler, Jacques Bergerac, Blanche Yurka, Carl Esmond, Fortunio Bonanova

▌「언더그라운드(영어 제목 Underground, 1995, 유고슬라비아, 167분)」, 감/Emir Kusturica, 출/Miki Manojlovic, 라자르 리스토프스키, 미르자나 조코빅, 슬라브코 스티막, 에른스트 스토츠너

▌「아빠는 출장중(Otac na sluzbenom putu, 영어 제목 When Father Was Away on Business, 1985, 유고슬라비아, 135분)」, 감/Emir Kusturica, 출/Miki

Manojlovic, Mirjana Karanovic, Mustafa Nadarevic, Mira Furlan, Predrag Lakovic, Pavle Vujisic

▌「인도의 별(Star of India, 1954, 영국, 84분」, 감/Arthur Lubin, 출/Cornel Wilde, Jean Wallace, Herbert Lom

▌「무사와 여노예(The Warrior and the Slave Girl, 1958, 이탈리아, 84분)」, 감 /Vittorio Cottafavi, 출/Ettore Manni, Georges Marchal, Gianna Maria Canale, Rafael Calvo

▌「최후의 계곡(The Last Valley, 1970, 영국, 128분)」, 감/James Clavell, 출 /Michael Caine, Omar Sharif, Florinda Bolkan, Nigel Davenport, Per Oscarsson, Arthur O'Connell

▌「엘레나와 남자들(Élena et les hommes, 영어 제목 Paris Does Strange Things, 1956, 프랑스, 95분 또는 98분)」, 감/Jean Renoir, 출/Ingrid Bergman, Jean Marais, Mel Ferrer, Jean Richard, Magali Noel, Juliette Greco

▌「한밤중에 생긴 일(Midnight, 1939, 미국, 94분)」, 감/Mitchell Reisen, 출 /Claudette Colbert, Don Ameche, John Barrymore, Francis Lederer, Mary Astor, Hedda Hopper, Monty Woolley

▌「멕시코에서 생긴 일(Masquerade in Mexico, 1945, 미국, 96분)」, 감/Mitchell Reisen, 출/Dorothy Lamour, Arturo de Cordova, Patric Knowles, Anne Dvorak, George Rigaud, Natalie Schafer, Billy Daniels

▌「오루크 공주(Princess O'Rourke, 1943, 미국, 94분)」, 감/Norman Krasna, 출 /Olivia de Havilland, Robert Cummings, Charles Coburn, Jack Carson, Jane Wyman, Harry Davenport, Gladys Cooper

▌「그가 사랑한 여인(The Woman He Loved, 미국, 100분)」, 감/Charles Jarrott, 출 /Jane Seymour, Anthony Andrews, Olivia de Havilland, Lucy Gutteridge, Julie Harris, Robert Hardy, Phyllis Calvert

▌「왕의 이야기(A King's Story, 1965, 영국, 100분)」, 감/Harry Booth, 출(목소 리)/Orson Welles, Flora Robson, Patrick Wymark, David Warner

▌「그리고는 불행하게 살았더래요(Charles and Diana: Unhappily Ever After, 1992, 미국, 100분)」, 감/John Power, 출/Roger Rees, Catherine Oxenberg, Benedict Taylor, Amanda Walker, Tracy Brabin, David Quilter, Gladys Crosbie

이집트를 비롯한 아프리카 국가들은 1 년에 1백편 가량의 영화를 제작하지만, 세계적인 주목을 받는 경우가 별로 없다. 사진은 이집트에서 만든 세 편의 영화로서, 이집트 최초의 사실주의 영화로 꼽히는 카말 셀림의 「판결(Determination, 1939, 왼쪽 위)」, 가수들이 주연을 맡은 모하메드 카림의 「사랑 만세(Vive l'amour, 1938, 왼쪽 아래)」, 그리고 모하메드 칸의 「거물의 아내(The Wife of an Important, 1988, 오른쪽)」이다.

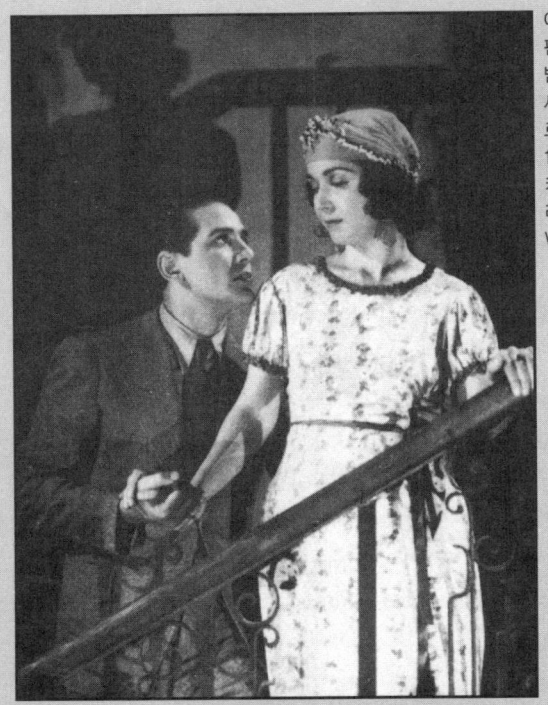

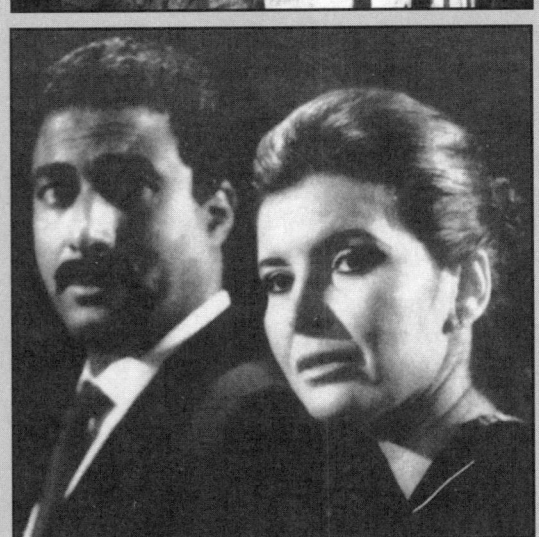

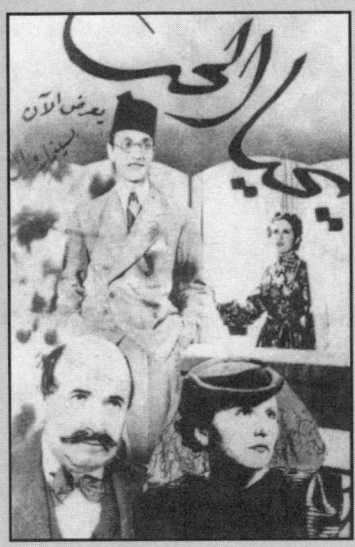

아프리카의 동양 이집트

한국 '동양인'들의 관점에서는 참으로 이해가 안 가는 일이지만 '서양' 사람들이 러시아를 분류할 때처럼, '동양'이라고 규정하는 이집트—. 기독교 세계에서 집시들의 고향이라고 말하는 이슬람권의 이집트라면 유럽과 아프리카를 연결하는 길목이어서 '대륙(Continental)' 문화가 쉽게 유입되었을 듯싶지만, 문명의 이질성은 적대적 장벽을 쌓아 올려 사상의 유통을 막았다.

동물의 머리가 달린 사람의 모습을 입체파 그림처럼 옆얼굴로만 보여 주는 벽화와 상형문자(hieroglyph)의 나라, 불가사의한 건축물과 세계 최고를 자랑하던 찬란한 문화와 문명의 나라, 파라오가 절대적인 왕권을 누렸던 나라 이집트의 과거와 현재의 삶에 관해서는 그렇기 때문에 아프리카의 영상물을 통해서는 수수께끼를 풀기가 어렵다. 이집트와 다른 아프리카 국가들이 해마다 1백 편 가량의 영화를 생산하기는 하지만, 그 가운데 0.1 퍼센트만이 상업적인 흥행이 이루어지기 때문이다.

지난 20 년 동안 아프리카 영화는 프랑스를 위시한 유럽 여러 곳에

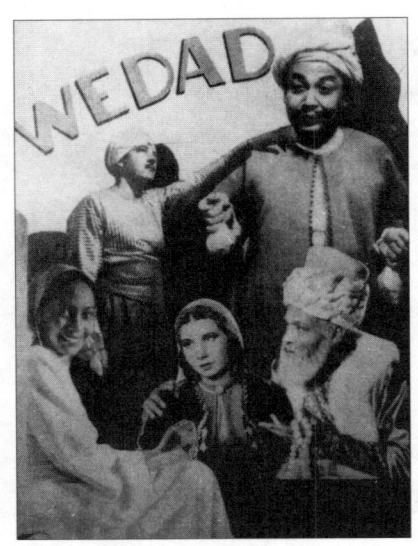

대형 가수를 동원하여 흥행에 성공한 「위다드」처럼 이 집트에서는 음악극의 제작이 활발하다.

서 개최되는 영화제 같은 공식적인 행사에 출품하기 위해 만드는 작품이 주류를 이루는 실정이었다. 인구 10만 명에 극장 좌석 1 개라는 수치가 보여 주듯이, 자생력과 기초가 이루어지지 않은 아프리카 영화는 이제 새롭게 밀어닥친 위성방송의 위협하에 속수무책이다. 해외 영화제에 초대되어 비행기표를 받는 축복이 가장 큰 원동력이 되는 아프리카 영화의 현실은 제3 영화권 국가들이 의미있게 되새겨 봐야 할 현실이다.

이집트의 경우, 1922년 모하메드 바호미의 「공무원(The Civil Servant)」에서 시작된 '국산' 영화의 역사는 아지자 에미르(Aziza Emir)와 아씨아 다거(Assia Dagher)와 같은 여성 감독의 개척기를 거쳐, 1930년대의 음악극 시대와 현실의 문제 의식을 앞세우던 40년대에 이르고, 1952년 낫세르의 혁명 이후에는 불우한 계층을 조명한 살라 아부 사이프의 「나는 자유인(I Am Free, 1959)」, 헨리 바라카트의 「노래하는 마도요(Song of the Curlew, 1959)」, 카말 엘 셰이크의 「삶이냐 죽음이냐(Life or Death, 1954)」 같은 작품이 선을 보이지만 우리 관객에게까지는 미치지를 못했고, 1980~90년대에는 1 년에 20편 정도의 제작에 그쳐 이렇다 할 만한 영상 산업이 뿌리를 내리지 못했다.

이렇듯 식민지 전쟁 시대의 경제적 및 정치적 구도가 고스란히 그대로 유지되며 '서양'에 종속된 차원을 넘지 못했던 아프리카의 실질적인 영상 문화의 현실 때문에 우리는 결국 헐리우드의 제1 영화를 통해서 이집트의 과거와 현재를 엿보는 수밖에 없겠다. 그리고 이집트에 관한 헐리우드 영화에서 가장 기억에 남는 작품은 미카 왈타리(Mika Waltari)의 소설이 원작인 「이집트의 태양」이 아니었나 싶다.

이 영화는 당시 헐리우드에서 시네마스코프의 등장과 더불어 유행이 시작된 호화판 대형 사극과 여러 공통점을 보이는데, 출연진만 해도 미국에서 제대로 빛을 보지 못해 결국 이탈리아 사극에서 훨씬 더 열심히 활동한 에드먼드 퍼돔, 찰톤 헤스톤이 등장하기 전에 성서극에서 맹활약을 벌였던 빅터 머튜어, 그리고 진 시몬스나 피터 우스티노프와 같은 역사물 간판격 배우들이 전면에 포진했다. 줄거리의 구성과 전개 또한 진 시몬스 주연인 「성의」의 속편이며 빅터 머튜어가 주연했던 「데메트리우스(Demetrius and the Gladiators, 1954)」, 역시 에드먼드 퍼돔이 주연했던 「프로디갈(The Prodigal, 1955)」, 그리고 세실 B. 드밀의 「십계(The Ten Commandments, 1956)」 같은 대하영화의 보편적인 공식을 그대로 따랐다.

주인공 시누헤(Sinuhe)는 모세처럼 짚배에 실려 나일 강에 버려진 사생아로서, 테베(=와세트)의 존경받는 의사에게 발견되어 양자로 자란다. 외로운 어린 시절을 보낸 다음 귀족학원에서 교육을 받아 의사가

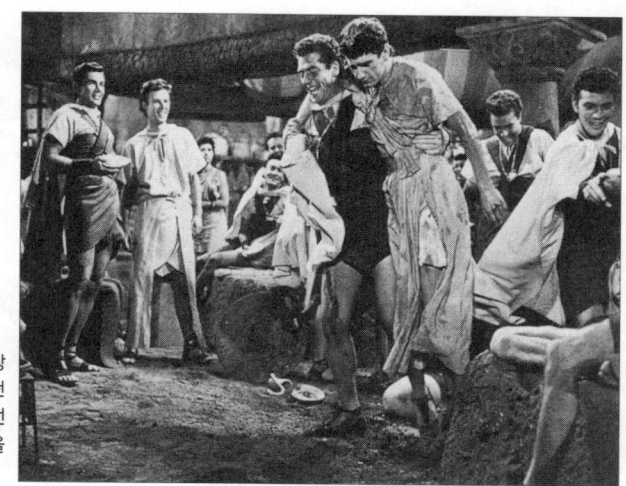

「이집트의 태양」은 대형화면의 등장과 더불어 너도나도 다투어 만들던 대작 사극의 계열에 속한다. 사극 전문배우 빅터 머튜어가 호렘헵 역을 맡았다.

된 그는 양아버지처럼 가난한 자들을 치료하겠다는 이상주의자이면서
도 항상 "왜?"라고 묻는 지적인 회의주의자로 성장한다. 어느날 그는
치즈 장사의 아들이라는 천한 신분이면서도 야심만만한 친구 호렘헵
(Horemheb)과 사냥을 나갔다가, 황야에서 "동쪽 하늘로 떠오르는 신"
아톤에게 기도를 드리다 사자의 공격을 받은 파라오(Akhanton)의 생명
을 구해 준 공으로 전의가 되고, 호렘헵은 파라오의 경비대 장교로 발
탁된다.

무사로서 호렘헵이 발빠른 출세가도를 달리는 동안 시누헤는 바빌
론 출신의 요부(famme fatale) 네페르(Nefer)의 유혹에 빠져 재산을 탕
진하고, 부모의 무덤까지 넘겨준 다음 양부모가 자살하자 고향을 떠나
방랑생활을 시작한다. 도둑질까지 해서 살아가던 그는 문명이 뒤떨어
진 나라로 가서 의술로 명성을 얻고는 부자가 되어 내란에 휩싸인 고향
으로 돌아온다. 병들고 가난해서 추해진 '바빌론의 마녀' 네페르가 10
년 만에 치료를 받으러 그를 찾아오자 시누헤는 "부와 명예를 얻었어
도 인생을 낭비했으니 가장 가난한 사람"이라는 깨우침을 얻고 그때까
지 그늘에서 그를 사랑해 온 술집 작부 메리트(Merit)와 새 생활을 시작
한다.

그러나 호렘헵이 반란을 일으켜 유일신 아톤을 섬기는 자들을 학살
하고 파라오의 자리에 오르는 와중에서 메리트가 신전에서 목숨을 잃
고, 무신론자인 시누헤는 신과 파라오가 그녀를 죽였다며 "전쟁터에서
의 승리는 곧 패배"이고 "칼이 아니라 이성이 해답"이라고 부르짖은 다
음 이집트로부터 추방된다.

시누헤가 "후손들에게 가난한 유산"이 될 회고록을 작성하는 형식을
취한 이 영화의 마지막에는 "이런 일들은 그리스도 탄생 1천3백 년 전
에 일어났다(These things happened thirteen centuries before the birth of
Jesus Christ)"라는 기독교적인 기준을 화면 가득 자막으로 보여 주는데,

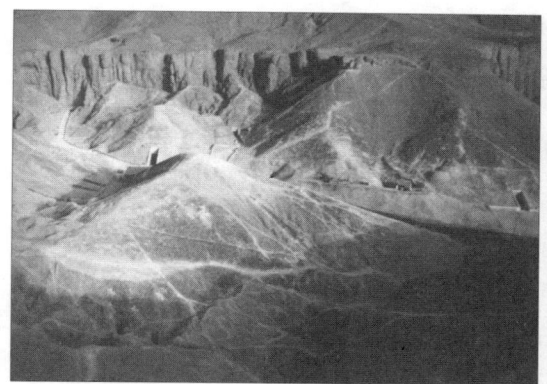
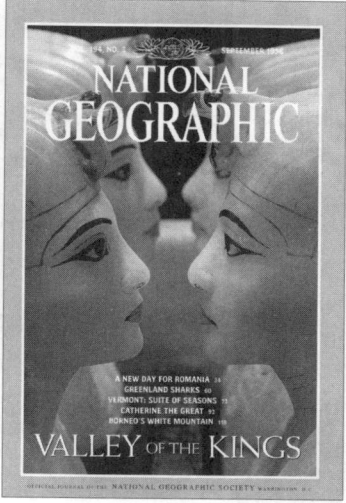

"왕가의 계곡"에 대해서는 〈내셔널 지오그래픽(National Geographic)〉 잡지가 1998년 9월호에 특집을 만들어 실었다.

이런 맥락은 「왕가(王家)의 계곡」으로도 이어진다.

「이집트의 태양」에서 호렘헵과 결탁하여 반란을 일으키는 바케타몬 공주는 시누헤를 음모에 끌어들이기 위해, 그가 사생아여서 버림을 받은 것이 아니라 사실은 왕자로 태어났지만 왕권다툼에서 밀려났기 때문이라는 비밀을 밝히면서, 시누헤를 "왕가의 계곡"으로 데려간다. 미라로 만든 선왕과 시누헤가 얼마나 닮았는지를 보여 주기 위해서이다.

이집트인들은 죽은 자가 부활한다고 믿었기 때문에 무덤을 죽은 사람의 영원한 집이라고 생각했으며, 살아서도 신으로서 통치를 한 파라오는 죽은 다음 신들과 만나 함께 살게끔 거대한 피라미드에 묻어 주었다. 웅대한 피라미드를 건축하는 과정은 윌리엄 포크너가 대본을 쓴 「피라미드」에서 잘 나타나는데, 이집트 판 궁중사극인 「피라미드」에서 '장희빈' 역을 맡은 조운 콜린스는 여러 영화에 출연했으면서도 웬만한 영화인명사전에는 이름도 오르지 못할 정도로 운이 없어서, "누가 빌려 가기만 기다리는 도서관의 책" 같은 신세로 지내다가, 1981~9년 텔레비전 연속극 「다이너스티(Dynasty)」에서 눈부신 악역 알렉시스

(Alexis)로 명성을 떨쳐 뒤늦게 엄청난 인기를 누렸다.

최근에는 70이 넘은 나이에 서른이나 연하인 남자와 다섯 번째 결혼을 해서 다시 화제가 되기도 했는데, 영화 「피라미드」의 마지막에서 그녀가 피라미드 안에 갇혀서 죽는 장면을 보면 고대 이집트인들이 도굴을 막기 위해 모래를 이용해서 피라미드를 마지막에 밀봉하는 과정이 잘 나타난다. 지금은 널리 알려진 바이지만, 1950년대에만 해도 우리나라 관객에게는 참으로 신기하기 짝이 없는 극적인 복수 장면이었다.

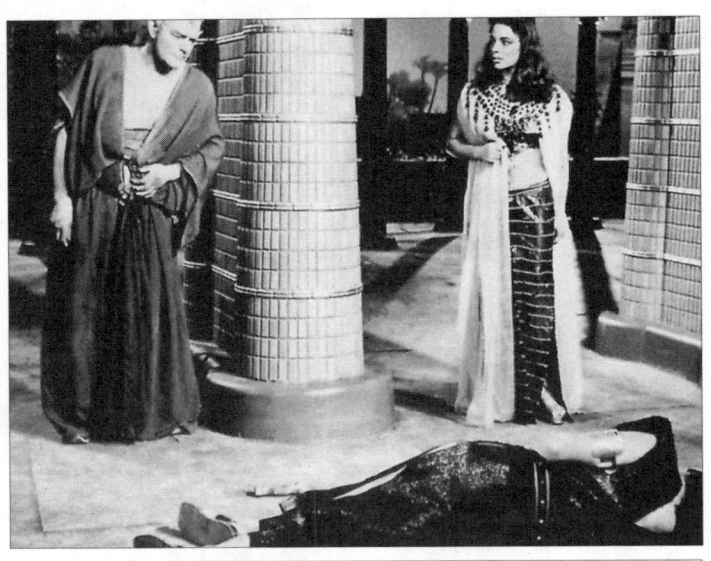

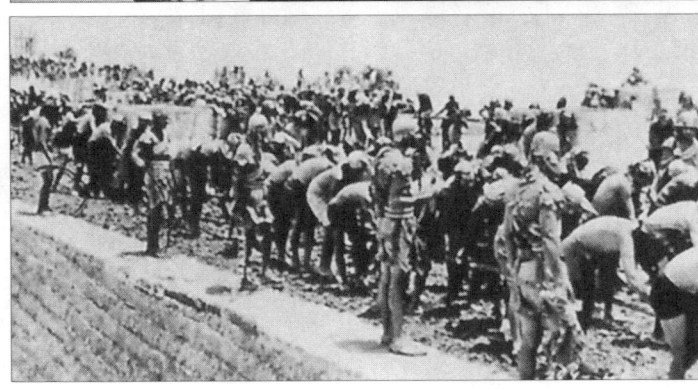

「피라미드」는 윌리엄 포크너가 대본을 쓴 사극으로서, 마지막에 모래를 흘려 피라미드를 봉하는 장면처럼, 역사 고증이 대단히 잘 된 영화이다.

혈통의 순수성을 지키기 위해 혈족 결혼을 했던 파라오가 사후에 신들과 혹시 사이가 나빠지면 태양은 빛나지 않고 달도 뜨지 않으리라고 믿어서 피라미드를 세웠던 고대 이집트인들이었지만, 모래 밀봉도 소용이 없어서, 끊임없는 도굴과 다른 여러 물리적인 이유 때문에 기원전 1520년 투트모세 1세부터는 파라오들이 피라미드를 건축하지 않고 무덤의 입구를 찾지 못하게 숨겨놓은 왕가의 계곡(the Kings' Valley, 또는 the Valley of the Kings, 약칭 KV)에 묻히게 된다. 「이집트의 태양」에 등장하는 호렘헵(통치 기간 기원전 1319~1292) 역시 이곳 룩소르(Luxor)의 57호 무덤(KV 57)에 묻혔는데, 왕가의 계곡에서도 투탕카멘의 무덤 말고는 결국 샅샅이 도굴을 당하고 만다.

영화 「왕가의 계곡」은 인디아나 존스의 선배격인 고고학자가 주인공으로 나오는 활극으로서, 18대 왕조의 라호텝이 유일신을 믿었는지를 증명하려던 아버지의 유업을 이어가는 여주인공과의 사랑도 양념으로 곁들였고, 영화 전체를 이집트에서 현지 촬영했으며, 실내 장면이 거의 나오지 않는다. 나일 강의 풍경, 사막의 폭풍, 시나이 산 수도원까지 모세의 족적을 따라가는 순례 과정, 민속 노래와 배꼽춤, 사막의 낙타 여행에 이르기까지 볼거리가 대단하다.

특히 아스완 댐의 공사로 수몰될 위기에 처해 UNESCO로부터 도움을 받아 아부 심벨(Abu Simbel) 신전이 이전되기 전의 모습을 그대로 구경할 수 있다는 사실은 영화가 지닌 역사 기록적(archival) 가치를 증명하고도 남는다. 「박서방」 같은 김승호 시대물과 더불어, 「왕가의 계곡」을 다시 볼 때마다 정말로 세상이 얼마나 달라졌는지 실감이

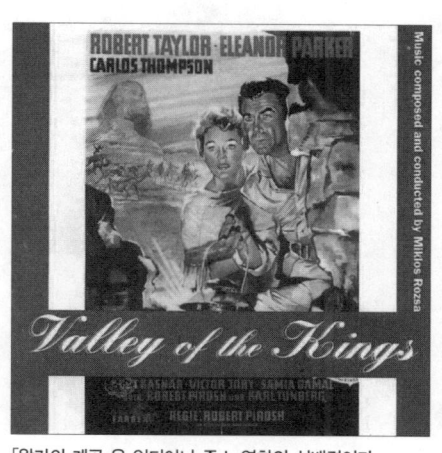

「왕가의 계곡」은 인디아나 존스 영화의 선배격이다.

나고는 한다.

로버트 테일러는 「왕가의 계곡」에 이어 「유리 스핑크스」에서도 인디아나 존스의 선배 노릇을 계속하여, 마법의 비약(秘藥)이 담긴 유리 스핑크스가 묻힌 무덤을 찾기 위해 외국 첩보원들과 경쟁을 벌이는 세계적으로 유명한 고고학자의 역을 맡았다.

「깨어난 망령」에서는 찰톤 헤스톤이 여사제장(女司祭長)이었던 이집트의 여왕 카라(Kara)의 무덤을 찾아 들어가는 고고학자이며, 카라의 망령이 깨어나 헤스톤의 어린 딸의 몸 속으로 들어간다. 『드라큘라(Dracula, 1897)』를 쓴 브램 스토커(Abraham Bram Stoker, 1847~1912)의 소설 『일곱 별의 보석(Jewel of the Seven Stars)』이 원작이니까 미루어 짐작하기 바란다. 「미이라의 피」도 같은 원작 소설에서 흘러나온 공포 영화이다.

로빈 쿠크(Rovin Cook)의 소설이 원작인 「스핑크스」에서는 이집트학

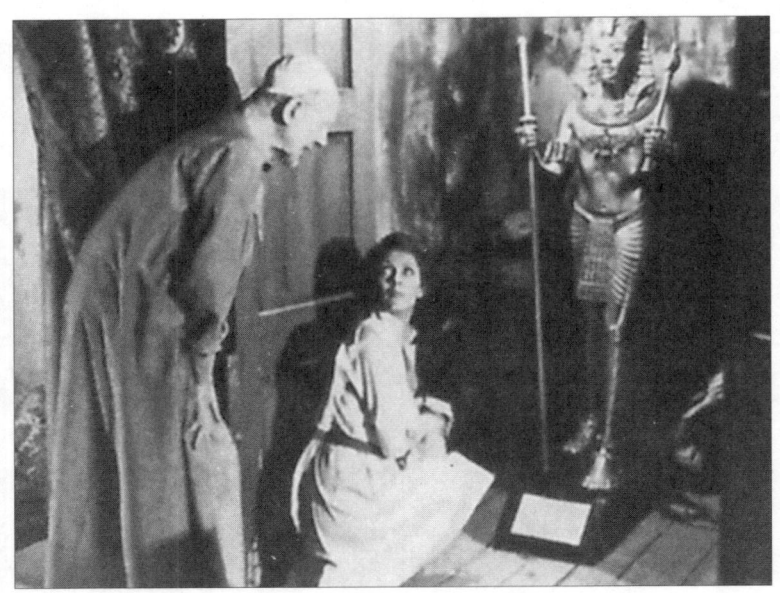

「스핑크스」는 이집트의 고대 문명을 배경에 깔고 전개되는 흔한 공포물 가운데 하나이다.

을 연구하는 여주인공이 끊임없이 죽음의 위기를 넘기면서 신비한 무덤을 찾아 헤맨다.

「잃어버린 전설」에서는 파라오의 무덤이 아니라 사하라 사막에서 사람들이 보물을 찾아 헤매고, 「황금의 가면」에서는 보물로 장식한 가면을 이집트 사막에서 찾아 헤매는가 하면, 「사막의 무뢰한」은 이집트의 사막에다 음모와 사랑을 펼쳐놓는다. 「카이로에서 온 사나이」도 사막에서 열심히 황금을 찾아 돌아다닌다.

이집트를 무대로 한 다른 영화로는 왕권다툼을 다룬 궁중사극 「파라오의 여인」과 의상극 「나일강의 공주」도 나왔고, 「나일강의 왕비」는 「이집트의 태양」에 등장하는 파라오 이크나톤(Ikhnaton)에게 종교적인 영향을 많이 끼쳤다고 알려진 미모의 왕비 네페르티티(Nefertiti)가 주인공이다.

이집트의 파라오와 피라미드라면 얼른 연상시키는 미라(mummy)에 관해서는 공포영화에서 따로 다루겠다.

'나일강의 뱀(the Serpent of the Nile)'이라는 별명으로 알려진 클레오파트라는 로마 사극에서 충분히 소개("신화와 역사의 건널목" 68~73쪽 참조)했지만, 마거리트 조지(Margaret George)의 『클레오파트라 회고록 (Memoirs of Cleopatra)』을 원작으로 삼아서 최근에 제작된 텔레비전 영화 「클레오파트라」를 보면, 카이사르의 사생아를 낳은 이집트의 여왕이 로마로 가서 본처와 대결하는 통속극적인 상황 전개가 꽤 재미있다. 한편으로는 카이사르와 안토니우스에게 미인계를 써가면서 전쟁터에서는 옥타비우스(Octavius)에 맞서 칼을 휘두르기도 하는 클레오파트라의 모습이 여전사 지나(Xena)를 연상시켜 어딘가 퍽 새롭기도 하다.

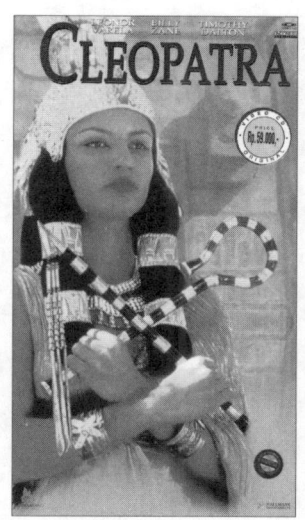

「클레오파트라의 회고록」을 원작으로 삼았다고 주장하는 「클레오파트라」에서는 이집트의 여왕이 로마로 찾아가 카이사르의 본처와 대결을 벌인다.

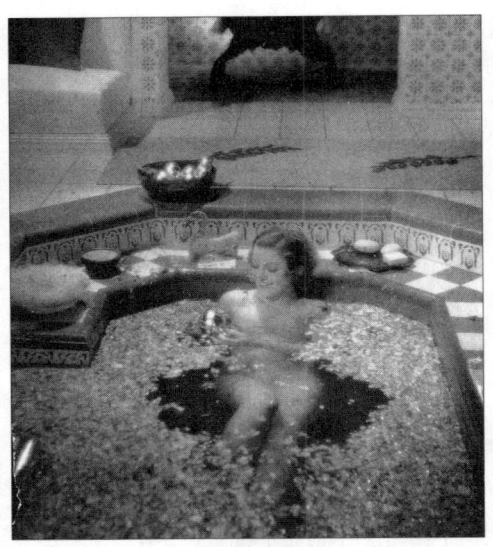

"완벽한 아내" 또는 "영화계의 여왕"이라는 호칭을 들었던 머나 로이는 처음에 「야만인」에서처럼 이국적인 여인이나 남자를 호리는 요부(Vamp) 역으로 널리 알려졌었다.

애니타 루스(Anita Loos)가 각본을 쓴 「야만인」도 이집트가 무대로서, 겉만 매끈한 매력을 과시하는 아랍인 안내자가 관광객 다이아나(Diana)를 끈질기게 쫓아다니는 내용이지만, 줄거리의 전개보다는 다이아나 역을 맡은 머나 로이의 매력을 한껏 과시하는 쪽에 신경을 더 많이 쓴 영화이다. 「야만인」에서 나체로 목욕하는 장면을 보여 준 머나 로이는 「우리 생애 최고의 해」에서의 모범적인 엄마(Millie Stephenson) 역처럼 재치있고, 참을성도 많고, 아름답고, 머리도 좋고, 세련되었으면서도 성적인 매력을 잃지 않는 모습으로 우리나라에 널리 알려졌지만, 본디 18살 때부터 시드 그로맨(Sid Grauman)이 세운 '중국극장(the Chinese Theater)'에서 무용수로 일했으며, 젊은 시절에는 매력적인 요부 역할을 전문으로 했었다.

클라크 게이블이 헐리우드의 "왕(the King)"이라고 불리던 시절 그녀는 "영화계의 여왕(The Queen of the Movies)"이라는 호칭을 들었으며, 어딘가 동양적인 인상을 주기 때문에 「야만인」처럼 이국적인 영화에서도 자주 얼굴을 내밀었다. 머나 로이를 "완벽한 아내(the Perfect Wife)"로 탈바꿈시킨 「그림자 사나이(The Thin Man, 1934, 감/W. S. Van Dyke, 출/William Powell, Myrna Loy, Maureen O'Sullivan, Cesar Romero)」에 관해서는 수사극을 다룰 때 자세히 소개하겠다.

▌「나일강의 공주(Princess of the Nile, 1954, 미국, 71분)」, 감/Harmon Jones, 출/Debra Paget, Jeffrey Hunter, Michael Rennie, Dona Drake, Wally Cassell, Jack Elam, Lee Van Cleef

▌「나일강의 왕비(Queen of the Nile, 1962, 이탈리아, 85분)」, 감/Fernando Cerchio, 출/Jeanne Crain, Vincent Price, Edmund Purdom, Amedeo Nazzari

▌「클레오파트라(Cleopatra, 1999, 미국, 175분)」, 감/Franc Roodam, 출/Leonor Varela, Billy Zane, Timothy Dalton, Rupert Graves

▌「야만인(The Barbarian, 1933, 미국, 82분)」, 감/Sam Wood, 출/Ramon Novarro, Myrna Loy, Reginald Denny, Louise Closser Hale, C. Aubrey Smith, Edward Arnold, Hedda Hopper

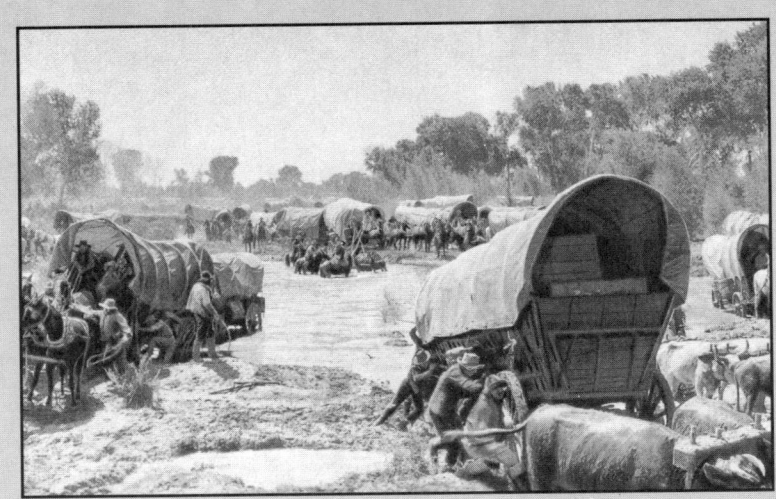

미국의 서부를 개척하던 사람들이 무리를 지어 이동할 때의 이런 포장마차 행렬은 남 아프리카를 개척할 때도 보기 흔한 광경이었다. 개척과 정복은 자유와 번영을 찾으려는 인간의 욕구와 자유를 빼앗기고 노예가 되는 사람들의 고통이라는 양면성을 지닌 행위였다.

아프리카 정복의 길

아프리카 대륙에서 이집트의 반대쪽 끝에 위치한 남아프리카 공화국의 개척사(開拓史)라고 해도 손색이 없을 영화 「야성녀(野性女)」는 자칫 서부극으로 착각하기가 쉽다. 그럴 만한 이유가 충분하다.

헬가 모레이(Helga Moray)의 소설이 원작인 「야성녀」에서 열정의 여인 '카체(Catherine O' Neill)'가 계속되는 흉년에 감자 마름병이 닥친 에이레를 떠나 케이프 타운으로 이주하여, 농토를 마련하기 위해 다시 '비옥한' 줄루 나라(Zululand)로 개척을 떠나는 모습을 보면, 유럽에서 배를 타고 바다를 건너 신대륙으로 이주하여, 다시 서부로 진출하는 '대륙인'들을 그대로 연상시킨다.

줄루 원주민들의 나라를 '공짜 땅(free land)'이라고 주장하는 논리 또한 아메리카 원주민의 땅을 임자없는 토지라면서 제멋대로 빼앗아 대던 북 아메리카 서부의 백인들이 하는 행동과 똑같은 맥락이다. 의용군 대장인 「야성녀」의 남성 주인공 폴(Paul Van Riebeck)이 "그곳에 세우려는 우리의 꿈"은 네덜란드 자유국(the Dutch Free State)이고, 그러

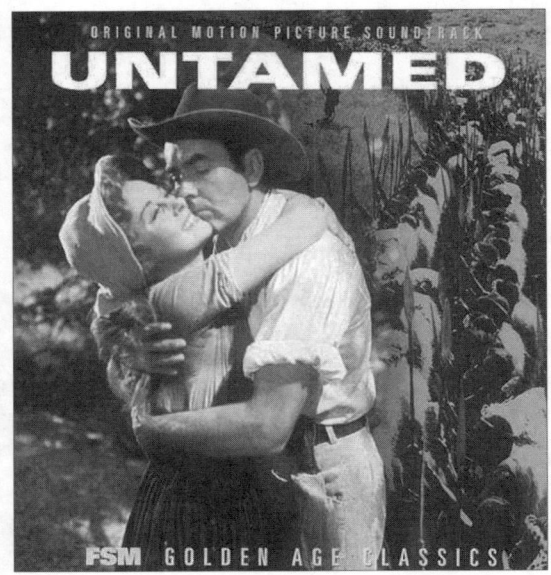

「야성녀」는 남 아프리카를 무대로 한 서부극
이다.

기 위해서 그들이 맞서 싸우며 죽이는 '적'은 아메리카 인디언 대신 줄
루 용사들이다.

　심지어는 인해전술로 밀어닥치는 줄루족을 막아내기 위해서 원형으
로 둘러치는 포장마차의 방어 형태까지도 서부영화 그대로이다. 자기
땅을 지키려는 줄루 용사들에게 "우리는 줄루족의 친구로서, 평화를
원한다"고 거짓말을 한 다음 원주민이 조금이라도 약점을 보였다 하면
당장 영토 빼앗기를 계속하는 백인들의 논리도 마찬가지이고, 파탄을
맞은 여주인공이 다이아몬드 광산촌으로 찾아 들어가 떼부자로 변신하
는 과정도 "황금광시대"를 연상시킨다.

　정복의 길에서 백인들이 겪어야 했던 고난과 모험의 이야기는 어디
를 가나 이렇게 오랫동안 어법(語法)과 논리에 변함이 없었다. 영토의
본디 소유권이 누구에게 속하느냐는 사실은 무시하면서, 싸워서 이기
는 강한 자만이 살아 남아 주인이 된다는 힘의 논리가 진리였으며, 무
자비하고 야만적인 원주민을 물리치고 백인들의 천국을 건설하는 신화

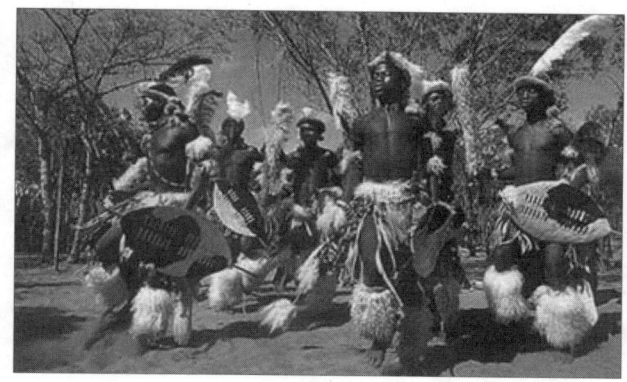

「야성녀」와 다른 백인들이 천국을 건설하기 위해 '개척'한 땅은 본디 아프리카 줄루 전사들의 나라(Zululand)였다.

를 '침략 행위'라고 정의하면서 양심적인 눈으로 백인의 정복사를 비판하는 내용의 헐리우드 영화들이 선을 보이려면 우리는 훨씬 더 많은 시간을 기다려야 했다.

물론 역사를 기술하고 이해하는 방법과 시각에는 양면성이 공존한다. 그래서 한국은 일본의 제국주의를 침략자로 정의하는 반면에 일본은 대동아공영권을 구축하기 위한 합법적 정복 행위였다고 믿는다. 어떻게 보면 식민지를 확보하고 영토를 팽창시키려는 제국주의자들의 무력 정복에 대한 일방적인 반발이나 비판도 나름대로 역사의 당위성에 대한 모순인지도 모른다.

결론적으로 얘기하자면, 병력과 민족의 이동에 의해서 이루어지는 정복 행위란 자연스러운 주거 이전의 한 가지 형태라고 하겠다. 인간이란 한 곳에서 살다가 생활 환경이나 정치경제적 또는 종교적 환경이 나빠지면 자연스럽게 자유와 번영을 찾아 바람직한 고장으로, 새로운 땅으로 이주하게 된다. 우리 주변에서도 사람들은 미국이나 캐나다, 오스트레일리아나 뉴질랜드로 이민을 가는 경우가 많다. 그리고 그런 경우에 백인 우월주의자들이 영토에 대한 선취권을 주장하며 유색인종의 '침략'에 대해서 반발을 보이기도 한다.

따라서 유색인종과, 백인과, '원주민' 가운데 누가 먼저부터 그곳에 살았느냐 하는 사실은 중요성을 상실하게 된다. 역사란 어차피 '땅뺏기'의 기나긴 과정이기 때문이다. 우리나라 사람들도 가만히 살펴보면 고구려 시대의 영토 팽창이나 우산국의 건설처럼 정복을 위한 '진출'을 항상 미화한다. 어차피 힘이 없어 남들처럼 땅을 빼앗지 못했던 우리의 역사, 일본을 정복해서 식민지로 만들지 못하고 당하기만 했다는 역사가 오히려 부끄러운 셈이다. 그렇기 때문에 우리는 백인 기독교 세력의 세계 정복을 비판하면서도, 그런 역사 과정의 당위성은 인정해야만 하겠다.

아프리카의 역사 또한 유색 인종이 엄청난 슬픔과 고통으로 받아들여야 했던, 백인에 의한 정복의 과정이었다. 남 아메리카에서 잉카와 아즈텍의 찬란한 문화를 말살시킨 에스파냐의 꽁꿰스따도르와 북 아메리카의 대학살을 벌인 영국과 프랑스, 브라질을 차지한 폴투갈, 소시지에 넣을 후추가 많이 나는 땅이라는 지극히 이기적인 이유로 인도네시아를 무려 3백50 년 동안이나 식민지로 삼았던 네덜란드, 이렇게 유럽의 백인들은 아무나 먼저 들어가 깃발을 꽂으면 된다고 전세계를 찾아다니며 일방적인 전쟁을 벌였고, 오스트렐리아와 아프리카 두 대륙에서도 이런 정복은 계속되었다.

무기와 전술이 워낙 뒤떨어지다 보니, 아메리카 인디언말고는, 제대로 저항조차 못하면서 원주민들이 엄청난 땅을 빼앗겨야 했던 식민지 전쟁은 실질적으로 제1차 세계대전이었다. 그리고 프랑스와 영국과 네덜란드 등 유럽의 열강이 대륙 전체를 침략의 대상으로 삼았던 아프리카에서 가장 슬프고 아팠던 역사는 역시 노예로 잡혀간 사람들의 얘기였다.

오랜 기간에 걸쳐 과거에 이루어졌던 폭력, 그리고 그 폭력을 당하는 자들의 아픔을 제대로 보려는 시각은 프랑스를 위시한 유럽의 '서양' 문학에서 이미 19세기에 머리를 들었으며, 영화도 오락에서 의식의 차

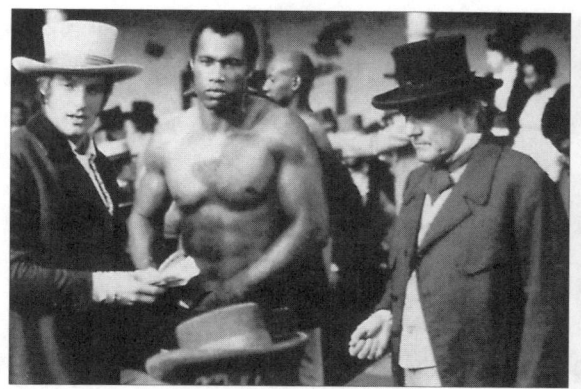

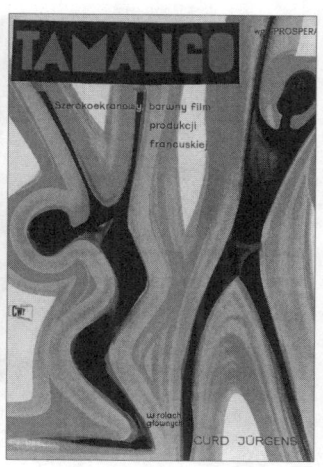

카일 온스토트의 소설을 영화로 만든 「만딩고」에서는 흑인을 '고깃덩어리'로
간주한다. 오른쪽은 폴란드에서 제작한 「따망고」 포스터의 일부

원으로 성장하는 단계에 이르러서, 존 포드의 서부관(西部觀)이 후기
에 달라지듯, 헐리우드식으로 단순하고 일방적인 활극영화의 서술체를
지양하여 아프리카 토인들의 고통을 조명하기에 이른다.

아프리카 노예영화에 나타난 의식의 흐름을 살펴보면, 「따망고」에서
는 화란인 선장이 노예들의 선상 반란을 진압하면서도 흑인 여자하고
는 사랑을 나누는 차원이고, 줄기차게 흑인 노예의 삶을 거의 모든 작
품에서 일관되게 다루었던 작가 카일 온스토트(Kyle Onstott)의 대하소
설을 영화로 만든 「만딩고」는 독선적인 농장주와 성욕 과잉의 딸, 그리
고 젊은 '고깃덩이'인 흑인 노예가 엮어내는 얘기이다. 『만딩고』나 마
찬가지로 흑인 노예들의 비참한 삶을 주제로 한 온스토트의 다른 소설
『북』 역시 영화로 선을 보였다.

이런 계열에서의 최근 작품으로는 1893년 에스파냐의 노예선에서 씬
케이(Cinque)가 일으킨 반란과 그에 대한 재판을 다룬 스필버그의 「아미
스타드」가 맥을 잇는다.

아프리카의 검은 고통에 대해서, 그리고 세계에서 가장 인권을 존중
하는 나라로 알려진 아메리카 합중국에서 가장 대규모적으로 실시했던

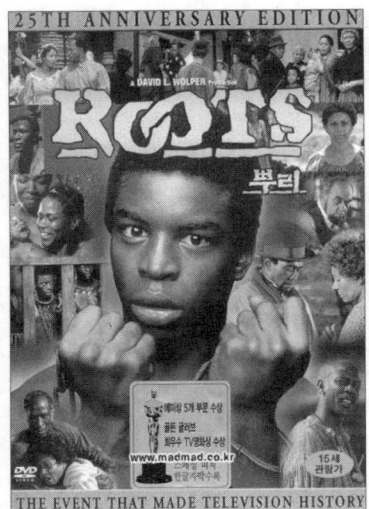

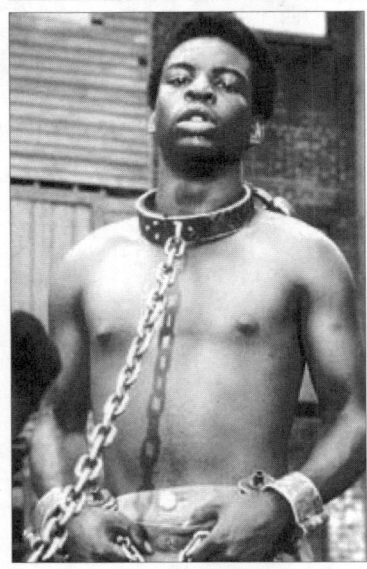

미국 흑인 노예들의 참혹한 역사를 담은 「뿌리」는 "미니시리즈"라는 새로운 텔레비전 연속극 형식의 선구자가 되었다.

노예제도의 잔혹성에 대해서, 전세계적인 각성을 자극했던 작품은 1977년에 등장한 알렉스 헤일리(Alex Haley)의 소설 『뿌리(Roots)』였고, 텔레비전 연속물로 제작된 「뿌리」가 한국에서 전파를 타던 무렵에는 인기 연속극 「여로」나 「아씨」 시절과 마찬가지로 "쿤타 킨테(Kunta Kinte)" 방송 시간이면 너도나도 집으로 들어가 텔레비전을 보느라고 서울 거리가 텅 비고는 했었다.

가장 충격적인 아프리카 얘기는 기록영화 작가인 구알띠에로 야꼬뻬띠(Gualtiero Jacopetti, 1919~) 감독의 시각을 통해서 전해졌다. 야꼬뻬띠는 사극과 더불어 이탈리아가 자랑하던 '충격 기록영화(shockumentary)'의 첫 작품이며 최고 걸작이라고 알려진 그의 영화 「몬도 까네(Mondo Cane, 1963, 105분)」를 통해 한국에 소개되었다. "개같은 세상" 또는 "개판 세상"이라는 제목 못지않게 관객에게 깊은 인상을 남긴 이 끔찍한 영화는 아프리카 관광객을 사자가 잡아먹는 장면을 그대로 보여 준 속편(Mondo pazzo, 1963)으로 이어졌고, 이런 괴이한 인기에 힘입어 「잘있거라 아프리카(Africa Addio, 1965, 122분)」도 재빨리 한국에 수입되었다.

「몬도 까네」에서나 마찬가지로 프랑코 쁘로스뻬리(Franco Prosperi)와 함께 작업한 「잘있거라 아프리카」는 아프리카 여러 종족의 괴이한 풍속을 비교해 보여 주는데, 역시 끔찍한 장면이 너무 많아 영어판은 재편집을 거쳐 「잔혹한 아프리카(Africa Blood and Guts)」라는 제목으로 다시 나오기도 했다. 시뻘건 태양을 배경으로 삼아 그물에 잡힌 기린이 헬리콥터에 매달려 날아가는 그림을 보여 주면서 "세상에서 가장 잔인한 동물은 인간"이라는 결론을 내린 영화의 마지막 장면이 아직도 기억에 생생하다.

「잘있거라 아프리카」를 만든 두 사람이 각본, 제작, 편집, 연출을 함께 한 「잘있거라 엉클 톰(Addio zio Tom, 영어 제목 Goodbye Uncle Tom, 86분, 촬영/Claudio Cirillo, Antonio Climati, Benito Frattari)」은 20세기의 이탈리아 기자가 노예제도를 산업과 경제 체제의 기반으로 삼았던 시절의 미국으로 찾아가 여러 사람을 만나 취재하는 형식을 취한 잔혹하고도 무서운 기록영화로서, 백인들의 화려하고 풍족한 생활을 마련해 주기 위해 고난을 겪는 흑인 노예들의 비참하고 기이한 모습들은, 뜨겁게 이글거리는 시뻘건 빛깔의 화면에서 격렬한 영상의 돌출된 편집을

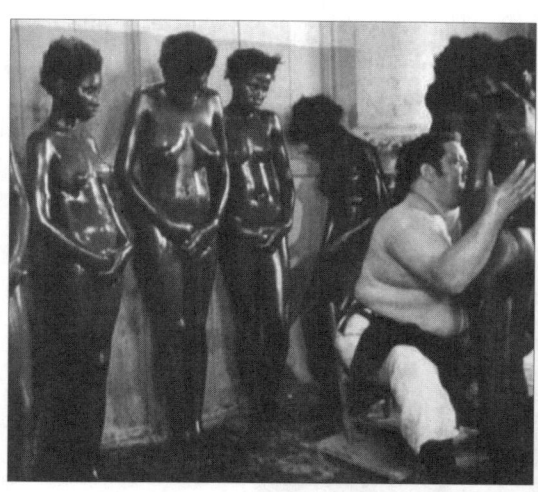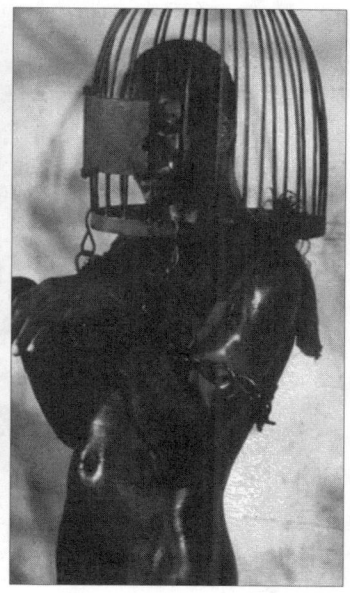

「잘있거라 엉클 톰」은 기록영화식 극영화로서, 흑인 노예 학대의 잔혹성이 소름끼칠 지경으로 적나라하게 펼쳐진다.

거치면서, 시각적인 충격의 연속을 엮어낸다.

영화가 시작되면 대화나 해설, 자막조차도 없이 화려한 무도회와 노예선에서 비명을 지르는 짐승 같은 흑인들의 모습이 터져나오고, 취재용 헬리콥터가 일으키는 회오리바람 속에 휘날리는 목화 송이들 속에서 흑인들은 일한다.

병든 흑인 아이를 가축병원에 보내고 나면 정원에서 백인 아이들이 춤을 추고, 흑인이 인간이냐 동물이냐를 따지는 토론회에서 존 랜돌프 (John Randolph, 1773~1833) 미 하원의원은 "자유는 신봉하지만 평등은 인정하지 않는다"면서 "하느님이 백인이기 때문에 백인이 다른 종족을 지배해야 한다"고 열변을 토한다. 마녀 같은 모습의 비처 스토우 부인(Harriet Elizabeth Beecher Stowe)은 "백인이 도와주지 않으면 어쩔 줄 모른다"면서 마거리트 밋첼이 흑인에 대해 『바람과 함께 사라지다』 에서 보여 준 정도의 연민을 보이고, 인간처럼 제대로 사고할 줄 모르는 야만적인 흑인을 해방시키기 위해서, 의식과 양심이 훨씬 우월한 백인들끼리 대리 전쟁(proxy war)을 벌인다.

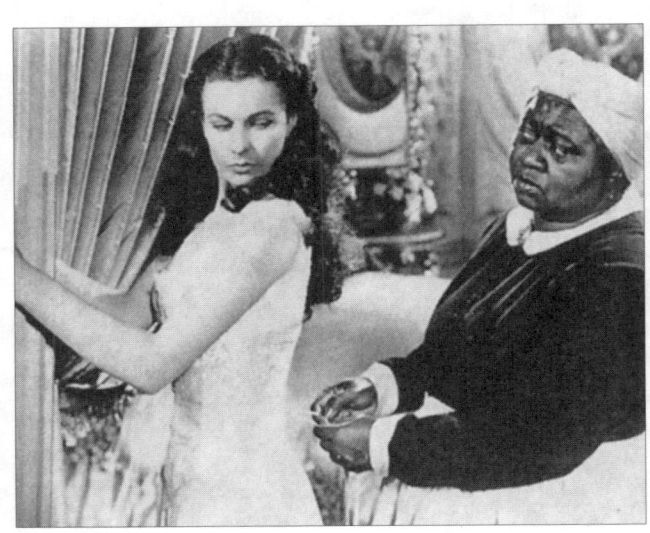

『톰 아저씨의 오두막』을 써서 남북전쟁의 간접적인 원인이 되었으며 미국에서 흑인 노예들의 해방자가 되었다고 사람들이 착각하는 스토우 부인이나 마찬가지로, 소설 『바람과 함께 사라지다』에서 마거리트 밋첼은 흑인을 애완동물처럼 백인이 돌봐 주지 않으면 생존능력이 없는 인종으로 그려 놓았다. 그러나 영화 『바람과 함께 사라지다』에서는 하녀 매미(Mammy, 오른쪽) 역을 맡았던 여배우(Hattie McDaniel)가 아카데미 상을 받은 최초의 흑인이 되었다.

노예제도가 법적으로 폐지되자 상아해안에서 95 일의 항해를 거쳐 실려온 검둥이들은 '밀수품'으로 취급되며, 머릿수가 아니라 고기처럼 파운드(무게)로 팔려 나가고, 수도원에서는 성직자들이 노예를 해방시키는 대신, '재산'을 화폐로 바꾸기 위해 재빨리 팔아서 없애 버린다. 루이지애너의 노예 가공 공장에서는 재와 모래와 양잿물로 가축처럼 검둥이들에게 목욕을 시키고, 대걸레로 김장 배추처럼 머리통을 닦은 다음, 여물통에다 때맞춰 먹이를 주면서, 탁송 화물차에 실어 나르고, 굴비처럼 쇠사슬로 줄줄이 엮은 벌거숭이 행렬을 만들어 '소몰이'에 나선다.

철창에 담긴 채 할인 가격표를 가슴에 단 흑인들은 흠집을 내면 안 되는 "귀중한 상품"이며, 이러한 과정을 거쳐 장사가 끝나면 수익성이 높은 노예 사육장의 비만한 '마싸(massa, 주인님이라는 뜻인 master의 흑인식 발음)'가 손익 계산서를 꼼꼼히 따져서 관객에게 보여 준다.

예쁜 옷을 말끔하게 차려입은 백인 소녀들이 같은 또래의 소년들과 물가에서 뛰놀고, 화사한 벚꽃 사이로 백인 아가씨가 쳐다보며 미소를 짓는데, 남북전쟁이 끝난 다음 더디고도 오랜 해방 기간을 거쳐 드디어 백인들과 함께 살게 된 흑인 소년의 목에 쇠사슬을 걸어 끌고 가는 흰 피부 소녀의 금발이 빛난다. 백인과 같은 집에서 살며 만찬용 촛대를 반짝반짝 닦아놓는 흑인 하녀들, 그들은 구두를 닦고, 마루를 닦고, 거울을 닦고, 피아노의 건반을 닦고, 그리고는 백인들이 월츠를 추는 장면 하나를 거친 다음 밤이 되면 흑인 소녀들은 백인 주인들과 같은 잠자리에 들어서, 마침

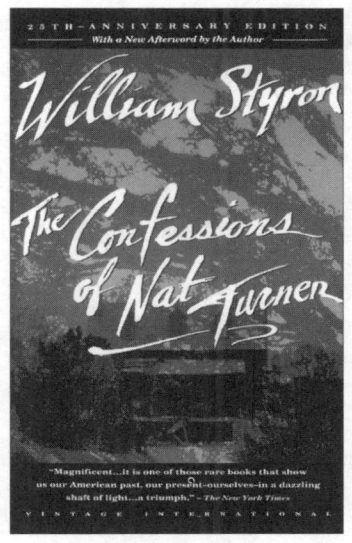

「잘있거라 엉클 톰」은 『네트 터너의 고백』의 일부를 극화하면서 마무리를 짓는다. 영화가 끝날 무렵, 바닷가 모래밭에 한가하게 누워서 스타이론의 책을 읽는 흑인의 검은 안경에 반사된 수영복 차림의 백인 여성이 역설적인 역사를 반영하는 듯하다.

내 평등해진다.

흑인과 '사람'을 비교하는 남부의 여인들, 그리고 "호모 사피엔스에서 완벽한 유형은 백인뿐"이라면서 하등 인류, 즉 불량품 인간의 살아 숨쉬는 표본을 앞에 앉혀 놓고 "동물의 냄새가 나는 흑인, 작은 두개골의 용량, 푸른 색소가 없는 눈, 더럽고 평퍼짐한 코"를 분석하던 새뮤얼 카트라이트(Samuel Cartright) 교수는, 기자가 국적을 물으니까, 자신이 유대인이라고 밝힌다. 그리고 이 유대인은 물론 아직 히틀러가 누구인지를 알지 못한다.

노예에 관한 여러 문헌을 발췌하여 극화한 이 영화에서는 백인이 흑인들에게 종교를 전파한 이유가, 구원이나 행복을 전해 주고 함께 나눠 갖기 위해서가 아니라, 인내심과 복종심을 키우기 위해서였다며 종교의 위선과 배덕을 강력하게 부각하기도 한다. 스필버그의 노예영화에 재현된 기독교인들의 모습과는 무척 대조적인 해석이다.

영화 마지막 부분에서는, 1831년 남부 버지니아에서 일어났던 노예 반란 사건을 주제로 다루어서 1967년 퓰리처 상을 받은 윌리엄 스타이론(William Styron)의 소설 『네트 터너의 고백(The Confessions of Nat Turner)』에서 상당히 긴 부분을 발췌하여 극화한다.

밟힌 지렁이가 꿈틀거리기 시작한다.

찾아보기 ●---

▌「야성녀(Untamed, 1955, 미국, 111분)」, 감/Henry King, 출/Tyrone Power, Susan Hayward, Richard Egan, Agnes Moorehead, Rita Moreno, John Justin, Brad Dexter, Henry O'Neill

▌「따망고(Tamango, 1957, 프랑스, 98분)」, 감/John Berry, 출/Dorothy Dandridge, Curt Jurgens, Jean Servais, Roger Hanin, Guy Mairesse

▌「만딩고(Mandingo, 1975, 미국, 127분)」, 감/Richard Fleischer, 출/James Mason, Susan George, Perry King, Richard Ward, Brenda Sykes, Ken Norton, Lillian Hayman, Roy Poole, Ji-Tu Cumbuka, Paul Benedict, Ben Masters

▌「북(Drum, 1976, 미국, 110분)」, 감/Steve Carver, 출/Warren Oates, Ken Norton, Isela Vega, Pam Grier, Yaphet Kotto, John Colicos, Brenda Sykes, Paula Kelly

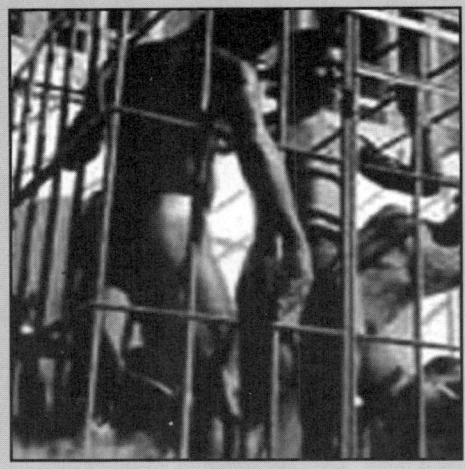

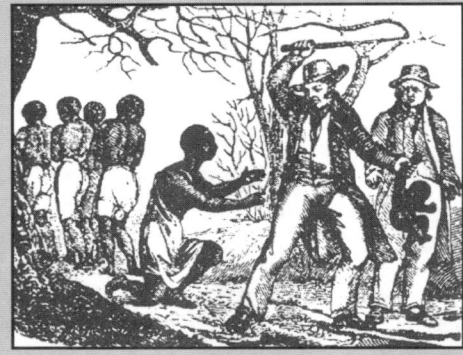

아프리카에서 짐승처럼 사냥당해 노예선에 화물로 실려 온 흑인들은 미국 경제의 기반을 이루는 재산으로 간주되었다.

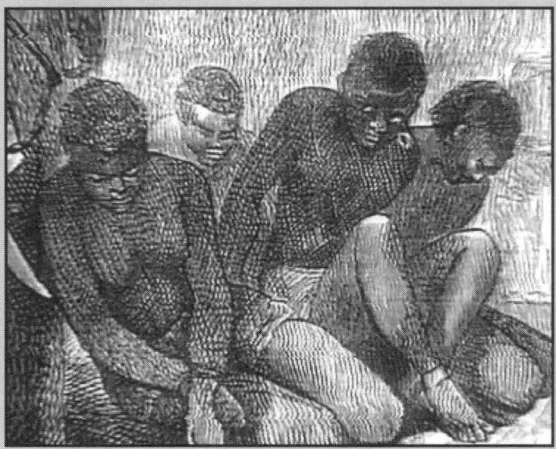

짐승들의 반란

야꼬뻬띠가 '운동권'적 고발이 맹렬하게 이루어지는 의식영화 「잘있거라 엉클 톰(Addio zio Tom, Goodbye Uncle Tom)」을 만든 반면에, 스티븐 스필버그의 「아미스타드」는 쉰들러 얘기처럼 세련된 인도주의를 딛고 한 차원 올라서서, 4백만의 노예가 경제력과 부(富)의 원천이었던 시절의 미국 정치 역학에 '사설적(editorial)' 비판을 가한다.

노예 사냥꾼의 그물에 잡혀 쿠바로 가서 '세탁'을 한 다음 에스파냐로 실려가던 중에 아프리카인들이 폭동을 일으켜 백인들을 죽이고 "해 뜨는 동쪽"으로 돌아가다가, 미국의 해안 감시선에 나포되어 롱 아일랜드로 끌려간 44명의 '화물'은, 해적 및 살인 행위보다는 미국과 에스파냐의 재산권 분쟁의 대상으로서 법정에 선다. 영화의 전반부도 그렇지만 길고도 지루한 재판 과정을 거쳐, "해당 흑인들은 화물로 인정할 수 없으니 아프리카로 돌려보내라"는 양심적인 판결이 난다.

그러나 재선을 꿈꾸는 마틴 밴 뷰런(Martin Van Buren, 1782~1862) 대통령은 가진 자들의 표를 의식하여 재판 도중 판사를 갈아치울 뿐 아

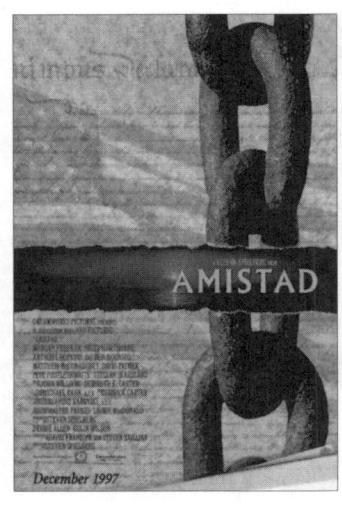

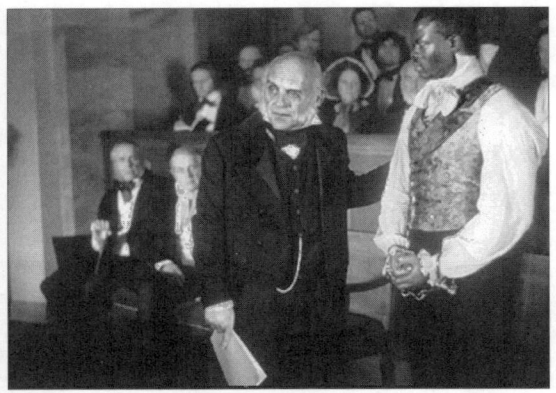

영화 「아미스타드」에서 노예폐지론자로 맹활약을 하는 존 퀸시 애덤스도 알
고 보면 생전에 14 명의 노예를 집에 두었다.

니라, 대법원에 상고하여 씬케이와 다른 노예들의 귀향을 막으려고 한
다. 그리고 아메리카 합중국 제8대 대통령 밴 뷰런과 더불어 "무역의
주축은 노예"라고 주장하는 에스파냐의 11살짜리 여왕 이사벨라 2세를
악역으로 설정하고는, 제6대 대통령이었으며 17 년 동안 하원의원으로
서 미국인들의 사랑을 받았던 존 퀸시 애덤스(John Quincy Adams,
1767∼1848)에게 최후 변론을 맡겨 그를 영웅으로 만든다. 그러나 법정
에서 감동적인 변론으로 인간의 존엄성을 부르짖는 노예 폐지론자 애
덤스도 알고 보면 생전에 14 명의 노예를 집에 두었던 사람이다.

　「아미스타드」이외에도 노예선을 '무대'로 삼은 영화를 찾아보면, 독
일 영화 「비정의 노예상」은 19세기 아프리카에서 노예장사를 둘러싸고
벌어지는 2급 수준 폭력과 눈요기로 포장한 성인물이며, 「노예선」은
선상 반란에 얽힌 본격 활극이다.

　그러면 이제는 아프리카인들의 본격적인 투쟁이 영화에는 어떻게
반영되고 재현되었는지를 알아보기로 하자.

　야꼬삐띠의 영화 「잘있거라 엉클 톰」을 보면 음식을 먹지 못하게 하
거나 갖가지 형벌을 주기 위해 쇠로 만든 갖가지 틀을 얼굴에 씌운 짐

승 같은 미국의 흑인 노예들이 가혹한 삶에 견디다 못해 도망을 치고, 늪지대에서 추적하는 '사냥꾼'들에게 학살을 당하는 장면에서, 노예의 시체 더미 옆에 늘어서 기념 촬영을 하는 백인들의 모습이 나온다. 실질적인 제1차 세계대전이었던 식민지 전쟁에서 아프리카 흑인과 유럽 백인이 벌인 전쟁은 대부분 그런 식이었다.

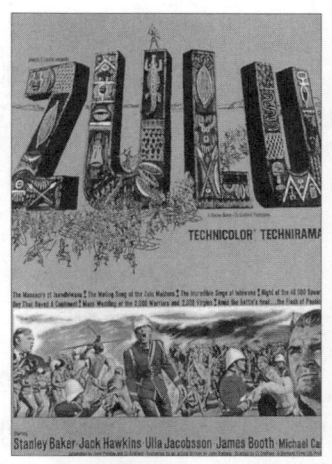

아주 오래 전, 자니 카슨(Johnny Carson)이 사회를 보던 시절 NBC-TV의 「투나이트 쇼」에 출연한 마이클 케인은 그가 「줄루전쟁」에 출연했던 당시를 회고했었다. 영화는 떼거리로 몰려오는 줄루족으로부터 자국민을 보호하기 위해 용감히 싸우는 붉은 제복의 영국군에 관한 무용담이었다. 처음에는 방심하다가 막대한 피해를 입어 전세가 불리하기도 했지만 지원군이 증파되어 치열한 반격을 거쳐 결국 승리를 거둔 영국군의 시각을 담았던 「줄루전쟁」에서 마이클 케인은 영국군 장교로 출연했다.

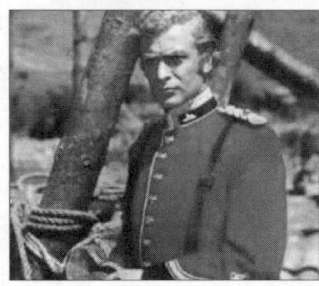

영화 「줄루전쟁」에서 마이클 케인은 찰스 황태자를 관찰한 다음 "뒷짐 연기"를 했다.

그런데 영화가 개봉된 다음 언론에서는 마이클 케인이 손을 어디다 두어야 할지도 모르는 서투른 신인배우라고 혹평을 했다. 영화가 계속되는 동안 그가 줄곧 한 손을 뒤로 돌린 채, 반쯤 뒷짐을 진 자세를 취했다는 이유에서였다.

마이클 케인은 연기력이 없어서가 아니라 일부러 그런 자세를 취했다고 한다. 그는 영국군 장교라면 전투에 별로 직접 참여하지도 않고, 뒷전에 서서 구경만 하는 역이었으므로, 그런 연기를 잘 해내기 위해 찰스 황태자의 동작과 몸가짐을 자세히 연구했다고 한다. 그리고 남들이 모든 일을 대신 다 해 주는 바람에 정말로 손을 놀릴 일이 별로 없던 황태자는 늘 그렇게 뒷짐을 진 한가한 모습이라는 사실을 마이클 케인은 깨달았고, 그래서 전혀 '손의 연기'를 하지 않았던 것이다.

1879년 6개월 동안 벌어진 토인들과 대영제국의 전쟁에서 영국군이 이렇게 뒷짐을 지고 싸워서도 승리를 거둔 까닭은 나라와 땅을 빼앗기지 않으려던 줄루 전사들이 용감히 싸우지 않았기 때문이 아니라, 서양의 무기에 밀려서였다.

「줄루전쟁」의 많은 부분을 차지하는 전투 장면뿐 아니라, 헨리 킹 감독의 「야성녀」를 보더라도, 그리고 조지 셔면 감독의 「불타는 마음」에서도, 줄루족은 멍청하게 그들의 위치를 몽땅 노출시킨 채로 언덕이나 들판에서 몰려 내려오다 '아군'의 총포에 무더기로 죽어 자빠지는 모습으로 재현된다. 그러나 자세히 살펴보면 줄루 용사들은 뛰어난 전술과 전략을 구사하고, 저마다의 전사 또한 용맹스럽기 짝이 없다.

따지고 보면 줄루 민족은 그들 나름대로 정복자여서, 할거하던 여러 수장국(首長國)을 1818년에 무력으로 통일시켜 강력한 군사 왕국을 이루었고, 무기와 전투의 전형을 그들 나름대로 개발하기까지 했었다. 하지만 현대 전쟁은 용기만 가지고는 부족하고, 요즈음 미국의 최첨단식 전쟁 방식에서처럼 결국 무기가 승패를 결정한다.

한 곳에 정착하여 여러 세대를 살아가며 정적인 명상을 미덕으로 여긴 동양과는 달리 끊임없이 이동하고 정복하는 역사를 살아온 서양은 전쟁에서 이기기 위해 늘 무기 개발에 앞장섰다. 영원한 불변성을 섬기고 물흐름의 도(道)를 따르는 동양인들은 숟가락이 북쪽을 가리키는 현상에서 미래의 운명을 보려고 점을 치는 데 이용했던 반면에, 남보다 먼저 어디론가 가기 위해 기술을 개발하고 변화를 추구하는 서양인들은 나침반을 만들어 탐험과 개척과 정복의 길에 올랐다.

슬프거나 기쁜 일을 널리 많은 사람들에게 알리려고 소리를 크게 내도록 만들어낸 종(鐘)을 서양인들은 13세기에 대포로 개발했는가 하면, 숙소이며 화장실 노릇을 겸하는 돼지 우리의 오물에서 암모니아와 니트로메탄(nitromethane)을 채취하여 화약을 만든 다음 축제 분위기를 마련하기 위해 폭죽을 만든 동양(중국)과는 달리, 아랍인들과의 교역을 통해서 화약을 손에 넣은 서양에서는 폭발력이 강력한 무기를 만들었다.

그리고 이런 서양의 총포에 맞서 싸운 줄루 용사들의 창은 마사이족의 창보다 길이가 절반밖에 되지 않아 다루기가 쉬웠는지는 몰라도, 포탄을 물리치기에는 역부족이었다.

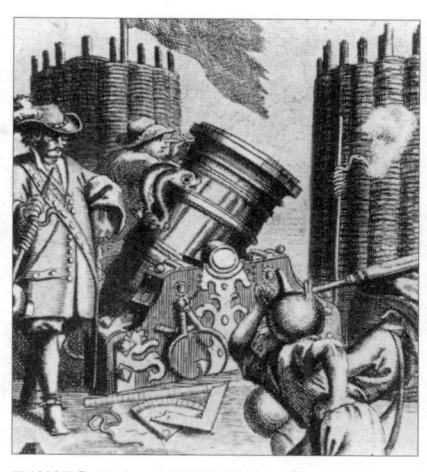

동양인들은 화약으로 폭죽을 만들고 종을 울리며 즐거운 시간을 보냈지만, 서양인들은 그림에서처럼 종을 거꾸로 놓고 거기에 화약을 집어넣어 사람을 죽이는 대포를 만들었다.

하지만 줄루전쟁에 대한 백인들의 해석은, 영화 「줄루전쟁」을 만든 싸이 엔드필드 감독이 15년 후 대본 작업에 함께 참여했던 「줄루의 새벽」에 이르러서는 많이 달라진다. 이 영화는 편협성과 비효율적인 사고방식으로 인해서 영국이 줄루 민족에 대한 외교 정책에서 실패했을 뿐 아니라, 전술에서도 패배했다는 역사적인 진실을 지적한다. 서부영화 편에서 다시 다루겠지만, 커스터 장군의 제7 기병대가 인디언의 전술과 전략에 시종일관 밀렸던 리틀 빅 혼(Little Big Horn) 전투에 대해서 아직도 솔직한 재평가를 내리지 않는 헐리우드와 미국의 백인들과는 좋은 대조를 이룬다.

물론 헐리우드의 영화인들이 모두가 백인우월주의자는 아니며, 우월주의 역시 일본의 경우처럼 일종의 편파적인 애국심이라고 해석하는 시각과 해석도 가능하다. 아프가니스탄 전쟁에서 미국인들이 과시한 애국심과 이슬람의 시각이 큰 차이를 보이듯, 전쟁의 역사는 양쪽이 서로 다른 승리와 정의를 주장하는 모순을 보인다.

북한이나 일본에 대한 한국인의 시각도 마찬가지이다. 텔레비전 코미디에서 일방적으로 일본을 비하하는 한국인들은 일본에서 누가 한국을 비하하는 발언을 할 때마다 얼마나 맹렬한 반발을 했던가. 민족과 국가라는 편견의 시각과 개념에 따라, 사람들은 항상 "우리가 옳다"는 전제를 내세우고, 그래서 아인슈타인은 "세상의 모든 것이 변해도 인간의 사고방식은 변하지 않는다"고 했다.

따지고 보면 상반된 편파적 시각에서 그나마 양심의 소리를 먼저 내기 시작한 쪽도 사실은 서양이겠지만, 그러나 그러한 부분적인 공감대마저도 마우마우(Mau Mau)에 대한 서양인들의 의식에서는 아직 찾아보기가 어렵다.

헐리우드 키드가 고등학교에 다니던 시절, 한국처럼 가난한 나라를 아직 개발도상국(developing country)이라고 하지 않고 '저개발국'이나 '미개발국' 또는 '후진국(underdeveloped country)'이라는 대단히 모욕적인 표현이 공식 용어였던 시절, 사람들은 아프리카를 '암흑 대륙(Dark Continent)'이라고 불렀다. 알프레드 힛치코크가 전성시대에 만든 영화「나는 비밀을 안다(The Man Who Knew Too Much, 1956)」의 도입부에서도, 비스타비전 화면이 눈부실 정도로 밝았던 한낮의 아프리카에 도착한 소년이 엄마 도리스 데이에게 "어둠의 대륙이 왜 이렇게 환하

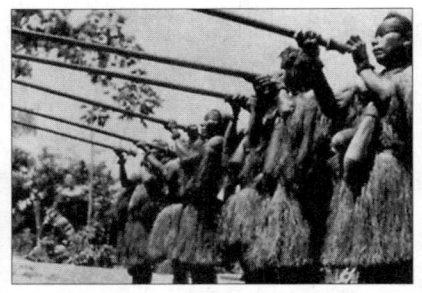

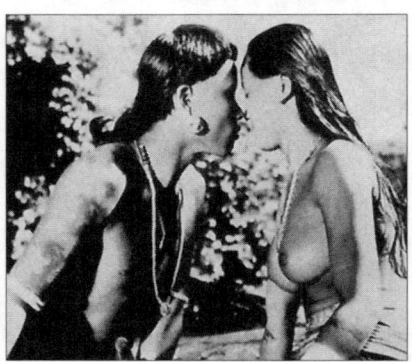

1950년대에는 '검은 대륙'에 관한 기록영화를 많이 만들어서, 우리나라에도 프랑스의 「태양의 제국(L'Impero del Sole, 1957, 위)」과 이탈리아의 「잃어버린 대륙(Continente perduto, 1956, 아래)」 같은 작품들이 수입되었다. 그러나 이들 영화 또한 정복자인 백인이 야만을 관찰하는 시각을 고집했다.

냐?"라며 신기해하는 장면이 나올 정도였다. 그리고 1960년대 말 대단히 널리 알려졌던 한국의 어느 여류 작가는 『바투알라(Batuala)』로 1921년에 공꾸르 상을 받은 흑인 작가 르네 마랑(René Maran, 1887~1960) 얘기를 해주었더니 "아프리카에도 문학이 있어요?"라고 놀라기도 했었다. 그러니 1950년대 전세계적으로 '공포의 집단(terrorists)'으로 통했던 마우마우단(團)의 실체가 왜곡되어 알려졌던 것은 오히려 당연한 일이었는지도 모른다.

기록영화 「마우마우의 공포」나 「마우마우의 반란(Mau Mau)」을 통해 "짐승들의 반란" 정도로 우리나라에도 소개되었던 마우마우는 기독교 문명권에서 오사마 빈 라덴과 알 카에다, 나아가서는 '회교국'에 대한 편견과 비슷한 시각(視角)의 여과를 거쳤지만, 알고 보면 마우마우 그들은 영국의 식민지였던 케냐에서 백인과 무력으로 본격적인 투쟁을 벌인 독립 결사 단체였다.

흑인을 차별대우한 정부와 싸우기 위해 백인에 협력한 흑인 1백 명을 살해한 다음 10 년 동안 영국과 백인을 상대로 마우마우가 독립전쟁

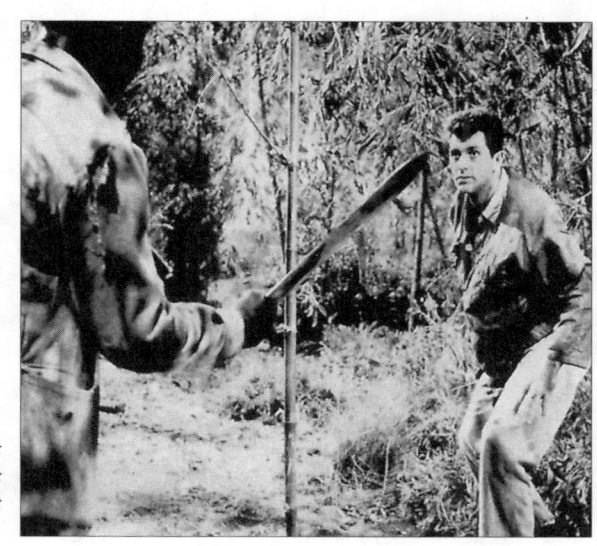

「마우마우의 공포」 계열의 기록영화는 물론이요, 「흑아」(사진)와 「사파리」 같은 극영화에서는 마우마우가 단순히 공포를 불러일으키는 폭력 단체로만 그려졌다.

을 벌이는 과정에서 키쿠유(kikuyu)족 1만 명 이상이, 그리고 유럽인 95 명, 아시아인 29 명이 목숨을 잃었으며, 대신 케냐는 드디어 1963년에 영국 식민 통치로부터의 독립을 쟁취한다. 케냐의 초대 대통령은 물론 마우마우의 지도자였다.

마우마우를 잔인무도한 살인 집단으로 부각시킨 대표적인 영화는 마우마우단에 살해된 형의 족적을 찾는 젊은이가 주인공으로 나오는 「심바」이다. 잔혹한 이 영국 영화와 제목이 같으며 작가 미상인 1928년 「심바(Simba, the King of Beasts)」는 유명한 부부 탐험가인 마틴(Martin)과 오사 존슨(Osa Johnson)이 야생 아프리카를 2만 킬로미터 횡단하는 내용을 담은 기록영화이다.

1956년 영국 영화 「사파리」도 마우마우를 궤멸시키기 위해 나선 원정대를 빅터 머튜어가 이끌고 밀림으로 들어가는 활극인데, 역시 제목이 같은 40년 판은 보통 밀림영화이다.

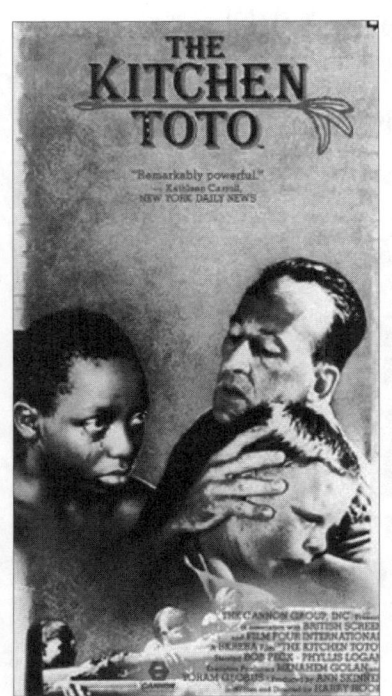
마우마우에 대한 시각은 「부엌소년」에 이르러서야 자유를 찾기 위한 폭력의 색채를 띠게 된다.

당사국인 영국을 벗어나 미국 쪽에서 만든 마우마우 영화 「흑아(黑牙)」는 역사소설가 로버트 루아크(Rober Ruark)의 원작으로서, 영국인 농부 록 허드슨과 어릴적 친구였던 케냐인 시드니 푸아티에가 적이 되어야 하는 운명을 기둥줄거리로 삼았다.

'마우마우의 반란'을 진지한 자세로 다룬 영화 「부엌소년」은 1987년이 되어서야 나타났다. 1950년대 중반, 아버지가 마우마우단의 손에 목숨을 잃은 다음 영국 경찰국장의 집에서 일자리를 구해 들어간 키쿠유족 소년이 서서히 정치적인 상황에 빨려 들어가며 갈등한다는 내용으로서, 자유를 찾기 위한 폭력 투쟁이 생생하게 재현된다. 복잡하고 격렬하고 감동적인 작품이어서, 인내심이 필요하지만 대단히 보람있는 영상 경험을 제공하는 이 영화의 감독(Henry Hook)은 마우마우 시대 케냐에서 성장하며 격동의 나날을 직접 체험한 영국인이다.

자유와 독립을 위한 투쟁을 주제로 삼은 '원주민' 영화도 나왔다. 나이제리아에서 만든 「쿠시니의 결단」은 가상의 아프리카 국가인 파하리 (Fahari)가 해방된다는 내용이 기둥줄거리이지만, 사랑 얘기가 거추장스럽게 너무 많이 얽혀들어 맥이 풀려 버렸다.

찾아보기 ●--

■ 「아미스타드(Amistad, 1997, 미국, 152분)」, 감/Steven Spielberg, 출/Morgan Freeman, Anthony Hopkins, Matthew McConaughey, Nigel Hawthorne, Djimon Hounsou, David Paymer, Pete Postlethwaite, Anna Paquin

■ 「비정의 노예상(Slavers, 1978, 독일, 102분)」, 감/Jurgen Goslar, 출/Trevor Howard, Ron Ely, Britt Ekland, Jurgen Goslar, Ray Milland, Ken Gampu, Cameron Mitchell

■ 「노예선(Slave Ship, 1937, 미국, 92분)」, 감/Tay Garnett, 출/Warner Baxter, Wallace Beery, Elizabeth Allan, Mickey Rooney, George Sanders, Jane Darwell, Joseph Schildkraut

■ 「줄루전쟁(Zulu, 1964, 영국, 138분)」, 감/Cy Endfield, 출/Stanley Baker, Jack Hawkins, Ulla Jacobsson, Michael Caine, Nigel Green, James Booth, 해설/Richard Burton

■ 「불타는 마음(The Fiercest Heart, 1961, 미국, 91분)」, 감/George Sherman, 출/Stuart Whitman, Juliet Prowse, Ken Scott, Raymond Massey, Geraldine Fitzgerald

■ 「줄루의 새벽(Zulu Dawn, 1979, 미국-네덜란드, 121분 또는 98분)」, 감/Douglas Hickox, 출/Burt Lancaster, Peter O'Toole, Simon Ward, John Mills, Nigel

Davenport, Michael Jayston, Denholm Elliott, Ronald Lacey, Freddie Jones, Christopher Cazenove, Anna Calder-Marshall

▌「심바(Simba, 1955, 영국, 99분)」, 감/Brian Desmond, 출/Dirk Bogarde, Virginia McKenna, Basil Sydney, Donald Sinden

▌「사파리(Safari, 1956, 영국, 91분) 감/Terence Young, 출/Victor Mature, Janet Leigh, John Justin, Ronald Culver, Liam Redmond

▌「사파리(Safari, 1940, 미국, 80분)」, 감/Edward H. Griffith, 출/Douglas Fairbanks, Jr., Madeleine Carroll, Tullio Carminati, Lynne Overman, Muriel Angelus, Billy Gilbert

▌「흑아(Something of Value, 1957, 미국, 113분)」, 감/Richard Brooks, 출/Rock Hudson, Sidney Poitier, Dana Wynter, Wendy Hiller, Frederick O'Neal

▌「부엌소년(비디오 제목 "노예소년 망기," The Kitchen Toto, 1987, 미국, 96분)」, 감 /Harry Hook, 출/Edwin Mahinda, Bob Peck, Phyllis Logan, Robert Urquhart, Kristen Hughes, Edward Judd

▌「쿠시니의 결단(Countdown at Kusini, 1976, 나이제리아, 101분)」, 감/Ossie Davis, 출/Ruby Dee, Ossie Davis, Greg Morris, Tom Aldredge, Michael Elbert, Thomas Baptiste

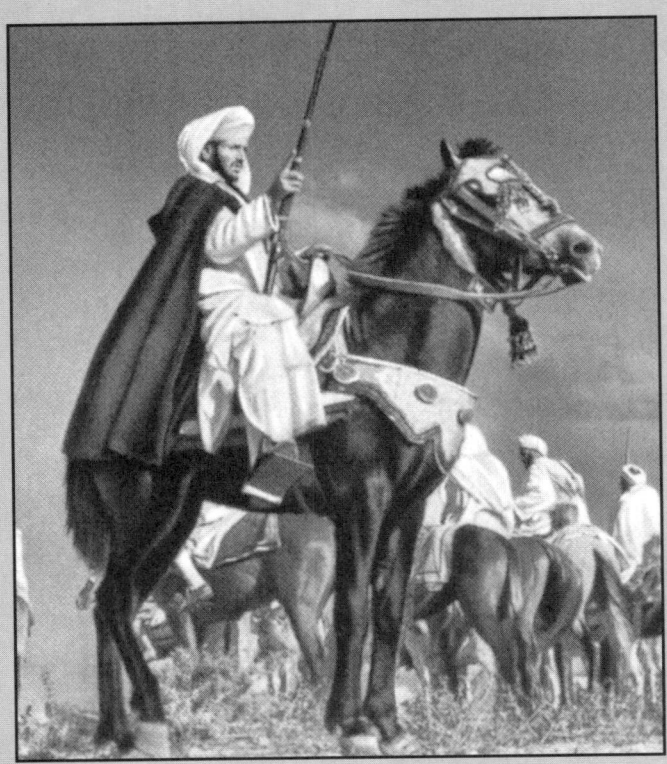

서양의 기독교 세계가 북 아프리카를 '동양'이요 적이라고 정의하는 까닭은 그들이 십자군 전쟁 때 적으로 삼았던 회교도이기 때문이다. 사진은 아라비아 말을 탄 북 아프리카의 회교도 전사

영웅의 용기와 매국노의 정체성

「줄루전쟁」처럼 영국군과 원주민 사이에서 벌어지는 식민지 전쟁을 다룬 작품 가운데, 비록 "성전(聖戰)을 준비하는 회교도 미친놈들"이나 "회교도들의 목을 잘라 오겠다" 같은 일방적인 표현이 자주 등장하기는 하지만, 그래도 단순한 정복자의 제국주의적 시각을 벗어난 좋은 작품으로는 "전설의 시대" 들어가는 글에서 소개했던 「네 날개」가 우뚝하다. 영어 제목에 나오는 'feather'는 물론 '날개(wing)'가 아니라 거기에 붙은 '깃털'을 뜻하기 때문에, 「네 개의 깃털」이라고 해야 옳은 제목이기는 하지만, 잘못된 이름도 이름이기는 하니까 여기에서는 「네 날개」였던 제목은 그대로 두겠다.

이국적인 배경을 깔고 모험과 낭만이 펼쳐지는 소설을 주로 썼던 영국 작가 A. E. W. 메이슨(Alfred Edward Woodley Mason, 1865~1948)의 1902년 작품을 원작으로 삼은 이 영화는 1921년과 1928년에도 이미 영화로 나왔었고, 같은 감독과 같은 각색자(R. C. Sherriff)의 손을 거쳐, 「네 날개」를 만들기 위해서 촬영해 두었던 장면들을 재탕해 가면서, 나

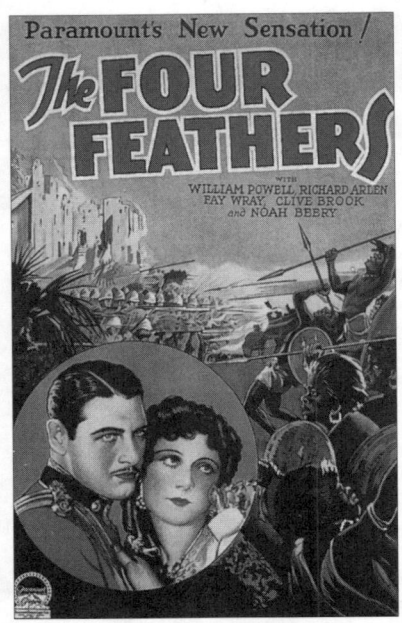

「네 날개(네 개의 깃털)」는 회교도들과의 전쟁에서 용감한 군인 정신을 증명하려는 영국 청년들에 관한 얘기이다.

중에 「나일강의 전운(戰雲)」이라는 제목으로도 선보였는데, 이른바 '남성의 용기(masculine valor, intrepidity)'를 주제로 한 대표적인 고전 가운데 하나이다.

대대로 훌륭한 군인을 배출한 전통적인 군벌 집안에 태어나, 아버지로부터 전쟁과 용기와 비겁함에 대한 얘기를 귀에 못이 박히도록 듣고, 장난감 병정으로 군대놀이를 하고, 죽고 죽이는 악몽에 시달리며 성장한 주인공 해리(Harry Ferrasham)는 집안의 전통과 당연한 기대에 따라 억지로 장교가 되어 명예로운 써리 연대(Royal North Surrey Regiment)에서 복무하기는 하지만, 결혼과 더불어 적성에 맞지 않는 군대생활을 청산하려고 한다.

그러나 벌써부터 이집트에서는 전운이 감돌던 터였고, 하필이면 주인공이 약혼식을 하는 날, 그의 친구인 다른 세 명의 장교와 더불어 해리는 긴급히 귀대하라는 명령을 알리는 전보를 받는다. 군복을 벗으려던 해리는 친구들에게 이 사실을 알리지 않고 네 장의 전보를 모두 불태워 버리고, 그래서 친구들마저 귀대 일자를 알지 못해 원정군 합류 명령을 어기게 된다.

나중에야 그런 사실을 알아내고 화가 난 친구들은 뒤늦게 전선으로 출발하면서, 계획대로 군대를 떠난 해리에게 비겁한 자의 상징인 하얀 깃털을 먼지털이에서 뽑아 하나씩 그들의 명함에 꽂아 해리에게 보낸다. 용감한 군인의 아내가 되고 싶어했던 에스니도 깃털 하나를 그에게 주고는 파혼을 선언한 다음, 전부터 그녀를 좋아했던 해리의 친구이며 아프리카 전장으로 향하는 존(John Durrance)에게로 마음이 기운다. 그런가 하면 가문에 불명예를 가져왔다고 화가 난 아버지는 해리를 집에서 내쫓는다.

당당하게 전쟁터로 떠나는 군인들의 행렬을 지켜보며 고뇌하던 해리는 자살을 하려다가, 명예를 되찾기 위해 단신 아프리카로 떠난다. 이집트에 도착하여 회교도로 변장한 그는 자신을 경멸하여 깃털을 보낸 세 친구의 동태를 열심히 추적하고 주시하면서, 그들이 곤경에 빠지기를 기다렸다가 절체절명의 위기가 닥치면 로빈 후드나 슈퍼맨이나 홍길동처럼 홀연히 나타나서 맹활약을 벌인다.

해리는 우선 사막의 전투에서 부대가 적에게 포위되어 부하들이 전멸을 당하고 자신도 화상을 입어 시력까지 잃은 친구 존 듀란스 대위의 생명을 구해 주고는, 첫 번째 깃털을 에스니에게 전해 달라면서 되돌려 준다. 존은 부상 때문에 귀국하지만, 겨우 사랑하는 사이가 된 에스니를 잃고 싶지가 않아서, 해리의 깃털에 관한 얘기를 그녀에게 하지 않는다.

이어서 해리는 주막에서 원주민들과 비밀 협상을 벌이다 자객들에게 기습을 받은 친구 톰 윌로우비(Tom Willoughby) 대위를 구해내고 두 번째 깃털을 돌려주며, 에스니는 그제야 해리의 활약에 대한 얘기를 듣지만, 옛 사랑에게 돌아가기 위해서 맹인이 된 존 듀란스를 차마 버릴 용기가 나지 않는다.

마지막으로 해리는 적군에게 잡혀 옴두르만(Omdurman)의 감옥에서 7개월째 포로생활을 하는 윌리엄 트렌치(William Trench) 대위를 구하기 위해 일부러 적에게 체포되었다가 함께 탈출한다.

수단에서 일어난 회교도의 반란을 진압하는 원정 임무를 끝내고 귀국하는 써리 연대와 함께 당당한 영웅이 되어 고향으로 돌아온 해리는 네 번째 깃털을 사랑하는 여인에게 돌려주고 재결합을 이루지만, 군대로는 돌아가지 않는다.

영화에서 이러한 갖가지 무용담을 펼치기 전에 주인공 해리가 가장 먼저 하는 일은 영국군 써리 부대에 정보를 제공하던 원주민 첩자 아부 팔마(Abou Falma)를 찾아가 포섭하는 것이다. 군인도 아닌 영국 민간인이 개인적으로 명예를 되찾기 위해 혼자만의 전쟁을 벌이려는 해리의 계획에 아부는 즉석에서 (차라리 충성이라고 해야 옳을 듯한) 협조를 약속한다. 그리고 모든 위험한 임무를 혼자 통째로 떠맡다시피 하면서, 실질적으로 모든 계획을 짜고 실천에 옮기는 회교도 아랍인 아부는, 결국 영국 기독교인 해리를 위해서 죽기까지 한다.

그런데 아부가 영국을 위해서 이토록 목숨바쳐 열심히 싸우는 까닭은, 해리와의 첫 만남에서 그가 밝히듯이, 동족인 회교 '반란' 세력이 찾아와 함께 힘을 모아 영국군을 싸워 물리치자고 청했을 때, 동족의 대의명분이 옳지 않다고 생각해서 거부했기 때문이었다. 저항운동의 지도자는 무력 항쟁을 위한 협조를 거부하는 아부의 왼손을 칼로 베어 버렸고, 그래서 "아직 멀쩡한 이 손으로 힘이 닿는 데까지, 민족의 지도자라고 거짓말을 늘어놓는 자들과 맞서, (대영제국의 영광을 위해) 열심히 싸우겠다"고 약속한다. 그러니까 아부는 동족을 버렸다고 벌을 받은 사실이 억울해서, 피부 빛깔조차 다른 백인들의 '서양'에 협조한다는 매국적 애국논리를 신봉한다.

식민지 시대에 쉽게 발견되는 이런 친일파적인 인물형에 대해서는 인도로 넘어가 보다 자세히 다루겠지만, 여기에서는 그와 비슷한 예를 확인하기 위해, 그냥 웃어 넘기기에는 뒷맛이 썩 개운치가 않은 희극적인 우화(寓話) 「미스터 존슨」에서 주인공이 겪는 정체성의 혼란을 잠시 짚어 보고 넘어가기로 하자.

에딘버러와 빠리에서 미술을 공부한 다음 아프리카에서 활동하다가 1920년대부터 창작에 전념한 영국 작가 조이스 캐리(Joyce Cary, 1888~

1957)의 소설이 원작인 「미스터 존슨」의 주
인공은 1923년 서 아프리카의 파다(Fada)
라는 오지에서 영국인 행정관(magistrate)
해리 루드베크(Harry Rudbeck)의 보좌관으
로 근무하는데, 그의 행동과 처신을 보면
마르띠니끄의 철학자 프란쯔 파농(Franz
Fanon, 1925~61)이 그의 저서에 제목으로
붙인 『검은 피부, 흰 가면(Peau noire,
masques blancs, 영어 Black Skin, White
Masks)』이라는 표현이 절묘하게 맞아떨어
지는 그런 인물이다.

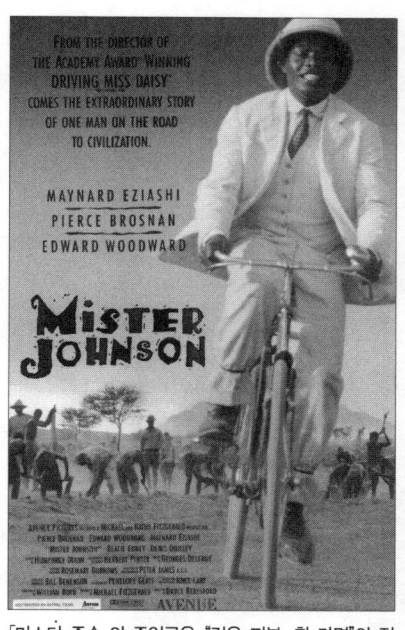

「미스터 존슨」의 주인공은 "검은 피부, 흰 가면"의 정
체성을 지닌 인물이다.

 '존슨 선생(Mister Johnson)'은 물론 '검
은 피부'의 원주민이다. 그러나 그는, 백인
주인의 성을 따랐던 미국의 흑인 노예들이
나 마찬가지로, 이름부터가 영국식으로 '존슨'이고, 「박서방」에서 김승
호가 '헤르메또(helmet)'라고 굳이 외래어로 불렀으며 일제시대 돈많은
멋쟁이 친일파들이 쓰던 사냥용 모자(hard hat)로 시작해서, 하얀 양복
과 빨간 넥타이에 고급 구두를 신었고, 붉은 먼지가 풀풀 나는 건기(乾
期)에도 손에는 검정 우산을 들고 다니는 '전형적인 영국 신사'이다.

 아이소포스(Aisopos, Æsop)의 우화에 등장하는 유명한 박쥐처럼, 충
돌하는 두 문화 사이에서, 흑인과 백인을 이어주는 유일한 통로 역할을
맡은 그는 "영국 본토에서 보내오는 모든 서류를 접하는" 선택된 인간
이라는 특권 의식에 빠져, 추장이 지배하는 원주민의 전통 사회와 행정
관이 다스리는 식민지가 양립한 이중 구조 속에서 눈에 보이지 않는 자
신만의 영토를 확보하고, 새로운 처세술을 개발한다.

 '빠질이' 줄타기 요령으로 아슬아슬하게 온갖 위기를 헤쳐 나가며,

직권을 남용하여 사욕(私慾)을 채우기도 하던 그는 (게으른 원주민답게) 지각과 가불을 일삼고, 눈치와 아첨을 활용하고, 잔머리를 굴려가며 거짓말을 하다가는, 신용 불량 고객이 '카드 빚'을 처리하는 식으로 예산을 여기서 뽑아 저기에 쓰기도 하고, 매달 장인에게 내야 하는 '신부 값'을 구할 길이 없으면 대영제국의 공문서까지 훔쳐내어 회교도 유지에게 팔아먹다가, 공금 횡령과 문서 위조로 적발을 당하기도 한다.

백인에게는 늘 굽신거리고 이슬람 원주민 동족에게는 항상 위에서 군림하는 존슨 선생은 서슴지 않고 자신이 영국인이라고 주장한다. "잉글랜드는 나의 고향(England is my home), 나는 영국인이라네"라는 영국인들의 노래를 즐겨 부르고, 밤에 돈을 훔치다 발각되어 우발적인 살인을 저질러 감옥에 갇힌 다음 행정관이 불쌍하다고 술을 보내주자, "위스키? 영국산인데. 나의 조국 잉글랜드"라고 즐거워하는가 하면, 처형을 당하러 나갈 때도 "난 영국 신사야"라고 당당하게 말한다.

하지만 에이레 군인 출신으로 제국 건설의 전초선에서 목숨 바쳐 싸우기는 했지만, '토사구팽' 식 버림을 받아 아프리카의 오지로 흘러와 구멍가게를 운영하는 허버트 골러프(Herbert Gollup)의 견해는 다르다.

유성기로 유럽의 고전 가극을 감상하고, 무료한 시간을 보내기 위해 황량한 아프리카 풍경을 화폭에 담고, 아침저녁으로 엉성한 국기 게양식과 하기식으로 애국심을 다짐으로써 불편하고 고생스러운 파견 근무를 견디어내는 행정관 부부나 마찬가지로, "여기서 사는 게 얼마나 끔찍한지 아나?"라고 한탄하는 뚱보 골러프는, '유형생활'의 고통을 이겨내려고 동거하는 원주민 여자를 몽둥이로 두들겨 패면서 자신의 우월한 신분과 인간적 가치를 자꾸만 재확인한다. 그리고 원주민 여자는 흙바닥에 재우고 백인인 자신은 꼭 침대에서 혼자 자야만 한다고 믿는 골러프는, "제 정신과 영혼은 영국인입니다"라고 아첨하는 존슨에게, "넌 아무리 노력해도 흑인이기 때문에 되는 일이 없어"라고 백인우월주의를 교육한다.

"검둥이로 태어난 걸 어쩌겠어? 돼지나 개처럼, 태어난 그대로 살아야지."

우리가 접하게 되는 아프리카를 배경으로 삼은 영화라면 거의 모두가 흑인과 백인의 전쟁이나 갈등 그리고 문화의 충돌을 그린 작품이지만, 그 가운데에서도 흑백 문화의 갈등과 고민을 제1 주제로 시선을 집중한 영화를 찾아보면 「딩가카」 정도가 되겠다. 훗날 「부시맨」으로 세계적인 흥행에 성공하는 이 영화의 감독 제이미 우이스는 아프리카너(Afrikaner, 아프리카 태생의 네덜란드계 백인)로서 수학을 전공하고 교사와 농부를 거쳐 영화계로 들어섰는데, 작품의 독립성을 유지하기 위해 제작비를 모두 스스로 조달할 만큼 작가 의식이 뚜렷한 사람이다.

아프리카에서 어린 시절을 보낸 까닭에 식민지의 인간 관계를 그만큼 더 진지하게 다루는 여성 감독 끌레르 드니가 만든 「쇼꼴라」도 비슷한 계열로 꼽힌다. 1950년대 말 프랑스령 서아프리카 카메룬에 부임한 프랑스인 행정관의 어린 딸은 백인이 다스리고 흑인이 종 노릇을 하는 세상을 보면서 성장한다. 담담하면서도 자전적인 시각이 때로는 오히

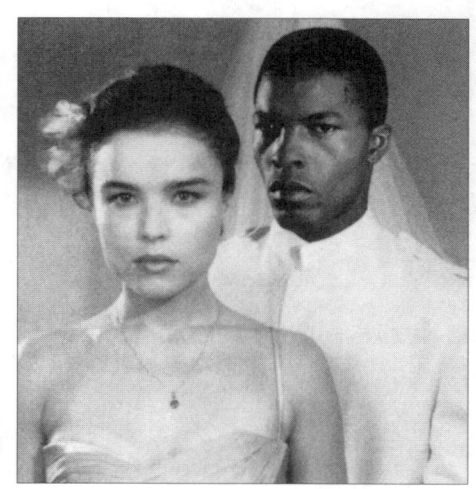

「쇼꼴라」는 「흑아」나 마찬가지로 함께 성장한 흑백 인종이 겪는 경험을 담았다.

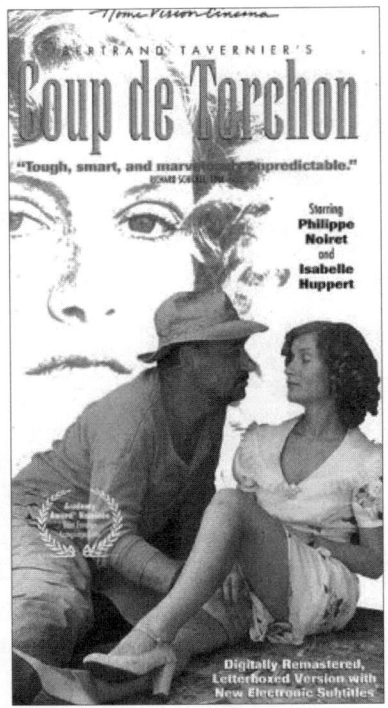

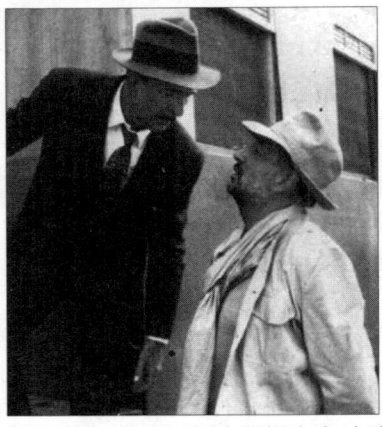

「일진광풍」은 변두리로 밀려난 주인공이 어느날 갑자기 자신의 대단한 신분을 깨닫게 되는 정체성 혼란의 얘기이다.

려 더 깊이 감정을 이입시킨다는 공식을 입증하는 영화이다.

몇 차례 심장마비를 일으킨 다음 일부러 굶어서 죽은 다음에야 1980년대 그의 소설이 영화화되면서 유명해졌고, 사망 당시에는 그의 모든 작품이 절판된 상태였던 미국의 불운한 추리소설 작가 짐 톰슨(Jim Thompson, 1906~77)의 원작을 1936년 적도 아프리카로 무대를 옮겨서 만든 '다국적' 프랑스 영화 「일진광풍(一陣狂風)」은 필리프 느와레가 「아주 행복한 알렉상드르(Alexandre le bienheureux, 영어 제목 Very Happy Alexander, 1968)」에서 그려낸 주인공과 비슷한 역을 되풀이하는 흑색 희극 영화이다.

「미스터 존슨」이나 「쇼꼴라」처럼 현지 파견 관리 주변의 풍속도를 그려내는 「일진광풍」에서는 식민지의 소도시에 경찰서장으로 부임한 느와레를 주변의 모든 사람이 만만하게 생각하는데, 공처가 노릇을 하면서도 주인공은 별로 반발할 줄도 모른다. 그러다가 그는 자신의 직위가 얼마나 대단한 '권력'을 그에게 부여했는지를 서서히 깨닫고, 보복의 대장정을 시작한다.

식민지 체제에서 흔히 발견되는 이런 정체성 혼란의 한 가지 단면을 전형적으로 잘 보여 주는 예가 영국인처럼 걷고, 영국인처럼 행군하는 '구르카 전사'이다.

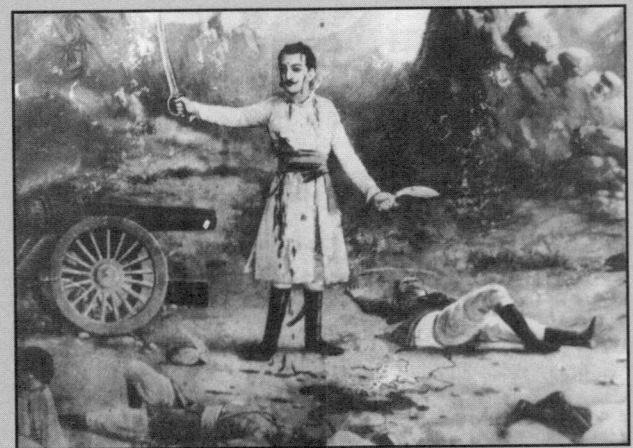

서양의 백인 정복자를 위해 대신 전쟁을 치르는 '미스터 존슨' 식 유색인종 군대로는 구르카 병사들도 유명하다. 사진은 네팔 전쟁에서 구르카 병력을 이끌던 지휘관(위)과, 이탈리아에서 정찰 준비를 하는 구르카 병사들(가운데), 그리고 비행훈련을 받는 구르카 용사(아래)

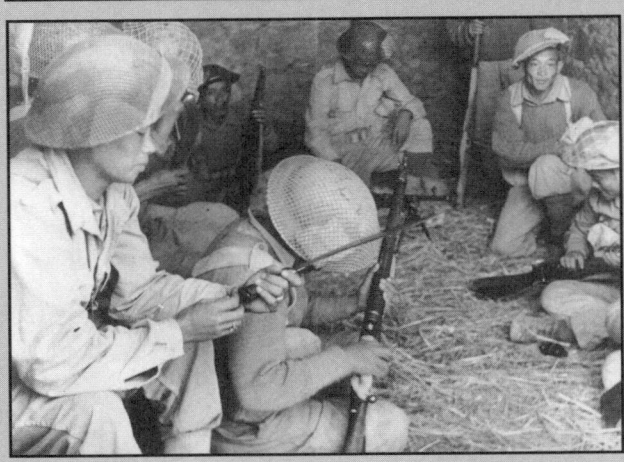

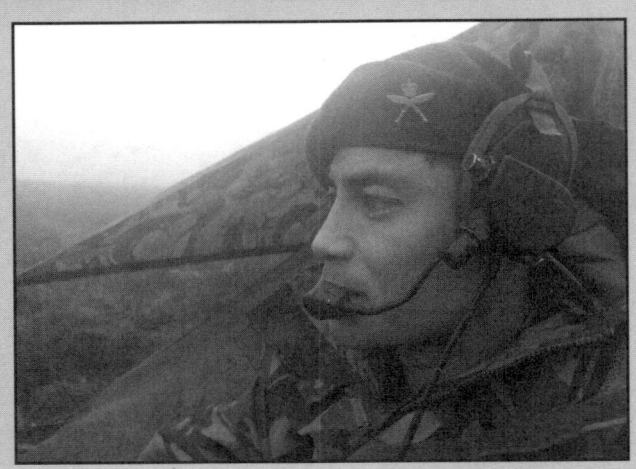

외인부대의 전설

　반쯤은 실제 상황이지만, 나머지 절반은 일부러 재현하고 극화하여 특이한 충격 기록영화를 만든 야꼬뻬띠가, 「몬도 까네」에서 보여 준 "개판 세상"의 시각이 끔찍하다는 사실에 대해서는 반론의 여지가 별로 없겠다. 이 영화에서는 뉴기니아 원주민들이 돼지를 때려 죽여 즉석에서 잡아먹거나, 브리지뜨 바르도가 보면 기겁할 노릇이겠지만 타이뻬이에서 개를 솥에 넣고 끓여낸 다음 썰어 먹거나, 비스마르크 군도의 따바르(Tabar)에서 뚱뚱한 여자를 좋아하는 족장에게 바치려고 몇 달 동안 신부감들을 우리에 가두고 타피오카 뿌리를 먹여 살을 팅팅 찌우거나, 싱가포르 장터에서 뱀을 먹는 여자, 이탈리아의 깔라브리아(Calabria)에서 피투성이가 되도록 유리 조각으로 다리를 찢어대는 '독실한 종교인' 등을 소개한다.

　그리고 영화 후반부에는 네팔의 호전적인 힌두교 산족인 구르카(Gurkha) 전사가 낮에는 군인으로 근무하다가 축제일에는 영국군 지휘관들을 위해 여장(女裝)을 하는가 하면, 다시 그들의 용맹성을 과시하느라고 단칼에 소의 목을 베어 버리는 장면도 담았다.

1997년 홍콩이 중국으로 반환된 다음에는 영국군 제7 연대 소속으로 그곳에서 풍적(風笛, bagpipe) 소리에 맞춰 행진하던 구르카 병사들이 모두 어디로 가서 무엇을 하는지 모르겠지만, 지금까지 구르카 병사들은 대영제국의 군인이라는 사실을 자랑으로 여기며 피지, 키프로스, 캐나다, 말레이지아, 싱가포르, 브루나이, 보르네오 등지에서 헌신적으로 복무했다.

고향 산골을 떠나 영국군에 입대한다는 영광을 구르카 사나이들은 대대로 자랑으로 삼았으며, 신체검사를 하고 선발 과정을 거친 다음 입대에 실패하면 가문의 치욕으로 생각해서 귀향조차 하지 않았다고 한다. 그리고 이런 전통은 스필버그의 「아미스타드」에서 아프리카 흑인이 흑인 노예를 사냥하고, 동남아에서 코끼리 사냥에 코끼리가 동원되는

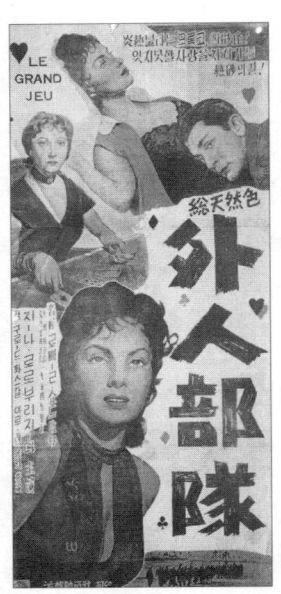

우리나라에서 외인부대의 신비와 환상이 처음 알려진 것은 프랑스 영화를 통해서였다.

식으로, 원주민을 최대한 활용하는 정복자의 영토 확장 전략에서 나온 것이다. 병력과 군수물자를 현지에서 조달하며 정복지에 앞잡이 세력을 심어놓는 작전은 마케도니아의 알렉산드로스 대왕도 활용했고, 로마제국도 그런 식으로 건설되었으며, 대일본제국도 아시아 공영을 내세우며 조선인을 황국 신민(皇國臣民)의 영광을 미끼로 삼아 그들의 군대에 끌어들였는가 하면, 호치민도 같은 전략으로 베트남을 통일했다.

영국의 구르카 부대처럼 점령지를 관리하기 위해 조직한 프랑스의 특수 병력이었던 외인부대(légion étrangère)는 베트남에서도 싸웠고, 지금까지도 존속되는 실체이면서도 사람들에게 마치 아프리카의 사막에서 신기루처럼 나타났다가 사라진 중세의 전설처럼 각인이 된 존재이다.

프랑스는 1830년 알제리를 식민지화하고는 원주민들의 격렬한 저항을 진압하기 위해 국왕 루이 필리프의 명령으로 "국적과 과거를 묻지 않는" 외인부대를 창설했으며, 그들 병력은 1835년 「아미스타드」에 등장하는 에스파냐의 이사벨 2세 왕위 계승 내란을 위시하여, 크림전쟁 등 여러 차례 해외 원정에도 파견되었다. 로버트 올드리치(Robert Aldrich)의 서부극 「베라 크루즈(Vera Cruz, 1954)」의 시간적인 배경이 되었던 당시, 나뽈레옹 3세는 멕시코의 막시밀리안 황제파를 지원하는 데에도 외인부대를 동원했다.

외인부대의 전성기는 1881년 튀니지, 그리고 1912년 모로코를 보호령으로 만들 무렵이었지만, 우리나라에 외인부대의 이름이 널리 알려진 시기는 프랑스 영화 「외인부대」와 헐리우드 영화 「모로코」가 들어오면서부터였다.

「외인부대」의 주인공 삐에르 마르뗄은 "화려함이 매력인 여자" 플로랑스(Florence)에 홀려 호화로운 방탕생활 끝에 160만 프랑을 횡령하기에 이르고, 집안에서는 대책 회의를 열어 그의 빚을 청산해 주는 대신 가문의 명예를 생각해서 프랑스를 떠나라는 조건을 붙인다. 사치한 생활이 불가능해진 다음 플로랑스에게서 버림을 받은 그는 밀레르라는 가명으로 신분을 숨기고는 모로코로 가서, 인생의 종착역이나 마찬가

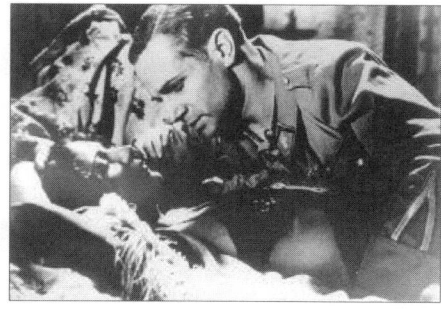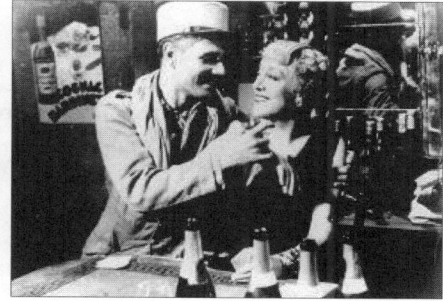

프랑스 영화 「외인부대」는 사회에서 버림받은 인간 군상의 종착역 풍경을 그린다.

지인 외인부대에 입대하여, 서로 과거를 묻지도 않고 얘기하지도 않는 분위기 속에서, 의욕을 상실한 채 권태롭고 우울한 세월을 보낸다.

남들처럼 과거를 지워 버리지 못하던 삐에르는 밤거리를 배회하다 싸움판에 말려들어 영창생활도 하고, 술집 위층에서 하숙을 하며, 서너 명의 아가씨가 캉캉춤을 추면서 빠리 흉내를 내는 술집 아지아니 (Aziani)에서 빈둥거리고 지내다가, 모로코 반란 진압을 위해 3개월에 걸친 전투를 마치고 돌아온 다음에 과거의 여인 플로랑스를 그대로 빼닮은 이르마(Irma)를 만난다.

머리에 총상을 입고 기억상실증에 걸려 과거를 기억하지 못하는 채로 군인들을 상대하는 술집까지 흘러들어온 그녀가 플로랑스이기를 바라면서, 플로랑스의 과거를 기억해내라고 괴롭히기까지 하면서, 삐에르는 점점 이르마에 대한 사랑에 빠져 들어간다.

그러다가 외인부대의 5년 복무 계약 기간을 한 달 남겨놓은 무렵 삐에르가 친척으로부터 55만 프랑의 상속을 받게 되어 이르마와 함께 프랑스로 가기 위해 마르세이유행 배표까지 사놓았을 때, 모로코로 놀러 온 플로랑스와 우연히 재회가 이루어진다. 플로랑스가 아니라고 밝혀진 이르마를 혼자 먼저 프랑스로 떠나 보낸 다음 삐에르는 진짜 플로랑스와의 옛사랑을 되살려 보려고 애쓰지만, 냉담해진 '화려한 여인'은 "무일푼이 되면 다시 사라질 남자"라면서 삐에르에게 미련조차 보이지 않는다.

플로랑스에게 다시 거절을 당하고 절망한 그는 외인부대에 재입대하고, 카드 점괘에 나온 죽음이 기다리는 전장으로 떠나간다. 겨드랑이에 조그만 선풍기로 바람을 쐬고는 하던 술집 여주인 블랑시(Blanche)가 멀리서 외인부대의 출동을 알리는 나팔소리와 북소리를 들으며 슬퍼하는 마지막 장면이 마치 희랍극처럼 인상적이다.

「외인부대」의 각본을 맡았던 벨기에 태생 자끄 페데르는 본명이 자끄

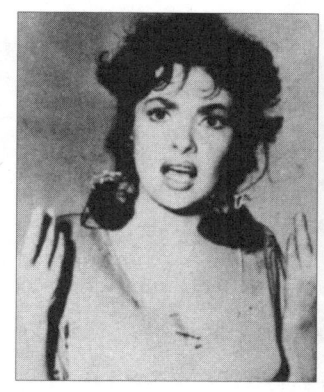
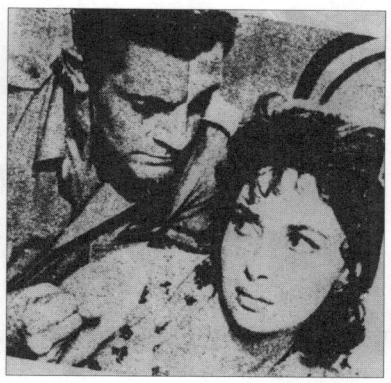

「외인부대」의 주인공 삐에르는 과거의 애인과 똑같이 생긴 기억상실증 여인과 회귀성 사랑을 한다.

프레데릭스(Jacques Frédérix, 1885~1948)였지만, 배우가 되겠다고 그가 포부를 밝혔더니 아버지가 가문의 명예를 더럽히지 않도록 차라리 "성을 갈아라"고 야단치는 바람에 '페데르'가 되었다는데, 「외인부대」는 그가 죽은 다음 여주인공의 이름을 헬레나와 실비아(Héléna/Silvia)로 바꾸고, 지금은 은퇴하여 사진작가로 활동하는 인형같은 미녀 지나 롤로브리지다를 주연시켜 화려한 색채영화로 다시 나왔다.

그러나 외인부대는 군대이고, 군대치고도 특수 부대이며, 군대란 전쟁을 위해 존재하기 때문에 당연히 활극영화에도 많이 등장한다. 영화 「외인부대」가 숙명적인 사랑이나 고독과 향수 따위의 말랑드라마적 주제를 너무나 강하게 전했기 때문에 아직까지도 "'에뜨랑제' 외인부대의 우수(憂愁)와 낭만"이라는 인상이 지배적이지만, 헐리우드 키드의 시절에는 「사막부대」나 「탈파 주둔병」처럼 "신나게 싸우는 외인부대" 영화도 적지 않았다.

훗날 대단한 인기 작가가 된 어빙 월레스(Irving Wallace)가 각본을 맡았던 활극 「사막부대」는 워낙 오래된 영화여서 이제는 줄거리도 생각이 나지 않고, ('아이린 달'이라고 잘못 표기해서 소개되었던) 여배우가 무척 예뻤으며 사막 풍경이 대단한 구경거리였다는 정도밖에 기억이 나지 않는다. 하지만 대표적인 랭카스터식 활극이었던 「탈파 주둔병」

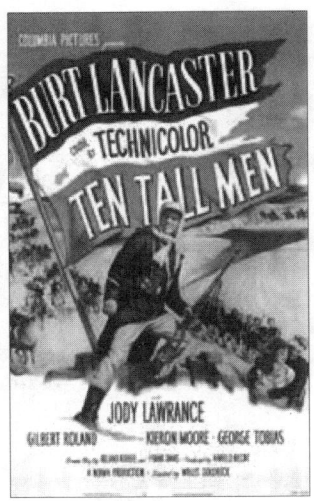

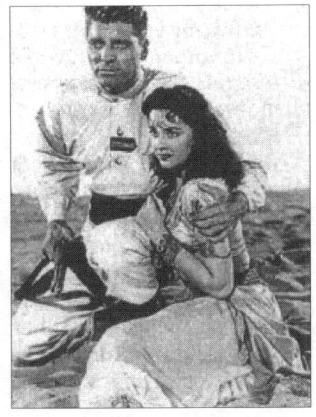

대표적인 외인부대 활극 「탈파 주둔병」에서
는 주인공과 여포로의 사랑도 양념을 친다.

은 참으로 기억이 잘 되는 영화이다. 프랑스 외인부대로 흘러 들어온 미국인 마이크 킨케이드(Sgt. Mike Kincaid)가 리프족의 여인을 포로로 잡아들이면서부터 원주민과의 싸움판이 한바탕 벌어지는데, 브라질 산적영화의 원조격인 고전 「야성의 순정(O' Cangaceiro)」에서처럼 '포로와의 사랑'으로 발전하는가 하면, 마지막에는 에스파냐의 전설적인 영웅 엘 씨드처럼 단신으로 허수아비 병사들을 말에 태워 이끌고 종횡무진 사막을 누비며 대활약을 벌여 당시 대단한 화제가 되었다. 그리고, 요즈음 계집아이처럼 병약해지는 미남배우들과는 너무나 다른, 버트 랭카스터의 검게 탄 야성적인 얼굴도 엄청난 인기를 끌어서, 이듬해 「베라 크루즈」에서 그는 다시 시커먼 얼굴에 지저분한 손가락으로 눈부시게 빛나는 하얀 이빨을 닦는 모습을 보여 희한한 영웅이 되기도 했다.

하지만 정말로 외인부대다운 외인부대 얘기를 꼽자면 누가 뭐라고 해도 원리원칙만 찾는 못된 지휘관 밑에서 싸우는 외인부대 3형제의 이야기 「보우 제스트」이다. 맏형 마이클(Michael 'Beau' Geste)이 가짜 사파이어를 훔친 다음 입장이 곤란해진 세 형제는 외인부대에 입대하고, 마이클이 아랍인들과 싸우다가 전사한 다음 동생 디그비(Digby)는 어릴 적에 했던 약속을 잊지 않고 형을 위해 바이킹식의 장례식을 치러 주는데, 이 영화의 서두에 인용한 아랍 속담은 지금까지도 유명하다.

"여자에 대한 남자의 사랑은 달처럼 가득하다가 이울지만, 형제의 사랑은 별빛처럼 변함이 없고 선지자의 말처럼 영원하다.(The love of a man for a woman waxes and wanes like the moon, but the love of a brother is steadfast as the stars and endures like the word of the prophet.)"

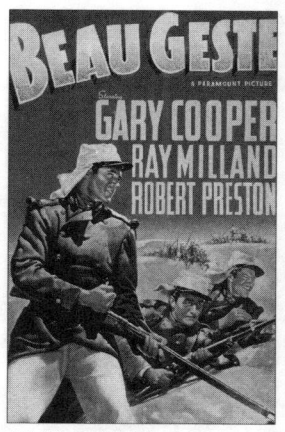

3형제가 용감하게 함께 싸우는 얘기 「보우 제스트」는 가장 자주 은막에 등장하는 외인부대 고전이다.

원작자인 영국 소설가 P. C. 렌(Percival Christopher Wren, 1885~1941)은 영국 기병대와 프랑스 외인부대에서 복무한 여행가에 사냥꾼이요 언론인이며 '방랑자(tramp)'였고, 외인부대에 관한 소설을 여러 권("The Wages of Virtue," 1916, "Beau Geste," 1924, "Beau Ideal," 1928, "Good Gestes," 1929, 등) 발표했지만 가장 자주 영화로 만들어진 소설은 「보우 제스트」였다.

대표작이라고 꼽히는 「보우 제스트」라면 1926년에 나온 무성영화이고, 1926년 판을 철저하게 흉내냈다는 평을 들은 게리 쿠퍼의 인기 영화를 거쳐, 대머리 사발라스가 아랍인보다도 더 나쁜 사령관 노릇을 하는 범작도 60년대에 나타났다.

「보우 제스트 마지막 옭어먹기」는, 제목에서 빤히 드러나듯이, 한바탕 웃기 위한 원작 뒤집기 영화(spoof)이다. 「저 낙타를 따르라!」역시 제목에서 빤하듯이, 외인부대 뒤집기 영화이고, 「보우 사브뢰(Beau Sabreur)」는 렌의 1926년 소설이 원작이다.

스탠 로렐과 올리버 하디의 시끌벅적 2인조 희극 「보우 헝크스(Beau Hunks)」는 제목에서부터가 렌 원작의 외인부대 영화들을 뒤집어 놓고, 로렐-하디의 또 다른 희극 「펄펄 나는 2인조」에서는 올리버가 사랑의 아픔을 잊기 위해 외인부대에 입대하는 주제를 뒤집는다. 실연을 당해 자살을 하려던 두 사람이 외인부대에 들어가기는 하지만, 군인으로서의 자질이 너무 형편없어서 나중에는 총살을 당하게 된다. 겨우 비행기

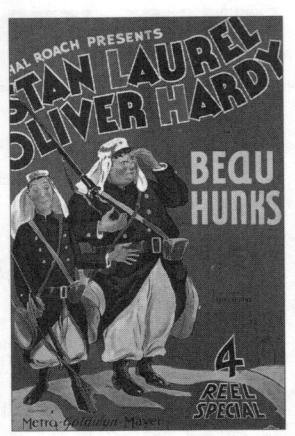

"뚱뚱이와 홀쭉이"는 황당하게 웃기기 위해서 외인부대로 들어가 온갖 소동을 부린다.

로 탈출한 그들은 추락 사고를 일으켜 하다가 죽지만, 말(馬)로 환생한다는 말도 안 되는 줄거리이다. 제목(The Flying Deuces)은 적기를 많이 격추시킨 최고 수준의 비행사를 가리키는 말(flying aces)을 뒤집어 놓은 표현이다.

로렐-하디의 2인조에 절대로 뒤질 까닭이 없는 아보트-코스텔로 역시 「외인부대 입대하다」에서 못된 선임하사와 사막의 신기루 때문에 엎치락뒤치락 고생을 한다.

외인부대 활극으로는 아랍인들과 싸우는 「지옥의 사막」, 원주민들과 싸우는 「필사의 외인부대」, 과거에 영화에서 보여 준 외인부대의 모험을 총결산하려다 실패한 「행군이냐 죽음이냐」가 있고, 「배반자」에서는 「우리 생애 최고의 해(The Best Years of Our Lives, 1946)」에서 그토록 가정적인 '아줌마(Milly Stephenson)' 역을 맡게 되는 머나 로이가 모로코의 외인부대 주둔지에서 주인공(Deucalion, Warner Baxter)을 유혹하는 첩보원으로 활동한다.

머나 로이의 여간첩 역만큼이나 엉뚱하지만, 아동소설 『플랑드르의 개(A Dog of Flanders, 1872)』로 유명한 프랑스계 영국 작가 위다(Ouida, 'Louise'의 아명임, 본명 Marie Louise de la Ramée, 1839~1908)도 외인부대 소설을 썼다. 루이즈 델라 라메의 「두 개의 깃발」에서는 멋쟁이 외인부대원(Sergeant Victor, Ronald Colman)이 귀족 집안의 여인 베네치아(Lady Venetia)와 군대를 따라다니는 뜨내기 씨가레트(Cigarette) 사이에서 갈등하는데, 이런 상황을 거꾸로 뒤집어 놓은 영화가 진짜 고전 외인부대 얘기인 「모로코」이다.

「두 개의 깃발」은 1916년(감/J. Gordon Edwards, 출/Theda Bara as Cigarette)과 1922년(감/Tod Browning, 출/Priscilla Dean, Jack Kirkwood)

에도 무성영화로 나왔었다.

「악인부대(惡人部隊)」에서는 미국의 첩보원이 거물급 나찌를 잡으려고 프랑스 외인부대로 들어가 인도지나(베트남)로 원정을 나가고, 「차이나 게이트」에서는 프랑스군 휘하의 다국적 부대가 베트남 공산주의자들의 무기고를 공격한다. 「차이나 게이트」에서는 가수 내트 킹 콜의 생전 모습을 보는 재미도 있지만, 미국이 참전하기 전 프랑스 식민지 시대의 베트남 정국을 이해하는 데도 도움이 되겠다.

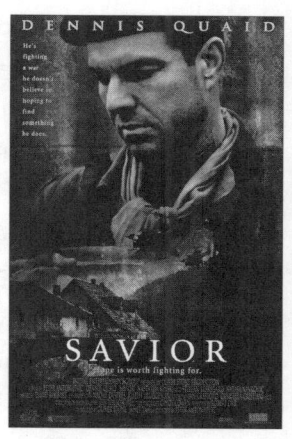

외인부대는 보스니아 전쟁에서도 나타난다.

올리버 스톤이 공동 제작한 「보스니아의 구원자」는 개인적인 비극을 겪은 다음 외인부대로 들어가서는 냉혹한 살인 무기로 변하는 전형적인 등장인물이 보스니아의 전쟁터로 가서, 곧 아이를 낳으려는 산모를 만나 인간으로서의 감정이 되살아난다는 내용이다.

「탈영자」는 외인부대의 탈영자가 길거리의 영웅이 되어 정신없이 치고받는 전형적인 멍청영화이다.

찾아보기 ●--

▌「외인부대(Le Grand Jeu, 1934, 프랑스, 120분)」, 감/Jacques Feyder, 출/Marie Bell

▌「외인부대(Le Grand Jeu, 이탈리아 제목 Il grande giuoco, 영어 제목 Flesh and the Woman, 1954, 프랑스-이탈리아, 102분)」, 감/Robert Siodmak, 출/Gina Lollobrigida, Jean-Claude Pascal, Arletty(Leonie Bathiat), Peter van Eyck, Raymond Pelegrin, Temerson, Jean Hebey

▌「사막부대(Desert Legion, 1953, 미국, 86분)」, 감/Josepn Pevney, 출/Alan Ladd, Richard Conte, Arlene Dahl, Akim Tamiroff

▌「탈파 주둔병(Ten Tall Men, 1951, 미국, 97분)」, 감/Willis Goldbeck, 출/Burt

Lancaster, Jody Lawrence, Gilbert Roland, Kieron Moore

▍「보우 제스트(Beau Geste, 1926, 미국, 102분)」, 감/Herbert Brenon, 출/Ronald Colman, Noah Beery, Mary Brian, Neil Hamilton

▍「보우 제스트(Beau Geste, 1939, 미국, 114분)」, 감/William Wellman, 출/Gary Cooper, Ray Milland, Robert Preston, Brian Donlevy, Susan Hayward, J. Carrol Naish, Albert Dekker, Broderick Crawford, Donald O'Connor

▍「보우 제스트(Beau Geste, 1966, 미국, 103분)」, 감/Douglas Heyes, 출/Telly Savalas, Guy Stockwell, Doug McClure, Leslie Nielsen

▍「보우 제스트 마지막 읽어먹기(The Last Remake of Beau Geste, 1977, 미국, 83 분)」, 감/Marty Feldman, 출/Ann-Margret, Michael York, Peter Ustinov, James Earl Jones, Trevor Howard, Henry Gibson, Terry-Thomas, Spike Milligan, Roy Kinnear

▍「저 낙타를 따르라(Follow That Camel, 1967, 영국, 95분)」, 감/Gerald Thomas, 출/Phil Silvers, Jim Dale, Peter Butterworth, Charles Hawtrey, Kenneth Williams, Anita Harris, Joan Sims

▍「펄펄 나는 2인조(The Flying Deuces, 1939, 미국, 65분)」, 감/A. Edward Sutherland, 출/Stan Laurel, Oliver Hardy, Jean Parker, Reginald Gardiner, Charles Middleton, James Finlayson

▍「외인부대 입대하다(Abbott and Costello in the Foreign Legion, 1950, 미국, 80 분)」, 감/Charles Lamont, 출/Bud Abbott, Lou Costello, Patricia Medina, Walter Slezak, Douglass Dumbrille

▍「지옥의 사막(Desert Hell, 1958, 미국, 82분)」, 감/Charles Marquis, 출/Brian Keith, Barbara Hale, Richard Denning, Johnny Desmond

▍「필사의 외인부대(Legion of the Doomed, 1958, 미국, 75분)」, 감/Thor Brooks, 출/Bill Williams, Dawn Richard, Anthony Caruso, Kurt Krueger

▍「행군이냐 죽음이냐(March or Die, 1977, 미국, 104분)」, 감/Dick Richards, 출/Gene Hackman, Terence Hill, Max von Sydow, Catherine Deneuve, Ian Holm

▍「배반자(Renegades, 1930, 미국, 84분)」, 감/Victor Fleming, 출/Warner Baxter, Myrna Loy, Noah Beery, Gregory Gaye, George Cooper, C. Henry Gordon, Bela Lugosi

▍「두 개의 깃발(Under Two Flags, 1936, 미국, 96분 또는 110분)」, 감/Frank Lloyd,

출/Ronald Colman, Claudette Colbert, Victor McLaglen, Rosalind Russell, Gregory Ratoff, Nigel Bruce, Herbert Mundin, John Carradine, J. Edward Bromberg

▌「악인부대(Rogue's Regiment, 1948, 미국, 86분)」, 감/Robert Florey, 출/Dick Powell, Marta Toren, Vincent Price, Stephen McNally, Edgar Barrier, Henry Rowland

▌「차이나 게이트(China Gate, 1957, 미국, 97분)」, 감/Samuel Fuller, 출/Gene Barry, Angie Dickenson, Nat King Cole, Paul Dubov, Lee Van Cleef, George Givot, Marcel Dalio

▌「보스니아의 구원자(The Savior, 1998, 미국, 103분)」, 감/Peter Antonijevic, 출/Dennis Quaid, Nastassja Kinski, Stellan Skarsgård, Sergej Trifunovic, Natasa Ninkovic

▌「탈영자(Lionheart, 또는 A. W. O. L., 또는 Wrong Bet, 1991, 미국, 105분)」, 감/Sheldon Lettich, 출/Jean-Claude Van Damme, Deborah Rennard, Harrison Page, Lisa Pelikan, Ashley Johnson

「푸른 천사」(위)와 「모로코」(아래)에서 조세프 본 스턴버그의 "빛과 그림자"를 배경으로 삼아 탄생한 마를레네 디트리히는 깃털로 장식한 여가수의 전형을 만들어내고, 평생 이 전형을 벗어나지 못한다.

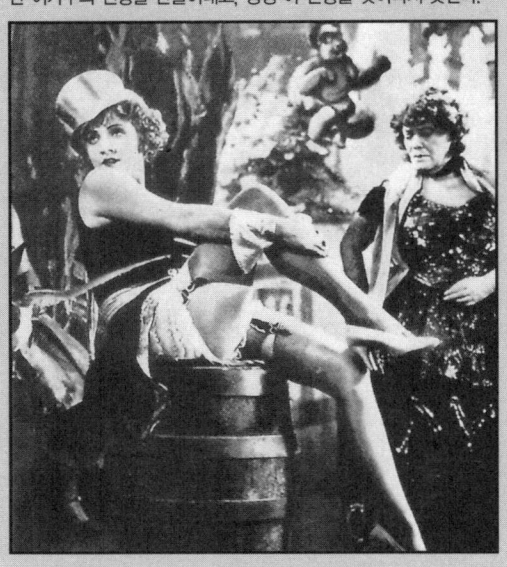

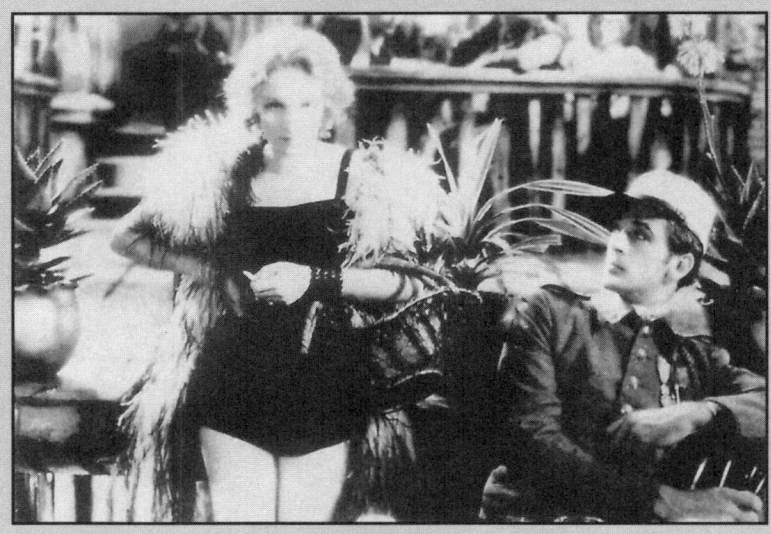

디트리히의 폭

또 다른 외인부대 고전 영화 「모로코」는 베노 비니(Benno Vigny)의 희곡 『에이미 졸리(Amy Jolly)』가 원작으로서, 여주인공 에이미는 군인들을 상대하는 술집에서 노래를 부르는 여가수이다.

그리고 에이미 역을 맡았던 마를레네 디트리히는 평생 술집 여가수 노릇을 단골로 했다.

그리고 「모로코」를 만든 본 스턴버그는, 마를레네 디트리히를 "스타로 제조한" 감독이었다.

영화는 때때로, 아무리 고전이요 명작이라고 하더라도, 영상 예술이라는 한계성과 특성 때문이겠지만, 줄거리까지는 '명작'이 아닌 경우가 적지 않다. 논리성에 입각해서 따지자면, 아마도 「모로코」가 바로 그런 영화인지도 모른다.

여주인공이 왜 아프리카에서 오도가도 못하게 되었어야만 하는지, 상황 설정과 설명도 설득력이 부족하고, 풍족한 생활과 행복을 보장하며 꽃다발을 들고 부지런히 쫓아다니는 세련된 멋쟁이 백만장자 르 베씨에(Le Bessier)를 마다하고, 여자를 데리고 놀다가 버리는 물건쯤으로 여기는 외인부대 소속의 미국인 톰 브라운을 선택해서 사막을 맨발로 걸어 쫓아간다는 결말도 분명히 억지라고 지적하는 사람들도 있다.

하지만, 그레타 가르보 다음으로 가장 관능적인 얼굴과 목소리를 지녔다는 디트리히의 멋진 다리는 전세계 영화 관객의 판단력을 흐려놓고 말았다.

「모로코」를 고전으로 만든 요소는 작품성이나 예술성보다, 본 스턴버그 감독과 여배우 마를레네 디트리히와 술집 여가수라는 등장인물, 이렇게 3박자가 만들어낸 신비감이었다.

그리고 이 3박자는 「푸른 천사」의 롤라 롤라(Lola Lola)라는 등장인물을 가지고 이미 독일에서 검증을 위한 시험을 일단 마친 상태였다.

비엔나에서 태어나 어린 나이에 미국으로 이민을 간 본 스턴버그는 1917년 미 육군에 입대하여 통신대에서 군사 교육 영화를 만들어 국방대학에서 표창을 받기도 했지만, MGM과 여덟 편의 계약을 맺었다가

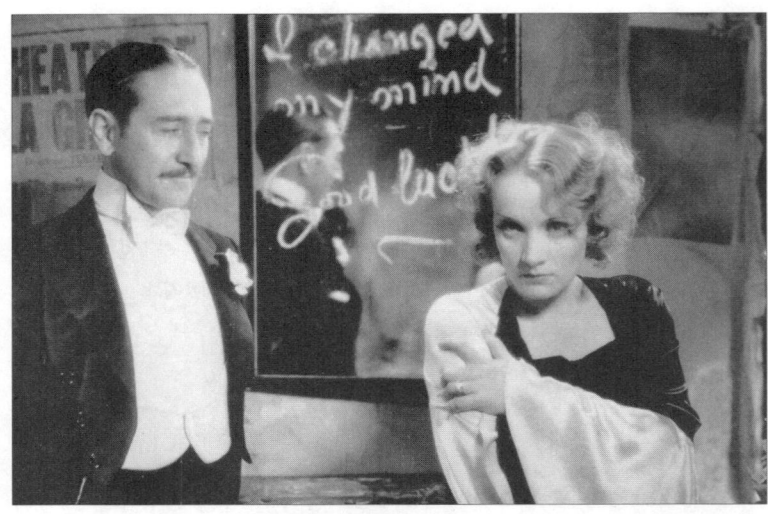

여주인공이 1등 신랑감이라고 할 만한 백만장자 베씨에(왼쪽)를 뿌리치고 건달 외인부대원을 쫓아가는 등 온갖 비논리성에도 불구하고, 「모로코」는 디트리히로 인해서 전설적인 고전이 되었다.

처음 두 편이 신통치 않아 해약되었고, 찰리 채플린과 만든 「갈매기
(The Sea Gull, 또는 Woman of the Sea)」도 개봉이 되지 않는 등, 별로 각
광을 받지 못하는 영화인이었다.

"합성화법의 대가라기보다는 빛과 그림자의 서정시인(a lyricist of
light and shadow rather than a master of montage—Andrew Sarris)"이라는
평을 들었던 본 스턴버그가 빛을 본 것은, 「지하세계(Underworld,
1928)」에서 연출자와 연기자로 인연을 맺은 독일 배우 에밀 야닝스의
제의로, 독일어와 영어판이 동시에 제작된 UFA의 첫 유성영화 「푸른
천사」를 만들어 그가 디트리히를 명배우로 탄생시키면서부터였다.

토마스 만의 형인 하인리히(Heinrich Mann, 1871~1950)가 쓴 풍자소
설 『작은 읍내의 폭군 운라트 교수님(Professor Unrat oder dans Ende
eines Tyrannen, 1905, 영어 제목 Small Town Tyrant)』을 원작으로 삼은
「푸른 천사」는, 독일 어느 소도시 김나지움(gymnasium)의 근엄하고 점
잖은 임마누엘 라트(Immanuel Rath) 교수가 학생들이 드나드는 뒷골목
술집 '푸른 천사'로 단속을 나갔다가, 그곳에서 노래를 부르는 여가수
롤라 롤라와 만나면서부터 상황이 전개된다. "나는 예술가"임을 주장
하는 여가수의 어린애 같은 장난기와 평생 독신으로 살아온 노교수의

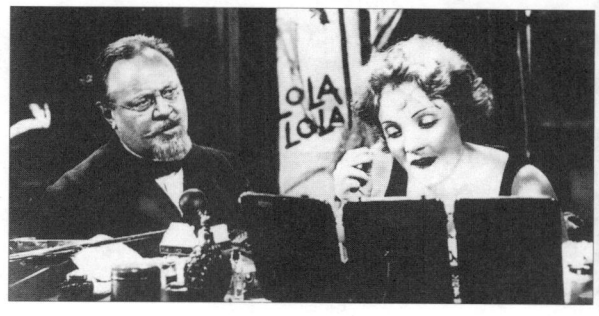
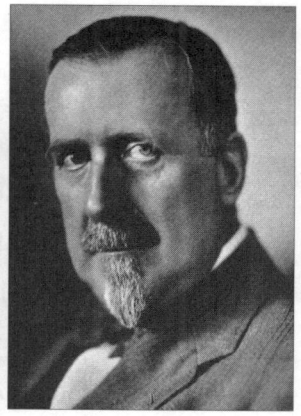

하인리히 만 원작인 「푸른 천사」는 롤라 롤라 역을 맡은 디트리히가 헐리우드로
진출하는 발판 노릇을 했다. 영화에서 운라트 교수 역을 맡은 에밀 야닝스(왼쪽)
와 작가 하인리히 만(오른쪽)의 모습을 재미삼아 비교해 보기 바란다.

근엄함은 마릴린 몬로와 아더 밀러의 만남처럼 서로 다른 세계의 낯설음을 통해 접근이 이루어지고, 우여곡절 끝에 주책없는 늙은이의 사랑으로 발전하여 라트는 '운라트(Unrat, 똥)'라는 별명도 얻는다. 그리고 늙은 선생과 젊은 가수는 내친김에 결혼까지 해 버린다.

세상을 보는 기준과 시각이 워낙 다른 두 사람의 결혼은 생활이라는 현실이 닥치자 괴리되기 시작하여, 학교를 버리고 유랑 연예단을 따라다니며 5년을 보내는 동안 라트는 롤라의 '연예 활동' 뒷전에서 사진을 파는 술집 종업원으로의 신분 하락을 겪는다.

'격'에 안 맞는 생활에 반발하여 뛰쳐나갔다가도 다시 돌아와 여가수의 스타킹을 신겨 주던 라트 선생은, 결국 광대가 되어 고향으로 돌아가, 푸른 천사에서 학생들의 웃음거리 구경거리가 되고, 젊은 아내와 수작을 벌이는 외간 남자를 침실에 남겨둔 채로 무대로 떠밀려 나가 수탉의 울음소리를 낸다.

여자 하나 때문에 신세를 망친 노교수는 눈이 쌓인 겨울 한밤중 몰래 학교로 돌아가 옛날에 앉았던 책상을 부둥켜안고 쓰러져 목숨을 거둔다. 윌리엄 와일러가 만든 고전「황혼(Carrie, 1952)」의 맥을 따라 흐르는 슬프디슬픈 종말이다.

독일의 술집「푸른 천사」에서 비단 모자와 속옷 차림으로 각선미를 자랑한 다음 본 스턴버그와 함께 디트리히는 힐리우드로 가서 같은 해「모로코」의 술집을 화면에 차려 놓았고, 신화는 시작되었다.

30년 후에 힐리우드에서는 발레로 우아하게 몸을 다진 씨드 샤리쓰(Cyd Charisse, 본명 Tula Ellice Finklea)를 내세워 "눈부신 금발 디트리히의 신화"를 재창출하려 했지만 뜻대로 되지 않았고, '백만 불짜리 각선미'로 유명했던 스웨덴 출신의 메이 브리트(May Britt, 본명 Maybritt Wilkens)를 동원하여 보다 노골적으로 아예 미국판「푸른 천사」를 다시 만들었지만 역시 참패로 끝났다. 3박자 가운데 본 스턴버그와 디트리히 두 박자가 빠졌기 때문이었다.

그리고 어떻게 보면 디트리히와
본 스턴버그는 두 박자가 아니라
한 박자나 마찬가지였다. 디트리히
는 연기력을 갖춘 배우가 아니라,
연출에 의해서 제조된 하나의 '현
상'이기 때문이었다.

여성에게는 남성적인 매력을, 그
리고 남성에게는 야한 여성의 유혹

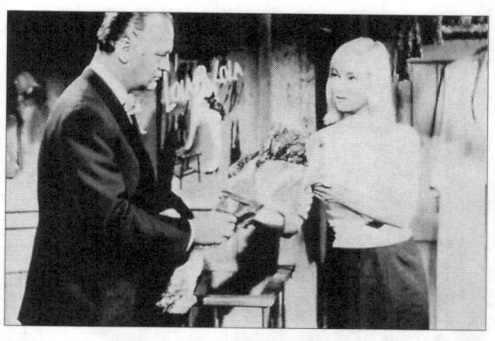

독일의 쿠르트 유르겐스와 스웨덴 출신의 메이 브리트를 동원한
「푸른 천사」 재생품(우리나라 극장 제목은 「블루 에인젤」이었음)은
새로운 신화를 창조하는 데 실패한다.

적인 매력을 발산했던 디트리히는 요부적인 분위기가 가장 큰 재산이
었다. 그것은 디트리히가 생각하는 남성관과도 이어진다. 마를레네 디
트리히는 이렇게 말했다.

"남자는 집으로 가면 말끔하게 정리해 놓은 침대에서 화를 내는 여
자보다는 지저분한 침대에서 즐거워하는 여자가 맞아주기를 바란다."

디트리히는 "분장사와 영화배우의 관계는 범죄의 공범자와 같다"고
도 했지만, 그녀의 공범은 분장사가 아니라 연출자였고, 본 스턴버그는
하나의 얼굴, 촬영기 그리고 빛만 가지고 '움직이는 아름다움'을 창조
하는 비결과 공식을 알았다. 그는 디트리히에게 인형처럼 의상을 입혔
고, 그녀는 고급 창녀처럼 그의 지시를 충실히 따랐다.

"다섯까지 헤아린 다음, 마치 그것이 없으면 당장 죽을 것만 같은 기
분으로 저 불빛을 보라"고 거듭거듭 그녀에게 연출 지시를 하면서 본
스턴버그는 무엇인가 그리워하는 듯한 서글픔을 요구했고, 디트리히는
본 스턴버그와 만든 일곱 편의 영화 모두에서 그런 분위기를 제공했다.
연출자는 대사를 가지고 영화를 만드는 대신에 "빛과의 극적인 만남
(dramatic encounter with light)"으로 작품을 만들었으며, 촬영 대상과
카메라 사이의 '죽은 공간(dead space)'을 '영적인 힘(spiritual power)'

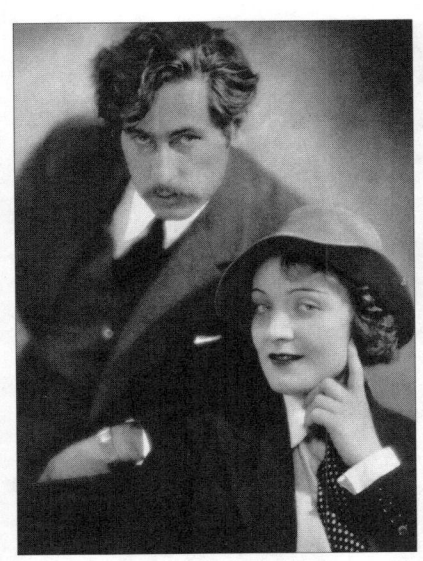
호흡이 잘 맞는 본 스턴버그 감독과 디트리히 두 사람을 홍보하기 위해 특별히 촬영한 사진

으로 채워 넣으려고 했다. 그는 이렇게 말했다.

"나는 줄거리라면 관심이 없다. 어떻게 찍고 재현하느냐만이 문제이다."

그는, 아이반 버틀러(Ivan Butler)의 말을 빌리면, 조명의 분야에서 은막에 새로운 지평을 열었고, 그늘진 빛과 단절된 광선의 촬영술을 개발했다. 그가 만들어내는 장면들은 항상 깃발과 깃털을 통해서, 엷은 천을 통해서, 정교한 무늬의 벽을 통해서 간접적으로 봐야만 하는 그림이었다.

그러나 이러한 공식은 모두 디트리히와 함께 작업하는 동안만 효과를 보였다.

존 박스터(John Baxter)는 본 스턴버그가 음악가요, 디트리히는 스트라디바리우스라고 표현했다. 디트리히는 생명이 없는 로보트처럼 그냥 촬영 현장에 나타나기만 했고, 연출진이 그녀의 주변에 줄거리와 다른 등장인물들을 배열하는 그런 식의 작업이 이루어졌다. 그러나 본 스턴버그의 상상력은 성숙하지를 못했고, 그래서 디트리히와 헤어진 다음에는 어느 여배우에게서도 빛의 공식을 성공시키지 못했다.

본 스턴버그의 공식에 따라 화면에서 연금(鍊金)된 디트리히는, 작가 어니스트 헤밍웨이의 표현을 빌리면, "그녀가 비록 목소리밖에는 대단할 바가 없는 배우라고 하더라도, 그 목소리만으로도 그녀는 우리들의 가슴을 찢어 놓는다. 그리고 그녀는 몸매도 아름다웠으며, 얼굴은 영원한 사랑스러움을 담았다." 장 쪽또는 그녀를 "환상적인 열대어"라고 불렀다.

그러나 별다른 개성이나 연기력이 없었던 디트리히도 본 스턴버그라는 연금술사가 없이는 더 이상 "창백한 욕망의 대상"이라는 1930년대의 신비를 만들어내지 못했고, 본 스턴버그와 같은 시기에 퇴락의 길을 걸었다.

그녀가 잠깐 다시 빛났던 영화는, 부담 없이 웃고 떠드는 사이에 사건이 벌어진다는 전성기 힛치코크의 공식을 서부극에서 일찌감치 활용하면서 4백 편 이상의 작품에 손을 댔던 조지 마샬의 「보안관 데스트리」였다.

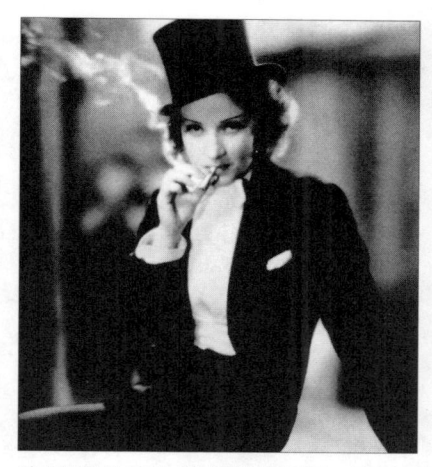

디트리히를 장 콕또는 "환상적인 열대어"라고 불렀다.

인기 대중소설 작가였다가 종군기자로 제2차 세계대전에서 생을 마감한 막스 브란트(Max Brand, 본명 Frederick Faust, 1892~1944)가 원작자인 「데스트리」는 무법천지 마을로 부임해 온 신임 보안관이 무기를 사용하지 않으면서 맨손으로 평정한다는 역설적인 내용인데, 권총을 차지 않은 주인공의 상대역을 맡은 디트리히는 여기에서도 남자들이 몰려와 술을 마시고 춤을 추는 업소에서 노래를 부르는 가수 프렌치

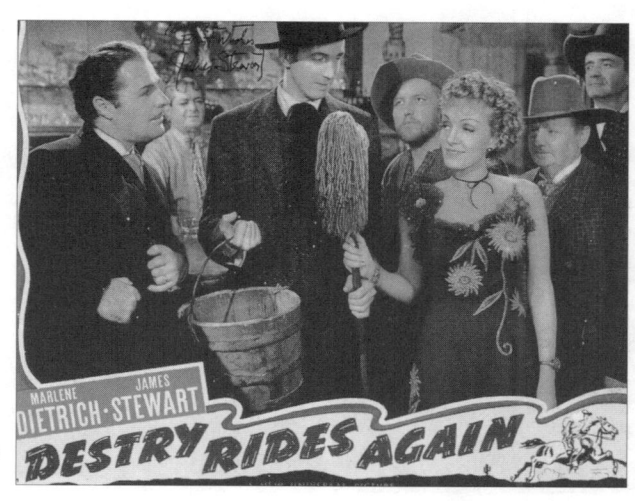

디트리히는 서부극 「보안관 데스트리」에서도 역시 여가수 역을 맡았다.

(Frenchy)로 나온다.

역시 '술집 가수'가 어울린다는 가설도 가능하기는 하겠지만, 「데스트리」는 '가수' 디트리히보다 원작 소설의 남주인공이 훨씬 더 많이 흥행 성공에 기여하지 않았나 하는 생각이다. 이 작품은 이미 1932년에도 영화로 제작되었고, 서부극 전문배우 오디 머피를 동원하여 「대사진(大沙塵)」이라는 제목으로 조지 마샬 감독이 다시 만들었을 뿐 아니라, 나중에 텔레비전 연속물로도 선을 보였다. 살해된 아버지의 복수를 위해서 고향으로 돌아와 술집을 여는 여주인공의 이름이 철자만 다른 「프렌치」 역시 같은 소설을 원작으로 삼았으니, '맨손의 보안관' 데스트리라는 주인공이 얼마나 인기였는지는 쉽게 상상이 간다.

데스트리 영화가 선을 보이기 직전인 1937년, 인기 연예인의 선전 효과를 염두에 둔 나찌 정부는 디트리히에게 첩보원들을 접근시켜 독일 영화계로 돌아오도록 종용하지만, 디트리히는 그런 설득을 거절하는 데서 그치지 않고 1943~6년에 미군을 위한 위문 공연을 다니고 전쟁 채권의 판매에 앞장을 서는가 하면, 반나찌 방송까지 해서, 1947년에는 미국 정부로부터 자유 훈장(Medal of Freedom)도 받았다.

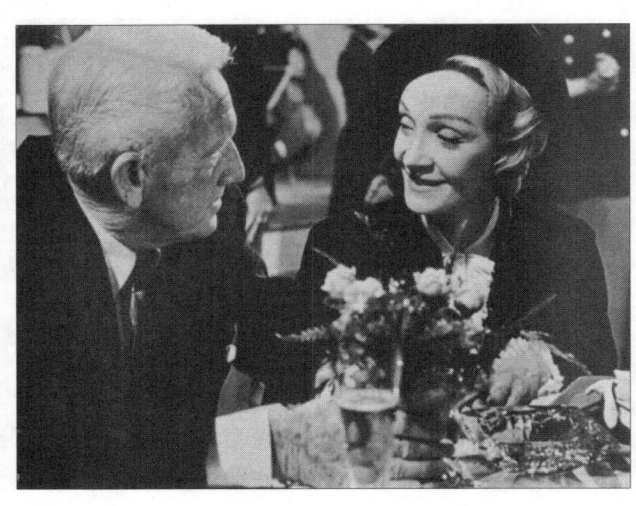

제2차 세계대전 동안에 미국을 위해서 반나찌 운동에 열심히 앞장섰던 디트리히는 「뉘른베르크의 재판」에서 애국적인 독일 여귀족 역을 해낸 다음에야 독일 국민들로부터 용서를 받았다.

호동왕자를 위해 자명고를 찢어 버린 낙랑공주처럼 '적국'의 본 스턴 버그와 사랑에 빠졌던 디트리히가 그를 버리고 조국 독일로 돌아가기는 어려웠으리라. 어쨌든 이로 인해서 디트리히의 모든 영화는 독일에서 상 영 금지 처분을 받았고, 그녀의 '반역'은 「뉘른베르크의 재판(Judgment at Nuremberg, 1961)」에서 애국적인 독일의 여귀족 버톨트 부인(Madame Bertholt) 역을 해낸 다음에야 독일인들로부터 용서를 받게 된다.

미군 통신대에서 선전영화를 만들었던 본 스턴버그 또한 말년에 가 까운 1941년 다시 군 당국(U. S. Office of War Information)을 위해 기록 영화를 만들고는 얼마 후에 은퇴하 기에 이르고, 함께 신화를 창조하 며 연인이 되었던 그들의 사랑이 식어 헤어지면서 신화 또한 시들게 된다.

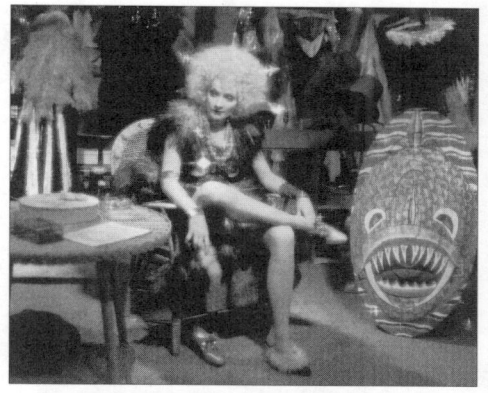

전성기에 연기력으로 충분한 기 초를 닦아놓지 못했던 마를레네 디 트리히는 결국 가수와 창녀와 포주 사이를 오가는 비슷비슷한 모습을 되풀이하며, 워낙 제한되고 좁은 연기의 폭(幅)으로 인해서 조연급 으로 물러나 앉는다. 본 스턴버그 의 「상하이 특급(Shanghai Express, 1932)」에서 '상하이 릴리(Shanghai Lily)'라는 별명으로 통하는 전직 창 녀 매들린(Madeline)으로 나왔던 그녀는 역시 본 스턴버그가 감독한 「금발의 비너스(Blonde Venus,

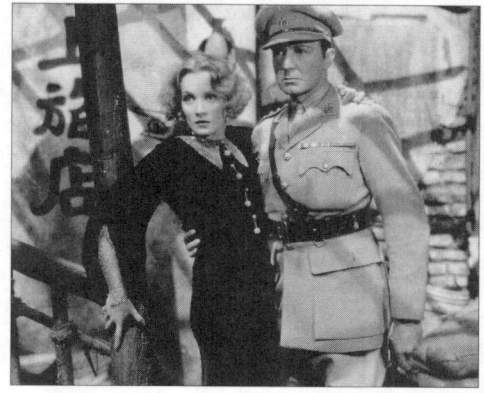

디트리히는 「금발의 비너스」(위)에서도 술집 가수였다가 창녀로 직업을 바꾸고, 「상하이 특급」(아래)에서는 창녀 '상하이 릴리'가 된다.

1932)」에서도 술집 가수였다가 창녀로 직업을 마꾸는 헬렌 페러디 (Helen Faraday) 역을 맡았으며, 빌리 와일더의 「국제 음모(Foreign Affair, 1948)」에서는 전후 독일의 나이트 클럽 가수, 프릿츠 랑 연출 「악명의 목장(Rancho Notorious, 1952)」에서는 댄스홀에서 일하던 여자, 애가타 크리스티 원작인 「검찰측 증인(Witness for the Prosecution, 1957)」에서도 나이트 클럽의 가수로 나오며, 재발견된 오슨 웰스의 걸작 「검은 함정(Touch of Evil, 1958)」에서 타냐(Tanya) 역을 맡은 디트리히는 어두운 과거 속에서 살아가는 유령의 모습을 방불케 한다.

디트리히 '연구'를 위해서는 막시밀리안 셸과의 대담을 기록영화로 만든 「마를레네」가 대단히 흥미있는 자료이다. 하기 싫다는 대담을 억지로 하면서, 정작 묻는 중요한 질문에는 계속 대답을 회피하면서도, 디트리히는 결국 자신에 대한 얘기를 거의 다 털어놓는다. 그리고 물론 그녀가 출연했던 영화의 주요 장면도 함께 수록했다.

찾아보기 ●--

▌「모로코(Morocco, 1930, 미국, 92분)」, 감/Josef von Sternberg, 출/Gary Cooper, Marlene Dietrich, Adolphe Menjou, Francis McDonald, Eve Southern, Paul Porcasi, Ulrich Haupt, Juliette Compton, Albert Conti, Theresa Harris

▌「푸른 천사(Der blaue Engel, 1930, 독일, 103분, 복원판 106분)」, 감/Josef von Sternberg, 출/Marlene Dietrich, Emil Jannings, Kurt Gerron, Rosa Valetti, Hans Albers

▌「블루 에인젤(The Blue Angel, 1959, 미국, 107분)」, 감/Edward Dmytryk, 출/Curt Jurgens, May Britt, Theodore Bikel, John Banner, Ludwig Stossel, Fabrizio Mioni

▌「보안관 데스트리(Destry Rides Again, 1939, 미국, 94분)」, 감/George Marshall, 출/James Stewart, Marlene Dietrich, Charles Winninger, Brian Donlevy, Una

Merkel, Mischa Auer, Allen Jenkins, Irene Hervey

▌「대사진(Destry, 1954, 미국, 95분)」, 감/George Marshall, 출/Audie Murphy, Mari Blanchard, Lyle Bettger, Lori Nelson, Thomas Mitchell, Edgar Buchanan, Wallace Ford

▌「프렌치(Frenchie, 1950, 미국, 81분)」, 감/Louis King, 출/Joel McCrea, Shelley Winters, John Russell, John Emery, George Cleveland, Elsa Lanchester, Marie Windsor

▌「마를레네(Marlene, 1984, 독일, 96분)」, 감/Maximilian Schell

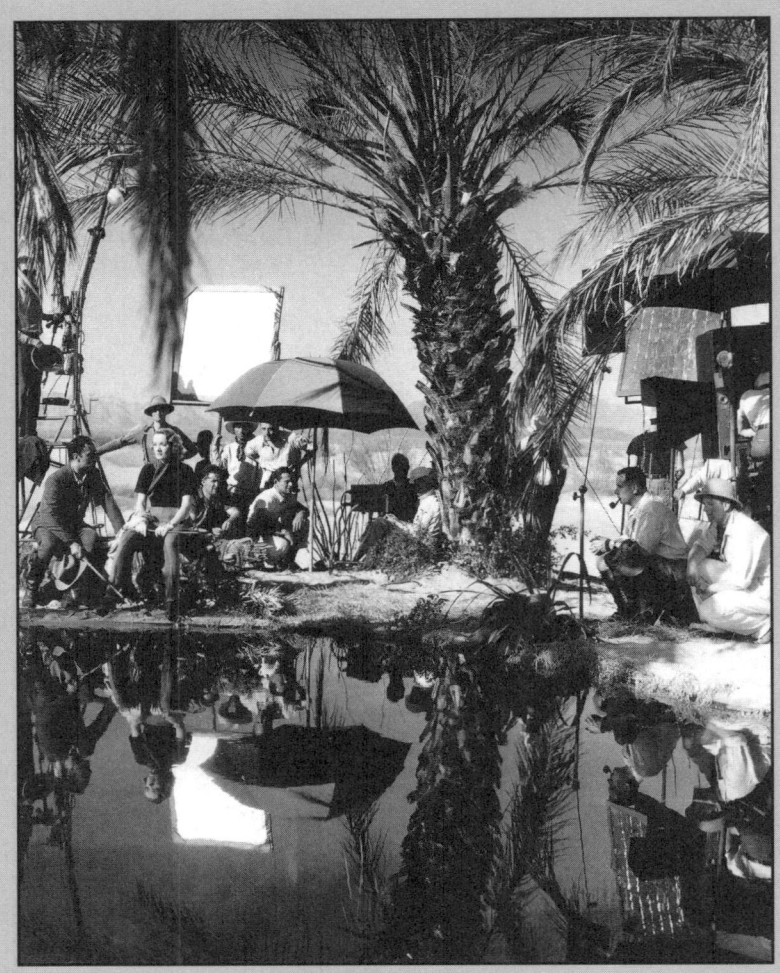

마를레네 디트리히는 「사막의 화원」에 이르러서야 가수나 창녀가 아닌
고상한 여인으로의 신비감을 보여 준다. 사진은 「사막의 화원」에서 오
아시스 장면 촬영 현장인데, 샤를 부아이에와 디트리히가 왼쪽 끝에서
한참 연기중이고, 오른쪽 야자나무 밑에서 파이프를 문 감독은 본 스
턴버그가 아니다.

사랑과 전쟁의 사막

마를레네 디트리히를 생각하면 진폭이 큰 감정을 담은 대화나 개성을 드러내는 연기가 별로 머리에 떠오르지 않고, 눈썹을 가느다랗게 그리는 옛날 분장을 한 요부적인 얼굴에 게슴츠레한 눈으로 말없이 저만큼 컴컴한 구석에서 물끄러미 쳐다보는 모습이 먼저 머리에 떠오르는 까닭은, 역시 그녀가 '술집 여가수'의 폭을 벗어나지 못했던 탓이리라고 여겨진다. 그리고 「사막의 화원」에서처럼, 그렇게 제한된 틀과 폭을 겨우 벗어난 경우라고 하더라도, 특히 연속방송극적으로 괴로워하며 수도원 앞에서 마차를 돌리는 마지막 장면에서 잘 보여 주듯이, 가까이 하기에는 너무 먼 당신처럼 차라리 거리감을 둬야 하는 무대에서 연기를 했더라면 좋았겠다는 아쉬움이 생기기도 한다.

디트리히 현상(Dietrich phenomenon)은 분명히 영화 예술의 역사에서 두드러진 하나의 단면이요 장(章)이라고 하겠는데, 제한된 그녀 연기의 폭에도 불구하고, 그리고 본 스턴버그의 연금술이 작용하지 않았음에도 불구하고, 「사막의 화원」이 신비감을 잃지 않는 까닭은 아마도,

처음부터 끝까지 새벽처럼 푸른 빛이 넘쳐나는 화면 위에다, 디트리히 현상이 사막에서 신기루를 일으켰기 때문인지도 모르겠다.

'사막'을 뜻하는 원제(原題) "알라의 화원"에서는 디트리히 미학이 노골적으로 '동양'의 이국적이고 이색적인 정취에 바탕을 둔다. 동양화처럼 상황의 여백을 담은 화면, 순결한 창녀라는 모순된 개념, 운명이라는 촌스러운 낭만, 절망적으로 쫓기기 때문에 더욱 몰입해야 하는 열정, 남의 눈치를 보지 않아도 될 만큼 편안한 유치함─이러한 미학으로 가득한 영화라면, 주제를 분석하는 따위의 부담이 없게 마련이다.

그래서 독일 여배우(Marlene Dietrich)와 프랑스 남배우(Charles Boyer)가 모스크바 예술극장 출신의 폴란드 연극 연출가(Richard Boleslawski)를 만나 알제(Algiers)의 사하라 사막에서 모래로 운명을 점치는 사람(sand diviner)의 예언대로 숙명적인 사랑을 나누더라도, 합리성이 모자란다고 미안해할 필요도 없다. 하기야 요즈음 사람들처럼 사랑이 화학 물질 옥시토린이 자극하는 유혹의 기억력이라고 따지기 시작한다면 모든 사랑과 낭만이 신기루일 테니까 말이다.

「사막의 화원」에 등장하는 주인공 보리스 안드로프스끼(Boris

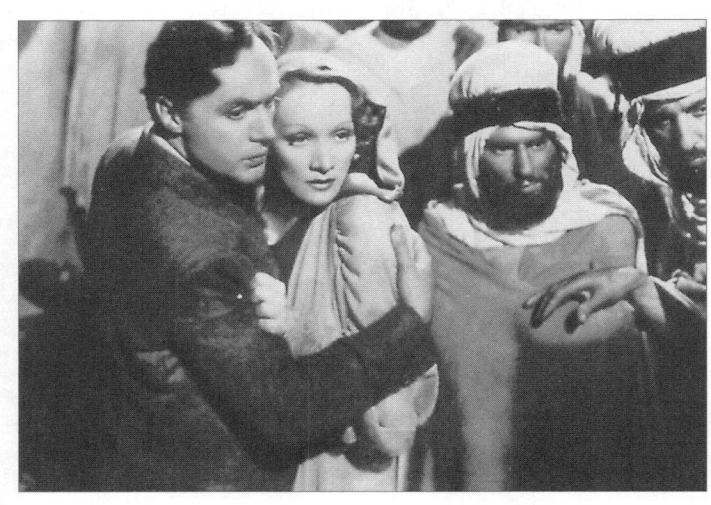

「사막의 화원」에서는 무희를 둘러싼 격렬한 소요 속에서 두 주인공의 숙명적인 첫 만남이 이루어진다.

Androvsky)는 프랑스인 어머니와 러시아인 아버지 사이에 태어난 트라피스트(Trappist) 수도사로서, 세계적으로 유명한 포도주를 만드는 라가니 수도원의 양조 비법을 혼자만 아는 인물이다. 세상과 격리된 채로, 햇빛과 고독감 속에서 일하고 기도하며, 어려서부터 수도생활만을 계속해 온 그는 어느 날 사랑의 상처를 안고 수도원을 찾아온 남자를 만나고, 슬퍼하는 그 남자를 뒤따라 찾아온 여자와 화해를 이루고는 함께 행복해하는 '천사' 같은 두 사람의 모습을 보고는 여태까지 그가 보지 못한 세계가 얼마나 넓은지를 깨닫는다.

속세의 현실에 대한 동경과 유혹을 이기지 못한 보리스는, 정적인 수도원 생활과 달리 생동하는 바깥 세상의 삶이 참된 행복일지도 모른다는 회의에 젖어, 결국 계율을 깨트리고는 승복을 벗어 버리고, 베니 모라(Beni Mora)로 도망쳐 배교자(背敎者)가 된다.

죄의식을 수반하는 공포와 불안감을 분노로밖에는 표현하지 못하는 보리스를 기차에서 만난 도미니(Domini Enfilden)는, "어두운 곳은 그냥 어둠 속에 남겨두자"면서도 종교를 버린 자책감 때문에 갈등하며 현실 세계와 어울리지 못하는 순수한 남자에게서 신비한 분위기를 느끼고, 두 사람은 불행해질 줄 알면서도 사랑해서는 안 될 사랑, 저항이 불가능한 사랑, 숙명적인 사랑을 거쳐 결혼식까지 올린다.

두 사람은 모래바람 속에서 낙타 행렬을 이끌고 신혼여행을 떠나, 노을진 저녁에 언덕을 넘고, 오랫동안 사막을 순례하고, 베일을 드리운 듯 은은한 파스텔 색채의 화면에는 신비하고 아름다운 분홍빛 황야, 밤과 낮, 그리고 황혼 풍경이 펼쳐진다. 무성영화 식

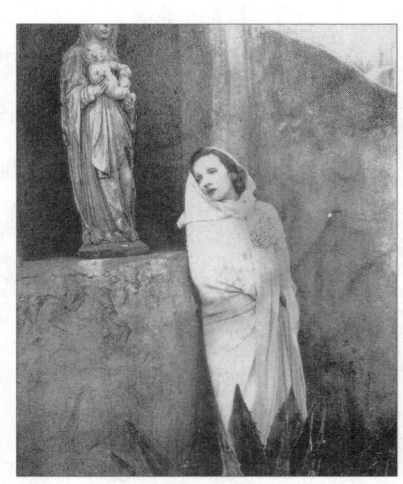

도미니는 보리스가 수도원으로 돌아가야 할 운명임을 깨닫는다.

으로 깔리는 자막까지도 서정적이다.

"사하라의 나그네들은 이동 천막을 집으로, 노란 모래밭을 벽난로로 삼아서...... 푸른 황야의 신비한 손짓에 이끌려 정처없이 헤매고...... (...Nomads of the Sahara, their home the moving tent, their hearthstone the yellow sands... Journeying without aim, drawn by the mystic summons of blue distances...)."

그러나 사막의 방황도 보리스에게 안식을 주지 못하고, 길잃은 외인 부대 병사들을 만나서 그의 정체가 결국 드러나면서 두 사람은 다가오는 슬픈 운명을 예감한다. 결국 "사랑과 행복을 찾아서 세상으로 나왔지만 고뇌밖에 발견하지 못한" 주인공은 몇 시간 거리이면서도 영원히 먼 수도원으로 돌아간다.

전체적인 감동이나 주제를 엮어내는 대신 멋진 장면 한 폭, 멋진 말 한 마디, 멋진 음악으로 차례차례 엮어놓은 「사막의 화원」에서 주인공들은 대사를 이어가는 것이 아니라 시를 읊어서, 디트리히는 "지금 기쁨을 맛볼 수만 있다면 그 다음은 아무래도 괜찮아요"라거나 "사랑을 하는 사람은 악인이 없다(No one is bad who loves)"라는 식의 감미롭기는 하면서도 유치하고 비논리적인 얘기를 계속하고, 그래서 어휘 구사력은 대단하지만 전체적인 문학성은 어딘가 모자라는 단말적인 소설을 읽는 듯한 기분을 느끼게 한다.

거기에다가 "술 한 잔 사 주면 나를 다 주겠다"는 듯한 디트리히 특유의 시선, 하늘하늘한 갖가지 의상, 그리고 발렌티노 차림의 승마복으로 오아시스에서 거니는 모습이 줄거리보다는 시각적인 예술품처럼만 여겨진다.

그러니까 「천일야화」식의 이런 예술을 지금의 평론적 기준으로 측정해서는 무리가 간다. 「사막의 화원」에서 보리스 역을 맡았던 샤를 부아이에가 어느 영화에서 그 몽롱한 눈으로 "나하고 같이 카스바로 가자(Come with me to Casbah)"라고 상대역 여배우에게 말했을 때, 극장 안을 가득 메운 여성 관객이 모두 일어서서 "그래요(Yes)!"라고 외쳤다는 신화가 이루어지던 시대였으니 말이다.

희곡과 각본도 썼던 영국의 소설가 로버트 히첸스(Robert Smythe Hichens, 1864~1950)의 소설이 원작이며, 초기 색채영화 가운데 걸작으로 꼽히기도 하는 「사막의 화원」은 1917년에 무성영화(출/Tom Santschi, Helen Ware)로 처음 제작되었고, 1927년에도 다시 영화(출/Ivan Petrovich, Alice Terry)가 나왔었다.

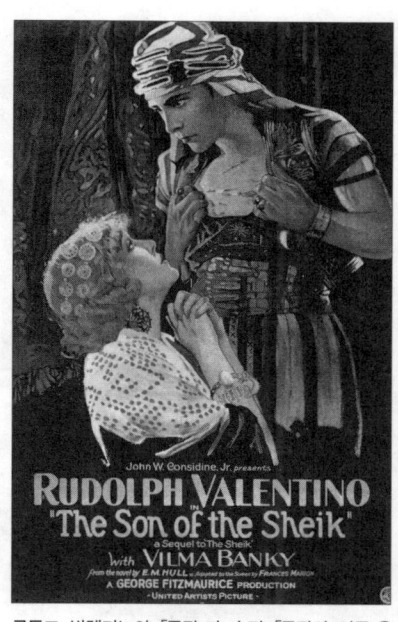

루돌프 발렌티노의 「족장」과 속편 「족장의 아들」은 사막에서 벌어지는 환상적인 얘기이다.

환상적인 사막영화로는 정열적인 라틴계 남성상(Latino image)의 대명사였던 발렌티노를 전설로 만들어 준 「족장」이 원조급이겠다. '문명세계의 여인'이 사막의 족장에게 완전히 매료된다는 줄거리의 「족장」은 동양에 대한 인종차별적인 시각이 지적을 받아온 무성영화이지만, 왜 여자들이 발렌티노에게 그토록 열광했는지를 설명해 주는 동양적 신비감이 가득하다.

1인 2역을 맡아서 발렌티노가 마지막으로 만든 영화 「족장의 아들」은 사막의 사나이가 무희와 사랑을 나누는 낭만적 활극이다.

「사막의 화원」이나 마찬가지로 오랫동안 외인부대의 본거지였던 알제가 무대이면서 샤를 부아이에가 주연한 「카스바의 사랑」은 장 가뱅에게 세계적인 명성을 가져다 준 프랑스 영화 「망향(望鄕)」이 원작으로서, 나중에 음악극 「카스바」로 다시 만들어지기도 한다.

프랑스 '예술'영화가 서울의 극장가에서 전성기를 누리던 시절, 해

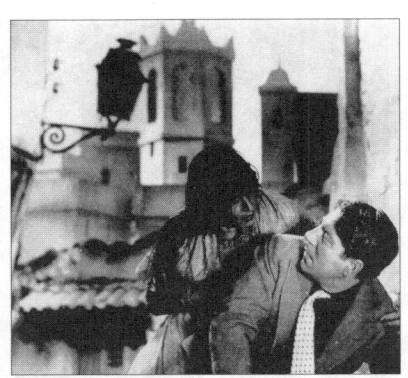

미국으로 건너간 헤디 라마르의 첫 영화로서 샤를 부
아이에와 공연한 「카스바의 사랑」은 장 가뱅의 「망향」
이 원작이다.

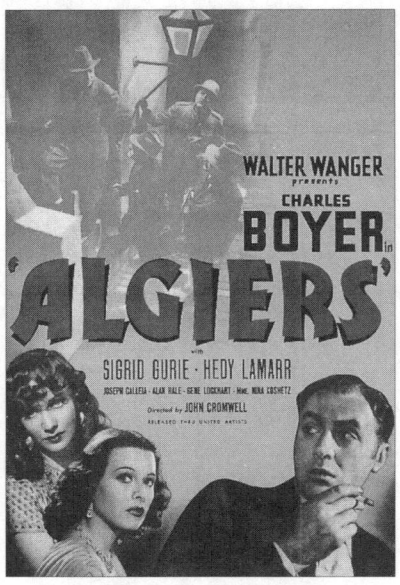

「망향」에서는 이루어지지 못할 사랑을 위해서 목숨을
내놓을 만큼 남주인공이 고전적이다.

방 이전에 수입되어 당시 지식인들을 감
동시켰던 「망향」의 주인공 뻬뻬 르 모꼬는
빠리에서 범죄를 저지르고 알제리로 피신
한 자로서 경찰에 쫓기는 몸인데, 돈많은
애인을 따라 알제로 찾아온 개비(Gaby)를
만나 사랑하게 된다. 처음에는 여자가 몸
에 지닌 목걸이와 팔찌에 대해서 범죄적
인 관심을 갖게 된 뻬뻬는 그녀에게 접근
하면서 떠나온 빠리에 대한 '망향'에 젖게
되고, 차츰 진지한 사랑에 빠진다.

뻬뻬가 은신한 '카스바'는 아랍어로 '성
곽'을 뜻하는 우범지대로서, 뒷골목과 계
단과 빈곤과 죄악이 들끓는 지역이다. 도
피중인 범죄자에게는 치안이 미치지 못하
는 '안전지대'인 셈이다. 이곳을 벗어나면
목숨이 위험한 줄을 알면서도 사랑에 눈
이 먼 뻬뻬는 조심성이 없어지고, 질투심
으로 눈이 먼 옛 애인이 그가 죽었다는 거
짓말을 하는 바람에 개비가 알제를 떠나
려고 하자, 여자를 찾아 안전지대를 떠나
는 바람에 경찰의 함정에 빠진다. 배를 탄
여인을 소리쳐 부르던 뻬뻬는 개비가 뱃
고동 소리에 귀를 막는 바람에 그의 외침
을 못 듣고는 단검으로 가슴을 찔러 스스로 목숨을 끊는다.

미국판 「망향」인 「카스바의 사랑」에서 여주인공 역을 맡았던 헤디
라마르(본명 Hedwig Eva Maria Kiesler, 1914~　)는 그레타 가르보, 마

를레네 디트리히, 잉그리드 버그만, 그리어 가슨(Greer Garson)과 더불어 유럽에서 헐리우드로 넘어간 유명 여배우로서, 오스트리아에서는 헤디 키슬러(Hedy Kiesler)라는 이름으로 활동했으며, 1933년 체코슬로바키아 영화 「사랑의 교향곡(Symphonie der Liebe, 또는 Extase)」에서 세계 최초로 나체 출연을 한 여배우로 널리 알려졌다. 그녀의 어느 남편은 훗날 이 영화의 모든 필름을 사들여 없애 버리려고도 했었지만, "가만히 서서 멍청한 표정을 짓기만 하면 모든 여자가 매혹적으로 보인다"는 명언을 남긴 라

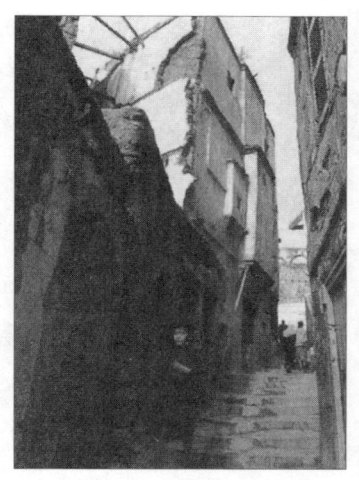

「망향」에서 중요한 무대 노릇을 하는 카스바의 뒷골목

마르는 타인들의 시선을 별로 아랑곳하지 않았고, 오히려 도발적인 이런 말도 했다. "상상력을 조금만 동원하면 모든 여배우가 나체로 보인다."

미국으로 건너가 이름을 바꾼 다음 만든 그녀의 첫 헐리우드 영화가 「카스바의 사랑」이었으며, 성서극 「삼손과 들릴라」의 들릴라와 말라야의 영국인 고무농장을 농염한 사랑의 무대로 삼은 「백색 화물」의 요부

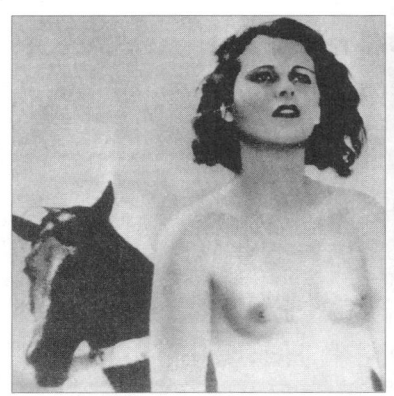
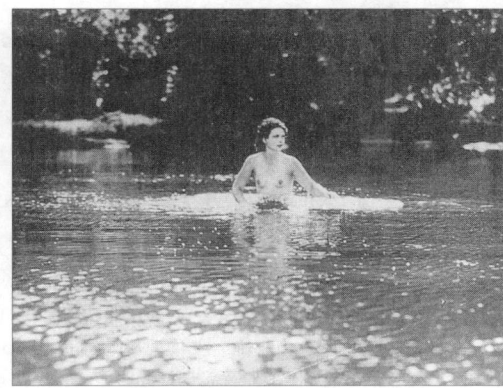

체코슬로바키아 영화 「사랑의 교향곡」에서 세계 최초로 나체 출연을 한 여배우 헤디 키슬러

톤델라요(Tondelayo)처럼 여러 영화에서 남자를 유혹해서 파멸로 몰고 가는 역을 단골로 맡았다. 아이다 비라 시몬튼(Ida Vera Simonton)의 소설 『지옥의 놀이터(Hell's Playground)』를 리온 고든(Leon Gordon)이 무대극으로 개작한 「백색 화물」은 영국에서 1929년에도 한 차례 영화(감/J. B. Williams, 출/Leslie Faber, Gypsy Rhouma)로 선을 보였었다.

막스 라인할트(Max Reinhardt) 연극학교 출신이면서도 디트리히나 마찬가지로 연기력은 별로 인정을 받지 못했지만, 헤디 라마르의 미모는 1930~40년대 뭇 여성들에게는 선망의 대상이어서, 수많은 여배우들과 여성 관객이 그녀를 흉내내어 머리를 검게 염색하기도 했었다. 비슷한 시대의 미국 여성들은 디트리히를 흉내내어 바지를 입는 유행을 일으켰다고도 하니, 연예인 흉내는 요즈음 한국의 십대 소녀들만의 습성은 아닌 모양이다.

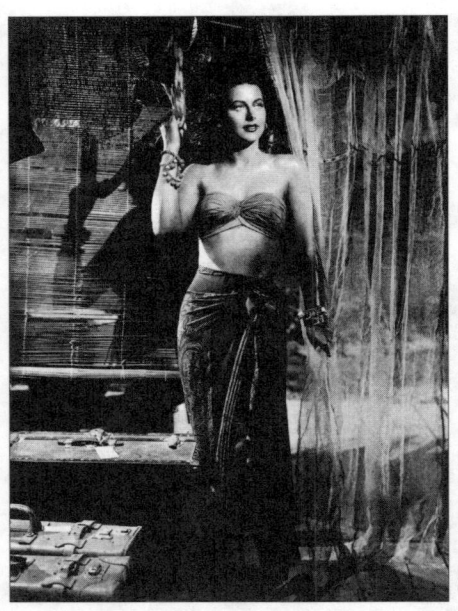

헤디 키슬러는 헐리우드로 건너가 헤디 라마르로 이름을 바꾸고는 「백색 화물」에서 요부 톤델라요 역을 맡아 전세계를 후끈 달아오르게 했다.

모로코의 사막에서는 원주민 무희 「싸디아」를 놓고 현대화한 군주와 프랑스인 나그네가 경쟁을 벌이고, 1970년대에 두 딸을 데리고 「모로코로 간 여인」은, 사랑하던 남자와 영국에서의 삶을 버리고, 정신적인 평화를 아프리카에서 찾으려고 한다. 성숙하지 못한 젊은 여인의 이기적이고 즉흥적인 모험을 그린 「모로코로 간 여인」은 에스터 프로이드(Esther Freud)의 자전적인 소설이 원작이다.

아프리카의 사막에서는 사랑뿐이 아니라 싸움도 많이 일어나서, 사막의 사원에 갇힌 네 명의 백인이 몰려

오는 원주민과 전투를 벌이는 활극 「벤가지」, 사막 원주민과 전투를 벌이면서 적과의 동침도 하는 모험극 「모로코 수비대」, 미국인 탈영병이 사막 부족과 한패가 되어 사건을 벌이는 「제리코」가 나왔었다.

아프리카의 사막에 주둔한 영국군 수비대에서 남편에 대한 헌신과 멋진 장교에 대한 사랑 사이에서 갈등하는 얘기가 「다시 찾아오는 새벽」이고, 아프리카 사막의 다른 곳 「검은 천막」에서는 영국 군인과 원주민 족장의 딸이 사랑하게 되어, 힘을 합쳐 나찌를 무찌르는 활극까지 벌인다.

메소포타미아의 사막에서 길을 잃은 「실종된 정찰대」는 낙오된 소수 병력으로서, (지금이라면 사담 훗세인의 부하들이겠지만) 광신적인 종교 지도자(Boris Karloff!)가 이끄는 아랍인들로부터 계속 공격을 받아 한 명씩 죽어간다. 필리프 맥도날드(Philip MacDonald)의 소설 『정찰대(Patrol)』가 원작인 이 흥미진진한 영화는, 「실종된 정찰대」에서 주연한

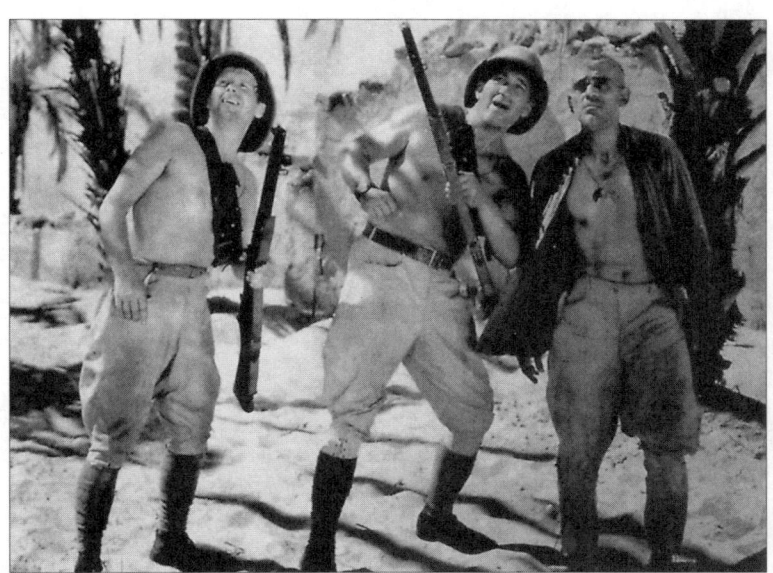

존 포드의 영화 「실종된 정찰대」는 전쟁영화 「사하라 전차대」뿐 아니라 서부극 「황야」와 「폐허의 수비대」로 거듭거듭 태어난다.

빅터 매클라글렌의 형(Cyril McLaglen)이 주연을 맡아 1929년에 무성영화가 나왔었고, 무대를 아프리카로 옮겨 (러시아 영화가 '원조'라는 설도 있지만) 제2차 세계대전 중에 전차 한 대에 몰려 탄 험프리 보가트 일행이 나찌에게 쫓기는 「사하라 전차대(Sahara)」가 되었는가 하면, 다시 미국의 애리조나로 무대를 옮겨 황야에서 오도가도 못하게 된 추적대가 아파치의 공격에 시달리는 서부극 「황야」로 둔갑했고, 다시 사막의 폐허에서 인디언에게 시달리다가 구원을 받는 서부극 「폐허의 수비대」로 재창출되기도 했다.

모로코 주변에서 싸우는 다른 영화들을 찾아보면, 알제에서 흉악한 아랍 지도자가 선동한 반란을 진압하는 「알제의 요새」와 「알제리 결사대(Desert Sands)」, 그리고 민족해방전선(Front de la Libération Nationale)이 이끄는 분노한 군중이 프랑스의 40만 대군과 맞서 싸운 '원주민들의 투쟁'이었던 알제리 전쟁(1954~62)을 객관적인 기록영화 형식으로 엮어낸 「알제리 전투」의 상반된 시각이 대조를 이룬다.

알제리 정부의 지원을 받아 카스바를 중심으로 현장에서 제작된 정

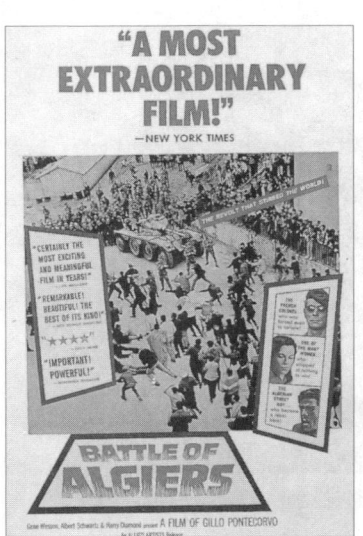

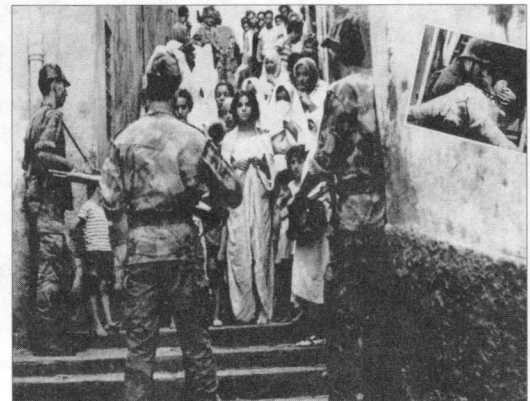

프랑스의 40만 대군과 맞서 싸운 원주민들의 투쟁을 그린 「알제리 전투」의 한 장면과 포스터

치영화 「알제리 전투」는 도둑이었다가 독립운동에 앞장선 라 보안과 다른 아랍인들이 체포되고 고문을 당한 다음 죽어가는 속에서도 끝내 해방을 쟁취하는 내용을 담아서, 패권주의적 제국주의에 대한 의식화 교육을 위해 훌륭한 자료 노릇을 한다.

전쟁중에 뮤리엘이라는 여자가 당한 고문과 죽음에 연루되었던 의붓아들과 첫사랑을 잊지 못하는 어머니, 이 두 사람의 소외된 삶을 그린 「뮤리엘」은 알제리 전쟁의 파생작(derivative)이다.

찾아보기 ●---

Ferrer, Rita Gam, Cyril Cusack, Richard Johnson

▌「모로코로 간 여인(Hideous Kinky, 1999, 영국-프랑스, 97분)」, 감/Giles MacKinnon, 출/Kate Winslet, Saïd Taghmaoui, Bella Riza, Carrie Muilan, Pierre Clémenti, Sira Stampe

▌「벤가지(Bengazi, 1955, 미국, 78분)」, 감/John Brahm, 출/Richard Conte, Victor McLaglen, Richard Carlson, Mala Powers

▌「모로코 수비대(Outpost in Morocco, 1949, 미국, 92분)」, 감/Robert Florey, 출/George Raft, Marie Windsor, Akim Tamiroff, John Litel, Eduard Franz

▌「제리코(Jericho 또는 Dark Sands, 1937, 영국, 77분)」, 감/Thornton Freeland, 출/Paul Robeson, Henry Wilcoxon, Wallace Ford, Princess Kouka

▌「다시 찾아오는 새벽(Another Dawn, 1937, 미국, 73분)」, 감/William Dieterle, 출/Kay Francis, Errol Flynn, Ian Hunter, Frieda Inescort, Mary Forbes

▌「검은 천막(The Black Tent, 1957, 영국, 93분)」, 감/Brian Hurst, 출/Anthony Steel, Donald Sinden, Anna Maria Sandri, Donald Pleasence

▌「실종된 정찰대(The Lost Patrol, 1934, 미국, 73분)」, 감/John Ford, 출/Victor McLaglen, Boris Karloff, Wallace Ford, Reginald Denny, Alan Hale, J. M. Kerrigan, Billy Bevan

▌「사하라 전차대(Sahara, 1943, 미국, 97분)」, 감/Zoltan Korda, 출/Humphrey Bogart, Bruce Bennett, J. Carrol Naish, Lloyd Bridges, Rex Ingram, Richard Nugent, Dan Duryea, Kurt Krueger

▌「황야(Bad Lands, 1939, 미국, 70분)」, 감/Lew Landers, 출/Noah Beery, Jr., Robert Barrat, Guinn Williams, Douglas Walton, Andy Clyde, Addison Richards, Robert Coote, Paul Hurst

▌「폐허의 수비대(Last of the Comanches, 1952, 미국, 85분)」, 감/Andre de Toth, 출/Broderick Crawford, Barbara Hale, Lloyd Bridges, Martin Milner, John War Eagle, William Andrews(Steve Forrest)

▌「알제의 요새(Fort Algiers, 1953, 미국, 78분)」, 감/Lesley Selander, 출/Yvonne De Carlo, Carlos Thompson, Raymond Burr, Leif Erickson

▌「알제리 전투(La Battglia di Algeri, 영어 제목 The Battle of Algiers, 1965, 이탈리아-알제리아, 123분)」, 감/Gillo Pontecorvo, 출/Yacef Saadi, Jean Martin, Brahim Haggiag, Tommaso Neri, Samia Kerbash

▌「뮤리엘(Muriel, ou le temps d'un retour, 1963, 프랑스-이탈리아, 115분)」, 감

/Alain Resnais, 출/Delphine Seyrig, Jean-Pierre Kérien, Nita Klein, Claude Sainval, Jean-Baptiste Thierée

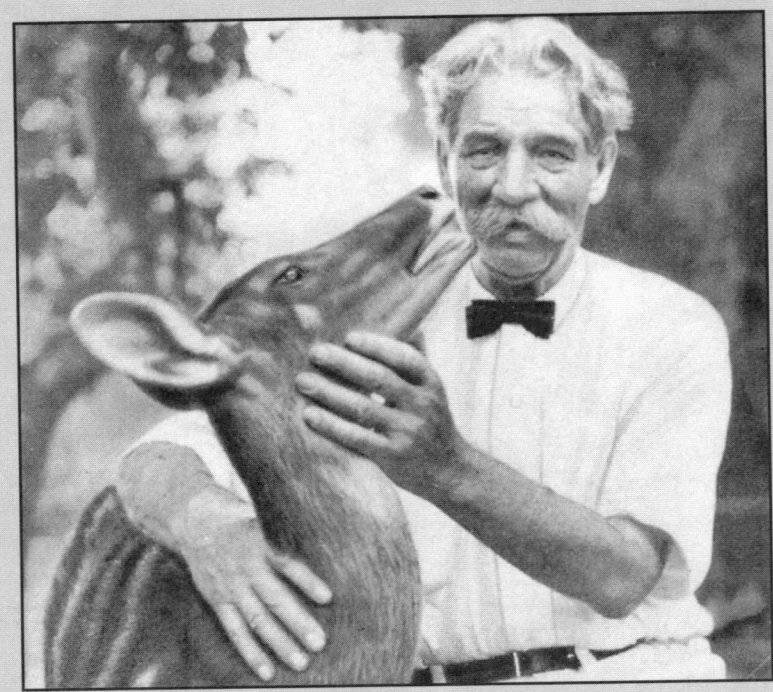

아프리카와 관련된 '역사적 인물'인 알베르트 슈바이처 박사가 애완동
물로 삼은 영양과 망중한을 보낸다. 슈바이처는 학대받는 동물을 보면
참을 수가 없다고 했지만, 유럽의 백인들은 아프리카의 흑인을 짐승만
도 못하게 취급했다.

인물과 역사물

"지성과 야만"에서는 러시아의 문학을 '지성'으로, 그리고 아프리카의 원시성을 '야만'으로 분류했지만, 아프리카에 관해서는 문화의 상대적인 열등함과 식민지 전쟁에서의 피정복자라는 위치만을 주로 다루었다. 이제 「헐리우드 키드의 20세기 영화」에서 「문학과 역사」 가운데 다섯 권째에 해당되는 다음 책 "밀림과 오지의 모험"에서는 아프리카의 깊은 밀림으로 들어가 원시인이면서도 초인(superman)으로 인식되는 타잔과 동물의 세계를 돌아보고, 이어서 오스트렐리아의 오지(奧地)로 무대를 옮겨 그곳 나름대로의 원시성과 현대성에 대한 도전을 생각해 보기로 하겠다.

그에 앞서서, 아프리카의 야만성을 벗어나려는 투쟁과 노력, 또는 아프리카인들로 하여금 원시성을 벗어나게 해 주려는 모험을 벌여 온 여러 인물과 발전하는 아프리카의 역사를 살펴보면서 마무리를 짓기로 하겠다.

아프리카와 관련된 '역사적 인물'이라고 하면, 물론 백인 정복자들의 시선에서이기는 하지만, 지금은 가봉이라고 알려진 적도 아프리카 프랑스령 콩고에서 의료 사업을 펼쳐 이념의 생활화를 실천한 슈바이처가 가장 먼저 머리에 떠오른다. 그가 노벨 평화상을 받던 무렵 우리나라에 수입된 「알베르트 슈바이처 박사(Albert Schweitzer, 1875~1965)」는 그의 생애를 다룬 영화였으며, 최근의 전기영화 「정글의 불빛」에서는 원주민들의 미신과 후원자들의 간섭을 이겨내며 사랑을 실천하는 그의 모습이 부각되었다.

슈바이처 박사보다 먼저 아프리카로 선교 활동을 하러 들어가 원주민들을 도와준 백인 리빙스턴 박사(David Livingstone, 1813~73)는 탐험가로서도 명성을 얻었으며, 마지막 탐험에서 병으로 졸도하여 행방불명이 되었다. 〈더 뉴요크 헤럴드〉사로부터 리빙스턴을 찾아보라는 특명을 받고 아프리카로 간 언론인 스탠리(Sir Henry Morton Stanley, 1841~1904)의 얘기를 담은 영화가 「스탠리와 리빙스턴」이다. 남북전쟁에도 종군했던 스탠리는 극적으로 리빙스턴과 상봉했을 뿐 아니라, 1874년에는 빅토리아 호에 도착하여 나일 강의 원류를 확인하여 탐험가로서의 명성을 얻기도 했다.

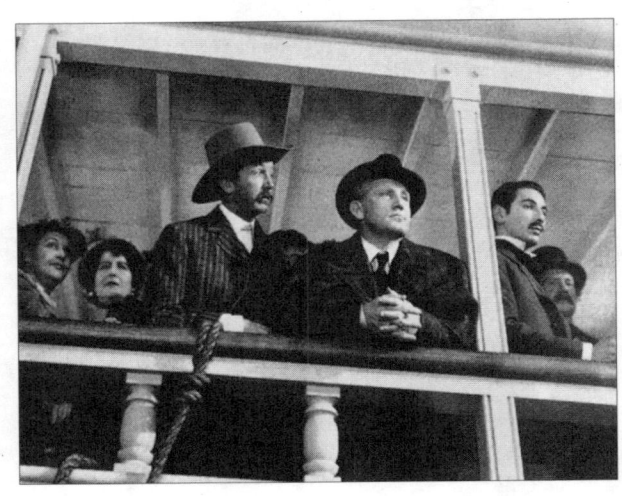

「스탠리와 리빙스톤」은 아프리카를 탐험한 전설적인 두 인물의 관계를 다룬다.

「나일 탐험」역시 나일 강의 원류를 비롯하여 아프리카 각지를 탐험한 두 남자가 주인공이다. 탐험가에 동양학자였던 리처드 버튼(Sir Richard Francis Burton, 1821~90)은 폴투갈의 시인 루이즈 바즈 데 까몽시(Luiz Vaz de Camões')와 함께 『천일야화』를 번역하여 출판한 인물이기도 하다. 버튼 경과 동행하여 탕가니카(Tanganyika) 호수와 빅토리아 폭포를 탐험한 존 스피크(John Hanning Speke, 1827~64)의 흥미진진한 얘기는 두 사람의 일기와 그들에 관한 윌리엄 해리슨(William Harrison)의 전기소설『버튼과 스피크(Burton and Speke)』를 기초로 삼았다.

「잃어버린 풍선 비행」은 실종된 탐험가를 찾아서 아프리카를 풍선으로 횡단한다는 내용의 모험극으로, 신바드 영화로 유명한 후란 감독의 작품이다.

「수에즈」는, 두 여인과의 사랑 이야기를 곁들이기는 했지만, 제목에서 빤히 드러나듯 수에즈 운하의 건설 비화이다. 나일 강에는 기원전 2000년경에 이미 운하를 파서 8세기까지 사용했었지만, 그후에 방치되어 토사로 메워졌다고 한다. 그러다가 15세기에 희망봉 무역 항로가 열리면서 지중해와 홍해를 잇는 운하의 필요성이 계속 제기되었는데, 본격적인 추진은 프랑스의 페르디낭 레세프스(Ferdinand Marie de

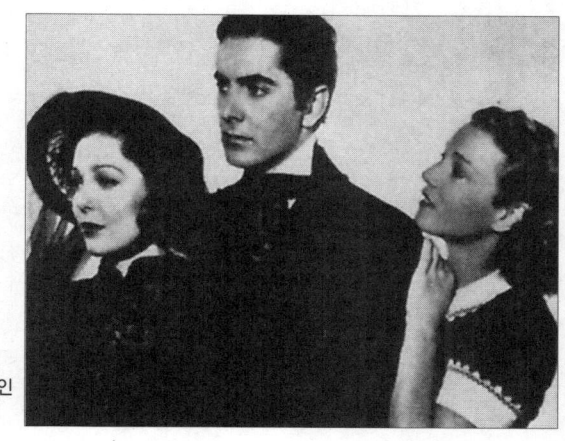

「수에즈」는 운하 공사의 기둥줄거리에 두 여인과의 사랑을 곁들였다.

Lesseps, 1805~94)가 이집트에 영사대리로 부임하면서부터였다. 하지만 자국의 이익을 염려한 영국의 끈질긴 방해 공작에다 오스만제국의 황제까지 비협조적이어서 수많은 난관을 거치고서야 꿈과 야망이 현실로 이루어졌다.

정치 쪽에서는 자신의 이름을 붙인 나라까지 만들어 놓은 「로즈」부터 살펴보자. 쎄실 로즈(Cecil John Rhodes, 1853~1902)는 남 아프리카에서 활동하던 행정가요 금융업자였으며, 유명한 킴벌리(Kimberley) 다이아몬드 광산에서 떼돈을 벌었고, 마타벨레(Matabele) 줄루족의 왕으로부터 할양(割讓)받은 영토에다 로디지아(Rhodesia)를 건국했다. 그는 1888년 킴벌리 지역의 다이아몬드 광산들을 합병하여 드 비어스 회사(De Beers Consolidated Mines)를 만들어 지금까지도 전세계 다이아몬드 산업을 단일 독점 체제로 운영하면서 다이아몬드의 값을 비싸게 유지하는 길을 확립했으며, 한때는 남 아프리카를 전복시키려는 음모를 꾸미기도 했었다. 그러나 영국에서 만든 영화 「로즈」는 물론 트란스발(Transvaal)에 대한 영국의 착취와 보어 전쟁을 정당화하는 일방적인 시각을 보인다.

지금은 짐바브웨와 잠비아로 독립했지만, 로디지아는 27만의 영국 이민이 원주민 6백20만을 억압하는 소수 백인 지배 체제하에서 심한 인종 차별로 영국은 물론이요 전세계로부터 비난을 받았다. 「죽음의 놀이」는 로디지아의 인종 차별을 주제로 다룬 영화이다.

「사다트」는 두말할 나위도 없이 1952년 7월 쿠데타를 일으킨 자유장교단의 주체 세력으로서 이집트의 제2대 대통령이 된 안와르 사다트(Muhammad Anwar al-Sadat, 1918~81)의 일대기이다. 사다트는 육군사관학교를 졸업한 다음 제2차 세계대전 중에는 영국에 대항하여 지하운동을 벌였다. 대통령이 된 다음에는 소련 군사 고문단을 국외로 추방했고, 1973년 제4차 중동전쟁에서 영웅으로 부각되었다. 4 년 후에는 캠

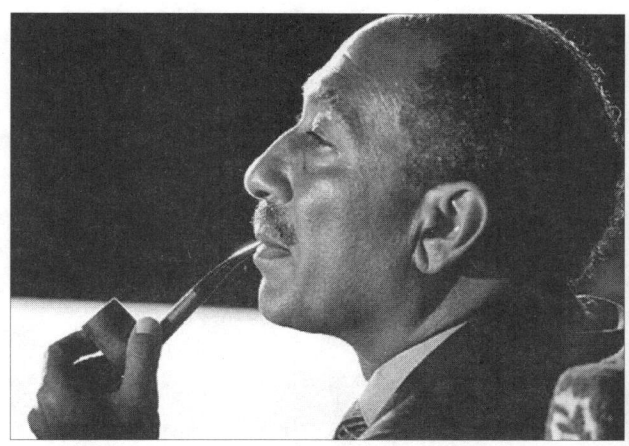
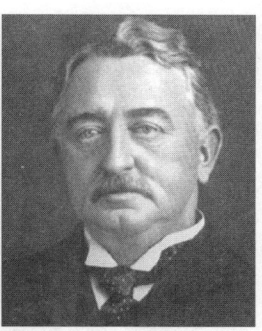
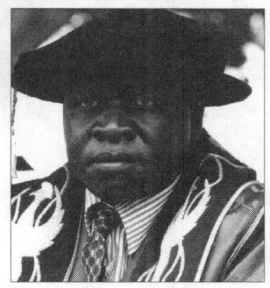

영화의 주인공이 된 아프리카의 세 "유명인" 가운데 사다트 이집트 대통령(위 왼쪽)은 암살 현장이 전세계에 텔레비전으로 전해졌고, 로즈(오른쪽 위)는 자신의 이름을 붙인 악명높은 인종차별국 로디지아를 건국했으며, 우간다의 이디 아민(오른쪽 아래)은 인육을 먹는 독재자로 널리 알려졌다.

프 데이비드 협정을 맺었으며, 이런 노력에 힘입어 다음해 노벨 평화상을 수상했지만, 아랍 진영에서 공동의 적으로 간주하는 이스라엘과의 조약 체결은 중동의 국제 관계에서 큰 파문을 일으켰다.

　제2차 세계대전 이후 우리나라를 비롯하여 제3 세계를 휩쓴 군사 쿠데타의 주인공들 가운데 한 사람이었던 사다트는 1981년, 그를 영웅으로 만든 10월 혁명을 기념하는 행사 도중, 사열식에 참가중이던 일단의 군인들이 트럭에서 몰려 내려와 사격을 가해서, 전세계가 뉴스를 통해 현장을 지켜보는 가운데 암살당했다.

　「아민의 집권과 몰락」은 1971년부터 8 년 간 우간다를 학살과 폭압으로 통치했으며, 인육(人肉)을 먹었다는 소문까지 났던 독재자 이디 아민의 일대기이다. 일본에서는 이 영화가 「식인 대통령 아민」이라는 끔찍한 제목으로 알려졌다.

　1952년의 슈바이처, 1978년의 사다트에 이어 아프리카 쪽에서 세 번

째로 노벨 평화상을 타게 되는 넬슨 만델라(Nelson Rolihlahla Mandela)
는 1918년 트란스케이 움타타에서 템부족 족장의 아들로 태어나 요하
네스버그에서 변호사로 활동하다가 아프리카 민족회의(African National
Congress, AFC)에 입당하여 남아프리카 공화국의 인종 격리 정책
(apartheid)에 대항해서 싸우느라고 오랫동안 옥살이를 한 흑인 해방 운
동의 지도자였다. 1994년 드디어 남아프리카 공화
국의 대통령이 되었던 상징적 영웅 만델라에 관한
영화는 비교적 많은 편이다.

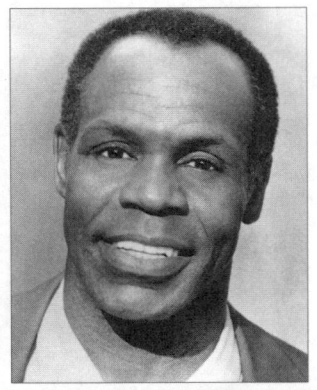

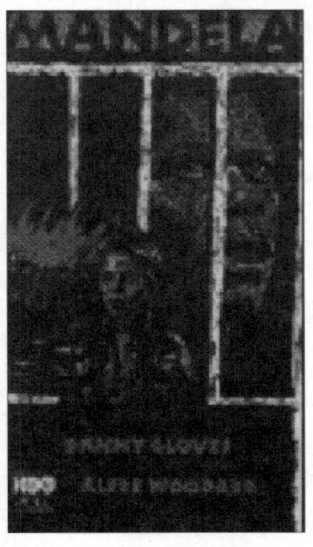

「만델라」는 평생 동안 인종 정책에 맞서 함께 싸
워온 넬슨과 위니(Winnie)의 투쟁과 수난을 그린
대단히 뛰어난 저항영화이다. 하지만, 널리 알려졌
듯이, 1990년 마침내 아프리카 민족회의가 합법화
되면서 오랜 감옥생활을 끝낸 넬슨 만델라는 평생
헌신적으로 그를 위해 뒷바라지를 했던 위니를 버
리고 다른 젊은 여자와 결혼함으로써 상징적 영웅
의 한계를 드러냈다. 이 영화는 만델라 대통령 부부
의 방한을 맞아 우리나라 텔레비전에서 방영했는
데, 다른 만델라 영화들을 제쳐두고 '전처와의 사
랑'을 담은 작품을 하필이면 방문 당시에 선정했다
는 사실은 상식이 조금 모자라지 않았나 하는 의구
심을 일으키기도 했다.

시드니 푸아티에가 열연을 한 「만델라와 디 클러
크」는 대니 글로버의 「만델라」의 속편이라고 해도
무리는 없겠다. 「만델라」가 도피와 옥살이를 주로
엮어낸 반면, 「만델라와 디 클러크」는 만델라가 27
년 동안의 형기를 끝내 갈 무렵, 더 이상 인종 차별

대니 글로버(위)가 주연한 「만델라」는 넬
슨과 그의 아내 위니가 함께 투쟁하던 시
절을 그린 영화인데, 넬슨 만델라는 출옥
한 다음 다른 젊은 여자와 재혼했다.

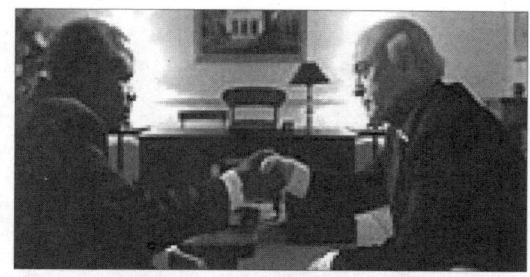

「만델라와 디 클러크」는 백인 지도자 디 클러크
와 만델라의 대결에 초점을 맞추었다.

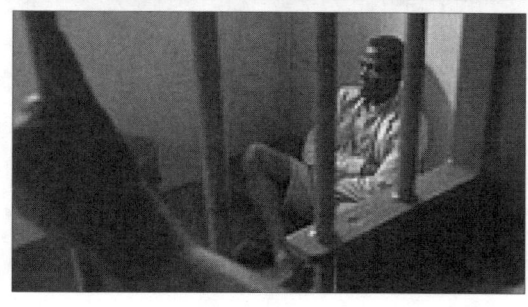

정책을 밀고나가기가 불가능해졌다는 현실을 의식한 백인 지도자 디
클러크(F. W. de Klerk)와의 팽팽한 대결 구도를 영상화했다. 만델라가
오랫동안 감금되었던 로빈 섬(Robbin Island) 현지에서 촬영한 장면도
호기심을 자극한다.

기록영화 「만델라」는 만델라의 초기 투쟁에서 마지막 승리를 거둘
때까지의 '인간시대'적 기록이다.

흑인 코미디언으로 텔레비전에서 토크쇼를 진행하기도 했던 아시니
오 홀(Arsenio Hall)이 기획한 「보파!」는 넬슨과 위니 역으로 「만델라」
에서 이미 호흡을 맞추었던 대니 글로버와 알프레 우다드가 아프리카
공화국 소도시에서 안정된 삶을 살아가는 흑인 경찰관과 그의 아내로
나온다. 그들은 백인 학교의 교육 과정과 내용에 반대하는 운동에 아들
이 참가하면서부터 위기를 맞는다.

백인이 흑인들을 가르치기 위해 설정한 교육에 저항한다는 「보파!」
의 주제는 「사라피나!」의 기둥줄거리를 이루기도 한다. 압구정동 같은

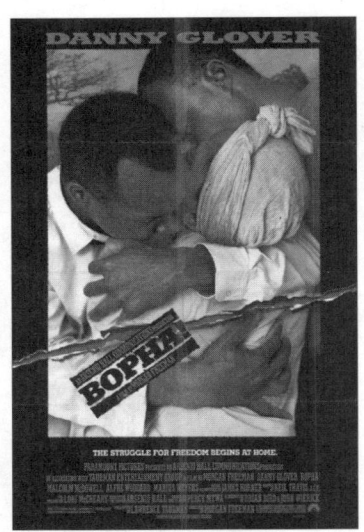

「보패」는 백인 위주의 흑인 교육에 대한 저항을 다룬다.

백인 주거지역과 난지도 같은 흑인 빈민가가 공존하는 소웨토에서 연예인이 되기를 꿈꾸는 검둥이 소녀 사라피나는 올바른 민족적 역사관을 가르치려는 메어리의 영향을 받아 백인 지배 체제에 항거하기 시작한다. 옛날에 수입되었던 입체영화 서부극 「타이콘데로가의 요새(Fort Ti, 1953)」를 연상시키면서 날아오는 화염병의 시뻘건 장면 등, 흑색 인종의 한풀이를 위한 노력이 역력하지만, 원작이 무대에서 공연된 음악극이라는 한계점 때문인지 일방적인 흑인 쪽 시각이 백인우월주의 못지않게 균형을 잃은 듯한 느낌을 주기도 한다.

원주민의 저항을 다룬 덜 심각한 오락 역사물 「하르툼」은 우리나라에서 「카슘 공방전」이라고 이상하게 표기한 제목으로 알려졌는데, 1885년에 봉기한 아랍인들에게 영국의 유명한 고든 장군이 참패한 내용을 담았다. 「사막의 라이온」은 1929~31년에 리비아를 침공하는 베니또 무쏠리니의 군대와 맞서 싸운 유격대장 오마르 무흐타르(Omar Mukhtar)의 투쟁사를 다룬다. 무흐타르는 나이 50이 되어서야 올바른 역사관에 눈을 뜨고 민족주의 전사가 되었는데, 결국 20년 후 이탈리아 군에 잡혀 교수형을 당한다.

「바람과 라이온」은 미국인 모자를 납치하여 티오도어 루즈벨트 대통령('바람')과 대결을 벌였던 모로코의 족장('사자')에 관한 실화를 근거로 해서 만든 모험극이고, 「열사(熱砂)의 풍운아」는 아프리카의 정부를 전복시키는 일에 가담하는 백인 모험가를 주인공으로 삼은 활극 역사물이다.

역사적인 사실을 별로 아랑곳하지 않은 시대극으로서는 흉악한 재상에게 쫓기는 나일라(Naila) 여왕의 탈출기 「수단」, 1880년대 아랍인들로부터 구출 작전을 펼치는 사이에 사랑을 하게 되는 영국 군인과 가정교사의 얘기 「수단의 동쪽」, 1805년 바르바리(Barbary) 연안지역에서 출몰하던 해적을 무찔러 미국 해병대 역사에서 큰 자랑거리로 남은 트리폴리 전투를 소재로 삼은 「풍운의 요새」 정도이다.

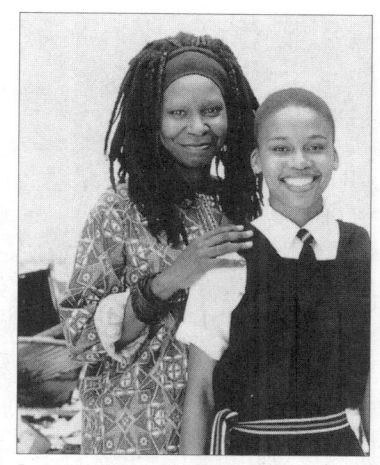

「사라피내」는 백인들의 시각으로 만든 영화 못지않게 흑인 쪽으로 지나치게 치우친 인상을 준다.

존 페인과 모린 오하라는 「풍운의 요새(원제 "트리폴리")」와 대단히 헷갈리게 만드는 제목인 「트리폴리의 해안」이라는 영화도 함께 만들었다. 거만하고 버르장머리 없는 젊은 주인공 크리스 윈터스(Chris Winters, John Payne)가 해병대에 입대하여 고참(Sgt. Dixie Smith, Randolph Scott)을 만나 씩씩하고 용감한 군인이 된다는 애국영화이다.

「여왕 켈리」는 아프리카를 배경으로 삼았으면서, 골동품적인 가치를 지닌 작품이다. 수녀원 아가씨가 사기꾼 같은 동부 아프리카의 군주에게 홀딱 반해서 검은 대륙을 가서 보니, 그의 숙모가 매음굴의 포주라는 희한한 내용보다도 더욱 흥미를 끄는 사실은, 이 영화의 제작에 얽힌 뒷얘기이다.

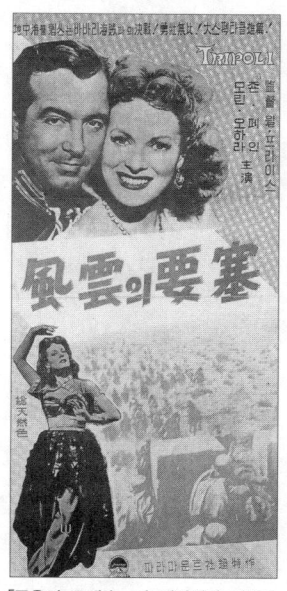

「풍운의 요새」는 미 해병대가 자랑으로 삼는 트리폴리 전투를 중심으로 엮어낸 얘기이다.

드 밀 감독과 만든 작품에서 도전적인 시선으로 남성을 정복하는 사냥꾼의 인상을 각인시키며 명성을 얻은 주연 여배우 글로리아 스완손은 실제 생활에서도 기사거리가 될 만한 남자들만 '수집'했는데, 그런 연인들 가운데 한 사람이 존 F. 케네디 대통령의 아버지이며 금융업자였던 조세프 케네

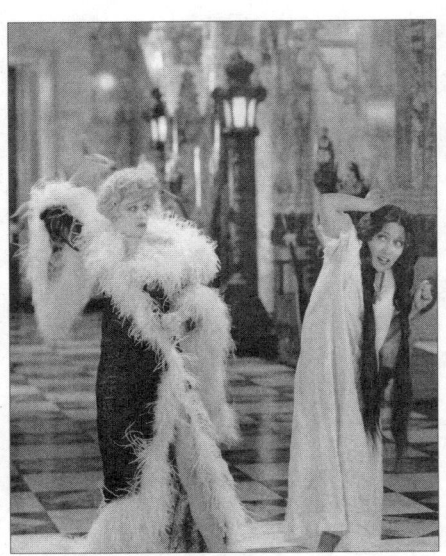

「여왕 켈리」는 영화 자체보다도 제작 배경에 얽힌 얘기가 더 유명하다. 이 영화의 한 장면이 「선세트대로」에 등장하게 된 연유도 전혀 우연이 아니었다.

디였다. 제작자로 나선 케네디의 돈으로 1926년 글로리아 스완손 영화사를 창립한 그녀는 본 스트로하임 감독을 영입하여 「여왕 켈리」를 만들기 시작했지만, 60만 달러를 쓰고 난 다음 제작비를 감당하지 못해 연출자를 해고하고는 나름대로 추가 장면을 엮어 작품을 완성했다.

현재 복원된 영화는 정사진(still picture)과 자막으로 마무리를 지었는데, 미국판과 영국판은 여주인공의 운명이 정반대로 끝난다. 「선세트대로」에서 몰락한 여배우로 나오는 글로리아 스완손에게 그녀의 하인 노릇을 하는 본 스트로하임이 틀어 주는 영화가 「여왕 켈리」라는 사실은 참으로 기묘한 상황이라고 하겠다.

찾아보기 ●

▌「정글의 불빛(Light in the Jungle, 1990, 미국, 89분)」, 감/Gray Hofmeyer, 출/Malcolm McDowell, Susan Strasberg, Andrew Davis, John Carson, Helen Jessop, Henry Cele, Patrick Shai

▌「스탠리와 리빙스톤(Stanley and Livingstone, 1939, 미국, 101분)」, 감/Henry King, 출/Spencer Tracy, Nancy Kelly, Richard Green, Walter Brennan, Charles Coburn, Cedric Hardwicke, Henry Hull, Henry Travers, Miles Mander

▌「나일 탐험(Mountains of the Moon, 1990, 미국, 135분)」, 감/Bob Rafelson, 출/Patrick Bergin, Iain Glen, Richard E. Grant, Fiona Shaw, John Savident, James Villiers, Adrian Rawlins, Delroy Lindo, Paul Onsongo, Bernard Hill

■「잃어버린 풍선 비행(Flight of the Lost Balloon, 1961, 미국, 91분)」, 감/Nathan Juran, 출/Marshall Thompson, Mala Powers, James Lanphier, Douglas Kennedy

■「수에즈(Suez, 1938, 미국, 104분)」, 감/Allan Dwan, 출/Tyrone Power, Loretta Young, Annabella, Henry Stephenson, Maurice Moscovich, Joseph Schildkraut, Sidney Blackmer, J. Edward Bromberg, Sig Ruman, Nigel Bruce, Leon Ames

■「로즈(Rhodes, 또는 Rhodes of Africa, 1936, 영국, 91분)」, 감/Berthold Viertel, 출/Walter Huston, Oscar Homolka, Basil Sydney, Frank Cellier, Peggy Ashcroft, Renne De Vaux, Bernard Lee, Ndanisa Kumalo

■「죽음의 놀이(Game for Vultures, 1979, 영국, 106분)」, 감/James Fargo, 출/Joan Collins, Richard Harris, Richard Roundtree, Ray Milland, Jana Cilliers, Sven-Bertil Taube, Denholm Elliott, John Parsonson, Ken Gampu

■「사다트(Sadat, 1983, 미국, 200분)」, 감/Richard Michaels, 출/Louis Gossett, Jr., Madolyn Smith, John Rhys-Davies, Jeremy Kemp, Anne Heywood, Paul L. Smith, Jeffrey Tambor, Barry Morse, Nehemiah Persoff

■「아민의 집권과 몰락(Amin—The Rise and Fall, 1981, 케냐, 101분)」, 감/Sharad Patel, 출/Joseph Olita, Geoffrey Keen, Denis Hills, Leonard Trolley, Diane Mercrier

■「만델라(Mandela, 1987, 미국, 135분)」, 감/Philip Saville, 출/Danny Glover, Alfre Woodard, John Matshikiza, Warren Clarke, Allan Corduner, Julian Glover

■「만델라와 디 클러크(Mandela and de Klerk, 1997, 미국, 115분)」, 감/Joseph Sargent, 출/Sidney Poitier, Michael Caine, Tina Lifford, Ben Kruger, Jerry Mofokeng, Ian Roberts, Gerry Maritz

■「만델라(Mandela, 1996, 미국, 120분)」, 감/Jo Menell, Angus Gibson

■「보파(Bopha!, 1993, 미국, 120분)」, 감/Morgan Freeman, 출/Danny Glover, Malcolm McDowell, Alfre Woodard, Marius Weyers, Maynard Eziashi, Malick Bowens, Grace Mahlaba

■「사라피나(Sarafina!, 1992, 미국-영국-프랑스-남아프리카 공화국, 115분)」, 감/Darrell James Roodt, 출/Whoopi Goldberg, Leleti Khumalo, Miriam Makeba, John Kani, Mbongeni Ngema

■「하르툼(Khartoum, 1966, 영국, 134분)」, 감/Basil Dearden, 출/Charlton Heston,

Laurence Olivier, Richard Johnson, Ralph Richardson, Alexander Knox, Johnny Sekka, Michael Hordern, Nigel Green, Hugh Williams

▌「사막의 라이온(Lion of the Desert, 1981, 리비아-영국, 162분)」, 감/Moustapha Akkad, 출/Anthony Quinn, Oliver Reed, Rod Steiger, John Gielgud, Irene Papas, Raf Vallone, Gastone Moschin

▌「바람과 라이온(The Wind and the Lion, 1975, 미국, 119분)」, 감/John Milius, 출/Sean Connery, Candice Bergen, Brian Keith, John Huston, Geoffrey Lewis, Steve Kanaly, Vladek Sheybal

▌「열사의 풍운아(Timbuktu, 1959, 미국, 91분)」, 감/Jacques Tourneur, 출/Victor Mature, Yvonne De Carlo, George Dolenz, John Dehner, Marcia Henderson, James Foxx

▌「수단(Sudan, 1945, 미국, 76분)」, 감/John Rawlins, 출/Maria Montez, Jon Hall, Turhan Bey, Andy Devine, George Zucco, Robert Warwick

▌「수단의 동쪽(East of Sudan, 1966, 영국, 84분)」, 감/Nathan Juran, 출/Anthony Quayle, Sylvia Sims, Derek Fowlds, Jenny Agutter, Johnny Sekka

▌「풍운의 요새(Tripoli, 1950, 미국, 95분)」, 감/Will Price, 출/John Payne, Maureen O'Hara, Howard da Silva, Connie Gilchrist

▌「트리폴리의 해안(To the Shores of Tripoli, 1942, 미국, 86분)」, 감/Bruce Humberstone, 출/John Payne, Maureen O'Hara, Randolph Scott, Nancy Kelly, William Tracy, Maxie Rosenbloom, Iris Adrian

▌「여왕 켈리(Queen Kelly, 1928, 미국, 96분)」, 감/Erich von Stroheim, 출/Gloria Swanson, Seena Owen, Walter Byron, Tully Marshall, Madame Sul Te Wan